本书由广东省高水平大学建设经费资助出版

本书系中国作家协会重点扶持项目结项成果

乡土血脉
与当代中国故事
——中国"70后"作家整体观

张丽军 著

山东文艺出版社

图书在版编目（CIP）数据

乡土血脉与当代中国故事：中国"70后"作家整体观 / 张丽军著. -- 济南：山东文艺出版社，2025. 2.
ISBN 978-7-5329-7141-1

Ⅰ. I206.7-53

中国国家版本馆 CIP 数据核字第 20242BC784 号

乡土血脉与当代中国故事
——中国"70 后"作家整体观

XIANGTU XUEMAI YU DANGDAI ZHONGGUO GUSHI
——ZHONGGUO "70 HOU" ZUOJIA ZHENGTIGUAN

张丽军　著

主管单位	山东出版传媒股份有限公司	
出版发行	山东文艺出版社	
社　　址	山东省济南市英雄山路 189 号	
邮　　编	250002	
网　　址	www.sdwypress.com	

读者服务	0531-82098776（总编室）
	0531-82098775（市场营销部）
电子邮箱	sdwy@sd.press.com.cn

印　　刷	山东临沂新华印刷物流集团有限责任公司
开　　本	710 毫米 ×1000 毫米　1/16
印　　张	17.25
字　　数	270 千
版　　次	2025 年 2 月第 1 版
印　　次	2025 年 2 月第 1 次印刷
书　　号	ISBN 978-7-5329-7141-1
定　　价	68.00 元

目录

序言

为代际研究一辩

这几年来,我经常不断地问自己,为什么要进行中国"70后"作家群研究?为什么要用代际研究的方法?代际研究的价值意义在哪里?事实上,这是学术界近年来常讨论的一个热点问题。在看到了许多学者对代际研究的批评性意见后,我早就在心里酝酿着写一篇为"70后"代际研究一辩的文章,提出对代际研究问题的思考。在这本"70后"研究小辑出版之际,我暂且把心中这些依然不够成熟的想法写出来,与各位研究者同仁交流、求教。

一、开展中国"70后"作家群代际研究的缘由

一时代有一时代之文学,一时代有一时代之文学批评家及其批评方法。20世纪八九十年代,中国先锋文学兴起,一批与先锋文学同步兴起的文学批评家与之共舞。苏童、余华、格非、李洱、毕飞宇、吕新等一批以"60后"为主体的先锋文学作家饮誉文坛。作为"70后"的我们,在大学里读得最多的、印象最深的就是这种进行语言形式实验的先锋派小说,又名新潮小说。读研时,我和同学一起交流阅读余华的小说,一一说出余华众多中短篇小说的名字,问对方看过没有。中国"60后"作家的先锋文学对中国"70后"作家、读者,乃至"80后""90后"作家、读者都产生了巨大的影响。尽管先锋文学在20世纪90年代逐渐转型,但是其影响却是极为深远的。当我博士

毕业开始从事中国现当代文学研究，在这个过程中，蓦然发现吴义勤、施战军、张清华、王光东、洪治纲等老师们的学术研究是一开始集中于先锋文学研究，是以先锋文学为核心向外扩展的，即以同代人文学研究为中心的。这给了我很大的启示。我恍然大悟：当代文学批评一个很重要的研究向度就是同代人文学研究。从此，我开始了对徐则臣、魏微、鲁敏、朱文颖、金仁顺、刘玉栋、艾玛、东紫、常芳、梁鸿、宗利华、李浩、李修文、计文君、朱山坡、石一枫等人的 "70 后" 文学研究。

二、为什么要用代际方法来研究中国 "70 后" 作家群

我之所以持续进行代际研究，就是因为发现代际研究有着不可取代的独特价值。20 世纪 90 年代以来，时代、社会与作家更加紧密的社会关系结构给代际研究提供了深层精神关联和内在逻辑性支撑。

1. 当代中国教育的大众化给作家的教育、思想、创作带来了整体一致性的精神背景。中国 "70 后" 一代人是较为完整地接受中小学教育的一代人，也是在中国高等教育大众化发展最为迅速时期成长的一代人。教育的普及性、大众化，在为 "70 后" 作家创作提供更丰富、更多元的艺术营养的同时，也让其有了更多共同性、共鸣感的思想底色和精神背景。

2. 当代中国社会的快速发展，让中国 "70 后" 一代人的生命体验有着强烈的不同类型文明的穿越感，乃至有着某种不真实的幻灭感。我们很多 "70 后" 同代人感觉自己是生活了好几个时代的人，童年往事好像是别人的或是几个世纪前的事。中国 "70 后" 经历了从集体生产、土地联产承包到户、社会主义市场经济等多个经济发展链条，农业文明、工业文明、后现代文明的不同类型生产生活方式，让 "70 后" 一代人有着跨文明、跨文化的多元生命体验。这是中国社会发展，也是人类社会发展中前所未有的文明跨越，即德国社会学家哈特穆特·罗萨所言的 "社会加速"。

3. 代际研究既是一种外部研究，也是一种内部研究。代际研究一方面关注时代、社会、群体、文化、教育等因素，另一方面也关注这种外在模式、外在因素下的群体与个体，以及个体自身的生命、情感、心理、伦理、价值等内在性问题。代际研究是以 "同代人" 为方法的研究，就是以自身的生命

体验、时代感受、社会经历为出发点和研究基点去思考、理解和诠释文学作品的"这一个"人物形象及其时代，提出解决时代、群体与个体困境的可能性路径。

4. 代际研究是最真切、最真实、最具"感同身受"、最具内在性的研究。当下的天气、空气指数、社会氛围、时代流行语，以及个体对时代最真切的体验，这些同步性、即时性、当下性的事实、氛围、情绪等建构了"时代温度、湿度、色彩度"，是一个时代既巨大又无比细微的"精神呼吸"。这正是同代人的代际研究所能提供的无可替代的"最逼近、最新鲜、最真实、最丰富"的文学史料。

三、如何有效开展代际研究

代际研究的优点和长处即在于一种整体性研究，有利于对时代中心经验、时代精神乃至时代问题的整体把握和宏观审视，推进对一些时代共性问题的解决。毋庸讳言，代际研究是有局限性的。因此，如何发挥代际研究的优势，回避乃至弥补研究局限，就成为代际研究必须思考的问题。

1. 整体性研究。发挥代际研究的整体性视域优势，正面深入思考时代共性问题，以文学研究之力研究时代问题的核心、难点与困境根源之所在，推进对人、时代、社会、审美、精神问题的深入对话，思考其背后的深层情感结构、叙述逻辑、美学意蕴，如对当代青年内卷焦虑问题、人工智能与人的主体性问题、乡土文化传承问题、乡村振兴等时代重大问题的探寻。

2. 心证法研究。不同于佛教用语，文学研究中的"心证"由来已久。心读万物，自然可以心读文学。而代际研究中的"心证"，指的是以研究者现实体验、生命感受、精神求索的"心"来认知、思考和阐释创作者之"心"、作品中人物形象之"心"，从而达成研究者、创作者和人物形象三者之间的生命感受、心灵体验和精神求索的"心灵互映"。

3. 个案式研究。在整体性研究过程中，代际研究存在着对创作者个体、作品人物形象的独特个性的某种遮蔽。因此，我们在进行整体性研究的同时，要展开对创作者个体和作品文本的个案法研究，来阐明在代际研究的共同地带下被遮蔽、忽视的个性特征与独特的精神光芒，从而与整体性研究构成互补。

每一种研究方法都不是十全十美的，重要的是发挥出每一种研究方法的独特价值来。显然，在人工智能的新智媒时代，在人类越来越处于海德格尔所言的 "技术框架" 宰制的时代里，代际研究以其整体性、时代性、情感性、真实性、内在性而获得独具魅力的研究品质和价值意义。本著作就是代际研究的一些尝试和努力，请各位师友多批评指正。

是为序。

2025 年 1 月 20 日
暨南园周转楼

中国
"70后"
作家
综论

关于开展"70后"作家研究的倡议

　　学者陈思和先生在《从"少年情怀"到"中年危机"——20世纪中国文学研究的一个视角》一文中追问："我们现当代文学的硕士点是1980年代初期设立的，博士点的设立在1980年代后期，我们的高校中文系培养了一代又一代的博士、硕士，他们都到哪里去了？他们为什么不把眼光放到与他们同代的人身上？"

　　要回答陈思和先生的追问，我们就会发现存在于中国现当代文学研究中的一个极为不良的症候，即重现代轻当代、重大师轻边缘作家、重名人轻新作家的"研究规则"，在研究者、报刊、出版社乃至文化界、思想界形成了一种"无名的潜意识"。因而，研究边缘作家、新作家、无名作家的，不但研究成果的分量受到质疑，而且能不能发表都将成为问题。而事实上，现代文学的边缘作家、当代文学的无名新作家，他们最需要研究者关注、开掘、发现、引导、评价与定位。但是，文坛、批评界既然是这样一种"学术典律"，那么同样在成长中、同样汲汲需要关注的新生代"70后"批评家，自然是"无暇"或"不把眼光放到与他们同代的人身上"了。

　　正如陈思和先生所叙述的王安忆对母亲茹志娟的回答，不需要别人的宽容，"我们早就存在了"。"70后"作家同样如此，他们早就存在了，尽管这种存在处于重重的遮蔽之中。

　　在当代文坛的整体格局中，"70后"作家是一种尴尬的存在。首先是来自代际的冲突。前有"50后""60后"作家成熟大气的光芒，后有"80后""90后"作家锐不可当的气势，"70后"作家恰好处于历史的夹缝之中。其次，"70

后"作家受到来自市场外部的遮蔽。市场与媒介联合命名了"70后",一提起"70后"作家似乎就是卫慧、棉棉等"美女作家"或"身体写作"。再次，"70后"作家既"旧"又"新"、既"信"又"疑"，徐则臣曾用"拘谨、忧郁、心事重重、瞻前顾后"描述"70后"，从外部存在到内心世界，"70后"作家大都处于自我冲突状态。最后，"70后"作家在文学创作中呈现出一种不确定的审美认知和思想漂浮，难以建构深邃的审美艺术境界。

在审视"70后"作家的尴尬处境之后，我们同样要看到"70后"作家独特的乃至是不可复制的审美优势与精神气质。比较于"50后""60后"作家而言，"70后"作家有着较为完整的知识体系和健全的人性认知，正日益成为文坛最坚实的创作力量。事实上，"70后"实力派作家如徐则臣、魏微、金仁顺、刘玉栋等，正逐渐被批评家与研究者重视，他们厚重、大气、沉静、娴熟的一面已经显现。如王蒙对话张悦然时所言，"80后"作家缺少历史与生活的维度，在这一方面恰恰是"70后"作家的审美优势所在。"70后"作家经历了乡土中国的历史裂变与新生的阵痛，有着丰富的生活阅历和深刻的生命体验，有传统文化的审美趣味，又有着21世纪互联网时代的多元文化包容力和审美接受力，从而具有了一种混合多元的审美思维模式和独特的精神气质。青山遮不住，毕竟东流去。对于"70后"作家，我们有理由相信他们必将在21世纪文坛呈现出他们独特的审美特质和精神个性。

陈思和先生说："文学需要阐释，一代人有一代人的话语密码，需要给以理性阐释而不是媒体上的随意起哄，这是关键的问题。今天主流的作家和主流的批评家都已经是中年人，作为同代人，他们之间存在着很好的沟通。而在更加年轻的作家崛起于文学创作领域的时候，文学批评和文学理论显然是严重滞后了，以至于常常需要作家自己出来发表一些辞不达意的话，来表达自己。"一时代有一时代之文学，同样，一时代有一时代之批评家。面对21世纪在历史夹缝中尴尬存在的"70后"作家，面对21世纪喷涌而出、沉静坚实的"70后"文学，正如陈思和先生所呼唤的，作为"同代人"的"70后"批评家已经不能再犹豫了。

让我们一起关注同代人的文学创作，让"70后"作家与"70后"批评家一起成长吧。

未完成的审美断裂

——中国 "70 后" 作家群研究

　　百年来，中国文学以一种断裂现代性的审美姿态，与时代风云激荡，涌现出了一代代优秀作家和一部部经典文学作品，以审美的文化力量汇入乡土中国百年现代化的历史进程之中。新时期以来，"伤痕文学" 的出现，开启了新的 "人的文学" 时代；1980 年代中期 "先锋文学" 的形式试验，创造了一个文学形式 "本体论" 和 "纯文学" 的时代，出现了余华、苏童、格非等名家。可谓，一时代有一时代之文学，一时代有一时代之文学巨匠。然而，这种文学发展的断裂式审美姿态和作家代际成长模式，在 1990 年代之后受到了阻滞和延缓，21 世纪中国文学没有出现具有明显断裂效应的，标志着新一代美学理念和艺术风格的作家及其作品崛起于文坛。

　　纵观 21 世纪中国文坛，当代文学研究和批评的热点依然集中于贾平凹、张炜、莫言、王安忆、毕飞宇、迟子建、苏童、余华、格非等 "50 后" "60 后" 作家及其作品。与此同时，在文化消费主义思潮中，大量的媒体和出版市场热衷于炒作 "80 后" 作家；作为文坛中坚力量的 "70 后" 作家，就这样淹没于 "大家" "新人" 的文学阴影和新媒体喧嚣炒作的声浪，处于历史的夹缝和尴尬之中。不仅如此，在数量不多的 "70 后" 文学批评与研究中，也存在一种很强的倾向性、选择性研究，以至于形成一种 "70 后" 写作 "是激素催生的写作，缺乏自然生长的精神间隙，没有原汁原味的文学创造的芳香、色泽和饱满度"的"假面狂欢"①，是没有根基和实处存在的"一朵虚无的云"②，等等。种种批评性、片面性乃至是否定性的解读层出不穷。因此，对"70后"作家的文化背景、精神气质、创作风格和审美局限进行整体性、立体化、全景观的研究分析，就显得极为迫切和必要，这不仅关系到"70后"作家一代人的文学创作，还关系到21世纪中国文学的未来命运。

一、"70后"作家既"断"又"续"的冲突性成长背景

百年来，在断裂式现代性的思维模式之下，中国文化经历了一次次不同文化板块冲突的"地震"运动，造成文化的外在振荡和内在冲突。③从"五四"新文化运动对传统文化的彻底质疑与批判，到"文革"时期"破四旧"，再到1990年代文化消费主义兴起，中国传统文化、民俗再次受到全面的冲击，文化处于严重的"沙化"状态。④因而，出生于70年代的作家与"五四"时期的文学作家，就传统文化的精神底蕴来说，是无法比较的。受到私塾教育和传统文化熏陶的现代作家，往往不但有着深厚的传统诗词文化的艺术底蕴，而且擅长书法、音律、美术，如鲁迅除文学写作之外还修习书法、精通木刻，刘半农、沈尹默分别是语言大师和书法大师，郭沫若在文学、历史、考古等诸多领域卓有成就。然而，生长于70年代的大多数人从小就没有书法、古文、音韵等方面的训练，已经与传统文化处于基本隔绝的状态，失掉了传统文化之根。

"50后""60后"作家经历了一次次社会运动，特别是"文革"给他们的生命成长留下了苦难的精神记忆，形成了难以磨灭的生命情结，构成文学创作的思想主题和不竭的创作动力。"50后"作家中，张炜的《古船》《九

---

① 黄发有：《激素催生的写作——"七十年代人"小说批判》，《广播电视大学学报（哲学社会科学版）》2001年第2期。

② 周立民：《可疑的"个人"——七十年代出生作家作品阅读札记》，《山花》2009年第9期。

③ 参见吉登斯：《现代性的后果》，译林出版社2011年版，第5页。

④ 参见张炜：《精神的背景——消费时代的写作和出版》，《上海文学》2005年第11期。

月寓言》、莫言的《红高粱》、陈忠实的《白鹿原》、赵德发的《君子梦》、贾平凹的《秦腔》《古炉》，无不呈现百年来的历史巨变与时代风云，书写留在民族心灵中的精神史。亲历过"文革"、"上山下乡"运动的"60后"作家，有着书写大历史的生命冲动和文学责任感，余华的《活着》《许三观卖血记》、毕飞宇的《青衣》、李锐的《旧址》、格非的《人面桃花》、苏童的《河岸》等作品书写出民族、个体的心灵苦难与不安的精神骚动，呈现出历史复杂和吊诡的一面，无不有着宏大历史叙事的格局和气魄。"70后"一代人有的赶上了"文革"的尾巴，留下深刻记忆的是十一届三中全会，这不仅是一个新时代的开始，也是众多"70后"作家生命记忆的历史起点之一。毫无疑问，"70后"作家的成长完全不同于现代作家，也不同于"50后""60后"作家，他们是在一个较为稳定的时期里，在"校园"这样一个不同于"革命""生产"的后革命时代空间中"安静"长大的；与这个后革命时代空间相吻合的，不再是"革命""民族""生产""阶级斗争"等大词，而是"楼上楼下、电灯电话"等现代化物质启蒙，以及"好好学习、天天向上"等"乖孩子"的训导词。中学教室里课桌下掩藏的是金庸、古龙的武侠小说和琼瑶的不食人间烟火的爱情传奇；大学时代受到的是《同桌的你》《糊涂的爱》等流行歌曲懵懵懂懂的情感启蒙。这就是"70后"一代人成长的精神背景：没有枪林弹雨、没有轰轰烈烈、没有荒诞、没有悲剧、没有逆反，安宁、平淡、庸常、世俗。他们是后革命时期的一代"乖孩子"。但是，这绝不意味着"70后"就没有痛苦、悲哀和反抗。

　　"文革"的终结，意味着一个新的后革命时代的来临。看似安宁无事的和平时代，实则暗流涌动。自改革开放以后，中国进入社会主义建设新时期，政治、经济、文化等各个方面焕发了生机，特别是1990年代市场经济开启以来，当代中国进入了前所未有的经济繁荣期。与此同时，GDP高于一切、金钱拜物教、文化消费主义等"新意识形态"弥漫于社会肌体的内在肌理之中[①]；贫富分化的社会生态、文化伦理的精神生态和中国大地的自然生态处于深深的危机状态。这种繁荣与腐败、理想与荒诞、善良与谎言的现实生存冲突，对于从小就在校园空间、天天受到训导长大的"70后"来说，无疑

① 参见王晓明：《九十年代与"新意识形态"》，《天涯》2000年第6期。

是一次被迫的、无奈的精神断裂，构成一种内在的精神危机，心灵无法获得真正的安宁与皈依。正如宗仁发所言："这一代作家是生长在社会转型的断裂处，旧有状态的土崩瓦解轰然而至，新秩序却姗姗来迟，他们在悬置中失重。"①

在新时期一个个文学浪潮中，一些作家被淘汰了，一些作家如贾平凹、莫言、张炜、铁凝、王安忆、迟子建、苏童、格非等人的新作不间断地推出，成为文坛的常青树，构建了一个不同于以往的超稳定文坛格局。超稳定的文坛客观造成了作家群体代际更替的延宕。面对这一文学困境，"80后"作家另辟蹊径，彻底放弃了传统作家的从期刊到出版的漫长而严苛的成长道路，而在新的市场经济和文化消费主义思潮之下，与出版、传媒、网络合作，直接走向文学终端——市场，以造星的方式包装打造文学界的"明星"。可见，"70后"一代人既没有续上传统文化，又在连续稳定的新时期受到了极大的冲击；既没有赶上"战争""革命"大历史时代，又落伍于新的文化消费主义时代。"70后"可谓是既"断"又"续"、既"新"又"旧"、既开放又保守的处于历史、文化和社会夹缝中的一代尴尬群体。

二、"70后"作家两种出场模式与审美书写方式

对于历史、文化、社会和代际冲突等因素所构成的压抑与遮蔽，"70后"作家开始了自身的艺术突围之旅。反观从1990年代以来的"70后"作家的文学创作历程，我们会惊讶地发现"70后"作家群有着两种迥然不同的文学出场方式：一种是高声喧哗、本能冲动的，意图消解意识形态却被新意识形态俘获命运的"美女写作"；另一种是默默探索、自在明净的，把历史、文化、人性的思考与个体生命体验相结合的"纯文学"写作。

---

① 宗仁发、施战军、李敬泽：《关于"七十年代人"的对话》，《南方文坛》1998年第6期。

1. "70后"作家的第一种出场方式：高声喧哗的"美女写作"

"70后"的说法，最早出现在1996年陈卫创办的民刊《黑蓝》封皮上。《小说界》1996年第3期开设"七十年代以后"栏目；《作家》1998年第7期设"70年代出生的女作家小说专号"，推出了卫慧、棉棉、周洁茹、朱文颖、金仁顺、戴来、魏微等7位女作家的小说，由此而衍生了"美女作家"之说。此后，一些文学刊物纷纷参与了这场文学造星运动，《钟山》《上海文学》《花城》《大家》等刊物刊载"70后"作家作品。但是，在文坛产生巨大冲击力、具有标志性意味的是上海"美女作家"卫慧的《上海宝贝》的发表。

"想象自己有朝一日如绚烂的烟花噼里啪啦升起在城市上空"①，《上海宝贝》塑造了一群"看不到未来"、视"未来是一个陷阱"的"70后"都市生存群体。小说向我们展示"工业时代的文明在我们年轻的身体上感染了点点锈斑，身体生锈了，精神也没有得救"②。显然，作为较早的独生子女群体，这群生活在都市里的"70后"群体所经历的"孤独"有着不同于上一个时代的更深切的生命体验和精神感受，既有着来自家庭的没有兄弟姐妹的生存孤独，也有着来自物质极大丰富、无人与之分享的成长孤独，更有着在社会群体中寻觅不到自身位置与价值的意义孤独。③

在文化消费主义的大众狂欢和新的"无物之阵"下，从卫慧、棉棉到九丹、木子美，这种"美女写作""下半身写作"的立意是挣扎、反抗的文学，却"不过是消费主义时代的花哨的点缀"④，不经意之间越来越陷入媒体、出版和新意识形态的牢笼之中，呈现出诡异的面容。写作本身和"美女""下半身"这些噱头无关，"美女"和"下半身"这些商业性的过多炒作在很大程度上违背了文学审美原则，对作家和作品构成了一种精神的内伤，其"像泡沫一样迅速升腾的，也只能像泡沫一样碎裂"⑤的结局也就可想而知了。

① 卫慧：《上海宝贝》，春风文艺出版社1999年版，第1页。
② 卫慧：《上海宝贝》，春风文艺出版社1999年版，第8页。
③ 参见张丽军：《"蝴蝶尖叫"与"老僧入定"》，《山东文学》2012年第9期。
④ 倪伟：《论"七十年代后"的城市"另类"写作》，《文学评论》2003年第2期。
⑤ 杨莉：《碎裂的升腾："70年代后"作家的文学姿态》，郑州大学2002年硕士学位论文，第50页。

2. "70后"作家的第二种出场方式：自在明净的"纯文学"写作

"美女写作""下半身写作"极大扭曲和遮蔽了"70后"作家的整体形象。有鉴于此，《芙蓉》杂志在1997年第1期推出"70年代人"后，1999年第4期又推出"重塑'七十年代以后'"。无独有偶，当初"70年代出生的女作家小说专号"的策划者、《作家》杂志的主编宗仁发也意识到了这个问题，以与施战军、李敬泽对话的方式发表了《被遮蔽的"70年代人"》一文。施战军在文中指出"被遮蔽的'70年代人'"的大致情形是"男作家似乎弱于女作家，作品散见于杂志的女作家似乎弱于出作品集的女作家，出作品集的女作家似乎弱于出长篇的女作家"[①]。《芙蓉》杂志和李敬泽、施战军的感受、判断是很敏锐的。他们以对文学、文坛负责任的态度，对被媒体和大众所误读的"70后"进行去蔽化的努力，力图"重塑'七十年代以后'"。

相较于"美女作家"高声喧哗的出场方式，一部分"70后"女作家，如鲁敏、付秀莹、滕肖澜等和"70后"男作家则显得沉静得多，一些作家近乎沉默。刘玉栋、张学东、李骏虎、李浩、范玮等一些"70后"男作家，在卫慧、棉棉暴得大名之前的1990年代中期就已经开始文学创作了。创作开始稍晚的"70后"作家徐则臣、东紫、常芳、艾玛等人同样是淡然、自在、从容、明净的，与较早开始创作的作家一起，坚守1980年代以来倡导的"纯文学"写作。应该说，当代"70后"作家的"纯文学"创作与上一代人的审美艺术风格大不相同，是在"先锋文学"终结之后的具有中国当代经验的多样化审美探索，涌现了像"新乡土文学""进城文学""底层叙事""后先锋叙事"等方兴未艾的文学新思潮，极大开拓了"纯文学"的概念、内涵和领域。

如今，宗仁发所判断的"70后"作家创作格局已经发生了根本性的变化："70后"男作家群体的集体崛起；"70后"女作家群体的更新；从都市欲望写作到新乡土小说、城市底层写作的审美思潮转变。"70后"作家以一种新的、群体的、锐不可当的姿态涌现出来。[②]

---

① 宗仁发、施战军、李敬泽：《被遮蔽的"70年代人"》，《南方文坛》2000年第4期。

② 参见张丽军：《"蝴蝶尖叫"与"老僧入定"》，《山东文学》2012年第9期。

三、多元艺术风格的确立："70 后"作家中短篇小说创作的成熟

"70 后"作家首次历史出场所发出的"蝴蝶的尖叫"盖过了其他所有的光影和声音，给"70 后"作家群体带来了一个"美女写作"的噱头和"下半身写作"的恶名①，构成了一层来自"70 后"文学群体内部的遮蔽阴影②。不过，哪里有遮蔽，哪里就会诞生突围的力量。21 世纪以来，"70 后"作家群在经历了长达十多年的期刊杂志的投稿磨砺，在中短篇小说创作方面已经走向成熟，是国内中短篇小说创作的主力军和高峰所在，涌现出了金仁顺、魏微、刘玉栋、李骏虎、张学东、徐则臣、盛可以、东紫、朱文颖、鲁敏、滕肖澜、常芳、范玮、艾玛等众多优秀作家，呈现出五彩缤纷的多元艺术风格。除了这种传统类型作家之外，网络作家已经成为多元化的"70 后"作家群中不可小觑的群体，"在网络文学形成、发展和壮大的十年间，随处可见'70 后'的身影，因网络而成名的作家，百分之八十都是'70 后'。他们当中第一代的有安妮宝贝、李寻欢、邢育森、慕容雪村、今何在、江南、燕垒生、雷立刚；第二代的有水晶珠链、俞白眉、蔡骏、萧鼎、酒徒、金子、小雨康桥；第三代的有阿越、天下霸唱、烟雨江南、月关、雪夜冰河、晴川等"③。

金仁顺和魏微是曾与卫慧"同台演出"的"美女作家"。显然，金仁顺、魏微与卫慧的写作有着极大不同。金仁顺早期的小说《名叫马和》《月光啊月光》《听音辨位》《一篇来稿和四封来信》是形式非常别致、具有魔幻先锋性的小说。《五月六日》《松树镇》《恰同学少年》是触及矿难等现实生活的成长小说，用孩子的视角冷静地描述死亡，有着一种叙述的节制、冷静和残酷，迥异于卫慧的"下半身写作"。金仁顺近年来的创作风格和表现主题在悄然发生着变化，呈现一种较为浓郁的女性主义色彩。《人说海边好风光》《爱情冷

① 参见齐红：《蝴蝶的尖叫——"70 后"女作家写作的历史意味》，《南方文坛》2009 年第 1 期。

② 参见宗仁发、施战军、李敬泽：《被遮蔽的"70 年代人"》，《南方文坛》2000 年第 4 期。

③ 马季：《看云的孩子长大了，一切才开始》，《中华读书报》2009 年 12 月 2 日。

气流》《彼此》通过对原始性爱本能的展示，思考性、爱与存在的关系。金仁顺"提出一个'坚贞'的观点，……心的坚贞比身体的坚贞更为重要，另外，现在的人可以'身体醒着，心睡了'，可以身心分离，而从她的作品中，可以听到她的大声疾呼，呼吁身心一起醒着，引起人们的思考"①。

魏微的文学创作同样有着很强的女性主义色彩，小说叙述空间有着很鲜明的小城镇叙事特色。如果说金仁顺像一个魔法师一样，不断变换着叙述的场景、气息、味道和出其不意的情节，魏微则像一个不肯长大的淳朴女孩，向我们展示心灵的纯净，以及这颗纯净心灵与世界相遇的复杂况味。魏微说："我害怕谈婚论嫁，只有我自己知道，我害怕的其实是长大成人，慢慢负起责任来，开始过庸常的生活……1994年，我送单身的女友们走上婚姻的殿堂，我伤感之极，也因此而沉静，变得无所惧怕。我决定把它们写下来。"《到远方去》呈现了魏微小城镇叙事一个很重要的精神特征：人物形象有一颗不安分的心灵，一颗与庸俗现实不合拍、处于内在紧张关系的纯洁心灵。"他是个好公民，生活作风严谨，没有婚外情，也不常有桃色事件。那个自己，他活得那样认真，他的世界富有逻辑，有板有眼……他让他放心；可是那个自己，他不快乐。"《到远方去》中的"他"在温驯的表象之下，内心世界里叛逆的暗流越来越激荡不安，以致决堤而出。《异乡》中的许子慧像"灰姑娘"一样实现了某种逃离，从吉安小城来到大都市，三年来始终保持内心的纯洁，四处打拼劳碌，不回家过春节。在思乡之情的蛊惑下，许子慧决定回故乡，却发现故乡竟成了"异乡"。魏微小说中的人物形象与现实的紧张关系，在《大老郑的女人》和《姊妹》中得到了缓解。魏微在婚姻、家庭、爱欲情仇的紧张冲突叙事中，渐次深入人物形象复杂的内心世界，传达出对人性、欲望、伦理的深刻认知，以及探寻人与世界、自我、他者的和解方式。

刘玉栋的小说创作同样开始于1990年代，有着明净沉郁的抒情性艺术风格特色。在刘玉栋的早期作品中，我们看到了一个在乡土与城市、写实与虚构、先锋与抒情等不同领域风格四面出击、多方尝试的青年作家。不同于现代性都市文化而在乡村文化母体中成长起来的作家刘玉栋，有着一种天然的、

---

① 张丽军、刘青：《令人惊艳的"半开之美"——70后作家金仁顺小说研讨》，《绥化学院学报》2010年第6期。

诗意的浪漫气质，对乡村、大地和挣扎于大地上的农民存有血肉相连的悲悯情怀。发表于1999年的《我们分到了土地》是他创作获得突破的标志性作品，也是呈现他浓郁沉静抒情性风格的代表性作品。《我们分到了土地》写爷爷对新分到的土地满怀期待，希望借小孩子的手气抓到好地，结果却事与愿违，抓到的是一些"地头子"。作家以爷爷大哭后坐在地边死去的方式呈现了爷爷激烈的内心冲突。这是"一种侧面的、坍塌式的激烈"，传达出了作者独特的有节制的审美理念，恰好与小说文本的沉郁诗意相契合。刘玉栋的乡村题材小说《葬马头》《火色马》《早春图》《给马兰姑姑押车》都是深受读者欢迎的，具有浓郁诗意、温暖与疼痛交织的乡土文学作品。发表于21世纪的《幸福的一天》展现了作者对时代的新思考。小说写菜贩马全在冬天黎明时刻开着车进城贩菜，却在路上发生翻车事故而不幸身亡。灵魂出窍的马全以城市游走的方式，呈现出他对城市幸福生活的内心向往与精神想象，令人无比心酸，唏嘘不已。创作起步较晚些的"70后"作家常芳的小说同样具有一种抒情性审美气质，其《告诉我哪儿是北》《拐个弯就到》《太阳，太阳》等作品以新颖别致的比喻和温暖的人性关怀，显现出21世纪底层写作走向日常生活、人性深处的新趋向。

早年便开始发表小说作品的徐则臣，近几年来佳作迭出。在经历了一段时间的带有某种魔幻先锋色彩的"花街"系列书写之后，他开始了《啊，北京》《西夏》《三人行》《跑步穿过中关村》等关注"京漂"底层形象建构的小说创作，在文坛引起极大关注。《啊，北京》中主角名叫边红旗，一个从苏北小镇到北京闯荡世界的、以做假证为生的民间诗人。小说向我们呈现了一种从小就唱《我爱北京天安门》教育语境下所孕育的异乡人对北京的崇拜意识。与边红旗鼓胀的诗歌意识不同，他宁静贤惠的、在小镇指导孩子画天安门的妻子来到北京，看到现实版的天安门突然哭了，"怎么没有我想象中的高大？"[1] 现实中的北京对于异乡人不仅回归了它本来的面目，还显现出较为残酷的一面。两手空空、身无长物的边红旗感受到了北京的生存压力，以至于无奈走向了最初美好愿望的反面——不仅成为做假证的违法职业者，还发生了婚外恋，行走于合法社会和婚姻的边缘地带。小说的结尾是边红旗被捕，

---

[1]　徐则臣：《鸭子是怎样飞上天的》，作家出版社2006年版，第60页。

情人没有出现，妻子来把他赎出来带回了苏北小镇。可以说，《啊，北京》展现了徐则臣小说叙述中的一个较为经常出现的两难困境：在城市和乡村之间的心灵漂泊和艰难抉择。这也恰恰是 70 年代小说讲述者和被讲述者共同的精神困扰，徐则臣以第一人称亲历者的叙述身份向我们建构了当代城市底层漂泊者的群体形象。不同于徐则臣的北京底层叙述，"70 后"女作家盛可以为我们建构了广州打工妹底层形象，形成了"京漂"和"北妹"这一北一南的当代城市底层形象的文学书写格局。

宁夏作家张学东正日益成为"70"后作家中成绩斐然的一位。在批评家汪政看来，张学东是一个"将短篇作为经典的文学样式"的作家[1]。张学东短篇小说的一个极为突出的特征就是"及物"，即小说通过对某一物的详尽描写从而触及"物"的灵魂。从对"火枪"的细致描述中，作者展现出枪的主人"他的眼睛里有股幽幽的铁蓝色火焰"，直指人物内心世界的幽秘情感，"汪铜的骨子里从此有了一种叫做骄傲的东西，或者叫做信心。汪铜明白了一个道理，关键是看你有没有胆量"[2]。《喷雾器》讲的是"最常见的那种空气压缩式农用喷雾器"，羊角村的贱生因为给生产队打药中毒被用土法救下来，以致近乎百毒莫侵，成为劳模，但也留下了不能生育的后遗症和悲剧性人生。《剃了头过年》则把描述的重点放在过年剃头的习俗上，父亲为五个孩子剃了头发，"奶奶挨个摸了我们每个人的小平头。奶奶笑吟吟地说穷穷富富剃了头好过年啊，啥时候都是这个老理啊"[3]。可是这个年确实不一般，大年三十这天父亲被揪到场部剃了个阴阳头。结尾母亲以笑声和扫父亲、孩子身上尘土的风俗形式扫除晦气，迎接新年的到来。正如陈思和所言："我还是愿意从短篇小说艺术结构的角度来探讨精致的篇幅如何包容较大的社会历史容量。我以为这是张学东的短篇艺术的主要特点，也是他的艺术创作最成功的地方。"

---

① 张学东：《应酬：张学东短篇小说名家点评（1999—2009）·序》，河南文艺出版社 2010 年版，第 1 页。

② 张学东：《应酬：张学东短篇小说名家点评（1999—2009）》，河南文艺出版社 2010 年版，第 4 页。

③ 张学东：《应酬：张学东短篇小说名家点评（1999—2009）》，河南文艺出版社 2010 年版，第 89 页。

四、未完成的审美断裂："70后"作家长篇小说创作的成功与局限

"70后"作家尽管已经确立了各自较为成熟的艺术风格，但是与真正的艺术崛起和文学大家还是有着较大距离。"70后"作家在国内有较大影响的长篇小说创作处于严重的缺失状态，这不能不说是目前"70后"创作的瓶颈和最大难点所在。从作家的成长规律来看，从中短篇小说的成熟到长篇小说创作的尝试要经历一个较为艰难的过程，这不仅仅是文字量的简单增长，还是作家对长篇艺术结构、逻辑理念和历史容量的重新认知和自我拷问，全面厘清自我与世界、历史和现实的复杂关联，是作家化蛹为蝶的艺术质变。金仁顺的《春香》、魏微的《拐弯的夏天》、徐则臣的《水边书》、刘玉栋的《年日如草》、李俊虎的《母系氏家》、张学东的《妙音鸟》、常芳的《桃花流水》、盛可以的《水乳》、葛亮的《朱雀》等长篇小说创作，无不展现了"70后"作家群的"蝶变"过程。

从中短篇小说到长篇小说创作，是一个作家不断进行自我定位、生命探寻的过程。金仁顺从早期的某种先锋性、魔幻性叙事开始向内在、真切的女性主义叙事转变，而转变的关键把手和内在精神理念核心就是自我朝鲜族身份的追寻与确立。金仁顺的《爱情走过夏日的街》中，暴力、血腥、死亡、坚韧、美女、爱情等众多元素构成一部好看的小说。而实木旧家具、棕黄色酱饼、干红辣椒、酱汤馆、祖传的发钗组成了别具朝鲜族风情的酱汤馆，故事就在这个民族空间里展开。毫无疑问，金仁顺这个"魔法师"一旦回归本民族叙事，瞬间就施展出神奇的"魔法"，制造了令人陶醉的叙事氛围。"人赚钱是为什么呢？""过上幸福的生活。""可幸福的生活又是什么呢？"①作者开始了对日常生活本质的追问，继续以往的女性主义书写。如果说《爱情走过夏日的街》是酱汤馆"灰姑娘"的故事，《春香》则重新建构了朝鲜族历史上的"香榭公主"故事。"魔法"在历史的氤氲中散发出摄人心魄的迷醉。《春香》所呈现出的酣畅淋漓的艺术想象力来源于作者对世界的发现、思考和

---

① 金仁顺：《爱情走过夏日的街》，新世界出版社2010年版，第31页。

追寻。"金仁顺的内心有鲜花,有月光,有各种充满情感的植物,而不只是有欲望,有物质、钻石,有名利,不只是这些,所以她的语言、她的文字里有一种高贵的气息,才能有与众不同的东西。"① 金仁顺在《春香》中成功建构了一个女人的心灵秘史。

魏微的《拐弯的夏天》是一部独特的个体心灵成长史,以回忆、互诉的方式平静地讲述了"我"和"阿姐"在那个夏日近乎疯狂的青春史。"我"和"阿姐"的人生都是在十六岁的夏日里拐了一个弯:"她反抗规律,反抗一切按部就班的东西……比如日常生活。……她敏感,脆弱,没有平常心——世俗性。她不在日常生活里。"② 她的这种性格源于古老的家族和宿命。不同的是在革命年代里,阿姐的父母反抗的是旧社会,从事的是革命事业;在革命结束的日子里,阿姐反抗的是"日常生活",从事的是盗窃诈骗行当。这种拒绝庸常,从现实中逃离的叛逆意识呈现了作家与现实生活的紧张关系,构成了魏微小说叙述美学的张力来源,是其小说一以贯之的逻辑结构方式。加上大段大段的人物内心诉说与倾听的故事讲述方式,魏微已经形成了独具特色的艺术风格。

相较于魏微小说中的叛逆决绝式的成长,徐则臣的《水边书》向我们讲述了另一种回归现实、有着内在忧伤的成长故事。正如徐则臣在题记中所引用的斯文特拉的话:"一个作家必要为自己写一本成长的书。"而事实上,很多作家的长篇小说都是从讲述自己的成长故事开始的。徐则臣的《水边书》讲述的不仅仅是他一个人的成长史,而是"70 后"一代人的精神成长史。到少林寺学武、寻访民间高人的行侠仗义的武林侠客梦,曾是《少林寺》在中国大地上演以来的众多"70 后"的憧憬和梦想。小说主角陈千帆就是这样一个不仅幻想还一次次从行动上实践这一梦想的人。在最后一次出走途中,死亡的淤泥气息几乎让他窒息,使他思考侠客的本质意义。"侠客干什么? 行走江湖。……如此说来,他行走多日,已经是在实践侠客的身份了。"③ 陈千

① 张丽军、刘青:《令人惊艳的"半开之美"——70 后作家金仁顺小说研讨》,《绥化学院学报》2010 年第 6 期。

② 魏微:《拐弯的夏天》,中国工人出版社 2010 年版,第 160 页。

③ 徐则臣:《水边书》,上海文艺出版社 2010 年版,第 100 页。

帆领悟到了侠客的意义，但在具体的实践中却没能够保护郑青蓝不受斧头帮和谣言的伤害，而这只是因为一个少年的羞涩和不成熟。成长是要付出代价的，但是对于小说中的陈千帆和郑青蓝来说，这种代价又是如此之沉重。

《年日如草》是刘玉栋的第一部长篇小说，是他在对乡土题材小说驾轻就熟之后重新进入城市写作的一种自我新突破。《年日如草》塑造了一个适应现代城市生活的二代农民形象，展现了作者对当代中国城市化进程与人的文化伦理、心灵结构变迁关系的独特思考。小说主角曹大屯是一个"倒霉蛋"，进城做了工人，失误害死了师傅；为赎罪也为爱情，娶了师傅的女儿；妻子怀的是别人的孩子，孩子父亲出狱后，妻子跟他离婚；离婚时，他把房子等财产拱手相让，重新一无所有。但是，当同学储小青出钱请他惩治"小三"时，他已经有了法律意识，选择拿钱却不办事；当前妻需要他来证明房产来源的时候，他支吾着欲言又止，前妻说"你个狗日的，算是开窍了"①。"在《年日如草》里面，我看到是一个带有某种狡黠而不失善良本性的、已经适应城市生活的农民形象，这一点是以往文学史所没有的，具有突破性意义。"②《年日如草》呈现的是一种平凡人物的城市生活探索史、被动适应史，是一个乡土中国进城青年的心灵成长蜕变史。对于曹大屯而言，他离真正的城市化道路还有着很远的距离。

张学东的《妙音鸟》以叙述羊角村人患上了不明疾病黑白颠倒、活人与死人对话、鬼魂复仇等荒诞性情节来重现"文革"那段历史和乡民的愚昧。小说塑造了虎大、牛香、秀明、三炮等鲜明人物形象，具有较强的探索意味。李骏虎的《母系氏家》讲述了兰英嫁给矮子福元，如同赵树理小说《登记》里头的"小飞蛾"嫁给张木匠一样婚姻不般配。兰英找书生才子和"土匪"长盛借种，认为这上半辈子活得很窝囊，但"还有半辈子是从生娃娃开始算起"③。兰英的生命强力和借来的"好种子"没有改变悲剧的结局：儿子没有生育能力，女儿一生未嫁，最终"颗粒无收"。"小说中对于中国土地上千百

---

① 刘玉栋：《年日如草》，作家出版社 2010 年版，第 287 页。

② 张丽军、房伟等：《一个农民·一座城市·一部心灵成长史——刘玉栋长篇新作〈年日如草〉研讨》，《海南师范大学学报》2011 年第 3 期。

③ 李俊虎：《母系氏家》，陕西人民出版社 2009 年版，第 5 页。

年来的悲剧，从潘金莲到小飞蛾到兰英，我觉得李骏虎倒是提出了无拘无束的生命强力，以及这种强力在中国土壤上的悲剧性。”①

“70后”作家在取得巨大突破的同时，也依然呈现出一些审美的局限和不足。金仁顺的《春香》在倾尽全力编织一个美轮美奂的香榭世界的同时，一旦回到历史事实和生活逻辑，就失去了“魔法”效力。小说后半部分叙事动力的不足、虚实之间转换的僵硬、男性人物形象的苍白、香艳有余现实不足的叙述，都需要作者进一步思考。刘玉栋的《年日如草》也存在着叙事动力不足、人物形象单薄、结构不均衡、缺少深层精神探索的审美局限。作为魏微小说叙述美学的张力来源，我们不禁会问，作家与现实生活的紧张关系能够持续多久？这种紧张关系的本质是一种盲目的、宿命的欲望之流，还是理性的、灵魂深处的精神之痛？如何从既有的叙述方式和逻辑结构方式中走出来，呈现一种更多元复杂的精神联系，无疑是魏微需要迫切审视的问题。徐则臣创作了《午夜之门》等多部长篇，但是就小说结构和人物形象的丰富性、独立性、完整性、创新性来看依然是不够的。张学东的《妙音鸟》中的细节呈现同样是骇人的，但是内在逻辑结构缺乏更有效的统一性。李骏虎的《母系氏家》的弊病同样如此，可以独立为三个中篇故事。可见，当前“70后”作家的创作存在着温柔性有余尖锐性不足、身体性有余精神性不足、人性化有余历史性不足等审美庸常化、模式化问题。

五、结语

面对“70后”作家的问题，“70后”作家群必须找到不同于以往现代文学、“十七年”文学和“50后”“60后”作家的，属于自己的时代语言和表现主题，必须从这一代人的思想背景、精神气质和情感心理出发，实现一种真正彻底的审美断裂。“与其后的80后作家相比，70后小说家温柔敦厚，他们对生活充满着温情，即使面对令人齿冷的黑暗，他们也愿意为那‘新坟’添上一个

---

① 张丽军、马兵、赵月斌、盖永爽：《多种可能性的艺术探索与文学人民性传统的回归——关于70后作家李骏虎的作品研讨》，《绥化学院学报》2010年第5期。

花环，他们对人性与生活永远有着同情的理解。"① 但是我们必须看到这种 "温情" 审美意识以及所带来的 "温柔敦厚" 的审美风格，在区别于 "60 后" 和 "80 后" 作家 "自有其宝贵的一面"② 的同时，也在无意之中陷入了 "新意识形态" 所建构的温柔陷阱，不幸成为软化和粉饰现实矛盾冲突的精神麻醉剂。正如施战军所指出的，这种合乎 "'时宜' 是写作者最应该怀疑的东西，…… 如今这种路数已被人们熟悉甚至俗化，需要更深入地确立和展开，尤其是探索艺术方式的多种可能性"③。"70 后" 作家 "温柔敦厚" 的审美艺术风格，不仅是一种时代 "共名" 审美文化的产物，更有着来自 "70 后" 成长过程中被规训的 "乖孩子" 的精神气质和心理背景。"70 后" 作家的文学创作应该从对上一代作家的创作模仿中走出来，实现审美的断裂。这种断裂不仅仅包括与以往时代文学的断裂，还包括与过去的、被传统文化母体所孕育的自我的断裂，实现精神 "断乳"，从精神上 "长大成人"④。

"历史在 '七十年代人' 那里全面隐退，我们看到的是 '现在进行时' 的非历史性的成长。历史不在，却是令人不安的寂静，'七十年代人' 承受了这空虚的重负，他们在小说中义无反顾地成长，哪怕 '成长' 成为迅猛的苍老。"⑤ 没有历史时空为坐标参照系的人性是虚空的。事实上，历史和现实已经为 "70 后" 一代人提供了无比丰厚的精神滋养、无比宽阔的现实土壤和艺术想象力的庞大空间。在这前所未有的历史大裂变中，"70 后" 作家有幸亲眼见证乡土中国现代化社会转型，亲身经历这种愈来愈快的加速度城市化进程，亲身体验到这种传统与现代、历史与现实、物质与精神相分离割裂的痛楚、悲哀、挣扎，因而 "70 后" 作家有责任、有义务、有使命深入民间、大地、历史，呈现出这一代人的喜怒哀乐，创作出属于这一代人的打通过去和未来

---

① 张莉：《在逃脱处落网——论 70 后出生小说家的创作》，《扬子江评论》2010 年第 1 期。

② 张莉：《在逃脱处落网——论 70 后出生小说家的创作》，《扬子江评论》2010 年第 1 期。

③ 宗仁发、施战军、李敬泽：《被遮蔽的 "70 年代人"》，《南方文坛》2000 年第 4 期。

④ 宋明炜：《终止焦虑与长大成人——关于七十年代出生作家的笔记》，《上海文学》1999 年第 9 期。

⑤ 李敬泽：《穿越沉默——关于 "七十年代人"》，《当代作家评论》1998 年第 4 期。

的经典文学。

　　"70后"作家群体的创作已经取得了很大的成绩，但是他们依然"在路上"，依然需要不断的断裂和裂变，我们无须为他们的局限和问题讳言，因为"对文学而言，所有的尴尬和劣势必将成为优势，只要它是你的最基本也是最独特的困境。困境即是挑战，也是文学得以拓展和进步的唯一动力"①。"70后"就像一个魔咒一样，从一出世就罩在了这群作家的头颅之上，不管你喜不喜欢，也不管合不合适。"但文学史绝对不以年龄和姿态作为价值坐标，因为两者都是暂时的、可疑的甚至是荒唐的刻度，只有作品质量才能衡量一个时代的文学和文化的兴衰浮沉。"② 要解除这个魔咒，"脱颖而出的惟一办法就是用作品说话，用作品完成个性的超越"③。而到那时我们才可以说，一个 "70后" 文学时代真正开始了。

---

　　① 徐则臣：《70后的写作及可能性之一》，《山花》2009年第5期。

　　② 黄发有：《激素催生的写作——"七十年代人"小说批判》，《广播电视大学学报（哲学社会科学版）》2001年第2期。

　　③ 宗仁发、施战军、李敬泽：《被遮蔽的"70年代人"》，《南方文坛》2000年第4期。

"70 后" 作家如何成为文学 "中坚代"

　　"70 后" 作家是 "红旗下出生，欲望中成长" 的一代人，是在 "50 后""60 后" 作家与 "80 后""90 后" 作家的文学夹缝中的 "中间代"。他们的骨子里还留着革命先辈们纯真、朴素、勤逸、坚韧的基因，却不得不接受生活虚假、浮躁、投机、冷漠的一面。"70 后" 作家们在这种矛盾中成长，既想维护文学的纯洁性，又不得不直面文学与商业的合谋。在商业化社会里，作品的推出，除了需要作家坚实的创作能力，也要依靠市场的不断推送，在绝大多数时候，市场的推送至关重要。如何在并不纯洁的文学市场里保持文学的纯洁度，如何从 "中间代" 成为文学的 "中坚代"，是我们对 "70 后" 作家的疑问与期待，也是 21 世纪文坛所面临的文学新力量成长问题。

一、蝴蝶的尖叫："70 后" 作家的出场

　　1995 年至 1997 年，《山花》《钟山》《大家》《作家》四大刊物开设 "联网四重奏" 栏目，推出了 37 位六七十年代出生作家的作品。1998 年 7 月《作家》推出了 "70 年代出生的女作家小说专号"，并配上了女作家们的照片，"美女作家" 的噱头的确吊起了消息者的胃口。其后，《糖》与《上海宝贝》的 "被禁" 更是让 "美女作家" 大红大紫。卫慧和棉棉的名号完全压过了作品的内容，两位才女更多的是满足了读者对于 "会写作的美丽女人" 的想象。两位作家对于 "下半身写作" 也是毫无顾虑，大胆地让性成为写作的家常便饭。对于性体验的描写没有任何避讳，她们更视这种描写为一种常规描写。赤裸

裸的性爱表达，彻底抛弃了从前遮遮掩掩、顾此言彼的羞涩写法。正如宗仁发所说："性爱在他们这一代人身上已毫无神秘可言，大多是'例行公事''按既定方针办'。……他们不像60年代出生的作家那样，善于将性爱复杂化，使之成为小说蕴涵的'深水区'。"[①] 卫慧在《上海宝贝》中用繁华的都市、奢侈的品牌、欲望的放纵勾勒出大上海华美袍子下的虱子，大学生倪可在踏入社会之后，除了对爱情的不忠贞、对欲望的不满足、对金钱物质的无限痴迷外，什么追求也没有。"我的梦想是年轻、时髦、聪明又有野心的女人的梦想。"[②] 女主人公倪可不停地写作是为了迎合与自己一样追求年轻时尚的女性，透过主人公的写作目的，我们也可窥探卫慧的写作立场与文本价值，"臭不可闻的文坛像金庸笔下的武林，有正道与邪道之分，而不少正道人士就爱做道貌岸然、口诛笔伐的事情。我去实现它只是需要金钱和智慧"[③]。在卫慧眼中，文学不过是用金钱和小聪明堆积起来的垃圾场，她绝不以批判和审视的眼光注视生活，而只是用享乐的心态刻画奢靡的物质生活。在她的眼里，写作只是用一杯下午茶、一点淡淡的香水味和一曲忧伤情歌催生下的情绪怪胎。这就是才女卫慧所定义的写作，这种游戏化的创作方式只能是用来消遣。当然，卫慧自己也明白这样的写作没有灵魂，"也许这是我最后的小说，因为我总觉得自己玩来玩去玩不出什么花样，我快要完蛋了，是的，使生我养我的父母蒙耻，使小蝴蝶般纯洁无助的爱人失望"[④]。不幸被卫慧言中，此后几年里，卫慧的创作势头明显式微。卫慧，在文坛上更多的是作为一个现象、符号，而非独特的创作个体而存在。

20世纪90年代，与卫慧同时期出现的"美女作家"们，虽然个人的气质秉性、创作风格各不相同，但走的几乎都是都市情感创作路线。棉棉、戴来、魏微、金仁顺、朱文颖都曾以小资情调来迎合大众阅读口味。"70后"作家第一次集体出场并不那么"光彩"，他们被罩上了并不应全属于他们的标签——商业化炒作。但时代使然，在个体写作已成为必然的商业化社会里，

① 宗仁发、施战军、李敬泽：《关于"七十年代人"的对话》，《南方文坛》1998年第6期。
② 卫慧：《上海宝贝》，春风文艺出版社1999年版，第70页。
③ 卫慧：《上海宝贝》，春风文艺出版社1999年版，第70页。
④ 卫慧：《上海宝贝》，春风文艺出版社1999年版，第168页。

个人创作要想脱颖而出就必然要做出一定的牺牲。我们可以说卫慧、棉棉的创作是 "无力的自我重复、逃避自由、矫情的自我认同危机"①，甚至可以批评她们是低俗的 "下半身写作"。但我们不可以忽视的是，正是这样一次出场，让更多的 "70 后" 作家认识到自我写作的可能，也使文坛将目光转移到这群新的文学生力军身上。事实上，我们对卫慧、棉棉等初期的 "70 后" 作家创作研究得很不够，隔开时间来看，正如陈思和对卫慧等人创作的重新评价一样，我们能从中看到更多的作家与时代之间的精神隐秘。

可惜的是，"70 后" 作家在失去 "美女作家" 的炒作之后，其后继力量不足，使得 "70 后" 作家的出版市场被更具有商业开发价值的 "80 后" 作家们所占据。兴起于 20 世纪 90 年代末的新概念作文大赛，直接将韩寒、郭敬明等一批 "80 后" 作家推到了当代文学的最前沿，这样一群 "天才" 作家迅速占领了读者市场，也将文学界的目光转向了对更年轻一代人写作的关注上，"70 后" 作家的创作也自然处在了一种看似 "被遮蔽" 的状态之中。

二、凤凰的涅槃：寻求自我的创作探索

"70 后" 作家的 "被遮蔽"，对于 "70 后" 作家本身来说并非一种被抛弃，而是一种沉潜与修炼。"70 后" 作家在远离商业市场主流的环境下坚持创作，这是对自我文学修养的肯定，也是对文学回归自身的坚持。金仁顺从 1996 年在《作家》第 12 期上发表《爱情试纸》后，几乎每一年都会在文学期刊上发表作品，并于 2008 年在《收获》第 3 期上发表了自己的第一部长篇作品《春香》，此后作品被集结成册，陆续出版；李师江于 2009 年在《福建文学》第 1 期发表小说，此后每一年都在文学期刊上发表作品，其间出版的长篇小说多达十部；鲁敏更是一位高产的作家，2005 年出版了第一部长篇小说《戒指》，此后新作不断，2012 年出版的《六人晚餐》可以说是近几年来少有的精致之作，李敬泽赞誉其 "有福楼拜式的意志"。更多的名字，如徐则臣、张学东、葛亮、李骏虎、乔叶、冯唐、阿丁、阿乙、曹寇等一长串的名字都可以在 21

① 熊玫：《70 后的歧途 —— 论 70 后小说创作的三点缺失》，《江西教育学院学报》2007 年第 1 期。

世纪的文坛上找到"惊鸿一瞥"的瞬间。蚕蛹必会破茧成蝶，长时间的沉潜与修炼，使"70后"作家拥有了属于自我的文学领地，"70后"作家再次获得文坛的普遍认可与关注。

2012年铁葫芦图书策划出版了《代表作·中间代》一书，推出了包括阿丁、路内、阿乙、李师江、曹寇在内的十位"70后"男作家的短篇作品，又出版了《代表作·新女性》一书，推出一批"70后"女作家。在这一年里，铁葫芦出版了阿丁的首部长篇小说《无尾狗》、曹寇的小说集《屋顶长的一棵树》、冯唐的小说集《天下卵》，以及路内的长篇小说《云中人》，这样的出版频率并没有因时间的推移而变慢，铁葫芦在2013年上半年出版了李师江的《哥仨》、鲁敏的《九种忧伤》以及曹寇的《躺下去会舒服点》。铁葫芦对"70后"作家作品的推介力度十分强大，而这次成功的商业推动使得"70后"作家以成熟、自信的面目再一次出现在当代文坛上。更可喜的是这一次的出场，其商业化的成分也被减弱，文学成分占据了主流，此时的"70后"作家更多的是用文字来完成自己对诉说的渴求。在一次铁葫芦的图书发表会上，路内这样解读写作对于作家自身的意义："写小说感觉像狗长了鼻子，会闻到别人闻不到的气味，这个时候你就会有一种去讲述这个故事的冲动，而不是讲述自己的冲动。"①

经历过十几年的写作磨砺，"70后"作家因为经历的丰富与思考的深入变得更加关注社会底层与世道人心。"底层叙事""后先锋""打工文学"等写作思潮正成为"70后"作家们创作的主潮。乔叶的《认罪书》再探"文革"政治下小人物的离合悲欢；鲁敏的《九种忧伤》翻开都市生存者的内心挫伤；阿乙的《春天在哪里》窥探社会底层生活的乌云密布；曹寇的《屋顶长的一棵树》追问城乡接合处的生存出路。学者宋耀良曾针对优秀作家的创作年龄与作品之间的关系，做过一次细致的调查研究，得出这样的结论："一个作家往往需要十年左右的创作准备期，才能达到他的创作高潮和顶峰。"②这里的十年当然是一个概数，不是所有作家都需要十年才能写出优秀的作品。但这是一个普遍的数据，作家的创作需要时间的累积，需要生活的磨砺。

---

① 燕舞：《谁是文学"中间代"》，《新民周刊》2012年第9期。
② 宋耀良：《文学创作的最佳年龄》，《人才》1982年第11期。

无论哪一代作家都要面对另一代文学新人的冲击，"70后"作家无法避免地要与更年轻的一代作家抢夺有限的文学资源，可贵的是，"70后"作家经历过十年"被沉默"时期，却依旧抱有对文学的尊重，对纯文学的坚守。"70后"作家对自我创作的信心依旧，并坚信未来的文学巨擘将会在这一代人出现。鲁敏曾说："我们自有我们这一辈的优势，先锋的影响与余韵、写实主义的泥沙俱下，市场为上的狂风暴雨，我们像是身处海洋冷水域与暖水域的交汇处……我坚信，我们这一辈里的佼佼者们，他们一旦生存并成长起来，就一定会是健壮和有力的。"①

三、存在的哀愁："70后"作家的精神气质

21世纪以来，"70后"作家的再次出场，让"70后"作家再次成为中国文坛上一股重要的写作力量。尽管我们说，"70后"作家经过十几年的沉潜与修炼，显现出更加专业、更加成熟的写作姿态。但这不能说"70后"作家已实现了真正的浴火重生。第一，这一批"70后"作家并非从20世纪90年代开始就进入中国文坛，他们与第一批"70后"作家之间有着本质的区别，未经"浴火"何来"重生"？第二，这一批活跃在中国当代文坛的"70后"作家，他们的写作是否真正达到了纯熟的地步？他们的作品是否能够成为未来的文学经典？就目前来说，这些问题都是需要打上问号的。在许多方面，"70后"作家的创作并不尽如人意。

"中间代"作家冯唐在其散文集《猪与蝴蝶》中说："作为20世纪70年代一代人，我们振兴了中国经济，我们让洋人少了牛逼。作为一代人，我们荒芜了自己，我们没有灵魂的根据地。"②冯唐这样说未免太过绝对，并不是所有"70后"作家都面临精神的缺失，相信冯唐的言外之意是"70后"缺少了一种生存的信念，甚至可以说，"70后"在某种程度上是西方所谓的"垮掉的一代"。生于20世纪70年代的新中国建设者们，面临着社会思想的开放、社会体制的变革、社会文化的多元，他们不得不在"欲望"中学会成长。"70

---

① 鲁敏：《回忆的深渊》，昆仑出版社2013年版，第73页。
② 冯唐：《猪与蝴蝶》，作家出版社2005年版，第115页。

后"一代人进入体制已经越发困难，给资本所有者打工成为生存的常态。"70后"所生存的时代，生存所涵盖的定义发生了巨大的变化，"为人民服务""劳动创造价值""知识就是力量"都已经不是时代的主流，而厚黑学、商战、成功学则成为一种时代的符号。生存的价值在于"怎样活得更好"，而不是"怎样活得更有价值"。正因如此，"70后"作家将关注的焦点更多地集中于个体在时代大背景下的碰壁、受伤、沉沦和失败。"70后"作家过早地感受到来自时代的冷漠，他们身上普遍散发着一种过于早熟、过于颓废、过于衰老的气质。

李浩是"70后"作家中高产的一位，他将自己定义为"文学的朝圣者"，自幼便接受文学的熏陶与感染，也掌握着大量的西方理论知识。这是一位理想的文学写作者，深厚的文学功力、丰富的理论储备、怀疑一切的思想深度。不能说拥有这些就能成为一位出色的作家，但这是一位出色作家的必要条件。李浩这几年里的创作量是惊人的，百万字的书稿足可以说明问题，获得鲁迅文学奖，更是对他多年创作的肯定。当我们反观李浩的创作风格时，留给我们的是一种阴云不散的抑郁气质。李浩的获奖作品《将军的部队》，描写的是经历过枪林弹雨的将军，在最后的光景里不停用木牌来怀念他曾经的战士，毫无疑问这是一部优秀的作品。如果我们只看这一部作品，我们不得不承认，李浩是位难能可贵的情感书写高手。但值得深思的是，将情感陷入一种衰老、沧桑的氛围之中，是李浩的惯用法。"我老了，现在已经足够老了，白内障正在逐渐地蒙住我的眼睛，我眼前的这些桌子、房子、树木，都在变成一团团的灰色的雾。"① 这是《将军的部队》第一句话，"我老了"不止一次用于李浩的小说开头。《如归旅店》书写的是抗日战争时期父亲维护风雨飘摇的旅店的故事，其开头也是"我老了"②。在李浩以往的作品中，这种陈旧、衰老的气息一直萦绕在作品的每个角落里。如果这种陈旧与衰老是李浩的独特气质，我们就不必纠结于此。这种陈旧与衰老的气质在大部分"70后"作家的作品中都能找寻得到。阿乙的《春天在哪里》、阿丁的《无尾狗》、曹寇的《躺下去会舒服点》、路内的《云中人》都有浓浓的陈旧气息。生存始终笼罩

---

① 李浩：《将军的部队》，《朔方》2004年第9期。
② 李浩：《如归旅店》，金城出版社2010年版，第1页。

在一种阴郁的气氛里，愁云压住了每一个人的呼吸。

鲁敏的《六人晚餐》以正经历经济体制改革的厂区为背景，描写面对时代巨变无法实现自我改变的厂区人所经历的心灵挣扎。历史的车轮碾过，必然会对心灵造成伤痕，伤痕所产生的危机当时未必显现，随着岁月的累积，这种伤害会向每个人追讨曾经欠下的旧债。中年丧夫的苏琴与中年丧妻的丁伯刚为了彼此的 "需要"，结合在一起。每周六两家人都要坐在丁伯刚的房子里吃一顿丰盛的晚餐。苏琴的儿子晓白对这顿晚餐是最期待的，丁伯刚的大儿子丁成功满足了他对于 "哥哥" 的所有幻想。为了维护这个每时每刻都走向崩溃的家，他不停暗示姐姐晓蓝丁伯刚对她的喜欢，又在丁成功耳边吹风。晓蓝对丁成功的那一段暧昧的情感，又在苏琴的误解下渐渐成为一种真正的爱慕。丁成功的妹妹珍珍最为天真，他对于每周六一次的晚餐快乐得没心没肺，她渐渐膨胀的母爱让她努力维护着老爹与哥哥。哥哥故意闹苏琴阿姨与父亲每周一次的 "幽会" 时，珍珍让这场闹剧变本加厉。也正是出于这种母爱的责任，她在未来的婚姻生活中，选择用谎言来掩盖无法生育的事实，以至老公黑皮愤而出走。工厂面临着破产，这个临时组成的家庭也分崩离析。两个家庭各自走上不同的道路，但六个人的命运却被这个厂区牢牢捆住，谁也无法摆脱与厂区共同凋零的命运。那份被晓白的私心和苏琴的误解所共同结成的爱情火花，将六个人的命运永远锁在了厂区的天空里，早已嫁为人妻的晓蓝永远走不出这个似有似无的爱情旋涡，丁成功在工厂解散后将余生留在了厂区，在几乎没有生意的玻璃屋里堆积着满心的灰尘。就在改变六人命运的这一天里，"三十岁的晓蓝走在厂区的空气里，像在往十四年前走去。这条面目全非的十字街，如同锈迹斑斑的时间轴，她每走上一步，时间都在 '吱吱嘎嘎' 吃力地倒退，枯叶重回枝头，道路复又泥泞，泪痕清晰如刀刻"①。如家庭一般的大厂，其庞大的身躯可以解体，但其留给厂区人的精神意味很难随着时间的流逝而消失。这是国有体制改革对个体的伤害，"多年前的画面在眼前交迭：两家六个人，在那早已不存在了的电子管厂职工公寓里初识，木偶戏般的狭窄舞台上，他们枯树似的站在各人的位置上，站在命运指定的

① 鲁敏：《六人晚餐》，北京十月文艺出版社 2012 年版，第 1 页。

圆圈里，生分地相互问好，对未来的一切毫不知情"①。那些关于六人晚餐的回忆成为永远的历史，每个人心中所保留的自私、误解却无法烟消云散，那些心灵上的短暂失衡会在生活的土壤中生根发芽，将人的命运牢牢捆住。

路内的《云中人》将目光转向了一群时代巨变下的工学院学生，时代未发生转变之时，他们进入工学院之后的命运就是"嫁"给学院附近的厂区。但时代改变了他们即将到来的命运，尽管他们中的大多数依旧有着为"四个现代化"奉献一生的美好理想，但在这个新的体制之下，他们只有自谋生路、自求多福。"二十一世纪劈头盖脸出现在眼前。每一个年代都拥有它独特的咒语，其魔法所呈现出的效果也大相径庭。"②面对越来越多的工厂改制、私企吸入量减少的现实问题，这群工学院学生将更多的时间投入在虚拟世界里寻找安慰，这是一群在虚拟世界里"第一批直立行走的人"③。他们在虚拟的网络里，消磨着宝贵的青春时光。但不去消磨又该去做什么？当工学院的学生面对现实世界时，现实的残酷本性让本就没有什么出路的工学院女生过早地凋谢。当主人公面对自己在工学院所消磨的时光时，那些伴着无聊与腐败的生活却让他感到温暖，因为他要面对的是一个更大的牢笼，一个在时代裹挟下失去鲜亮色彩的牢笼。

"70后"作家尽管或多或少都有阴沉的气质，但并不是所有的阴沉都是面向个体的，作家面对群体发声才更能显示出作家的气度。乔叶的《拆楼记》、梁鸿的《出梁庄记》都被冠以"非虚构文学作品"的名号。"非虚构"这一概念是由《人民文学》提出的，自2010年《人民文学》开设"非虚构"专栏以来，这可以说是对现有文学类型的一种挑战，对它的界定，《人民文学》杂志本身都是暧昧不明的，主编说："一定要我们说，还真说不清楚，但是，我们认为，它肯定不等于一般所说的'报告文学'或'纪实文学'。……我们只是强烈地认为，今天的文学不能局限于那个传统的文类秩序，文学性正在向四面八方蔓延。"对于"70后"作家而言，这无疑为他们更接近现实人生提供了一个更好的文学表达途径。"非虚构"的提出也让批评界为之一震，李

---

① 鲁敏：《六人晚餐》，北京十月文艺出版社2012年版，第356页。
② 路内：《云中人》，浙江文艺出版社2012年版，第14页。
③ 路内：《云中人》，浙江文艺出版社2012年版，第172页。

云雷就曾撰文为"非虚构"正名,"希望随着'非虚构'行动的展开,我们的作家在重建文学与世界的关系的过程中,可以创造出充分表达我们这个时代中国经验的美学形式"①。如今看来,"非虚构"更像是一种抒情式的纪实文学作品,它们之间的区别微乎其微,这样的命名是值得商榷的。当然,新名词的提出,也更有利于对旧事物的重新认识,进而让旧事物获得重生。乔叶的《拆楼记》写"我"姐姐家所在的张庄被划定为高新区拆迁项目用地之后,姐姐为获得更多的赔偿款建楼又拆楼的故事,而"我"也参与其中,组织着他们如何欺骗开发商,但以失败告终。这是作家亲身经历的故事,作品依旧有相当的虚构成分,但对农民的记录,对社会复杂的感想,对基层政府的理解都源于亲身经历。对于农民的书写,乔叶深入其中,明白了"我不得不承认,这个世界,谁都不比谁傻。即使是农民。农民有农民的狡猾,农民有农民的智慧,农民有农民的情理,农民有农民的逻辑——农民有农民的一切"②。我们对农民的认识,更多的是城市文明对农民的伤害,看到他们作为弱势群体的艰辛。知识分子很多时候只把农民当成任人宰割的傻瓜,认为聪明的农民早就不在村庄里了,这种逻辑思维是多么的可笑,只看到了自己的高贵,却看不见自己的粗鄙。"乡村失落""乡村沦陷""乡村失守""城市对乡村的践踏"这样的字眼总是将乡村看作是无奈的被动接受一切的一方,乡村的改变是时代使然,时代的洪流席卷一切,任谁也不能改变。但我们不要忘记了,乡村有乡村的办法,乡民们自有办法去应对改变,自有办法去守住淳朴的本质。

走入农民中间,更能感受到他们对于时代巨变的真实感受,谁说农民就不期望着改变?时代已经改变,对于时代下巨变的记录,已经需要我们去转变逻辑思维,关注更深层次人类心灵的嬗变。正是在这个意义上,梁鸿的《中国在梁庄》和《出梁庄记》可谓是两部可圈可点的上乘之作,读者甚至可以将其认作社会学著作。作品中所反映出的现代中国问题,值得每一个人去深思。巨大的社会人员流动、失守的家园与艰难的他乡生存,作品中每一个追问都是对生存、对制度、对未来的深层思考,梁鸿无法解答所有问题,正如

---

① 李云雷:《我们能否理解这个世界?》,《文艺争鸣》2011 年第 3 期。
② 乔叶:《拆楼记》,河南文艺出版社 2012 年版,第 55 页。

她无法帮助所有人。那么，我们的国家、我们的制度能否解答那些问题，能否帮助每一位公民呢？是不是人心嬗变使得生存变得步履维艰？"70后"作家们的答题更倾向于后者，是心灵发生了改变，疗救心灵更加急迫。

心灵的冷漠与无助，充斥着现代人的生活。"70后"作家发现了这种现代病，也在不停地描写这种现代病。正如丹纳在《艺术哲学》中所说："时代的趋向始终占着统治地位，……不是压制艺术家，就是逼他改弦易辙。"①"70后"作家在面对这样一种现代病时，其态度也是游移不定的。他们深陷这种时代氛围里，和普通人一样，他们也找不到出路。但作家的可贵也正在于此，他们能够发现时代的病痛，诉说时代的病痛，提醒人们他们所受到的精神创伤。当然，优秀的作家能够打破时代的病痛，能够疗解精神创伤，"70后"作家中也正是缺少这样的优秀分子。当然，这需要时间，也需要经历。对"70后"作家的期盼也正在于此。

四、模仿中的"破坏"："70后"作家的先锋态度

"70后"作家所成长的时代正是文学失落的时代，大众文化以不可阻挡之势成为了文化形式的主流，迎合大众口味的现代商业生活，正在步步蚕食着人类的思考能力，视觉形象严重压制了人们的想象能力，也缩短了人们思考的时间，在这样一个大众文化唱主调而精英意识成为副调的文化环境之中，作家们也在寻找自我的出路。90年代以来，许多精英作家们在商业化社会里寻找创作新出路时，不自觉地成为了大众文化的"帮凶"，大批作家的创作开始与影视剧"联姻"，大量的小说被改编成电影和影视剧，余华的《活着》、苏童的《妻妾成群》、述平的《晚报新闻》都曾被改成电影，刘震云、刘恒、莫言都与影视有过亲密接触。刘恒在写《少年天子》时已经完全退去了当年的先锋气质，在提到自己转型的原因时，刘恒的回答似乎充满了委屈，"作家辛辛苦苦写的小说可能只有10个人看，而导演清唱一声听众可能就达到万人"②。这的确是先锋作家们所面对的现实，但也正是这种"缴械投降"

① ［法］丹纳：《艺术哲学》，人民文学出版社1983年版，第75页。
② 刘江华：《刘恒讲述当导演的幸福生活》，《北京青年报》2002年11月27日。

使得 20 世纪 80 年代开始的文学热潮悄然熄灭。"90 年代以来影视的'改编'潮流和作家的'触电'热忱，共同催生了一种影像化叙事。"① 追求文学纯粹性的先锋、寻根作家们纷纷向影像低头。就连莫言也不能幸免，在将《师傅越来越幽默》改编为《幸福时光》时，莫言的开头是这样写的："五十来岁的丁十口是个模样像赵本山似的老头。"② 这也就产生了文学的尴尬，电影是一种群体性产品，它更要服从一些客观因素。文学是个体性的产品，它的价值在于无限的想象空间。而与影视联姻的文学作品，则让读者丧失了想象的可能。

先锋文学是"60 后"作家一个极为重要的精神标签。余华、苏童、格非等"60 后"作家都是先锋写作的高手，为我们留下了数量众多、品质很高的先锋文学作品。应该说，"60 后"作家创造了一个先锋文学和形式实验的艺术高峰，至今仍对文坛产生着深远的影响。这就是"70 后"作家开始从事文学创作的时代精神语境。所以，很多"70 后"作家，如刘玉栋、金仁顺、李骏虎、东紫等人的创作一开始都是从对先锋文学的"模仿"开始起步的，他们创作了大量具有自我生命体验的"先锋文学"，如金仁顺的魔幻性写作一直保持至今，而有的作家，如刘玉栋、东紫等作家的"先锋性写作"则已经开始转型，开启了属于自己的"温情写作"和"病态叙事"，但是毫无疑问，那种先锋的精神气质和创作思维方式已经沉潜于创作的思维领域。

作为更晚出现的"70 后"作家，我视之为"70 后"作家第三波出场，即阿丁、阿乙、路内、冯唐等所谓的"中间代"作家。显然阿丁、阿乙等人的先锋性探索已经截然不同于刘玉栋、李骏虎等人的"模仿性"先锋写作，而是一种基于这个时代精神气质结构深层的"后先锋写作"，即已经逾越了"60后"作家的先锋姿态和先锋精神气质。从某种意义而言，先锋是一种变革。它的到来必然产生短暂而破坏性极强的力量。先锋作家的温和化是一种遗憾的必然，一位作家不能永远保持先锋的姿态，因为先锋的最终结果是要将自己打倒。先锋的姿态不应是某位作家或某群作家的事，它更应该是一种作家应具有的态度，一种寻求文学改变的态度，一种对新世界进行继续探寻的态

---

① 黄发有：《边缘的活力》，吉林出版集团有限责任公司 2009 年版，第 65 页。

② 黄发有：《边缘的活力》，吉林出版集团有限责任公司 2009 年版，第 69 页。

度。"70后"作家中许多男性作家对于先锋的热衷是显而易见的。

　　阿丁的小说集《寻欢者不知所终》，充满着实验色彩和暴力叙事姿态。短篇小说《就像鱼找到了水——写给不可名状的恐惧》中无数次强调"一九九〇年的夏天我偷了一台录像机，JVC的"，这句话就像一句魔咒，它是所有恐惧的来源，又是恐惧最终结束的关键点。这句话总是出现在不该出现的地方，打破从前的叙事节奏，时刻提醒着阅读者故事的开端是什么。阿丁用这样的方式提醒我们，在那样一个时代里，恐惧来自社会的压抑。一九九〇年夏天"我"偷了一部录像机，并用录像机看了被严禁观看的黄片，还让父亲抓了个正着，可笑的是当"我"被父亲抓住时，之前所幻想出的恐惧都烟消云散了。"我"将录像机交给父亲，也做好了接受一切惩罚的准备，但当"我"半夜起来解手时，却发现父亲也在用"我"偷来的录像机看黄片，这时"我"身上又出现了莫名的恐惧，"我"忍住不断胀痛的膀胱回去继续睡觉，却被惊慌失措的父亲叫醒。父亲被邻居发现，民警就堵在门口，而父亲却不会把录像带拿出来。父亲背着"耍流氓"的罪名在暗夜里夺窗而逃，而"我"的恐惧却变得更加庞大！当得知父亲被发现时，"我"和父亲同时觉得那悬在半空中的恐惧消失了，父亲特别欢迎那些寻找他的民警，真如"鱼儿找到了水"一般。父子两人恐惧的来源是什么？一九九〇年夏为什么总是出现在不该出现的地方？这部小说并不具有可读性，但先锋绝不是简单的模仿，它是一种态度的呈现。在短篇小说《低俗小说》里，阿丁直接告诉我们这个故事是虚构的，这正如马原写《虚构》时不断在提醒读者这是小说不必为它哭为它笑为它紧张一样。在缓慢的叙事中，我们渐渐被带入阿丁所营造的故事氛围中，正当我们在为情节的峰回路转而暗自惊叹时，阿丁却这样写道："小说到这儿就算完了。假如你的好奇心还不能满足，我索性告诉你……"[1] 叙事者自行打破读者的阅读期待，这是先锋惯用的手法，阿丁再用就显得有些过时了。但先锋不能只限于形式，更要探寻内容的深刻。小说《W与M》描写的是W对同学M进行的一次无麻醉整形手术的全过程。"我把激情通过我的手术刀准确地传达给了我唯一的听众，银色刀片在他肋部飘逸地划过一道圆弧，血缓慢渗了出来，那片皮肤宛如一张被红色颜料洇湿的宣纸。我把刀向深处探了进去，

---

　　[1]　阿丁：《寻欢者不知所终》，中国华侨出版社2013年版，第162页。

然后切割剥离那些白色的筋膜，一根皎洁如弦月的肋骨显形。我用钢丝锯把两端踞开，被血染红的骨屑飘浮在空中，和他体内弥漫出的热气一起在我眼前蒸腾。"① 这段描写不禁让我们想起余华的那篇《一九八六年》，同样的冷酷，同样的冷静。而残忍的背后是现实社会人与人之间不可化解的矛盾，生命就在这细若游丝的关系中飘零。

　　与阿丁相同，阿乙也表现出对于先锋写作的狂热，在提及余华后期作品的转向时，他更是义愤填膺地说："他（余华）语言上是个天才，叙事上是个天才，一直都没有什么大变化，这方面他有罕见的天赋。但从思想价值来判断，他是逐步下降的。"② 阿乙从写作之初一直都以先锋姿态而自居，从小说集《鸟，看见我了》到长篇作品《下面，我该干些什么》，直至作品集《春天在哪里》都没有出现过游移。他在访谈中也说过："文艺绝对不能俯就于大众。文艺就是提供一种有效活着的方式，哪怕最后只剩你自己在看你自己的作品。"③ 这样的说法，是有些可疑的，毕竟作家还是普遍带有读者期待的，没有几个作者是只写给自己看的。但这个写作宣言，也是作者勇气的表现，这起码是对文学价值的一份坚持。但读者期待的绝不是"70后"作家的夸夸其谈，而是实实在在的创作成绩。对于作家来说，作品是最可以说明问题的。

　　可惜的是，"70后"作家对于先锋的坚守只停留在先锋的表层，他们并没能开启一种新的文学气象，也没能创造出属于自己独特的书写手法。尽管如此，"70后"作家对文学所保有的虔诚态度依旧是文学的宝贵资源。不可否认的是，文学在向大众投降，在向大众的口味献媚。"布老虎"系列丛书的成功，也正是例证"策划者准确地把握了文化转型期大众的情感脉动……以弥漫着古典浪漫情调的现代都市情爱传奇……寄托着无尽现实烦恼所纠缠的普通民众的幸福期待，在审美的幻想中获得虚拟的满足"④。这也就直接导

---

① 阿丁：《寻欢者不知所终》，中国华侨出版社 2013 年版，第 176 页。

② 阿乙、胡少卿：《好作家的烂作品给我信心——阿乙访谈》，《西湖》2013 年第 7 期。

③ 阿乙、胡少卿：《好作家的烂作品给我信心——阿乙访谈》，《西湖》2013 年第 7 期。

④ 黄发有：《媒体制造》，山东文艺出版社 2005 年版，第 171 页。

致了文学的类型化，都市情感类、刑侦探案类、戏说历史类，这些可以博人一乐、不会引人思考的文字，成为当代社会出版的主流。文学如何夺回失守的阵地？正如南帆所说："这么多人突然涌向娱乐，文学至少要反思一个问题：文学对于大概念、大理论的热衷为什么适得其反？"[①] 与其将责任全部推给"娱乐至死"的大众文化，不如向文学本身发问。

五、结语

绝大部分"70后"作家对于文学的坚守都是纯粹的，他们经历过90年代初商业化出版的凋零，也经历了跨世纪的"雪藏"与"无名"，因此更有"大器晚成"的风范。社会转型期文学失落的时代背景下，又遭遇文坛的冷落，"70后"作家对于写作的坚持本身就是可贵的。他们对于文学是有野心的，他们向往着文学可以构造出一个不同的世界。鲁敏希望用文学"去建构一个审美空间，触动人性、触动美、触动世界的弱点"[②]；梁鸿在《出梁庄记》的后记中说，"我们应该负担起这样一个共有的责任，以重建我们的伦理"[③]。"70后"作家对于文学的价值与意义的看法是严肃的，他们不像被商业化挟持的"80后"作家们将文字作为炫耀自我的资本，将文学作为获得声名的砝码。学者南帆曾说过，当他面对批评界许多人转身成为商业市场的帮手，并向他招手让他也臣服于大众市场时，他依旧愿意从事文学研究并深深感受到文学对于社会、对于人类的重要性，因为，文学能够制约社会的发展，并且没有任何一个学科可以替代。[④] 早在20世纪之初，英国经济学家凯恩斯就曾经预言制约社会发展的绝不是经济，经济只是思想的一种附庸，经济体系发展是瞬息万变的，但能够制约社会发展的思想，其形成过程是漫长的，影响是持久的。而文学会比任何社会学、哲学思想更加接近公众，以形成对公众

① 南帆：《当代文学与文化批评书系：南帆卷》，北京师范大学出版社2010年版，第6页。

② 鲁敏：《回忆的深渊》，昆仑出版社2013年版，第73页。

③ 梁鸿：《出梁庄记》，花城出版社2013年版，第311页。

④ 南帆：《当代文学与文化批评书系：南帆卷》，北京师范大学出版社2010年版，第3页。

思想的引导，因此对于纯文学的坚守是"70后"作家对于文学所承载的社会责任的承担，在这样一个大众文化浪潮席卷一切的时代里，对纯文学的坚守本身就是最为可贵的品质，而对于"中间代"何时成为"中坚代"的疑问，则可以这样回答："70后"作家成为文学的"中坚代"可以说是一个时间问题，任何事物都是在推陈出新中繁衍生息、不断强大。中国当代的文学王国，必然会在将来的某个时间点上成就其辉煌，只要"70后"作家坚持自我的文学梦想，终有一天会成为文学的中坚力量，完成华丽的转身。

断裂与接续

——中国"70后"作家中篇小说创作的审美流变

　　"代"是生物学概念，生命的兴衰、物种的延续无不需要群体性的代际更换。作为生物的一种，人类也在生物属性下不断进行着代际的自然更替。但同时人又具有社会属性，深受社会文化的影响，每一个代际群体都被打上了鲜明的时代烙印，形成了代际特色。"70后"成长于"后革命"时代，恰逢中国社会的大变革时期，见证了国家政治、经济、文化等全方位的转型，处于新与旧、断裂与继承的节点上，这形成了他们独特的思想与艺术气质。虽然他们没有如"50后""60后"作家一样的激烈斗争记忆，也不像"80后"一样彻底融入商业时代，但作为改革开放的亲历者，"70后"生活经验的丰富性本不亚于任何一代人。但目前"70后"作家作为一个创作群体的称谓，却一直被认为仅仅是一个"身份共同体"，其代际创作特色和独特的声音并不鲜明，依然没有从代际重围中走出来。

　　狄更斯说："这是最好的时代，也是最坏的时代。"① 这句话在如今同样适用。面对这最好与最坏的时代，中国"70后"作家如何将生活经验化作创作灵感，写出具有自己精神气度的作品，发出群体与时代的声音，是文坛对"70后"作家的疑问与期待。本文从中国"70后"作家的中篇小说创作，来寻觅这代人共有的、区别于前辈作家的精神气质与审美趋势，考察其成长的审美流变。

---

　　① ［英］狄更斯：《双城记》，人民文学出版社1993年版，第1页。

一、"70 后"作家中篇小说创作的发生

丹纳在《艺术哲学》中指出，研究艺术作品要从社会最大总体出发，最后回归到艺术本身，种族、环境、时代是艺术作品产生的外部环境与生产动因，即社会最大总体。[①] 中国 "70 后" 作家的中篇小说创作，若将其放在百年中国现当代文学的历史维度中观看，放在 "70 后" 成长的时代语境中观察，我们可以发现中国 "70 后" 作家的中篇小说创作是在时代断裂处的主动选择，是 "70 后" 作家面对时代问题主动选择的一种文体演化形式。

纵观百年中国现当代文学，中篇小说可以说是一种特殊的文体形式。几乎每逢社会大转型、社会激烈变革的年代，中篇小说都会作为文学排头兵冲锋在前。从鲁迅先生的《阿 Q 正传》开始，到二三十年代萧红的《生死场》，到 40 年代赵树理的《李有才板话》、路翎的《饥饿的郭素娥》、张爱玲的《金锁记》，再到 "十七年" 期间孙犁的《铁木前传》等，中篇小说成为了反映时代问题的广播站。"文革" 结束以后，各种文学思潮层出不穷，中篇小说这一文体几乎成为每一次文学思潮的先遣部队，出现了《大墙下的红玉兰》《爸爸爸》《红高粱》《冈底斯的诱惑》《风景》《一地鸡毛》等大批优秀作品，将中篇小说推向了高峰。即便是在当今网络文学、通俗文学、纯文学三分天下的时代，中篇小说依旧广受欢迎，成为纯文学的中流砥柱、社会现实的晴雨表，在深度剖析社会现状、广泛反映复杂社会问题方面，展现出天然的文体优势。

"70 后" 生人经历了 "文革" 的尾巴，还没有感受到革命的氛围就进入到 80 年代的社会转型期。复杂的社会状态与理想的文学年代让他们深受文学的浸染，培养了骨子里的文艺气质，对理想的憧憬与文学的渴望陪着他们走过青春岁月。90 年代改革继续深化，全球化进程大大加快，如何在全球化语境下重建自我认同，成为这一代人心灵的困惑。走进 21 世纪，社会又进入了网络时代。这是一个迥异于先前所有生活经验的新社会，社会本质从实体转为虚拟，原有的话语系统彻底失效，经济与科技飞速发展的同时，社会问题

---

① 参见［法］丹纳：《艺术哲学》，人民文学出版社 1983 年版，第 5-8 页。

层出不穷，"70后"又不得不面对另一个全新的时代。从"70后"的人生经历来看，他们在革命年代出生，在理想主义年代成长，在以经济利益为一切评价标准的年代里走过，在速度最快的信息化世界里成熟，"由'革命中国'到'改革的中国'、由'社会主义中国'到转型期的中国"①，他们经历了这百年间变化最快、冲击最激烈的时代。

社会转型的时代背景为文学带来了难得的机遇，但目不暇接的陌生信息也让"70后"作家一时之间无从下手。"70后"作家希望如"50后""60后"作家一样扛起纯文学的大旗，但又不具备足够的实力。宏大历史经验的缺席，导致他们在创作之初无力借助虚构与想象来同化生活，难以进行宏大的虚构叙事，展现社会历史的变迁。如何选择适合自己的文体，最快、最深刻、最有效地表达这代人对时代的看法，发出属于自己的声音，是"70后"作家亟须解决的问题。自20世纪90年代以来，恰逢文学生产体系进行商业化改革，大浪淘沙之后，存活下来的大型纯文学期刊更加注重对中篇小说的刊发。为了生存与坚守，各大期刊纷纷策划新的运营策略，集中推出新生代作家。"70后"作家借助于时代造就的机遇，以大型文学期刊为平台，凭借中短篇小说声名鹊起，并逐渐成为文学期刊的创作主力。

相比于长篇收益大、短篇创作快，中篇小说可谓两头不讨好。"中篇小说的文体性质内在地规定了作家在创作上分寸与适度的把握必须处心积虑、苦心孤诣，容不得半点随意与敷衍，甚至粗制滥造。如果再加上文学刊物对其发表的文学性要求，中篇小说可谓是一种在'纯文学''唯艺术'轨道上运行的文体。"②面对如此吃力不讨好的工作，"70后"作家却义无反顾，利用其展现时代的病症，剖析人类的灵魂，为自己的声音增添了一份纯文学的艺术气质。

因此，中国"70后"作家选择中篇小说为自己发声、为时代发声，是在时代环境、外部生产机制与作家本身三者相互作用下共同促就的。社会转型的时代大背景以及瞬息万变的社会现状，使中篇小说成为时代的传声筒。在

---

① 张伯存、卢衍鹏：《二十世纪九十年代文学转向与社会转型研究》，光明日报出版社2014年版，第5页。

② 李云雷、徐则臣：《写作只能摸着石头过河》，《朔方》2012年第11期。

时代的断裂处，在成长的夹缝中，"70后"作家选择中篇小说艰难前行，开启了文坛之旅。

二、重塑与突围："70后"作家中篇小说在 21 世纪的发展

20 世纪 90 年代，一批"70后""美女作家"凭借杂志期刊的推介活动迅速崛起，带着强烈的叛逆之风闯进文坛，其中篇小说创作总体呈现出"欲望狂欢"与"时尚消费"特色。卫慧、棉棉、周洁茹等人在陈染等"60后"作家"私人化"写作的基础上，欣赏甚至迷恋肉体的欢愉，宣扬无拘无束的性生活。如棉棉的《一个矫揉造作的晚上》、卫慧的《像卫慧那样疯狂》等作品，以女性口吻宣扬赤裸裸的肉体欲望，从而使"70后""美女作家"扮演了新新人类的角色。同时，面对消费主义大潮，消费身体、消费大众文化也成为这一时期"70后"作家中篇小说的显著特征。棉棉的《告诉我通向下一个威士忌酒吧的路》中，酗酒、跳舞、嗑药、滥交……各种陌生且新潮的符号成为这代人追求的目标。"美女作家"否定并抛弃了传统，却迷失在时代的狂欢中，虽然真实地描绘了 90 年代青年人迷茫的精神状态，却无力展现出深刻的思考，反而成为外强中干的"尖叫的蝴蝶"。

"美女作家"的"下半身写作"招来文坛非议。进入 21 世纪以来，横空出世的"80后"作家又占领了青春类文学市场。在前有堵截后有追兵的夹缝中，"70后"作家慢慢成为被遮蔽的群体。如何寻找群体价值，寻找话语权，成为"70后"作家面对的困惑。于是，"70后"作家喊出"重塑'七十年代以后'"的口号，并逐渐确定以中篇小说的创作作为艺术的突破口，提高自己作品的艺术品位，锻炼自己的叙事能力，提高和证明自身的创作实力。在重塑与突围的过程中，"70后"作家群体有三个方面的巨大转变。第一，早期"美女作家"创作实力有了明显提升。金仁顺、魏微、戴来、朱文颖等人，经过沉潜修炼，创作了一系列优秀的中篇小说作品，在原有题材不断深挖的同时，开拓了更多的主题，同时不断探索新的叙事潜能，表现出娴熟的文字表现能力。第二，"70后"男性作家浮出水面，并光芒四射。徐则臣、李浩、张楚、刘玉栋、宗利华、阿乙、王十月、弋舟、田耳、石一枫等人，在"近十年来，带给我们广阔而深邃的文学世界。他们的生命观照与世界视域，体

现在对生活的观察视角、对人性的深刻把握以及多样性的艺术追求之上……从自我出发，建构属于个人的文学博物馆"①。第三，新晋女作家实力超群。相对于"美女作家"而言，鲁敏、乔叶、计文君、滕肖澜、王秀梅、常芳、东紫、艾玛等人有着明显的不同。她们从日常生活出发，书写了一批关注小人物命运、关注社会底层、饱含人道主义关怀的中篇小说作品，展现出与"美女作家"迥然不同的气象。"从都市欲望写作、美女写作到新乡土小说、城市底层写作的审美思潮转变，'70后'作家正以一种新的、群体的、锐不可当的姿态涌现出来"②，并将持续散发着光芒。

总之，21世纪以来"70后"作家自觉选择中篇小说创作，潜心修炼，将作品的艺术质量放在首位，通过精打细磨、勇于探索，依靠丰富的人生感悟与创作才能，在中篇小说领域不断创作出一篇篇高质量的作品。同时，"70后"作家也通过中篇小说创作磨炼了叙事技巧，深化了作品内涵，表达了对时代问题的思考。"70后"作家群体也在中篇小说的创作过程中褪去了浮躁，变得沉稳成熟，最终以自信、强大的姿态重新崛起，赢得了文坛的认可。

三、断裂与接续："70后"作家中篇小说的多元化叙事主题

经过了近二十年的文学创作实践，中国"70后"作家中篇小说创作赢得了文坛认可，被称为代表着当下中篇小说创作的高峰。然而要在浩如烟海的"70后"作家中篇小说中梳理出清晰的创作流向，却存在着较大难度，因为这个群体的成员各具特色，甚至风格迥异。但时代经验与作家的个体生命体验是作家创作的来源，即使作者有意挣脱，也无法清除潜意识中的历史影响，这即是所谓的"集体无意识"。"人们通常在社会中才获得他们的记忆。也是在社会中，他们才能进行回忆、识别和对记忆加以定位。"③而"70后"的记忆"社会框架"来源于他们共同生长的时代背景——转型期的中国，于是

---

① 张艳梅：《"70后"作家小说创作的几个关键词》，《上海文学》2014年第7期。
② 张丽军：《"蝴蝶尖叫"与"老僧入定"》，《山东文学》2012年第9期。
③ ［法］莫里斯·哈布瓦赫：《论集体记忆》，上海人民出版社2002年版，第69页。

在多元化写作现状中，我们隐约又可以寻找到他们共同的精神源头及其在创作中表现出的共性。

作为改革开放的亲历者，"70 后" 见证了中国最剧烈的转变。他们大部分生长于农村，生活于城市，对乡土有着乌托邦式的怀恋，对城市有着 "围城" 般的厌恨。他们的成长过程可谓是农业社会到工业社会的缩影。所以 "70 后" 作家的中篇小说在乡土主题、城市主题与成长主题的书写中，展现出时代剧变带给这代人独特的生命体验，同时展现出 "70 后" 作家对时代问题的反映与思考。

首先，在乡土主题中，走出乡村的 "70 后" 作家表现出无根的乡土意识与乌托邦般的回忆。相比于大部分 "50 后" "60 后" 作家，"70 后" 作家多出生于传统乡村，成长于发展过程中的城镇，生活于现代化的大都市，历经了前现代、现代与后现代时期的转型中国，可谓是 "身体在城市，精神在乡村，灵魂在路上" [①]。这种身份的变迁造成了 "70 后" 作家笔下乡土人物的 "无根性" 与 "边缘化"，他们笔下的人物游走在城市的边缘，面对着进不去的城与回不去的乡，成了无根的游魂，形成一种 "文化悬挂" 的移民心态。徐则臣的中篇小说《啊，北京》中的边红旗，作为一个乡镇老师，为了追求作诗的激情和未来的出路来到北京。可现实是无论他怎么呼喊，北京始终都不属于他。诗兴盎然的农村人边红旗最终在城市丢失了诗意，从事了贩卖假证的工作。当新的生活方式没有建立起来，旧有的生命方式又行将消失，"70 后" 的乡土人物处在新旧的夹缝中，呈现出鲜明的 "无根性" 身份焦虑。而这些处在悲剧地带的人物将自此走上虚无之途。在 "70 后" 作家笔下，这种焦虑同时指向了精神乌托邦的构建。相较于老一代作家对乡土文化的怀疑与批判的立场，以乔叶、鲁敏、刘玉栋、魏微等人为代表的 "70 后" 作家的中篇小说多偏向于对乡村回忆的重新书写，直接继承了沈从文与汪曾祺的浪漫主义传统，以审美姿态描写乡村伦理道德，在温情感伤、温暖诗意中表达对乡村世俗世界的礼赞，讴歌纯美的人性，传递苍凉底色下的温情，试图以一曲田园牧歌唤醒沉睡的乡土，重构消逝的乡村伦理文化，营造诗意的乡土与精神的乌托邦。例如乔叶的《指甲花开》中的姐妹，在苦难的生活背景下，

---

① 叶炜：《当下中国需要一种 "新乡土写作"》，《中华读书报》2015 年 8 月 26 日。

相互体谅、扶持。她们的痛苦与耻辱都被善良和宽容化解，在乡土伦理文化凋敝的今天，显示出难得的温情。但此类作品回避了城镇化时代带来的乡土巨变，悬置了当代社会的现代化进程，忽略了乡村社会的丑陋、愚昧，以泛滥的温情表达对人性的赞美、对底层的关怀、对卑微生命与苦难人生的怜悯，体现出"70后"作家乡土经验的匮乏与直面现实的胆怯。

其次，"70后"作家中篇小说的主题延展同时体现在城市主题方面，具体表现为个体心灵的焦灼与现代化的迷途。"70后"作家成长在转型时代，他们身上一方面保留了"计划经济时代中的乡村文学精神"，另一方面发展了"与市场经济相呼应的都市文学精神"。① 正因如此，"70后"作家正用切身的城市经验来书写当下问题，这是"对笼罩百年文坛的乡村题材的一次有声有色的突围，也是对当下中国社会生活巨变的有力表现和回响"②。以卫慧、棉棉、朱文颖、魏微、滕肖澜、徐则臣、常芳等为代表的"70后"作家，显示出丰富的都市经验与自觉的都市意识。尤其是21世纪以来，"70后"作家的都市题材小说突破自身的局限，在都市情感主题方面不断深入探索的同时，也向商场、情场、人性、底层、知识分子甚至国际化视野等多元化主题发展，将审美话语渗入现代都市体系内部，呈现都市个体孤独、焦灼、荒诞的生存状态，以及背后的都市文化价值体系。例如盛可以的中篇小说《裂裳扣》，闪婚的夫妻双方在无聊的婚后生活中，彼此厌弃，从语言的交锋上升到肢体冲突，但最终两人还是在婚姻的"围城"中遍体鳞伤地过着，无法挣脱这美丽的"裂裳扣"。都市爱情依然延续了钱锺书的"围城"理论，只是在"城中"的人更加孤独与焦灼。除此之外，"70后"作家中篇小说还展现了现代都市中人性的迷茫。李浩的中篇小说《失败之书》描写了一个都市"坚硬的失败者"形象。孤独的失败者变得阴鸷、暴躁，别人的关心反被认为是沉默的讽刺与嘲笑。在一系列的打击下，失败者变成理直气壮的寄生者，在寄生生活中，放弃了愧疚与爱，培养了仇恨。在现代化的城市中，过于理想化的追求

---

① 贺绍俊：《"七十年代出生"作家的两次崛起及其宿命》，见《把脉70后》，江苏文艺出版社2010年版，第37页。

② 孟繁华：《乡村文明的变异与"50后"的境遇——当下中国文学状况的一个方面》，《文艺研究》2012年第6期。

被弱肉强食的生存法则否定，遭受失败的青年人面对快速且凶猛的时代产生了畏惧心理，没有主动反思自身的问题，却将所有责任都推给了外界，这是都市培养出来的懦弱无能的代表、新式的都市 "零余者" 形象。随着时代的发展与个人的成长，"70 后" 作家从 1990 年代的 "物质化" "欲望化" 的都市描写，向城市个体精神内核与现代文明本质进行探索，展现了都市个体精神的困惑与痛苦，同时引进全球化视野，将城市文学带进了更广阔的领域，足以显示出 "70 后" 作家对时代生活的敏锐观察。

　　最后，"70 后" 作家的中篇小说对成长主题也多有探索，具体展现为身体成长与精神回归两个维度。进入新时期以来，中国的成长主题小说向多元化发展，不同代际的作家展现出各自的特色。"50 后" 作家重视政治意识对个人成长的干预；"60 后" 作家感慨成长的复杂性，挖掘独立的个人意识；而 "70 后" 作家经历了时代的裂变与改革的阵痛，个体意识凸显，其成长小说不再承担国家民族的命运，而是走向了个人化与私密化。成长主题在 "70 后" 作家的中篇小说中首先展现为身体成长，即性意识与善恶观念的觉醒。徐则臣的中篇小说《苍声》通过写 "我" 从儿童本身恶的边缘转身，在窥破了成人世界的真相后选择了向善，却依然发现噩梦远远没有结束的经历，认识到成人世界的邪恶仅仅成为 "我" 的成年礼，而远非成长的结束。"70 后" 作家的成长主题中篇小说中有着稳健的道德意识，虽然质疑人性，但在善恶之间还是义无反顾地选择了向善。然而他们却对成人世界的恶心存忌惮，在善恶交锋之中表现出悲观态度。同时，"70 后" 作家中篇小说的成长主题还表现为对传统的回归。20 世纪末，"50 后" "60 后" 一代的先锋作家以及新生代作家，从作品风格到作家个性上都表现出强烈的反叛意识，并掀起了著名的 "断裂" 问卷调查事件。早期的 "70 后" 作家亦有着强烈的断裂倾向，然而进入 21 世纪以来，成熟后的 "70 后" 作家虽有追求断裂的倾向，但更有接续传统的努力。这在他们的成长主题小说中，表现为主人公在个体成长过程中，从追求个性解放企图挣脱家庭和传统的束缚，向回归家庭、认同传统的方向转变。《最慢的是活着》是乔叶尝试进行代际沟通所写的以女性成长为主题的小说文本，表现了生长于农村大地上的奶奶一生的轨迹。她经历了饥饿、亲人离世、孙子入狱等一系列变故，最终安详离世。另一条线索则是 "我" 与她经过数十年的敌视和对抗，最终在审视自我中无限接近于她，从奶奶身上看到了自己的镜像，完成了对传统精神的回归。

与传统文化的断裂与接续，是"70后"作家在洞察了人生的宽度与深度之后自觉选择的文化道路，希望在传统文化中找到人生价值的支撑。也正是在"出走"与"回归"的过程中，"70后"作家才完成了个体的精神成长。"70后"作家从最初关注青春性意识的成长，转向对社会善恶的辨析，最后在对传统文化的反思中走向成熟，走了一条"关注自身——关注社会——关注传统与现在"的道路，体现出"70后"生人的成长轨迹。

四、继承与创新："70后"作家中篇小说的审美新探索

批评家曾评价"70后"是"既'断'又'续'、既'新'又'旧'、既开放又保守的处于历史、文化和社会夹缝中"[①]的一代。"70后"在父辈那里得到了革命式的红色教育，却生活在市场经济时代。面对时代所赋予的新问题，"70后"的信仰与现实脱节，陷入深深的精神危机之中。安东尼·吉登斯以"现代性的断裂"理论解释这种面对未知的恐惧感，"现代性以前所未有的方式，把我们抛离了所有类型的社会秩序的轨道，从而形成了其生活形态"[②]。"70后"一代是中国现代性断裂带的过渡人群，但也正因如此，"70后"作家的中篇小说形成了既"传统"又"现代"，既"断"又"续"的文体特色，在"常"与"变"中找到了一条走向艺术高峰的道路。

首先，中国"70后"作家的中篇小说出现了两条悖论式的写作方式，在继承现实主义文学传统与1990年代先锋主义文学传统的基础上，又不断创新，写出了属于"70后"作家群体的特色，展现出鲜明的代际特点。

一方面，"70后"作家坚持与时俱进的现实主义写作，作品坚持现实主义创作手法，关注生活问题，直面社会转型中的阵痛。"70后"作家的中篇小说展现出对"中国问题"的极大关注。王十月的《国家订单》关注中国农民工的劳资问题，且将此类"中国问题"放在世界视野中思考，跳出了传统

---

① 张丽军：《未完成的审美断裂性：中国70后作家群研究》，《中国现代文学研究丛刊》2013年第2期。

② ［英］安东尼·吉登斯：《现代性的后果》，译林出版社2000年版，第4页。

现实主义的 "二元对立" 视角，将数十年来被文学 "妖魔化" 的公司老板置于世界经济潮流中，写出了当代公司管理者自身的无奈与辛酸。乔叶《盖楼记》《拆楼记》以非虚构的方式记录了当下中国最普遍的拆迁与补偿问题。底层视角也是 "70 后" 作家中篇小说现实主义写作的鲜明特点。"70 后" 作家大多出生于乡村，生活在城市，有乡村记忆，也有进城的辛酸。这种经历表现在作品中，体现为以第一人称为主的 "底层视角"。面对广义上的底层群体，如何展现他们生活的艰辛与精神的疼痛，是近年来中国文学极度关注却又屡遭诟病的地方。在具有亲身经历的 "70 后" 作家笔下，他们用更加平实的叙事方式表达了对现实社会的思考，更多地采用第一视角直接介入现实。徐则臣的《啊，北京》中，"我" 虽是一个知识分子，却生活窘迫，与办假证的边红旗成为朋友；《跑步穿过中关村》中的 "我" 直接变成贩卖盗版光盘的无业人员；石一枫的《世间已无陈金芳》中，"我" 见证了陈金芳在城市中奋斗并走向失败的过程。"70 后" 作家因自身经历，在书写底层人物的同时有着更多的情感代入，同情之外更多的是同感。面对剧变的社会以及庞大的社会群体，"70 后" 作家表达着最真实的感受，这使其现实主义书写不再高高在上，而是与读者平视，用倾诉代替了说教。

　　另一方面，一部分 "70 后" 作家钟情于 "后先锋" 写作。所谓 "后先锋文学，是指在 1980 年代先锋文学影响下的中国 '70 后' 作家的先锋文学"[①]。"70 后" 作家模仿的不只是先锋文学的形式，更多的是继承先锋文学的精神与理念。他们不再执着于夸张变形的现代主义意象、元叙述的语言风格、碎片拼贴或迷宫般的文体结构，而是在日常生活题材内寻求精神的裂痕，在正常事件背后发掘意义的荒诞。李浩的中篇小说《告密者札记》中，叙述者始终以画外音的方式出现，干扰故事的流畅进度，将读者从故事中拉出，不断询问读者对小说走向的建议。同时，小说中还穿插了问卷、书单等各种材料，努力营造札记的真实感，体现出先锋探索的态度。阿乙则继承了先锋派的暴力美学，将死亡堂而皇之地摆在小说的每一角落，在每一个死亡的背后都掺杂着真真假假的奇幻故事，不断拷问灵魂与精神的问题，时刻提醒读者死亡

---

① 　张丽军：《从先锋到后先锋：中国当代先锋文学三十年》，《文艺报》2016 年 2 月 29 日。

是一件平常且不可避免的事，让小说有着犀利的先锋芒刺。"70后"作家对先锋文学遗产秉持的是借鉴与创新的态度，在先锋文学技巧之外，更多地继承了先锋精神，在日常生活背后寻找意义的荒诞性，淡化了形式的先锋，侧重了意义的先锋，最终形成了具有"70后"代际特色的"后先锋文学"。

其次，中国"70后"作家的中篇小说专注于生活审美化书写。"70后"作家历经了新中国社会转变最快、最迅猛的时代，面对经济的飞速发展与保守的政治与文化，"70后"作家从自我出发，书写个人世界与日常生活，关注个体的精神走向、生存尊严，以及与外部世界的碰撞与冲突，有较为明显的日常生活审美化倾向。"70后"作家的写作主张与主流意识、宏大叙事保持距离，怀疑现象/本质二元对立的模式，将日常生活作为审美对象，去除宏大叙事对日常经验的遮蔽，追求表现的真实性、体验的私人性，大胆反叛公共意识对个体的压迫，书写个体生存的价值与意义。

部分女作家不乏写作立场，却缺乏大众日常生活经验。她们笔下的主人公生活在狭小的空间里，精神颓唐、性格孤僻、生活糜烂，在封闭的空间里自怨自艾，毫无行动能力，变成精神沉沦、"难得糊涂"的病态青年。写作技巧上，卫慧、棉棉陷入了个人化的泥潭，不仅没有提供超越性的写作经验，反而成为"个人化写作"的"恶之花"。作品一定程度上迎合了1990年代的大众口味，是消费主义意识形态引导下的"产品"，为拒绝主流意识而努力的个人化写作还是没能走出大众意识的引导。

学者迈克·费瑟斯通认为："日常生活审美化有两层含义：第一，艺术家们摆弄日常生活的物品，并把它们变成艺术对象；第二，人们也在将他们自己的日常生活转变为某种审美规划，旨在从他们的服饰、外观、家居物品中营造出某种一致的风格。"① 所谓日常生活审美化，在当代文学中表现为对日常生活的关注、对卑微人生的描写、对个体经验的刻画，在"70后"作家的中篇小说中，具体展现为"小叙事"、轻逸感与抒情暧昧三个方面。陈晓明认为，"小叙事"以展现小人物、小故事、小感觉、小悲剧、小趣味等为主线，是"最逼真地切近当代人的身体与心灵的苦楚"的叙事手法，区别于宏大叙事对历史背景与思想氛围的营造，而"仅凭借文学叙述、修辞与故事本身来

---

① 周宪：《文化研究关键词》，北京师范大学出版社2007年版，第1页。

吸引人，来打动我们对生活的特殊体验"。① "70后"作家热衷于从小事入手，突出各种具有灵性的生活细节，注重个人感受，热衷于进行贴近自我的"小叙事"，展现日常生活的丰富性。计文君的《白头吟》从一桩纠缠不清的官司入手，描写了家长里短、人心诡诈，且丝丝入扣。这些看似平常的事物潜藏在当代每个人的血肉里，是我们碎片化生活中习以为常却又不可或缺的一部分，传达出现代都市人空虚、无意义的生存状态和精神状态。田耳的《一个人张灯结彩》、常芳的《纸环》、金仁顺的《水边的阿狄丽雅》等都是"70后"作家"小叙事"的佳作。

"70后"作家中篇小说的日常生活审美化倾向还表现为轻逸叙事，即"轻逸的历史"与"轻逸的语言"。在"70后"作家的中篇小说中，历史不再是宏大广阔的民族国家，而是偏重个人经验下的想象。而叙事者"我"的出现，又让历史成为私人话语，具有个人性与轻逸感。徐则臣的"花街"、魏微的"微湖闸"、刘玉栋的"齐周雾"、艾玛的"涔水镇"等，都是在模糊的历史背景下建立的乡村乌托邦。刘玉栋的"齐周雾村"是乡土中国的一个缩影，有着千百年来中国历史、政治、伦理文化的烙印。但在刘玉栋笔下，"乡土中国"与"宏大叙事"被剥离开，时间在"齐周雾村"仿佛凝滞不动，历史成为可有可无的背景，生命本身与道德人性成为关注的重点。在刘玉栋的中篇小说《我们分到了土地》中，1980年代的土地改革仅仅成为一个模糊的背景，而爷爷对土地宗教般的"虔诚"与"依恋"才是小说叙述的重点。历史的沉重感被浓郁的抒情冲淡，个体生命的情绪表达超越了对历史的反思，从而让历史轻盈飞升，感情沉重下沉。刘玉栋用温情感伤的笔触为乡土中国书写了一首挽歌，这首歌中，历史被感情置换，成为一种轻盈的存在。轻逸的叙述特征还在于语言的轻逸，小说采取儿童视角，淡化了历史的沉重感。鲁敏的《纸醉》《风月剪》《思无邪》等作品，以儿童的眼睛观看乡土往事，并赋予了一定的成人思想，表达了对故乡的精神依恋。

"70后"作家中篇小说的日常生活审美化书写还表现为暧昧的审美风格。"70后"作家善于深入日常生活的内里，凭借敏锐的感知力与娴熟的叙事技

---

① 　陈晓明：《小叙事与剩余的文学性——对当下文学叙事特征的理解》，《文艺争鸣》2005年第1期。

巧，展现暧昧不清的情思意绪。金仁顺的《爱情诗》《彼此》《桔梗谣》等中短篇小说，将男女情爱置于日常生活中，通过对男女之间情感碰撞的书写，反复演绎那些剪不断理还乱的暧昧关系。徐则臣的《跑步穿过中关村》中，敦煌与七宝、夏小容之间反复纠缠的情感关系，以及与买碟女孩之间默契且微妙的情感，都被巧妙地穿插在沉重的生存现实之间，让理想缠绕在复杂的关系中，成为无法挣脱的生活现实。同时，"70后"作家在个人化的抒情与社会公理之间反思徘徊，在道德评判标准上呈现出暧昧不清的姿态。最明显的当属徐则臣的"京漂"系列小说。一方面以敦煌、陈子午、边红旗为代表的都市边缘人以办假证、卖盗版光盘等非法生意维持生存所需，作者对他们寄予深切的同情；但另一方面，这种非法职业又打乱了社会秩序，是社会的不稳定因素之一。在生存现实与社会秩序之间，徐则臣选择了逃避，不站在社会伦理或道德的高度进行批判，反而采取平视介入的方法，描写底层人物生存的艰难，抒发个人的感慨，在抒情与公理之间表现出暧昧不清的态度。道德与人性之间的断裂，给"70后"作家的写作提出了新的考验，而在日常生活经验中写作的"70后"作家却没有解决好这一时代问题。

五、结语

中国"70后"作家经过了20世纪末"美女作家"的"尖叫"、21世纪初的"被遮蔽"、21世纪十年的再崛起的发展历程和审美流变，到如今已经成为文坛不可忽视的力量。他们的中篇小说创作在21世纪文学的多元语境下，呈现出鲜明的代际特色，展现了"70后"作家的"中坚力量"。徐则臣、李浩、东君、魏微、金仁顺、戴来、弋舟、刘玉栋、常芳、东紫、石一枫、艾玛、范玮、鲁敏、乔叶、朱文颖、瓦当、李师江、滕肖澜、王十月、李骏虎、计文君、盛可以、田耳等，以精致的中篇小说为阵地，坚守着纯文学的追求，为大众阅读提供了精神盛宴。

从中篇小说的创作现状来看，中国"70后"作家依然存在着不足与局限。首先，无力从广度上书写社会、历史，而是仅着眼于两性情感、家庭琐事、底层小人物的生存困境等方面。"70后"作家见证了中国乡土社会的历史转型，体验了传统到现代、后现代的文化剧变，其历史变动的剧烈程度不亚于任何一个时代。如何从整体上书写时代的变革，打通乡土中国与城市中国、传统中国与现代中国之间的壁垒，建立起属于自己的宏大历史观，仍然是他们需要努力的方向。其次，题材上趋于同质化。一些"70后"作家，反复书写有限的生活经验，甚至搬用新闻事件，导致题材的同质化、声音的同质化。最后，小说呈现出温和状态，无力发出异质、独立、独特的声音，文风偏软。即使在他们直面现实的作品中，也是感伤多于愤怒，妥协多于抗争。

虽然有着种种局限，但"70后"作家依然年轻，他们的创作依然"在路上"。事实上，"70后"作家的中篇小说已经达到了一定的高峰，足以代表他们这代人，乃至当下文学的最高水平。在他们的中篇小说中，社会问题成为关注的对象，表现出他们介入社会公共事务的热情，分别出现了关注城乡冲突问题、劳资纠纷问题、都市情感问题、底层生活问题、官场沉浮问题、心灵异化问题、女性独立问题等各种题材的中篇小说，成为我们这个时代的百科全书。

中国"70后"作家为中篇小说文体发展提供了审美新探索，在继承传统的同时不断创新，他们关注生活中的小事，在叙事中执着于放大细节，以小我反映大我，从日常生活经验出发，展现卑微鲜活的生命个体，传达真实的生命体验与对时代的微妙感受，重构审美空间，对中国中篇小说和未来中国文学的发展具有极为重要的风向标意义。中国"70后"作家，正行进在通往文学巅峰的路上。

中国文坛异军突起的审美新力量
——中国"70后"女作家论

　　从 20 世纪 90 年代开始，学界对于"70 后"作家群的关注持续升温，虽然"70 后"这一临时性概念尚有诸多存疑，但是作家群体的这一代际性划分充分体现了一代人独特、共享的生活经验、生命体验、价值观念与审美追求，并在长期使用过程中已经成为一种通约性概念。21 世纪以来，随着"70 后"作家日渐成熟，作品风格日趋稳定，他们开始超越"少年情怀"的青春写作步入相对厚重的中年写作，多样化的创作风格已经引起人们的普遍关注，尤其是他们所开创的新的审美范畴正在被人们广泛接受。

　　就群体特征而言，中国"70 后"女性作家表现出前所未有的强势姿态，在文学成就与作家比重等方面超越于同代男性作家，比如卫慧、棉棉、金仁顺、朱文颖、魏微、戴来、盛可以、鲁敏、滕肖澜、周瑄璞、付秀莹、计文君、常芳、艾玛、东紫、王秀梅、方如，等等。她们的创作往往与时代节奏保持同步，习惯以中短篇小说介入当下日常生活，以敏锐、简短、快捷的文字迅速捕捉当下的新文化、新现象，以及新人、新物、新事件，带有较强的新闻报道与社会批判特征。而大部分"70 后"女作家的高校学习经历与都市生活经验使她们的文字细腻、隽永，更具文学性，同时也更为关注城市文明与都市变迁，并逐渐形成了自己相对稳定的文学阵地。只是这一过程较之于"50 后""60 后"以及"80 后"作家相对曲折，文学作品产生的轰动效应不足，文学力量薄弱。但是可喜的是，21 世纪以来，"70 后"女作家们通过自身的努力，已经使她们的创作回归文学本身，并日渐形成中国文坛异军突起的审美新力量。

一、从 "身体" 开始的 "70 后" 女作家叙事

"70 后" 作家真正浮出历史地表与文化消费主义有着千丝万缕的关系。目前我们能够知道的最早提出 "70 后" 这一概念的是 1996 年南京民间文学刊物《黑蓝》2 月刊。同年《小说界》第 3 期正式推出 "七十年代以后" 栏目，专门发表 "70 后" 作家作品。1997 年 1 月，《芙蓉》开辟 "70 年代人" 专栏。1998 年，"70 后" 作家开始被全面关注，《山花》《人民文学》《上海文学》《大家》《长城》等期刊推出 "70 后" 作家作品。《作家》则在同年 7 月以配发女作家照片的方式推出 "70 年代出生的女作家小说专号"，由此推动了所谓 "美女作家" 的文学噱头。

与文学期刊遥相呼应，春风文艺出版社、长江文艺出版社等国内著名出版社相继推出 "70 后" 作家作品集。"70 后" 成为 20 世纪末最为热门的文学话题之一。这种所谓的 "'70 后' 热" 在当时主要集中于女作家群体，尤其是卫慧的《上海宝贝》、棉棉的《糖》、朱文颖的《高跟鞋》等作家作品，将与 "70 后" 有关的 "美女作家" "身体写作"，甚至是 "下半身写作" 推到了风口浪尖。表面的虚假繁荣盛极一时，最终因为作品叙事的苍白乏力、自我重复，审美的偏狭局促而与文学渐行渐远，同时也令读者接受产生审美疲劳而遭厌弃。于是新媒体开始重新捕获对象，以代际顺延性思维推出 "80 后" 作家，媒体与读者再次 "共谋"，在 20 世纪末快餐式地推出又快餐式地消解了 "70 后" 作家群体。

这种消解并不是扼杀。"70 后" 作家作为一个 "沉默的在场" 群体从未离开过中国文坛，相反，在历经消费主义的商业喧嚣之后，他们痛定思痛开始走向沉静，出现了更多接近纯文学的作家作品。正如 "70 后" 女作家魏微所说："70 年代是堕落的，就因为几个狂躁的、不谙世事的女作家，整个时代被牵连了。整个时代，被视为是颓废的、无望的、末日的时代……而与此同时，个体的区别很快显现出来了，包括他们的写作和为人姿态。我已经看到了，更大的分歧和变故还在后头。"① 21 世纪之后，随着创作的成熟，一

---

① 魏微：《关于 70 年代》，《青春文学》2002 年第 1 期。

个全新的"70后"文学共同体正在悄然复苏。曾经那"几个狂躁的、不谙世事的女作家"如今已成过眼云烟，但是她们作为一种文化现象成为学界研究的对象。

曾经的"70后"女作家，她们所谓的"身体写作""下半身写作"并非一种简单的文学断裂式审美现象，也不能仅仅归结为消费主义的现代性产物，它具有一定的历史传承性，赓续了中国近代以来的文学革命与启蒙主义传统。就百年中国文学习惯而言，几乎每一次社会变革、思想突变都以女性的自我解放作为突破口，尤其是女性的性解放，因为"妇女解放程度是衡量普遍解放的天然标准"①。

"五四"新文化运动之后，中国现代启蒙主义勃兴的逻辑起点可以归于"人类的启蒙即起源于恐惧"②。国家生死存亡的恐惧在当时笼罩了整个中国，令现代思想家激烈而焦躁。他们往往以性启蒙甚至是性革命作为突破口，试图寻找到打破传统思想藩篱的突破口，而对妇女问题的关注，构成了"五四"启蒙思想最具说服力的部分。③鲁迅《伤逝》中"娜拉式"出走的子君是一个失败的英雄，已经具备了现代女性自我解放的朦胧意识。茅盾《野蔷薇》《幻灭》《动摇》《追求》《虹》等作品中的桂少奶、慧女士、孙舞阳、章秋柳、梅行素、李惠英等革命女性，则以极为激烈的姿态出现，她们以性为工具，将身体作为革命的手段，以性的张扬和身体的解放这种激烈的方式来对抗传统社会之于女性的性压制，最终将繁复深奥的革命理念简化到女性的身体。

在"红色经典"系列小说中女性身体叙事充满了节制甚至是性压抑，女性解放幻化成一种身体符号。赵树理《小二黑结婚》中的小二黑与小芹；袁静、孔厥《新儿女英雄传》中的牛大水和杨小梅；梁斌《红旗谱》中的运涛与春兰、严萍与江涛；刘知侠《铁道游击队》中的芳林嫂和刘洪；雪克《战斗的青春》中的许凤和李铁；李英儒《野火春风斗古城》中的杨晓冬和银环，等等，他们是恋人更是革命同志，女性已经真正走向了婚姻自主的道路。

---

① 《马克思 恩格斯 列宁 斯大林论妇女》，人民出版社1978年版，第7页。

② ［瑞士］荣格：《心理学与文学》，冯川、苏克译，生活·读书·新知三联书店1987年版，第134页。

③ 参见乔以钢：《中国当代女性文学的文化探析》，北京大学出版社2006年版，第14页。

新时期文学对女性身体叙事的迷恋，充满了思想解放精神。在王安忆的《小城之恋》《荒山之恋》《锦绣谷之恋》、林白的《一个人的战争》、陈染的《私人生活》《与往事干杯》等作品中，作家用身体思考社会，呼唤身体与思想的双重解放。

20世纪90年代，中国改革开放深化发展，现代化进程提速，消费主义、物质主义思潮开始日益兴盛。"70后"女作家再次以女性身体叙事去表达私人情感与社会认知，传递她们的时代困惑、迷茫与彷徨，试图以感官刺激彰显文学立场，实现社会批判。但是由于她们在当时的创作题材过于关注酒吧、咖啡馆、商场、摇滚、婚外情、酗酒、欲望、性爱、身体等都市符号，主题则相对集中于消费主义、物质主义泛滥下所衍生的都市颓废主义、虚无主义情绪，且最终在审美层面未能超越肤浅的美学颓废主义，沦落于生理性的感官刺激，成为20世纪末文化堕落的一种表征。虽然就身体叙事的革命意义而言，"70后"女作家在1990年代的文学创作可以归于"挑战和回应"模式[①]下的百年中国的文学谱系，但是她们并未继承身体叙事的革命与启蒙主义传统，反而成为消费主义的文化宠儿，身体叙事在她们那里已然消褪了美学价值与文学性，沦为一种现代消费手段，充分显示出资本对文学的裹挟力量。

如果说"启蒙就是人类脱离自我招致的不成熟。不成熟就是不经别人的引导就不能运用自己的理智"[②]，那么20世纪末的"70后"女作家显然无法承担"导师"角色，她们表现出来的文学形态使她们成为亟待被启蒙、被引导的群体。直至21世纪之后，"70后"女作家的分化日渐完成，大浪淘沙式地滤除那些盛极一时的消费主义宠儿。"70后"纯文学女作家开始占领话语高地，在沉默的写作中发出自己的声音，在长期的积累过程中形成自己独特的文学理念与写作风格，成为"70后"作家的中坚力量，引起人们的普遍关注。

---

① ［德］顾彬：《二十世纪中国文学史》，范劲等译，华东师范大学出版社2008年版，第6页。

② ［美］詹姆斯·施密特编：《启蒙运动与现代性——18世纪与20世纪的对话》，徐向东、卢华萍译，上海人民出版社2005年版，第61页。

二、城市的扩张与"70后"女作家的"新都市文学"

就题材而言，乡土文学无疑是百年中国文学的主流，这与中国的社会性质、经济结构密切相关，是文学对现实"追踪式"描写的必然的艺术结果。但是随着中国的现代化进程、城市化扩张，城乡关系正在发生激烈剧变。城市之于乡村的"圈地运动"整体改变了城乡板块，城市规模的扩张使其拥有了更大的包容性，能够吸纳更多的乡村剩余劳动力。尤其在21世纪之后，中国城市的兴起已经开始日渐蚕食乡村，文学对这一现状的"追踪式"描写导致了"新都市文学"的勃兴。但是目前的城市文化带有很强的交汇性特征，这主要是由那些带有流动性和不确定性特征的新移民引发的，"他们的焦虑、矛盾以及不安全感是最鲜明的心理特征。这些人改变了城市原有的生活状态，带来了新的问题。正是这多种因素的综合，正在形成以都市文化为核心的新文明"①。这种带有现代"新移民"色彩的城市文明，孕育出一种过渡性、交汇性的都市文化，它所依托的并非纯粹的都市经验，而是具有外来者介入性质的城乡兼容性经验，因此这种都市文化不仅仅区别于传统中国的乡土文化，同时也区别于现代中国纯粹单一的都市文化，具有自己的城乡交汇性特征。

中国现代城市的崛起与现代性扩张加速了代际分化，导致"每一代人所处的文化、生活方式和社会基础结构都与上一代不同，而且差异程度一代比一代大"②。代际间经验景观的断裂式差异，导致思想焦点与精神支点的巨大不同。"50后""60后"作家聚焦于历史与乡村文化，"80后"作家热衷于纯粹的都市消费文化，而"70后"作家则更多倾向于过渡性、交汇性的都市文化。这使他们的文学创作从整体上呈现出代际间的独异性。

20世纪90年代城市崛起之际，"70后"正处于青壮年，无论是作为知识

---

① 孟繁华：《乡村文明的变异与"50后"的境遇——当下中国文学状况的一个方面》，《文艺研究》2012年第6期。

② ［美］兹比格涅夫·布热津斯基：《大失控与大混乱》，潘嘉玢、刘瑞祥译，中国社会科学出版社1995年版，第218页。

分子还是劳动力输出，他们都是中国城市崛起的生力军。他们为了同一个目的以各种途径进入城市，成为现代城市的新移民，从而能够以独特的身份与视角体验、观察着城市新文明。这种独特的生存体验和生命感受之于 "70 后" 女性尤为强烈。"70 后" 女作家笔下的 "新都市文学" 秉承了 "五四" 现实主义精神的基本内核：直接将笔触指向当下现实，关注当下的精神事物，处理当下的精神困境，建立与当下的紧密联系，实现文学的干预性功能，达成文学的审美性与现实性的有机结合。

"70 后" 女作家笔下的都市是一个处于现代性断裂期的文化空间。"文明与罪恶的共生，传统与现代的冲突，物质文化对个性的扭曲，工具理性对生命原欲的压抑，新奇经验的追求与社会性需求之间的抵牾，等等。"① 鲁敏的《伴宴》就揭示了城市中传统民乐文化的无可避免的衰落，简直就是小说版的 "一声叹息"。"70 后" 女作家以女性特有的敏锐、知识分子自觉的深刻去剖析都市文化，完成自己对都市经验的理性认知，构建出一个资本冲击下破败、堕落的城市文明，具有较强的批判性。

"70 后" 女作家对城市文明的批判与认知是深刻的，但不可否认的是她们对都市同样充满了偏见。中国社会与文学关于城市叙事曾经充满着理想主义的神化想象，直到今天这种理想主义仍然是很多人奔向城市的重要动力。如果说这种城市乌托邦想象是一种偏执，那么 "70 后" 女作家对于城市的妖魔化书写则是以一种偏执代替另一种偏执的文学事件。这种偏执带有一定的真知灼见，甚至起到一定的社会警示作用，但在某种程度上会限制我们对城市文明的整体性认识和深入性探究。

城市的妖魔化认知主要表现在罪恶城市的建构上，其中官场腐败被很多 "70 后" 女作家视为城市罪恶最为鲜明的一种表征。艾玛的《有什么事在我身边发生》讲述了一对夫妻认知错位的故事，与妻子木菡生活多年的政府干部老钟突发心脏病死亡，这是一位受人尊敬的好干部、好丈夫，但是在他死后木菡无意中发现了一把房门钥匙，以此打开了重新认识老钟之门，丈夫不要孩子的秘密，以及他清廉背后巨大的贪污事实被不断挖掘。在重新定位与认知的过程中，妻子木菡陷入精神危机，患上拆挖、寻宝的强迫症。在这个

---

① 翟文铖：《"70 后" 作家的都市小说》，《小说评论》2015 年第 2 期。

价值观颠覆混乱的时代，陷入精神危机的又何止木菌一人。东紫的《赏心乐事谁家院》将官场腐败简化为乱性，几乎每一位官员都有婚外情，主人公是临近退休的市委书记谷昊，他为了迎娶妙龄少女郑莎莎（妻子曾经的学生），无情抛弃了患难妻子冉月出，威逼利诱，人格侮辱，无所不用其极。情节简单、想象力匮乏是这篇小说不争的缺陷。魏微的《家道》则是以财政局局长的父亲被牵连入狱家道中落为背景，着重描写了妻子与女儿重振家道的艰辛历程，等等。"70后"女作家笔下的官场小说具有一个共性，即简化腐败的现象与过程，忽略其社会影响，以被伤害者女性作为批判支点，集中于家庭伦理与亲情伤害的叙述。

　　在灰色官场之外，罪恶城市还表现为黑色人性，即对城市文明黑暗、残暴、冷酷、血腥一面的表现，这也是"70后"女作家对城市文明着重批判的地方。其中王秀梅的小说最具代表性，她往往以极端的死亡事件去表现对城市文明的极度质疑。《芙蓉》讲述了一个关于城市复仇的故事，曾为大学生的发廊小姐韩芙蓉，为了报复对自己始乱终弃、毁掉自己一生的张大江，同时更是为了给自己夭折的孩子复仇，预谋接近张大江的父亲张洋，并与其发生性关系，最后设局引张大江到自己挂满孩子照片的房间，在对方高潮时杀死他，复仇后她亦自杀身亡，得知真相的张洋也在家中自杀；《夏天里的两个故事》讲述了城市底层任真被富家小姐迟心意利用，一气之下杀死迟心意与她的情人企业家吕东方；《紫血》采用了聊斋式叙事手法，讲述了一个关于婚外情杀人的故事。城市在王秀梅笔下失去了文明色调与理想主义色彩，黑暗、残暴、死亡充斥着城市的每一个角落，构成了城市文明进步发展的坚硬阻力。戴来的《没法说》中怀有疑心病的年迈父亲不仅到处毁谤家人，还因怀疑妻子有奸情而对妻子进行了长达二十年的监视与折磨，直到最后割掉了怀疑对象老刘的生殖器，引发血案；《自首》中的关洋勒死曾经是舞厅小姐的妻子，事件亦真亦幻，真假难辨。艾玛的《诉与何人》中有按摩女丽莎与老作家之间的暧昧、挑逗；冷漠的未成年援交少女小宇杀死男朋友；开平市法院副院长嫖宿折磨未成年少女，陷害检举自己的法官 Z，法官 Z 不堪压力在狱中吞筷自杀等。金仁顺的《三岔河》中的大学教授吕悦在一夜情之后，恼羞成怒杀死了曾经的同学现在的大款李虎；《松树镇》中曾经温柔美丽的小镇学生孙甜，多年后在北京成了杀人犯。朱文颖的《金丝雀》中的温婉女子杀死男友后投案自首，等等。"70后" 女作家几乎清一色以灰暗的心理去观察城市，建构城市文明，钩沉城市的当下历史，失望、消沉与堕落充斥在字里行间，以极端的文字表达了对现代性的坚定质疑。

现代性催生的城市罪恶具有较强的吞噬性，城市在 "70后" 女作家笔下成为罪恶的渊薮，它宽容地吸纳着各类人群，同时也快速地改造那些外来者，吞噬着人性的温良。堕落、空虚与迷失成为外来者面对城市文明的最大困境。魏微的小说《回家》描写了一群乡村姑娘到城市打拼的经历，小凤、翠儿、芳芳、表姐这群单纯的乡村女孩带着 "城市梦" 逃离乡村，成为家人摆脱贫穷的希望，但是她们进城唯一的出路竟是当小姐，倔强单纯的小凤经过激烈斗争最后还是走上了这条屈辱之路。更为屈辱的是被遣送回家后，面对家人的宽容与遮掩的悲伤，历经城市文明熏染的她们已经难以重新接受乡村文明的朴实与滞后，重返城市成了她们的最终宿命。王秀梅在象征性作品《往生》中，以城郊篆山山坳里的水塘中死掉的绿裙女人作为自然的象征，并借用小女孩之口认定她是死掉在水里的银杏树，以此悼念那些被城市化扩张吞噬掉的乡村与自然，以及人们曾经美好的记忆；《陈北坡的火车》再次以极端的文字表达城市的吞噬性，乡下人陈北坡以分发野广告混城市，在商场偶遇仿若失踪姐姐的领着孩子的女人，怀着对姐姐的思念，他开始购买姐姐曾经喜欢的各类发卡，偷偷放到女人的车里，但是这一温暖的行为却被误会，导致他被逮捕，释放后曾经单纯的陈北坡变得极为乖戾，召妓并气愤地杀死底层妓女凯雅。城市在快速地改造着那些怀着单纯目的来到城市的单纯的外乡人。朱文颖的《他乡》讲述了一个现代城市传奇，上海外来者张大民迷失于大都市，找不到归属感，成为一名典型的失败者，妻子与他离婚，女儿对他冷漠，打工也不顺……但是这所有的一切城市困境因一个头奖彻底改变，金钱成为城市问题解决的通行证，暴发后的张大民陷入新的困境，孤独、失落与迷茫未曾离去。

与城市有关的故事往往都与金钱、堕落、迷惘有着密切关联。"70后" 女作家对城市的失望与恐惧跃然纸上，但是她们却未曾表现出强烈的怀旧情结与乡土情结，没有将城市问题的解决理想化地归于传统和乡村。厨川白村曾说，一个人疲倦于都市生活后，不由对幼少年时的田园风光或纯朴的生活，兴起怀念和向往之情，是属于一种 "思乡病"。遗憾的是很多 "70后" 女作家童年生活的乡村或城市已然失去了传统的田园色彩与淳朴质地，疲惫的都市生活只能令她们继续坚忍，乡村早已不再是"50后""60后"作家笔下的心灵栖居地。魏微《乡村、穷亲戚和爱情》中的城市女孩小敏从心底鄙弃乡下来的穷亲戚，长大后在城市"过着可耻而堕落的生活"，在送奶奶骨灰回乡下"合坟"时，意外地与已经离婚的四十岁表哥陈平子发生感情，但最终没有结果便悄然离开。

在"70后"女作家笔下，乡村不再是城市失败者的最后栖居地，这种"失根"带来的迷茫与恐慌加深了代际间的精神断裂。由此我们可以说"70后"女作家通过都市文学的创作，通过对交汇性城市文明的建构，已然形成自己独特的审美质地与思想内涵。

三、"70后"女作家的日常生活美学与"微观叙事"

文学创作与代际经验存在一定的内在关联性，个体独特丰富的生活经历与共享的时代经验彼此交织构成了一位作家的时代共性与主体个性。"70后"女作家生活在一个多变的时代，政治解压、思想解放与经济发展构成了她们生活的主旋律，而日渐破败的乡村与城镇则构成了她们主要的生活景观，没有苦难的政治创伤、没有乌托邦的乡村想象，她们关注当下却能够与消费主义保持有效的距离。

"70后"女作家凭借着敏锐的洞察力与现实把握度，将目光集中于发掘细碎的日常生活，试图建构独特的日常生活美学，表现出更为强烈的"当下现实主义"文学理念。所谓"当下现实主义"即是以艺术表现形式对当下现实问题进行直面思考，以审美的方式讲述"中国故事"，发现"中国问题"，从而实现对中国当下问题的深度思考，建构当下中国的生活变迁史，以期引起社会整体关注。这是一种以文学的方式参与社会良性发展、理性建构的努力，知识分子的良知与批判性思考通过对社会问题的叙述得以彰显。

在具体文学创作上，"70后"女作家们对"中国问题"的切入主要从日常生活出发，传达出日常生活审美化的构建企图，以文学的方式参与21世纪

之初学界展开的 "日常生活审美化" 大讨论①。在 "70 后" 女作家那里，这就是她们的生活，抑或这就是她们渴望的生活，表现它、弘扬它是她们的文学使命。

"70 后" 女作家直接表达了 "日常写作" 的文学立场。魏微多次强调，"我是想把小说写得跟生活一样，就是照着生活的原貌写，生活是什么样的，我的小说也想是什么样的"②。虽然 "'日常' 通常被认为是小的，琐碎的，无意义的。但问题在于，我们每个人、每时每刻都处在 '日常' 中，就是说，处在这些琐碎的、微小的事物中，吃饭，穿衣，睡觉，这些都是日常小事，引申不出什么意义来，但同时它又是大事儿，是天大的事儿，是我们的本能"，因此从 "某种意义上，所有的文学都应该是 '日常写作'，……我心目中的日常写作，就是写最具体的事，却能抽象出普遍的人生意味，哪怕油烟味呛人，读者也能读出诗意；贴着自己写，却写出了一群人的心声。有自己，有血肉，有精神，总而言之，哪怕是写最幽暗的人生，也能读出光来"③。这似乎成了 "70 后" 女作家的写作宣言，她们关注于日常生活中的 "小事"，偏爱琐碎的生活细节，并力图从中找寻趣味盎然的诗意与光明的人生。这既是一种生活的倾诉方式，也是一种文学理想。

艾玛的《陶父吟》中有对棚场街街市细腻的生活描写；《相书生》中有对大学教师何长江乱麻式日常生活的描写。东紫的《请别踩我的脚》讲述了外科大夫戚东紫因为一次阑尾手术而被女病人李茉莉的爱情折磨得妻离子散，而所有的情感纠结最后都被集中于患有甲沟炎的脚趾被踩的生理性疼痛；《伪绿色时代的挣扎》中关于当下食品问题的危机最后落在老张家的悲剧，以及对孙子壮壮的抚养策略问题上；《住在顶楼》中的大龄剩女区琦深陷房屋漏雨与修理的烦恼。方如的《怨偶》描写了柴东东和小米夫妻婚后的混沌生活，仅仅因为晚饭后谁来洗碗产生争执，引发小米离家出走的闹剧；《声铺地》讲

---

① 这一话题是陶东风在 2000 年扬州会议上首先提出，其后在《日常生活的审美化与文化研究的兴起 —— 兼论文艺学的学科反思》正式提出这一美学范畴。《文艺争鸣》2003 年第 6 期集中发表一组总题为 "新世纪文艺理论的生活论话题" 的文章，"日常生活审美化" 的大讨论正式拉开帷幕。

② 魏微、魏天真：《照生活的原貌写不同的文字》，《小说评论》2007 年第 6 期。

③ 魏微：《日常经验：我们这代人写作的意义》，《文艺争鸣》2010 年第 12 期。

述了导播老田困顿的播音之路，家庭与工作以及儿子的烦恼不断困扰着他。金仁顺的《仿佛依稀》中编辑新容先后陷入父亲的师生恋、已婚者梁赞对自己的追求，以及离婚母亲的烦恼生活；《在敦煌》讲述了敦煌附近一家酒店服务员家祥与王葵一天之内温馨琐碎的爱情故事。魏微的《姊妹》是一个事关三爷与黄姓三娘、温姓三娘一生情感纠结的故事，家长里短、锅碗瓢盆交响曲交织出一部女人间的战争史。戴来的《白眼》以某日早晨秦朗正在拉着十五年前就开始却至今也没拉完的屎开篇，通过秦朗对拉屎环境的苛求透视夫妻间的关系，并以出差火车上继续拉着早上没有拉完的屎引起的事端结束。将拉屎这种生活中的忌讳细节入文，进行审美提炼构成故事情节，本身就是文学的一次日常审美升华；《在澡堂》讲述了老徐在澡堂约会女儿新男友小安引发的小事端。王秀梅的《海棠依旧》描写了"我"无端爱上了因台风海棠短暂滞留家里的空调安装工人；《失踪者李荒》则是大学同学李荒玩失踪的恶作剧。朱文颖的《宝贝儿》讲述了城市普通一家三口混乱的日常生活。"70后"女作家对日常生活的选取整体上倾向于紧张、琐碎、纠缠不清的家庭小事，在情感上多表现为虚无、孤独、纠结、痛苦、不信任的等负面情感。无论是出于悲观、刻意还是真实、客观，这都是"70后"女作家认识与体验的生活，她们就生活在其中。消隐了知识分子启蒙主义的精英姿态，带有明显后启蒙主义的尊重与平视，诚如作家魏微所说："你作为写小说的人，必须要具备这样一种素质，就是尊重你笔下的人物，要跟他平等对话，哪怕他是文盲。人心太深不可测了。"①

"70后"女作家不仅以文字表现日常生活，同时也以文学的方式参与日常生活的重建，为普通的社会群体争取相应的话语权。"日常生活世界是具有存在意义的基质性空间，其内在的动力是知识生产的源头，而知识生产的诉求必定要参与（或实际上已参与）对生活世界的型塑。"②日常生活提供了知识生产机制根本性动力，在源头上决定了知识权力场的运行轨迹，同时知识生产的反作用力将会对生活世界起到型塑作用，决定了现实生活的基本

---

① 魏微、魏天真：《照生活的原貌写不同的文字》，《小说评论》2007 年第 6 期。
② 乔焕江：《日常的力量——后新时期文学与文化反思》，广西师范大学出版社 2011 年版，第 69 页。

形态与世界运行发展的基本模式。而中国长久以来的知识生产体系习惯性地排除了日常生活、普通民众与底层群体，导致话语权的建构往往仅能代表具有发声权力的官方或知识分子群体，话语权的丧失往往伴随政治权益的丧失。在当代中国，这种知识生产机制的不合理现状正在改观，建构一种基于中国普通人本身的生存经验和生命体验基础上的中国普通人话语体系和中国普通人价值判断体系成为当下亟待解决的难题。这种努力要从知识生产的源头上根本解决日常与普通人被忽略的基本事实，发现日常生活，审美提炼日常生活，重建普通人的话语权。

　　"70 后" 女作家这种文学立场的选取，对于普通人尤其是城市普通人的日常生活细致入微的描写，以及她们在题材处理与主题提炼方面表现出来的日常写作姿态，使个体成为 "微观叙事" 的核心。即使是事关历史的叙事，比如艾玛的《白鸭》、东紫的《一棵韭菜的战争》、金仁顺的《盘瑟俚》《乱红飞过秋千》《僧舞》、王秀梅的《虚构的卷宗》《踏雪无痕》、方如的《清秋和小寒》、朱文颖的《豹》、魏微的《沿河村纪事》等，无论是中国古代历史、朝鲜族地方史、抗战史、"反右" 与 "文革" 历史，还是中国乡村现代发展隐喻史，它们并没有表现出宏大历史的重建意图，更多的是以生存为思考维度，关注生活于历史缝隙间的普通民众。"70 后" 女作家对日常生活中家庭小事的细密性 "微观" 表现，尤其是对个体日常生活经验的过度关注，最终使她们 "彻底抛弃了传统的'宏大叙事'模式，更多是从'微观叙事'的层面来呈现他们的表征对象。对他们来说，生命的个体是漫长生存之链上的一个重要环节，要是脱离了这样一个具体真实的、可以把握的生动环节，去追求一些不着边际的宏伟理想常常会使作品大而无当"①。"70 后" 女作家已然拥有了自己独立的审美判断与文学观念，以 "非宏大性" 的 "微观叙事" 去表现当下生活的真实与充实，实现叙事策略与表现题材、主题的无缝对接，从而摆脱原有小说叙事传统与经验的制约，已然具备了一定的文学史意义与价值。

　　"70 后" 女作家的 "微观叙事" 主要表现为家庭情感叙事，叙事主题相

① 鲁虹：《"新人类" 现象在中国当代油画中的呈现》，《文艺研究》2005 年第 11 期。

对微小，叙事对象相对简单，叙事空间的容度并不宽广，叙事话语低调而节制。在具体作品中通常选择日常生活中的基础性事件，且不做过度的思想延伸，虔诚地匍匐于大地之上，涉猎对象一般不过于复杂，主要集中于一个家庭以及必要的参与性角色，事件相对集中，容量有限，因此在体例上以中短篇为主。而在叙事话语上表现得较为成熟，"叙事话语表现出了敛抑而非张扬、守成而非叛逆、有意控制而非恣意释放的一面。……叙述人声音的节制、隐匿、敛抑、游移，是近年来女性小说由张扬叙述主体、强调叙述人的自我言说色彩，转向低调叙述的一个突出表现"①。微观叙事的整体特征与日常生活的微小琐碎形成一定的内在关联性，是当下现实主义文学表现最为恰切的叙事选择。

四、女性意识与"70后"女作家的"新女性神话"叙事

中国"70后"女作家在1990年代引人关注的作品几乎都具有西方女性主义色彩，如果说"写作是女性的。妇女写作的实践是与女性躯体和欲望相联系的"②。可见对身体与欲望的书写是那时"70后"女作家反抗与革命的一种宣言，但是她们在当时带给读者的整体感觉是：理想与欲望混淆，思想突围与精神堕落错置。这种归于身体的反抗性写作已然消退了颠覆与反抗功能，不再具备反抗父权制社会传统的革命色彩与追求自由独立的理想，在她们那里 "私人化'身体'不再成为政治解放的现实场所，而是成为经济开放享受的最终栖居域"③。她们在20世纪末的女性主义写作的尝试既没有完成对男性神话与意识形态神话的颠覆，也没有完善已具雏形的女性神话，反而成为消费主义的宠儿，再次沦为男性赏玩与消费的对象，最终导致的结果无非是从父权遮蔽走向女性自我遮蔽，没有从根本上赢得应有的地位与尊重。

因此，部分"70后"女作家如朱文颖一般努力澄清："我不是一个女权

---

① 孙桂荣：《叙述话语调整之后的女性声音》，《南开学报（哲学社会科学版）》2010年第2期。

② 张京媛主编：《当代女性主义文学批评》，北京大学出版社1992年版，第8页。

③ 王岳川：《中国镜像：90年代文化研究》，中央编译出版社2001年版，第48页。

主义者。我也不知道女性究竟应该走向哪里。"① 但是通过部分 "70 后" 女作家的文学创作，我们可以看到：虽然她们在主体意识上可能没有明确的女权主义需求，但是在具体创作过程中却无法回避现代社会女性主体性的回归与西方思潮的潜在影响，她们的作品中或多或少都会隐现出女性写作的基本特质。这种特质不仅仅是对女性性别差异的一种强调，更是对女作家女性独特的生命体验与性别体验书写的一种强调。所谓的 "女性身份并不是一种生理决定的产物，而是与传统男性中心社会的文化建构有关"②。女性角色与形象定位是一种文化性生成，在父权制文化体制内形成，也在社会文化的演进中发展。现代女性的社会定位在现代思潮与文化的发展过程中不断被重塑，她们用以表达女性主体意识的主阵地首先从家庭开始，因为男权制的主要机构是家庭③。在 "70 后" 女作家笔下，这种不平衡关系从家庭开始发生根本性转变，男女双方由伤害/被伤害关系开始转向彼此伤害关系，传统家庭关系彻底崩溃，新型家庭关系处于破而未立状态，混乱、痛苦、冷漠、情虐、堕落与隔阂成为这一阶段的关键词。

方如的《夜晚去西塘》塑造了意欲婚前出轨的小谢。金仁顺的《拉德茨基进行曲》中本来准备抓丈夫赵海天网恋的张妍，不经意间与苑小雪发生了一夜情，情感的变化没有任何征兆，甚至无迹可寻、难以捉摸。常芳的《渡过楚玛尔河》中汤加文与杜丽本是一对曾经恩爱的夫妻，因为妻子杜丽一次意外的手术失败，二人感情破裂，杜丽以自己的悲伤折磨丈夫，猜忌、冷漠、隔阂在两人中间蔓延，事业有成的汤加文对此竟然束手无策；《鹤顶红》中美丽的舞蹈演员乙伊为了帮助胃癌晚期的老团长被人设局惨遭迷奸，从此留下心理阴影，但是她转嫁心理危机的方式是冷对丈夫何大鹏，同样事业如日中天的丈夫无论如何努力都似乎无法挽回颓败的婚姻；《如果蝉活到第八天》中的妻子许虹设局与丈夫顾立诚离婚。朱文颖的《金丝雀》中的女人表面看来对男友强烈依附，但最终却杀死男友投案自首。艾玛的《在金角湾谈起故乡》

① 朱文颖、姜广平：《"我写小说，首先是慰藉自己"》，《西湖》2009 年第 8 期。
② 洪子诚：《中国当代文学史》，北京大学出版社 1999 年版，第 363–364 页。
③ 参见［美］凯特·米利特：《性政治》，宋文伟译，江苏人民出版社 2000 年版，第 41 页。

中的女教授 M 女士为拒绝丈夫给朋友帮忙的请求，以开会的名义逃离家庭，导致双方关系紧张。方如的《怨偶》中的妻子小米在与柴东东的家庭战争中占主导地位，且让柴东东深刻认同"女人，天生就是政治家"的名言。女性在家庭中的单纯附庸关系已经发生不可逆的裂变，开始走向主导者角色，其间必然需要经历的冲突与战争构成了当下女作家性别写作的主要内容。

21 世纪之后，那些坚守纯文学写作的"70后"女作家开始日益成熟，她们的文字干净、明朗，叙事清晰，主题明确，没有前期作家的狂躁不安。她们用温婉的笔触记录下中国女性的世纪转型，整体表现出一种中年女性群体的新审美趣味。她们以温暖、宽容的视角进入小说，理解、悲悯小说中的人物，同时在文字中渗透着中产阶层的审美情怀，神秘、凄婉、孤独、悲苦、虚无，甚至带有一点"小资情结"，但并未沾染"浅薄的时间和中产阶级的炫耀"① 习气。可以说，这是中国文学史上一次真正回归女性的写作，她们基于自己独特的生命体验宽容地对待边缘性人群、边际性情感，关注日常生活，表现细腻感人的生活逻辑，平视、平和、冷静地观察着这个充斥着普通人的男女世界，男人女人构成了一体两面的关系。

首先，"70后"女作家表现出来的宽容是一种带有中产阶层知识性、层次感的中年女性特有的宽容，她们能够运用自己的知识理解社会转型期的边缘性群体与非正常生活。艾玛的《非常爱》描写的是因为城市家庭结构的变化产生的老年人与保姆间互助组式的家庭重组与情感生活。方如的《樱花》是面对现代社会单亲妈妈的大量出现而引发的思考。魏微的《大老郑的女人》与王秀梅的《失疾》共同传达了对于现代城市打工者组成临时互助式家庭的理解，他们的行为不合法但合理，充满艰辛却温暖了冷漠城市中的男女双方。魏微的《回家》、王秀梅的《芙蓉》则讲述了发廊"小姐"们的无奈生活与行为。

社会转型带来的激烈社会变动产生了诸多新情况与新的社会关系，面对这些超出以往理解范畴的新事物，知识分子的理解力与认知度遭到空前考验，而"70后"女作家表现出来的理性的宽容与有限度的接受，具有一定的思想高度与理解层次。

---

① 盛可以：《北妹·阅读者言》，长江文艺出版社 2004 年版。

其次，"70后"女作家表现出对于当下现代化进程中出现的性伦理与新情感的关注。金仁顺的《仿佛依稀》《云雀》、朱文颖的《虹》《凝视玛丽娜》、魏微的《情感一种》等作品表现了忘年师生恋、女大学生援交等不伦主题。戴来的《爱人》展现了陈力对亲妹妹陈晨的畸形的乱伦之爱。常芳的《薄如蝉翼》描写了双胞胎妹妹安娜与姐夫的乱伦。戴来的《找呀找》中涉及了新型城市富二代们玩换女朋友的卑劣游戏。常芳的《渡过楚玛尔河》《纸环》是关于婚外情的；金仁顺的《人说海边好风光》、王秀梅的《紫血》是关于一夜情的，等等。

鲁敏的《取景器》中的单身女性唐冠对摄影十分迷恋，以致超出了情人可以忍受的伦理维度，呈现出一种不可遏制的"病态激情"，最后"我"与唐冠分手。在"我"的最后生命阶段，唐冠的重新出现让"我"意识到，她并没有消失，而是以一种隐蔽的方式继续她对"我"和摄影的恋情。而在某种意义上，"我"意识到自己只是唐冠"取景器"中的一个"景物"而已。计文君的《白头吟》等小说以高超的叙述技巧呈现了女主人公"心有千千结"的复杂与内心冲突。城市在现代性伦理重建的过程中遭遇到空前的困顿，情感的多元化、复杂性不断冲击人们的心理承受极限，他们不再肩负生活之重，而是陷入更为深沉的精神与性的双重迷惘，表现他们的情感重心不在于批判而在于寻求理解与解决之道。

最后，"70后"女作家的作品描绘了女强人式角色，以此来反抗性别歧视，重建"新女性"神话世界。比如金仁顺《爱情进行曲》中的朱萸对狂热追求者李先的情感操控；《仿佛依稀》中新容对于婚变的父亲、已婚追求者梁赞，以及失意的母亲、混乱的家庭、紧张的工作等，表现出来的坚韧与掌控力；《芬芳》中的芬芳在传销领域表现出来的领导力与才华；魏微《家道》中的身为财政局局长的父亲被牵连入狱，家道中落，历经人情冷暖的母女二人最后通过自己的艰辛劳苦重振家道，等等。但这并不是关于女性神话的一种建构企图，更不是对意识形态神话、男性神话的反抗，她们以与男性平等的姿态去描写女性的坚韧与坚强，自然自在，毫无造作炫耀之感。也正因此，她们中的部分作家可以坦然地运用男性叙事视角，自由地进入男性世界，其中以戴来的表现最为突出，她的作品几乎都以男性视角切入，甚至东紫的《请别踩我的脚》出现了外科大夫戚东紫先生的同名男性叙事视角。从这种男性视角的选取也可以看到"70后"女作家的自信。"70后"女作家还关注那些不被当下社会接受的纯粹边缘性情感,比如对弱智群体家庭遭际的深沉同情等。他们是真正被社会遗弃甚至厌弃的群体,但是在现代文明进步的今天,我们应该具有重新审视他们的勇气与宽容。方如的《表哥逸事》与《星米》则表现了海外留学生这一特殊群体的艰苦生活与苦涩情感,给21世纪"出国热"进行理性降温。

总之,"70后"女作家以独特的生命体验进入文学,表现出一代人复杂的情感认知,21世纪之后的她们,有阅历了解社会,也有能力理解社会,因此她们笔下的情感世界更为多元与复杂。她们面对各类社会性情感呈现出来的女性意识更多表现为母性色彩,充满深沉的爱与宽容,这也使她们的女性写作"既立足于女性意识又超越了性别意识,呈现出了新型女性主义写作的特点"[①]。而这种所谓新型女性主义写作特点能够出现的一个重要原因在于,"70后"女作家往往以阶层差异代替性别差异,她们时常表现出来的是一种现代中产阶层的审美基质而不仅仅是女性主义的文学观念。

"70后"女作家抛弃了"美女作家"消费主义的身体写作,而是以隐笔秘而不宣地抑或带有仪式感象征性地深入身体内部,显现背后的意识形态、价值观与审美立场,身体不再是消费的对象,而是重新出发的足下的坚实母性大地,是重新感知世界,乃至吞噬世界的强大吸盘。从这个意义上,"70后"女作家的写作重建了日常生活意味和理想生活色彩兼具的"新女性神话"。

五、结语

21世纪以来,"70后"女作家的创作表现出来的特殊性、异质性日渐清晰,她们在长期的积累过程中形成了自己独特的文学理念与写作风格,成为21世纪中国文坛作家的中坚力量。"70后"女作家的创作特色主要集中于"新都市文学"的新文化空间呈现、对城市普通人的日常生活美学书写与"微观叙事",以及21世纪"新女性神话"建构。尤其是"70后"女作家对个体日

---

① 覃春琼:《"70后"女性写作的别样风景——论杨映川和黄咏梅的小说》,《长城》2011年第5期。

常生活经验的倾力关注，使得她们拥有和确立了自己独立的审美判断与文学观念，即以"非宏大性"的"微观叙事"去表现当下生活的真实与充实，实现叙事策略与表现题材、主题的无缝对接，从而摆脱原有小说叙事传统与经验的制约。毫无疑问，这已然具备了文学史的意义与价值。

当然，"70 后"女作家这一新的审美理念和审美质地仍然处于未完成状态，因此缺陷与局限在所难免，她们在探索中不断地尝试、纠错与自我完善。"70后"女作家们以女性质感文字去关注、观察、介入我们的日常生活，她们凭借着自身的敏锐打开曾经被遮蔽的日常生活，以快镜头的方式试图全景式呈现日常生活。但是却往往局限于生活的表层，注重事件的表述难以深入其中发掘更为深层次的文化内涵。"70 后"女作家大多数与学校、城市有着较为密切的关联，她们的知识结构与认知程度令她们对城市文明有着全新而又深刻的理解。但是 21 世纪以来城市化的快速扩张产生了大量问题，面对这种新的城市文明，"70 后"女作家表现出无所适从，焦虑令她们的文字传达出一种颓废、堕落、失败与孤独等负面情绪。因此，她们的作品可以让我们看到新都市文明的另一面，却无法推动城市文明的重建与都市文学的繁荣。而她们在作品中所表现出来的中产阶层审美情趣与人文关怀精神，往往流于无原则的宽容，缺少必要的价值判断与伦理建构企图。可以说，"70 后"女作家已经成为 21 世纪中国文学大道的中心与主角，她们依然在路上，依然在茁壮成长。

当代中国故事的书写与审美主体的确立

——中国"70 后"作家长篇小说新论

　　"一切僵硬的东西溶化了，一切固定的东西消散了，一切被当作永久存在的特殊东西变成了转瞬即逝的东西"[1]，从前工业社会到工业社会，再到后工业社会的全球化剧变，中国"70 后"作家面临着人类工业化新进程与当代中国变革相交融的大的历史文化语境。经历了四十多年的改革开放，中国社会进入了一个与全球化同步、加速度发展的新时代。从人民公社到家庭联产承包、从计划经济到市场经济、从面朝黄土背朝天到进城务工、从工人老大哥到下岗工人群体、从霹雳舞到网络游戏、从黑白连环画到彩色绘本、从炊烟袅袅的乡村到荒漠化"空心村"、从小渔村到千万人口大都市，"70 后"一代人完整经历了当代中国跨越时代的历史剧变和社会经济持续增长的时代语境。

　　作为接受完整系统教育的一代人，中国"70 后"群体对世界文明史、中国文明史有着更多感受、认识和思考。正是因为接受了较为系统的文化教育，中国"70 后"作家的长篇小说创作首先呈现为在城市文化背景下青年亚文化的青春激情创作样态。回溯中国"70 后"作家长篇小说的"第一声啼叫"，似乎必然是叛逆的、另类的、断裂的。2000 年前后，卫慧、棉棉等作家以一种另类青春写作打破固化的文坛。就在这一另类青春叙事里，我们在批评其

---

　　① ［德］恩格斯：《自然辩证法》，见《马克思恩格斯全集》（第 20 卷），人民出版社 1971 年版，第 370 页。

作品欲望化书写的同时，依然读到了作家所塑造的主人公的内在善良、纯真、对爱情的追求及无可释放的青春焦虑。"我想我得自己想办法。小虫说生命就是一个大实验场，我们必须不停地做各种练习，这是一种练习，这不需要回忆，只需要寻找。"① 在卫慧和棉棉的长篇小说里，通过那些穿越迷茫的另类青春体验的青年男女，开始了一次次新的"练习"与"寻找"。

"练习"与"寻找"是中国"70 后"作家创作极为重要的精神路径，也是每一代人必然经历的生命旅程。"70 后"作家的"寻找"不仅是对文学叙述主题的寻找，还是对文学审美形式、叙述文体乃至是创作主体自我建构的不断摸索和探寻。在所有文体中，"长篇小说仍然是我们可视和拟想时段里文学类型中的重要文类，任何文学范围（时间、空间、风格、流派乃至个体）都需要长篇去支持，长篇是最具权威的文学尺度，是一种文学成熟的标志"②。而且，"长篇小说是一种极具'难度'的文体，是对作家才华、能力、经验、思想、精神、技术、身体、耐力等的综合考验"③。正是在这个意义上，我们才会在当代文学史中看到作家从中短篇小说到长篇小说艰难跋涉的景象。这不仅是一个作家创作路途的探寻和磨砺，还是作家创作成熟之后具有审美自觉意义的必然选择。长篇小说呈现的是创作主体对世界、生活、现实、人性的深刻理解，需要的是创作主体对人生与世界的深厚的思想穿透力，是对个体、时代、民族、国家乃至人类命运的历史书写和精神建构。

事实上，中国"70 后"作家经历了这一漫长跋涉和艰难蜕变。从 20 世纪 90 年代末至今，从"美女作家"到文坛"中间代"，陈家桥、魏微、金仁顺、朱文颖、鲁敏、徐则臣、张学东、刘玉栋、弋舟、李师江、付秀莹、乔叶、盛可以、路内、李骏虎、梁鸿、周瑄璞、常芳、朱山坡、房伟、叶炜、石一枫等众多"70 后"作家开始了这一代人长达多年的从乡村、城市、工厂、族群、根脉、生命与灵魂等角度的多元探索。他们以中短篇小说创作起步，经过长时间探索，在获得叙述技巧、创作经验和审美意识之后，选择长篇小说

---

① 棉棉：《糖》，中国戏剧出版社 2000 年版，第 198 页。

② 汪政、晓华：《惯例及其对惯例的偏离——试论当前长篇小说文体的观念与实践》，《当代作家评论》2001 年第 3 期。

③ 吴义勤：《长篇小说与艺术问题》，人民文学出版社 2005 年版，第 10 页。

作为最重要的表达形式，寻找到了属于自我的也是"70后"这一代人的意义之源、精神之根和生命之在，"为当代文学的发展提供了特殊的审美经验"①，书写了接续乡土中国文化根脉的当代中国故事。正是在这个意义上，中国"70后"作家讲述出了属于自己的也是这一代人的当代中国故事，确立了审美主体自我。

一、从乡村到世界去："当代中国故事"的空间叙事逻辑

中国是一个乡土中国。"乡土"是中国最基本、最重要、最具根源性的社会形态和文化类型。每一个中国人都有一个"籍贯"，有一个属于自己出生和精神故乡意义的"乡"与"土"。作为现代化发展的结果，当代中国社会从原来的人与乡土的融合，逐渐走向了人与乡土分离的阶段。20世纪初，中国人开始从土地中走出来，从乡下来到城市，开启了中国现代化、城市化的历史进程。"五四"时期，鲁迅的《故乡》及其"归去来"的叙事模式，开创了"故乡"萧瑟、凋敝和荒凉的美学基调，表达了人离开故土的种种不舍和无奈。沈从文的《边城》则是一首传统乡土中国的精神挽歌，昭示出已经回不到过去的乡土世界。而从延安文学到"十七年"文学，乡村、农民开始成为中国革命与社会主义建设的重心所在和主体力量。

改革开放初期，中国土地政策的改革是当代社会影响最大的变革。高晓声的《陈奂生上城》、贾平凹的《腊月·正月》、何士光的《乡场上》，生动呈现了改革开放初期乡村变革和农民内心的喜悦。路遥的《人生》则是乡土中国青年在改革开放新时期心灵悸动的最生动的文学写照，传递出了新一代乡土中国青年对新生活、新时期、新理想的期盼与憧憬。尽管小说中的高加林灰溜溜地回到了家乡，但是读者的心已经从乡村走了出来。正如铁凝的小说《哦，香雪》所呈现的，时代的火车已经开进来了，哪怕停留一分钟，已经在乡村姑娘的心里烙下了当代新生活的精神印记。路遥的《平凡的世界》则延续了《人生》的主题，不同的是主人公已经从高加林转换为孙少平，开启了对城市新生活的探寻。《平凡的世界》之所以吸引千千万万的乡土中国青年，

---

① 洪治纲：《代际视野中的"70后"作家群》，《文学评论》2011年第4期。

就是因为小说讲述了一个从乡村走向城市的新乡土知识青年的人生理想与奋斗的故事。21 世纪中国 "70 后" 作家的很多长篇小说，在延续了路遥这一叙述主题和故事架构的同时，又讲出了具有独特精神气质的新一代中国青年从乡村到城市的 "当代中国故事"。

从乡村到城市，再到世界上去，这就是 "当代中国故事" 的空间叙事逻辑。尽管从鲁迅就已经开始了这种 "离乡" 的叙事模式，但是真正意义上的大规模从乡村到城市中去，在城市新世界里寻找 "奶与蜜"，在城市里安家落户、安身立命，则是中国改革开放后城市化浪潮所推动产生的具有典型意义的 "当代中国故事"。鲤鱼跃龙门、跳出农村到城市中去，是改革开放初期千千万万农村人心中的梦想。正如高考失利到城市去寻求新生活的孙少平，刘玉栋的长篇小说《年日如草》讲述了一个没有考上大学而选择进城的青年曹大屯。曹大屯是因为父亲的城市身份而以 "农转非" 的方式进城，做了化肥厂的工人。随着时代的变化，工人的身份已经渐渐失去了昔日光环。20 世纪 80 年代，孙少平以及那个时代青年群体追求知识和真理的读书热潮已逐渐耗散，曹大屯仅有的一点精神生活痕迹就是在与伟哥、弟弟的通信中，谈及读书和未来。曹大屯为了能在城市里有尊严地生活下去，做了很多尝试，而最后是依靠自己的手艺和诚实劳动渐渐有了一片立足的空间。小说讲述当房子拆迁的时候，他用手比画着要补偿，其前妻说 "你个狗日的，算是开窍了"[1]，曹大屯渐渐走上了平庸且灰色的 "小市民生活"。刘玉栋的《年日如草》恰如其分地把握住了时代青年理想从高蹈到自由落体的精神窘境，呈现了 20 世纪 90 年代以后沉实而不失坚毅的灰色小人物的生活风貌。从孙少平到曹大屯，呈现的是一个时代的精神嬗变。曹大屯这个人物，形象地显现了当代中国故事演绎的某种内在逻辑及其精神轨迹[2]。

---

[1]　刘玉栋：《年日如草》，作家出版社 2010 年版，第 287 页。

[2]　"'70 后' 作家都更关注人性的 '灰色地带'。'70 后' 小说家对人更为宽容，对人性的理解更为宽阔和富有弹性，对人性卑微的书写更深入。" 同为 "70 后" 的张莉认为，"关注、揭示和探索人性之隐密是 '70 后' 小说家一直以来的共同追求"。正是从这种灰色、卑微和幽微的探寻中，我们读到了时代中被忽视和遮蔽的共同情感和审美经验。

与曹大屯不同的是,付秀莹的《他乡》书写的是一个通过考学而进入城市的女性取得事业成功的故事。"很小的时候,我总是做着一个又一个相似的梦。我拎着皮箱,坐着飞机,或者火车汽车,从'外面'回到芳村。'外面',是芳村之外的地方。我的高跟鞋踩在芳村的泥土里,踏实,熨帖,温暖,安全。我是我故乡的主人。我也是我故乡的客人……热爱,思念,眷恋,深情。所有这些,是要用离别之苦,去孕育去滋养,用离别之后的荣归,来诉说来抒发的。"①离开故乡,才有故乡;离开故乡,才思念故乡;离开故乡,才能成就故乡的儿女。这真是一个悖论,这是"五四"时期鲁迅等人就已经感受到的现代性悖论。从芳村考入城市读书的翟小梨来到陌生的 S 市做中学老师,种种痛苦,翟小梨都可以默默忍受;但是,烂泥扶不上墙的丈夫让翟小梨极为失望,翟小梨选择了考研之路。付秀莹没有简单塑造一个从乡村来到城市,又从城市来到首都的事业成功者的形象,而是以更深的笔墨书写人性的复杂及其自我救赎。经历种种波折之后,翟小梨成为作家,拥有了北京户口,把丈夫和女儿接到了北京。"在异乡,在北京,我们终于心平气和了。"②这是一个当代中国奋斗者通过知识改变命运的故事,是孙少平所没有完成的 21 世纪版中国凡人英雄故事③。毫无疑问,21 世纪的中国社会提供了故事发生发展的当代叙事逻辑。

而在徐则臣的《耶路撒冷》中,从乡村到城市、到世界上去的故事,有着更为复杂和宏阔的"伞状花序"的叙事架构。疯癫的童年伙伴"弄坏"火车,是"想坐火车到世界上去"④。这给了"我"创作的灵感,"我"给专栏文章的题目就是《到世界上去》。"'世界'这个宏大的词,在今天变得前所未有的显要……'世界'从一个名词和形容词变成了一个动词……的确,我

---

① 付秀莹:《他乡》,北京十月文艺出版社 2019 年版,第 33 页。

② 付秀莹:《他乡》,北京十月文艺出版社 2019 年版,第 428 页。

③ 孙少平曾在煤矿工作的时候,计划去学习最先进的煤矿开采技术,成为一个改造中国煤矿挖掘技术的专家。遗憾的是,孙少平因为田晓霞的去世没有继续沿着这条上升的路走下去,而是走了一条下潜到大地深处的路。这正是付秀莹所提到的生活的多种可能性。有趣的是,付秀莹《他乡》塑造的翟小梨实现了一种新的自我跨越与提升,实现了孙少平心中所计划的"到世界上去"的广阔道路。

④ 徐则臣:《耶路撒冷》,北京十月文艺出版社 2014 年版,第 22 页。

们赶上了。可以出门念大学、读研究生、进修、工作、做生意、当兵、当兵之后的转业和提干，可以到任何一座城市打工，可以到国外劳务输出，可以留学、申请绿卡、变成外国人。"①20 世纪 80 年代以来，随着改革开放政策的实施，古老的乡土中国焕发出前所未有的活力和生机，中国农民的积极性被充分调动了起来。"世界"与我们每一个人是如此之接近。"所有人都接受了这一事实：到世界去。必须到世界去。"②从农村到城市去，到更广阔的世界上去，就是改革开放以来"当代中国故事"空间叙事逻辑。而这个空间叙事逻辑的精神内核就是"世界"所指向的"机会和财富""开阔和自由"③。有意思的是，小说似乎又回到了开始的地方，回到了与鲁迅《故乡》一样的"回乡"叙事模式，即回乡卖房子，人到外部世界去。不同的是，一百多年前这只是极少数人才拥有的可能性，而一百年后，"到世界上去"已经成为当代每一个中国人心中的念想和可实现的目标。

生活好像是一个悖论，又像是一个圆圈。当初拼命离开故乡，到世界去，最后却发现："世界"起于故乡，也将归于故乡，回到故乡就是安心之法，生生不息就是永恒法则。"文学肯定是看清楚自己是谁的最佳途径；知道'你是谁'，才能知道'你从哪里来''要到哪里去'，才可能'把掉在地上的都重新捡起来'。"④到世界上去，"归根到底是为了回到自己的世界"⑤，就是为了寻找、发现和确立自我生存的主体。从乡村到城市，再到世界上去，这就是百年中国新文学所不断演进的空间叙事学。而"到世界去"，则是中国"70 后"作家"当代中国故事"的内在空间叙事逻辑。中国"70 后"作家的长篇小说叙述已经呈现出一种不同于前辈作家的新叙事元素，即具有某种新质意义的"21 世纪中国"特征的叙事主题、叙事元素和叙述气场，乃至形成了一种从乡村到城市再到世界的"当代中国故事"的新叙事景观。

①　徐则臣：《耶路撒冷》，北京十月文艺出版社 2014 年版，第 27—28 页。
②　徐则臣：《耶路撒冷》，北京十月文艺出版社 2014 年版，第 29 页。
③　徐则臣：《耶路撒冷》，北京十月文艺出版社 2014 年版，第 29 页。
④　徐则臣、张艳梅：《我们对自身的疑虑如此凶猛》，《创作与评论》2014 年第 6 期。
⑤　徐则臣、张艳梅：《我们对自身的疑虑如此凶猛》，《创作与评论》2014 年第 6 期。

二、后工业化"世界工厂"的叙事美学及其精神内核

工业化在中国的大规模、快速发展是在改革开放这一新时期。在实现"四个现代化"、科技是第一生产力的召唤下，当代中国工业有了长足的发展，真正进入了工业大国的行列。中国开始拥有属于自己的高附加值、高科技含量的工业品牌产品，有了"世界工厂"的声誉，实现了从站起来到富起来的历史剧变。这就是中国"70后"作家长篇小说创作的大的时代化背景。无工不振、无工不富、无工不强，已经成为国人的共识。各种大大小小、不同层级的"工业园"遍地开花般出现。从中国各地乡村走向城市、"到世界去"的数量庞大的中国人，构成了"世界工厂"的主力军。

工业、工厂、工人，已经从原来单一、褊狭的概念中走出来，获得更广、更宽阔的意义和内涵。"作家蒋子龙在二十世纪九十年代末期，提出了中国文学进入了一个'泛工业题材时代'，并且阐明了现代工业与作家创作之间的关系与问题，'工业左右着经济的命运，经济问题处于当今社会各种矛盾冲突的首位，直接关系着文化冲突、贫富冲突、男女冲突和伦理道德的冲突。作家们又如何能回避现代人的这种工业命运和工业人生呢？……工业题材的文学作品撕开工业社会的硬壳、显露其伤口还不算太困难，能提供比现实更强大的真实才是工业题材的文学受到普遍欢迎的关键所在……即便是工业题材，最迷人的地方也不是工业本身，而是人的故事——生命之谜构成了小说的魅力'。"① 所谓的"泛工业题材时代"指向的不是对工业化的否定或简单地延展，而是呈现出改革开放时期中国所处的"世界工厂"的后工业化之人的命运与情感。中国"70后"作家正是在这样一种工业化、城市化、市场化、网络化的后工业化时代语境中成长、壮大的一代人，见证了当代中国历史剧变的时代面貌和后工业化的精神氛围。在路内的《少年巴比伦》、石一枫的《借命而生》、房伟的《血色莫扎特》、鲁敏的《六人晚餐》、弋舟的《蝌蚪》等作品中，"70后"作家的城市工厂叙事，表现出鲜明的区别于蒋子龙、张洁、

---

① 巫晓燕：《泛工业化写作——对现代化工业进程与当下文学创作的描述》，《当代作家评论》2010 年第 2 期。

曹征路、张平等老一代作家的工业化题材写作的特征，而更加具有某种与时代同成长的共鸣性的精神结构、时代氛围和文化症候，书写出了"到世界去"的中国人在"世界工厂"里的心灵嬗变，构建了一种基于后工业化语境下的叙事美学、精神内核与情感逻辑。

路内从自己独特的生命体验出发，连续写作了多部具有较大影响力的长篇工业小说。《少年巴比伦》是路内"追随三部曲"之一，讲述 20 世纪 90 年代路小路在戴城当工人的"当代工厂故事"。"九十年代一眨眼就过去了，我的二十岁倒像一个没有尽头的迷宫。"①"没有尽头的迷宫"这一比喻，很好地传达出了"我"在那时生活的混乱无序和思想的迷茫困顿。成绩很烂、高考失败的"我"，被爸爸托人送进了糖精厂当钳工。"我"这个打架、斗狠、戏谑的工厂小混混，遇到了工厂女医白蓝，她的出现令"我"感受到生命的意义。由于被白蓝的爱唤醒，"我"开始发表诗歌，并考上了夜大。"自认为一开始就毁了，其实是一种错觉，我同样被时间洗得皱巴巴的，在三十岁以后，晾在我的小说中。"②那个复杂的"我"，以及不断怂恿"我"胡闹、耍笑、喝倒彩的工友们与戏谑化的 20 世纪 90 年代，似乎一瞬间就走过去了——"我"长大成人了。

"青春"期之后的"我"，在路内的《慈悲》中，演化为一个以毒气为底气的陈水生。水生和师父李铁牛，都一改路小路的混世魔王风格，小说也有了无比坚实而坚韧的生活底色。"是根枪就要立起来"③，这是水生出徒时师傅李铁牛对他的郑重叮嘱。师傅对徒弟根生、水生等人的帮助，让水生感受到一种极为珍贵的基于共同苦难而互助互帮的"慈悲"。水生以一己之力守护着家人和工友，让身边人尽可能地获得尊严和呵护，这是水生从师傅、叔叔、妻子那里学来的"家教"。"《慈悲》建构和阐释了一种平等互爱、不慕富贵也不畏穷苦、安然处世的中国民间的'慈悲'。"④路小路的"神头"，演绎和转化为陈水生的生命之"刚"与心灵之"慈"。

---

① 路内：《少年巴比伦》，北京十月文艺出版社 2014 年版，第 3 页。
② 路内：《少年巴比伦》，北京十月文艺出版社 2014 年版，第 266 页。
③ 路内：《慈悲》，人民文学出版社 2016 年版，第 3 页。
④ 张丽军：《民间的"慈悲"》，《人民日报》（海外版）2016 年 2 月 26 日。

鲁敏《六人晚餐》的开头，与路内《少年巴比伦》的开头极为相似，都是三十岁的主人公对以往生活的回忆。鲁敏小说开篇从两个不同时间向度展开了叙述。"所有的一切，不如就从厂区的空气说起。这空气，是酿造情感起源的酵母，也是腌制往事的色素与防腐剂。"① "富足的硫化氢味儿""铁锈味""二甲苯那硬邦邦、令人喉头发紧发干的焦油味"，就是晓蓝和晓白出生就有的、与生命同生同长同呼吸的存在，是呼吸在肺里、刻入骨子里、印在大脑里、存在灵魂之中的东西，"如同生养自己的娘亲老子，无法摆脱也无法痛恨"②。事实上，"工厂空气"之于晓白和晓蓝是独特的存在。失去父亲的他们，尤其是更小的晓白渴望有个靠山，但是只有"喧嚣、疯癫的空气"，"晓白于酸楚中天真地决定，把空气认作他的伴侣与保护人"。③ 晓蓝大学毕业，结婚，迈入了社会中上层，但心中魂不守舍想念的依然是"旧日的十字街头"，依然是"厂里的空气"。正是这"空气"导致的大爆炸，改变了一切，晓白"像个飞人似的跑步穿过他的哺乳期与青春期"④。晓白和晓蓝终于走出了青春期，无惧无忧，以"爱"来化解人世间的污浊与苦难。

石一枫的《借命而生》、弋舟的《蝌蚪》、房伟的《血色莫扎特》等小说，讲述的不再是工厂本身的故事，而是与工厂相关联的所谓"泛工业题材故事"，"工厂"仅是故事发生的场地和背景。"只有两件事，我至死不渝。苗苗是我这辈子唯一爱过的女人，夏冰是我愿意用一生去坚守的好兄弟……"⑤ 推理、悬疑、暴力、情义、多角恋、底层等不同元素叠加在一起，显现出一种"后现代"中国工厂叙述的复杂、多元景观，以及来自人性深处的情感心理探寻。石一枫、弋舟、房伟的长篇小说各具特色，而又有着纯文学的内在质地和类型文学的叙述魅力，呈现出较强的可读性，表现了他们对内在精神向度的追求和对长篇小说这种文体较高的驾驭能力。

在对无厘头文化、艰苦工厂环境和生命深处的疼痛的叙述当中，我们深切感受到中国"70后"作家在"后工业美学"中的"疼痛书写"与忧伤气息，

① 鲁敏：《六人晚餐》，北京十月文艺出版社2012年版，第7页。
② 鲁敏：《六人晚餐》，北京十月文艺出版社2012年版，第8页。
③ 鲁敏：《六人晚餐》，北京十月文艺出版社2012年版，第11页。
④ 鲁敏：《六人晚餐》，北京十月文艺出版社2012年版，第352页。
⑤ 房伟：《血色莫扎特》，北京十月文艺出版社2020年版，第100页。

以及这个 "疼痛"、忧伤背后所蕴含的坚忍、坚强与抚慰疼痛的巨大的爱的力量。"必须调整自己的思维方式，增强 '去爱这个世界' 的能力"①，这就是 21 世纪中国 "70 后" 作家工厂叙事所具有的独特 "当代中国故事" 的美学氛围、生命疼痛以及内在情感硬核。"去爱这个世界"，是后工业化 "世界工厂" 里所抵达的叙事美学方式及其深层价值理念，也是 "70 后" 作家主体精神力量的根本呈现方式。可贵的是，中国 "70 后" 作家群，不是一个人寻觅到了爱，而是以一种群体认同的方式，不约而同地以审美的形式集中、强烈、明确、清晰选择了以爱为内在理念的生命情感逻辑和终极性价值皈依。

三、民族国家历史书写："当代中国故事" 的根脉探寻与历史建构

中国文学一直有着很强的史传书写传统，承担着书写民族史诗的宏大叙事功能。当代文坛的 "50 后" "60 后" 作家都以自己的长篇小说创作，来记录和书写一个时代的民族史、国家史。中国 "70 后" 作家如何写出这个崛起时代的心灵史、民族史、国家史，是检验这一代作家能否真正在文坛上确立其文学地位的一个极为重要的参考指数和评价标准。"相比九十年代的 '新历史小说' 在重构历史时的 '抒情式' 个人经验，70 后作家通过构建有差异的 '时间' 评估体系，恰恰促成了 '历史' 对他们的规训。'时间' 在这里不再是纯粹的逻辑时间，而是承担了叙事功能，具有意识形态性。最为显著的证据便是这几位作家的 '家族史' 书写都通过父辈、祖辈的日常生活的叙事，从细节处小心翼翼地将 '历史' 还原……"② 事实上，向历史深处探寻，

---

① 这是张楚在与路内的对谈中所说的话语，恰恰正是路内、鲁敏、石一枫、房伟和弋舟等人小说所一直凸显的精神内核。"要学习爱、要创造爱，这是不可违抗的责任"，鲁敏在《六人晚餐》中充分呈现这种 "爱的表达"。弋舟的《蝌蚪》在讲述一个 "教父" 气质的郭有持用暴力统治矿区工人生活的 "快意恩仇" 故事之后，郭有持的儿子却坚决抛弃了这种暴力生存模式，选择以爱来征服世界和赢得爱情，开启了以 "爱" 为中心的深度精神探寻。参见张莉《众声独语 —— "70 后" 一代人的文学图谱》，上海文艺出版社 2017 年版，第 306 页。

② 王昱娟、周燕芬：《70 后作家的历史主体再生产 —— 以周瓒璞、吴文莉、徐则臣、葛亮为例》，《东南学术》2017 年第 3 期。

书写民族、国家的历史是一代作家在文学获得初步成就之后向更深处探寻和思考的必然选择。正是在这个意义上,金仁顺、常芳、任晓雯、乔叶、李浩、葛亮、朱山坡等"70后"作家,以其族群历史书写,开启了这一代作家对于个体、族群乃至民族国家精神根脉的深度探寻与历史建构。

出道较早的金仁顺在创作了众多出色的中短篇小说之后,从自己的朝鲜族身份出发,在挖掘朝鲜族历史民间故事传说的基础上,创作了具有新质内蕴的长篇小说《春香》,创新性阐释和建构了"香夫人"和"春香"的形象,试图与当代中国社会建构一种跨越传统与现代、性别与民族、想象与现实的多重文化对话。读者可从中读到一种来自大自然的自由自在、无拘无束的诗意与不失野性的生命力量。香夫人本是药师的女儿,自由生活在一大片桃花林中,但是在端午节的谷场上与翰林按察副使大人的相遇,改变了一切。"她轻飘飘地一笑,把某种尖利扎进了翰林按察副使大人的胸口中去,让他心疼得浑身麻木。"[①] 为了能与心爱的药师女儿天天相处,翰林按察副使大人让人把桃林砍了,建起了香榭,把药铺围绕在其中。翰林按察副使大人与药师女儿的爱情故事传到了汉城府岳父金吾郎大人那里,没多久,翰林按察副使大人中毒而亡。药师女儿生下了春香。春香吃花露草汁长大,继承了药师的天赋,通晓药性,救治中毒的母亲香夫人,却无法改变被所爱男人抛弃的命运。下一代的故事依然是悲剧性的,但正如香夫人所言,"香榭的名声也许为外界所不齿,但这是一个能够让人尽情呼吸、自由生活的地方"[②]。《春香》所传达出的对爱情、自由、生命尊严的向往,借助于盘瑟俚艺人之口传诵开来。民俗、医药、阶层、性别与族群有机融合在一起,金仁顺的《春香》建构了一种具有精神维度和历史向度的族群历史叙事。

朱文颖的《莉莉姨妈的细小南方》这部小说,一开头就以外曾祖母的口吻诉说外公童有源出生时的社会、自然环境,隐喻外公从小受到的"创伤",以此来阐释外公后来表现出一系列特异行为和具备独立个性的原因所在。"我"从莉莉姨妈的讲述和自身亲历的生活中,读懂了"莉莉姨妈南方"的"细小"和"粗鲁"。"细小"的是在大时代语境下,外公和莉莉姨妈等亲人所秉持的

---

① 金仁顺:《春香》,中国妇女出版社 2009 年版,第 11 页。

② 金仁顺:《春香》,中国妇女出版社 2009 年版,第 152 页。

"微小的"、不断"折腾"的自我；而"粗鲁"则是把"深情和暴烈像毒一样埋在心里"，像"运河里掩埋千年早已腐烂的沉积淤泥"①，把那个无比"纤细自我"置于时代河流中逐波漂流。从这个意义上而言，朱文颖的《莉莉姨妈的细小南方》完成了一个当代中国江南家族心灵史的精神探索与审美建构，照亮了外公、莉莉姨妈与"我"的"细小南方"，以及在整个家族的人身上绵延不绝生长着的精神质素和内心世界。

常芳的小说《桃花流水》的开篇，与朱文颖的《莉莉姨妈的细小南方》极为相似，从一个家族核心人物的出生讲起，一开始就把小说最重要的空间意象呈现了出来。不同于江南的运河与夜航船，北方济南的空间意象是大明湖、垂柳、槐花香；而小说涉及的侵华日军的枪炮声，则在某种意义上喻示了故事叙述的内在逻辑及其情节结构。"《桃花流水》的文学济南，不仅是厉崇熹一个个体的生命空间，而且还展现了历代济南人所具有的'仁义'文化空间特性，昭示出济南作为一个文化空间的'精神结构的特殊性'。"②留学日本的百花洲小学校长何启明为了把同事厉崇熹从日本人的监狱中救出来，违心做事，至死都不肯跟好友说明，而只是临别以"水壶"相赠以明志。《桃花流水》呈现出一种反思历史、面向未来的深邃的精神思考："何玉珠的父亲何启明当年去日本留学没有错。何玉珠和彭天亮的心里一直都在恨着日本鬼子也没有错……各个时代都有它们自己评判的标准。"③而这就是我们民族所经历的历史。历史需要被铭记，也需要在铭记中被不断反思并走向未来。

在李浩的《将军的部队》《父亲，镜子和树》等作品中，"父亲"是其作品所极力建构的核心形象。"是的，我有两个父亲或者更多，一个是说出的，一个是沉默的；一个是看见的，一个是隐藏的；一个是那个与我有血缘的人，另一个，则在镜子里。"④在《镜子里的父亲》中，李浩从"复数"的"父亲"出发，力图重构"父亲们的简史"，进而呈现波澜起伏的民族心灵史。有意思的是，石一枫在《漂洋过海来送你》中，塑造了一个对主人公那豆有着深厚

---

①　朱文颖：《莉莉姨妈的细小南方》，作家出版社 2011 年版，第 9 页。

②　张丽军：《关于百年济南的文学性想象》，《齐鲁晚报》2010 年 8 月 5 日。

③　常芳：《桃花流水》，广西师范大学出版社 2009 年版，第 286 页。

④　李浩：《镜子里的父亲》，北京十月文艺出版社 2013 年版，第 12 页。

情感和深刻影响的爷爷形象。爷爷所信奉的"人得讲理"①，成为那豆心中不可逾越的做人原则，这条做人原则其实散发着传统文化的内在精神光芒。

与此同时，乔叶的《认罪书》、任晓雯的《好人宋没用》、朱山坡的《风暴预警期》与葛亮的《朱雀》《北鸢》《燕食记》等小说的书写，都不约而同地指向了族群历史，以深邃的族群叙事，为我们提供了"70后"这一代人关于个体、家庭、族群乃至民族、国家历史的审美镜像和精神思考。"无论是多么浓稠的黑夜，都会有光。谁也不能消灭这光。谁也不能。"②对光的探寻和书写，不仅体现在乔叶的长篇小说叙事中，还不断出现在葛亮的家族叙事里。"小小的鸟形兽，被他捧在手里，还带着体温。长久被他的汗水浸渍，颜色似乎又暗淡了些……铜屑剥落，一对血红色的眼睛见了天日，放射着璀璨的光。"③

对个体与民族国家精神血脉的探寻与书写，以及对照亮历史的人性之光的探寻，无疑是中国"70后"作家寻找自我历史根脉、确立审美自我历史根基、书写"当代中国故事"所蕴含的美学精神的重要体现，更显示出这一代作家审美既具地域化又走向历史化、民族化的文化自觉意识。事实上，中国"70后"作家的文学书写，已经逐渐从个体自我的审美叙述中走出来，汇入到中国文学最悠久、最深厚、最具难度和挑战性的族群史书写中来；从对自我、个体的呈现，走向了对民族国家文化与历史之根的追寻以及对传承与新生的书写。

四、回归大地深处的"后乡土中国"书写

随着以高铁、人工智能、大数据等为标志的新智媒时代的到来，传统意义的乡土中国社会开始经历急剧的时代变迁。而在一些激进的城市化浪潮中，有着千百年历史的传统意义上的乡村逐渐消逝，传统的乡土、乡村在现代化浪潮中必须转型才能获得新生、新发展。

乡愁，正成为21世纪中国社会话语体系中的一个最为流行、最能激发亿万中国人内心情感涟漪、最具有时代特征与精神共识性的词汇。"乡愁是一种存

① 石一枫：《漂洋过海来送你》，人民文学出版社2022年版，第22页。
② 乔叶：《认罪书》，北京十月文艺出版社2013年版，第354页。
③ 葛亮：《朱雀》，作家出版社2010年版，第442页。

在的召唤，是哲学的基本情绪""乡愁的救赎在于瞻前或顾后，本质上是朝向存在，整体、自然的存在，追寻神的踪迹，为生活加魅，为生存固本。"① 作为具有千年农耕文明的国度，乡村、农民、乡土文化是民族国家文化根脉和精神源泉之所在。随着当代现代化、城市化进程的加速度发展，从乡村来到城市，从某个城市走向更外部、更遥远的世界，是当代中国社会发展的一个大趋势。与此同时，一个逆城市化、重新发现乡村、复魅乡村文化的"后乡土中国时代"业已降临。当代中国"70 后"作家小说叙事的空间逻辑理念，有了新的空间叙述向度，显现出对大地伦理、历史根脉和文化根性努力探寻、建构的审美意识。

事实上，农业、乡村、农民向何处去，这不仅是 21 世纪中国所必须回答的问题，还是一个具有世界性意义的人类所面临的共同问题。面对着现代性不断被讨论的人类文明与当代人普遍需要面对的文化困境，作为拥有完整乡村生命体验和乡村中国故事的"最后一代人"，中国"70 后"作家以他们对乡土中国的独特经历、观察、体验和深刻思考，书写出了 21 世纪大地深处的"后乡土中国故事"，以此来回应时代，在裂变与新生、传承与发展中建构"后乡土中国"②。正是在这个意义上，在经历了初期的乡土写作和审美审视之后，李师江的《福寿春》、盛可以的《息壤》、付秀莹的《陌上》、周瑄璞的《多湾》、叶炜的《后土》等，显现出中国"70 后"作家乡土作品的当下性、现实性明显加强，呈现出鲜明而强烈的时代精神，在深刻的现实书写中又蕴含了深厚的建构意识，显现出一种可贵的重建乡村精神、复魅乡村文化的审美自觉意识。

---

① 沈湘平：《乡愁的过去与现在》，见《都市与乡愁》，沈湘平、常书红主编，中国社会科学出版社 2017 年版，第 55—56 页。

② 作为拥有完整乡土中国经验和乡村故事的"最后一代人"，"70 后"作家的乡土中国书写，呈现出了百年乡土中国社会变迁语境下的中国农民心灵情感史。周瑄璞的长篇小说《多湾》以多湾的河西章村为背景，从女主人公季瓷的出嫁写起，借助于婚姻和血缘串联起多湾的各色人物，书写了多湾章家四代人的家族史，进而呈现百年来乡土中国农民的苦难、坚韧而又顽强的生命意志。李浩的长篇小说《镜子里的父亲》讲述的是"不断扩展的""复数"的父亲形象，以此呈现三代人近百年来荒诞、苦难、戏剧化的乡土中国历史。周瑄璞和李浩展现的都是大时段、广阔空间的乡土中国社会变迁史，都具有很强的史传价值。不同的是，周瑄璞使用的是朴素的现实主义叙事方式，而李浩用的是先锋魔幻化书写方式。

李师江的小说《福寿春》中的主人公李福仁在外人看来，子孙满堂，让人羡慕，然而，李福仁知道自己一生所坚守的勤劳、质朴、仁义、诚信，在大儿子和三儿子那里已经被完全丢弃了。大儿子安春不仅极为懒惰，而且骗人钱财，可谓人神共愤。三儿子读书最多，却成了一个有着赌博、打架、坐牢经历，并且要与父亲决斗的"烂仔"。《福寿春》不仅描写了李福仁一家人的日常生活、矛盾冲突，而且以点带面呈现了乡村、城市等更为广阔场域里的世事变迁。从传统农业社会到工业社会、后工业社会，21世纪乡土中国的急剧变迁、"三农"问题的凸显等，从整体上加速了传统乡土文化、民俗、观念的解构过程。尽管如此，李福仁毫不抱怨，积极帮助村里受虐待的老人，努力把耕田、种蛏等技术传给小儿子细春。小儿子在海洋养殖劳作中，秉承了父亲身上的坚韧、勤劳、温厚、孝顺的乡土精神，成为新一代的乡村顶梁柱。"那斥责，如今想来如此亲切，历历在目——这呵斥以后不会再有的。如今自己也当了父亲，那感觉，也许只有自己呵斥儿女的时候，才会再有——却是换了角色。想到此处，眼角不由得湿了。转头回望，父亲还站在岭上，似乎在注视自己，又似乎在观望前塘的江山景色。"①虽然乡村社会的文化、民俗、观念等都受到了很大冲击，但千百年来最深厚、最优良的乡土精神与文化血脉已经传承并刻录到下一代的生命记忆之中。

"这是一九八二年的事情。"②作家盛可以直接从改革开放初期开始写起，以吴家五姐妹为叙述主体，在讲述五姐妹和侄女这六位女性的家庭、婚姻、生活的基础之上，展现出一个丰富而开阔的"当代乡土中国故事"。当母亲去世，小女儿初玉握着"母亲那一双因劳作变形的满是树瘤般粗糙的手，眼泪落下来"③。吴家的五个女儿渐渐长大成人，开始了与奶奶和母亲截然不同的新生活。最幸福的无疑是二妹初月，丈夫王阳冥始终宠爱着她。"王家一代一代都是顶呱呱的好人　不因为别人坏自己也坏　不因为别人狡猾自己也狡猾　不因为别人掉钱眼里自己也掉钱眼里　这个世界不可能完全被野草覆

---

① 李师江：《福寿春》，人民文学出版社2007年版，第320—321页。
② 盛可以：《息壤》，人民文学出版社2019年版，第4页。
③ 盛可以：《息壤》，人民文学出版社2019年版，第21页。

盖　咱们家就是要开出不一样的花"①（笔者注，该段引文的空格系与小说原文保持一致。）曾怀着坚定信念要独身且抱定信念不育的初玉，也遇到了真爱朱皓。奶奶传给初玉的玉环，替主人挡灾碎掉了。玉碎的细节设置，不但化解了家族的世仇，而且隐喻着奶奶与母亲等一辈辈女性所经历的生命苦难史得以终结②。初玉这五姐妹虽各有甘苦，但是那个钳制女性身体、情感和命运的"环"已经解开了。生命的"息壤"，如大地生育万物般，生生不息，焕发出新的生机。

不同于这种历史向度和维度的线性叙事，付秀莹的长篇小说《陌上》，或可以说是一种博物馆式的环形空间写作，直接呈现当下中国农村热气腾腾的现实生活。各种乡村伦理关系交融在一起，组成一幕在新时代里躁动不安而又终归平淡的乡土大戏，是"乡土中国的一份可以触摸的活的历史档案"③。叶炜的小说《后土》，与付秀莹的《陌上》一样，以农历节气作为外在的叙述架构，而内里则依然是与李师江《福寿春》相类似的传统鬼神叙事逻辑（李师江讲的是南方哪吒大神，叶炜写的是北方土地神）。小说结尾以大学生村官到家乡麻庄挂职，迎来了"把村里的苇塘、果园、马鞍山和鱼塘连成一片，集观光、旅游、垂钓、娱乐等旅游开发于一体"④这样的乡村现代产业发展的新时代。

显然，面对乡土中国在 21 世纪发生剧变的时代境遇与社会现实，作为拥有完整乡村故事、经历所有当代乡村发展阶段、具有深邃乡村生命体验的"最后一代人"，中国"70后"作家写出了百年中国乡村社会文化、民俗、情感的裂变、蜕化与新生的历史进程与心灵之变。正是在这个意义上，当代中国"70后"作家的长篇乡土小说写作，建构了"作为乡土中国血脉和精神上有所维系的最后一代人"⑤的乡土中国生命美学和"属于一代人的'文学地理

---

① 盛可以：《息壤》，人民文学出版社 2019 年版，第 210 页。
② 盛可以《息壤》所呈现的是在改革开放的新时期文化语境下，中国女性获得了教育、婚姻、就业等各方面的自由。但是在现实生活中，女性生存困境问题一再出现，让我们再次看到"息壤"问题的复杂性以及这种文学书写的深刻价值和意义。
③ 曹文轩：《陌上·序》，见《陌上》，北京十月文艺出版社 2016 年版，第 2 页。
④ 叶炜：《后土》，青岛出版社 2013 年版，第 328 页。
⑤ 许旸：《70后作家：拥有"乡村故事"的最后一代》，《文汇报》2016 年 5 月 11 日。

图'"①。因此，接续中国千年乡土的根性文化、书写"后乡土中国"所发生的大地之变、建构"后乡土中国"的新文化，就是中国"70后"这一代作家必须回答并加以解决的新时代中国文学的核心命题。

从农业社会到工业社会、后工业社会，从乡土中国到城乡中国，这个一路走来的于纷纭复杂变局中崛起的当代中国，就是中国"70后"作家在21世纪里必须与之相遇的时代。"70后"作家见证了从饥饿到温饱、再到小康的民族崛起的时代发展，形成了丰富的生命记忆和深刻的生命体验，经历了走出黄土地到城市去的波澜壮阔的中国城市化浪潮，以及面对着今天更为宽阔的"到世界上"的"远方与诗"，乃至还须面对重返乡村、振兴乡村的新生命追求。"'70后'作家开始获得更为健全的精神视野，而这一代人的写作也因着健全而开始走向成熟。"②这就是中国"70后"作家所拥有的独特的生命体验，是中国"70后"作家的文学底气、得天独厚的审美精神资源和独特的内在文化心理结构。

在提供当代文坛具有标志性意义的长篇小说创作方面，中国"70后"作家审美自我主体建构，经过作家自觉所做的不断探寻，已经获得较为充分的成长与审美呈现。这主要体现在以下几个方面：第一，"70后"作家长篇小说创作数量已有较大幅度的增长，已经从过去多致力于中短篇小说创作，到逐渐成为当下文坛长篇小说创作的新主力军。"文学史绝非只是一个由质量构成的集合，它同时又是一个由数量构成的连续的过程。对于文学艺术来说，没有什么单纯的质量，质量总是以数量为前提的。"③中国"70后"作家，大多都已经推出和不断推出长篇小说。很多作家，如徐则臣、鲁敏、朱文颖、魏微、路内、李师江、盛可以、弋舟、葛亮、常芳等，都是数部长篇小说的创作者。第二，"70后"作家长篇小说创作题材领域，已经从最初的青春叙述当中走出来，进行了多元化、深度化、历史化的审美主题探索。"近一两年，'70后'作家开始处理一些相对宏观的社会历史题材，从日常生活

---

① 曹霞：《性别叙事的嬗变与"70后"女作家论》，人民出版社2021年版，第234页。

② 谢有顺：《"70后"写作与抒情传统的再造》，《文学评论》2013年第5期。

③ 汪政、晓华：《有关当前长篇小说创作的断想》，《当代文坛》1998年第6期。

场景进入历史大场景,从表现自我走向描写广阔的社会,这种转变值得肯定。与其说这种转变是对外界批评的迎合,倒不如说是源于'70后'作家内在的成熟。"① 经历二十多年的"练习"与"寻找","70后"作家的长篇小说创作在青春叙事、城市叙事、成长叙事、历史叙事和乡土叙事等多个维度全面展开,以"到世界上去"、"后工业化"、族群史、"后乡土中国"等新叙事主题,构建了一个"当代中国故事"的立体多元的文学景观。第三,"70后"作家的长篇小说创作呈现出一种对世界大格局和对发生剧变的中国时代中心经验的审美感受力、掌控力和持续不断的思考力。正是在对小说叙事技术的一再磨砺提升中,在一次次疼痛体验中,"70后"作家从历史、现实、世界和前辈作家经典性创作范本中,不断地汲取经验、智慧和力量,寻觅到了建构自我、家族与历史的能力。"正是在'家族史'或者'故乡经验'的书写中,以个体的'寻根'为表层结构,进行历史主体再生产的深层叙述。"② 由此可见,在长篇小说整体审美建构能力方面,"70后"作家已经渐渐走向成熟。第四,"70后"作家找到了自己这一代人在21世纪的古今中外、东西文化交融时空中的独特位置和文化使命,呈现出一种中华民族根性文化传承人的文化自觉和使命担当意识。一大批"70后"作家不仅以其独具特色的长篇小说书写,在当代文坛站稳了脚跟,更为重要的是,他们寻觅到了属于自己的、时代的乃至是民族国家的精神源头和文化根脉,完成了审美主体的自我建构,呈现出具有个体独特性的审美风格,成为21世纪"当代中国故事"的书写者和乡土中国文化根脉的传承者、发扬者。"无论如何,这代作家的成就和问题,都是我们当下中国最典型的文学经验的一部分。"③ 总之,中国"70后"作家的长篇小说创作的审美主体性已经被较为充分地建构起来,即"70后"作家从乡村走向了城市与世界,从个体自我走向了民族国家和大地历史的深处,从单一文学叙事走向了对新现实与未来总体性框架结构的主体性审视、总结

---

① 陈国和、陈思和:《中年写作、常态特征与先锋意识——关于"70后"作家的对话》,《文艺研究》2018年第6期。

② 王星娟、周燕芬:《70后作家的历史主体再生产——以周瑄璞、吴文莉、徐则臣、葛亮为例》,《东南学术》2017年第3期。

③ 孟繁华、张清华:《"70后"的身份之谜与文学处境》,《文艺争鸣》2014年第8期。

与建构，开启了具有中国根性传统的，既是民族的又是国家的，能够走出中国面向世界和未来的审美书写新景观。

新时代中国文学的未来在哪里，它将走向何方？如何在传承中国文化根脉中，铸就中华民族新文化？如何寻找到书写出具有中国本土语言特色、民族文化意蕴、新人物形象的"当代中国故事"，建构起"到世界上"的新文学经典？毋庸讳言，在当代文学经典化视域中，中国"70后"作家的创作，在标示性的文学地理空间建构、标志性的典型人物形象书写、具备作家个性精神标记的语言叙述风格等维度，尚显不足，与悠久的中国文学传统和百年来中国新文学经典之间，依然有着较大的距离。中国"70后"作家依然需要进行大刀阔斧的创作探索，依然需要进一步的审美裂变与自我更新，需要在审美裂变与重塑中进行新的传承、转化与创造，即以一种极为深厚的现实主义和面向天空的理想主义，开启走向未来的文学书写。可贵的是，在这个崛起时代里，我们可以确定和确信的是对这"70后""晚熟的一代人"创作继续提升的信心与期待。秉承乡土中国的精神血脉，书写21世纪的当代中国故事，就是中国"70后"作家这一代人独特的、承前启后的文学使命之所在。新时代中国正在召唤着属于这个时代的文学经典，召唤属于这个时代的文学经典的书写者。作为肩负独特使命的一代人，中国"70后"作家以其长篇小说的创作、当代中国故事的讲述，正行走在通往新时代文学经典的道路上。

乡土血脉
与当代
中国故事
—— 中国"70后"作家整体观

中国
"70后"
作家
个论

穿梭于时光隧道里的"文学琥珀"

——魏微小说论

作为中国"70后"作家的代表性人物，魏微是较为独特的一位作家。魏微出道较早，1997年在《小说界》发表《一个年龄的性意识》，正式开启了属于自己的文学道路。从我划分的"70后"出场方式来看，魏微属于第一波出场的"70后"作家。魏微不仅是上海《小说界》主编魏心宏所推出的"美女作家"，也名列《作家》主编宗仁发推出的"70年代出生的女作家小说专号"。2000年后，魏微的小说《薛家巷》《大老郑的女人》《化妆》《异乡》《沿河村纪事》等中短篇小说和长篇小说《流年》《拐弯的夏天》的发表，多次入选各种选本和排行榜，为其赢来极大声誉。2005年，魏微获得第三届鲁迅文学奖，不仅标志着个人文学创作的突破，也是"70后"小说家正式被文坛认可的开始。纵观魏微这些年来的文学创作，我深深感受到魏微小说的独特艺术质地，为其心灵情感世界的丰富深邃与幽微细密而惊叹不已：这是一位充沛、饱满、热情而又无比绵密、尖锐、纤细的心灵世界探索者。浓得化不开的情丝、绞在一起的咬牙切齿的亲情与仇恨、来自遥远而又无比切近的时间悲剧意识、身体内部的欲望与规训冲突、异样幻想与庸常生活对抗的心灵分裂，奇妙而协调地存在于一个人的灵魂世界中。那样卑微而又异样宏大，那样猥琐而又无比纯洁，那样轻轻淡淡而又重得喘不过气来，那样细微而又轰鸣般巨响，这就是魏微小说的"微世界"。

一、站在时间之外而又沉浸时间之内的"微视角"

贾梦玮先生主编的"21世纪江南才子才女"书系中，有一本是魏微的《越来越遥远》的小说自选集，集中呈现了魏微早期文学创作的精神痕迹和艺术特征，显现出这个作家生命最深处的精神底色和永远抹不掉的思想印记。

《姐姐和弟弟》是《越来越遥远》自选集中的第一篇小说。五岁的姐姐从爷爷家回到了原本属于自己的家中，正式成为家庭中的一员。正是在爷爷家度过的这一段生命中最初始的日子，让五岁的姐姐对生命、人世、岁月有了一种与幼小年龄极不相称的深刻，有一份从遥远时空来察觉和体认最切近存在的"微视角"：身为姐姐的"我"自觉担当起了四岁弟弟的保护者，"那是一个冬天的傍晚，一对有血缘关系的孩子，一个男孩，一个女孩。他们肯定会见面的，假如不是那个冬天，也会是另一个冬天，或者春天，或者清晨，或者傍晚"，"就是那样的一个傍晚，我看见了他，我把他放在一个更为广阔寒冷的天地间，我看见了他的单薄和微小，他需要扶助"。①这是"我"与"弟弟"的相见情境，构成了审美叙述的"景深"。

而在此之前，魏微曾经细致描述过一次"我"与"弟弟"的相见场景："我在村头看见了我的弟弟。"显然，这是实写。"那年他四岁。他跟在一群叫做'二毛''四毛''二狼毛'等男孩身后，手里拿着一根树枝。一路厮杀呐喊过来。我母亲叫住他，说：'这是姐姐。'他抬头看着我们，顿了一顿，又继续向前冲杀过去。在二十年前的冬天，他穿着老虎头棉鞋，开裆棉裤，屁股冻得像两只红苹果。他渐渐落单了，仍在跑着，很吃力。我在从前的年代里看着他的背影消失在村头，我的视线之外，更广阔寒冷的天地间。他的单薄和微小。他需要扶助。"②这段话从开头的百分百的实写，渐渐虚化起来，第二句"那年他四岁"把叙述者的视线从现在进行时，一下子拉进了历史的时光隧道，以一种回忆的方式向读者讲述"那年"的见闻。作者在讲述过程中，又不知不觉回到了现实化的叙述之中，跟在伙伴后边，"手里拿着一根

---

① 魏微：《越来越遥远》，新世界出版社2003年版，第6页。
② 魏微：《越来越遥远》，新世界出版社2003年版，第4-5页。

树枝。一路厮杀呐喊过来。我母亲叫住他，说：'这是姐姐。'他抬头看着我们，顿了一顿，又继续向前冲杀过去"。毫无疑问，作为"姐姐"的叙述人回到了眼前所见到的"现实性"场景之中，具象、鲜活、灵动，带着动作、物象、声音和气息，构成了一段"过去进行时"的写实性叙述。而其后的"在二十年前的冬天"的叙述中，我感受到了魏微高超自然的时光穿梭术。在回忆性叙述中实现了小说叙述的多重功能，即在进行时光切割，显现出时光的流失、生命的无奈与悲伤的同时，又自然地续写故事，以进一步拉大的二十年时光距离去续写二十年前的故事。"他穿着老虎头棉鞋，开裆棉裤，屁股冻得像两只红苹果。他渐渐落单了，仍在跑着，很吃力"，美妙的是，读者在不知不觉中，毫无障碍地续上了二十年前的故事，而接下来的故事叙述在这一瞬间又陡然回到进行时态，那么逼真。最后一句"我在从前的年代里看着他的背影消失在村头，我的视线之外，更广阔寒冷的天地间。他的单薄和微小。他需要扶助"，"我"终于在这句话中跳跃出来。这进一步让读者切换到"现在时光"之中，强化叙述的回忆性、历时性情绪与氛围。同时，这个"我"又一次次在小说中出现，回忆姐姐与弟弟相见的情景。

"我后来多次回忆起我和弟弟见面的情景"，不仅是一种过渡性语言，更是一种叙述的语调和结构方式，乃至是一种魏微式的叙述风格——在过去与现在、切近与遥远之间的时空穿梭——站在时间之外，而又无往不在时间之内。"我"回忆的见面场景中，由于前面的进行时态的写实性场景构成了新的、更深次的叙述景致。正如月光下的人的形象拉长变形、缩小或变大，在"我"的一重重回忆的走廊里，"我"与弟弟的见面增添了无数的"景深"、无数道光芒、无数的影像，一层又一层，一重又一重缠绕在"我"的心中——广阔寒冷天地间，单薄和微小的弟弟，需要扶助的弟弟。一见面"我"就觉得弟弟"真是很面熟啊"，这是一种无法割舍的血缘之情，而在日后的岁月里，不知不觉流下泪来，拧成了一股无以名状的爱恨情仇。

"院子里没有人，是一个晴朗的秋天的下午，她看见了蓝天和白云，那么高，那么远，她久久地看着，看了一会儿，她就淌下了眼泪。……她哭，是因为她爱她的父母和弟弟，她不知道怎么去爱他们。她的爱从一开始就达到了极致，不可以多一点，也不能再少。……她从生下来就注定要和它碰撞，她懂得了哀伤。"① 是啊，正如作者所抒发的，"这是怎样的一种哀伤呢？"姐姐不但从蓝天白云的凝视中感受到时光的流逝，领悟生命的生与死，而且还在对自我与万物的微观体察中，感觉到万物之理和生命之情。"有很长一段时间，她认真听着自己的呼吸声，很匀称的，气吐幽兰的。阳光渐渐衰落了，她地上的影子变得很轻，很淡，仿佛轻轻一抹就可以去掉一样。"就在这种"微观"下，"姐姐知道，今天，她看到了另一个世界，这个世界也有规则，也有物体与物体之间的距离和彼此的微弱的联系。也有人，也有情感和爱恋……可是在爱恋的背后，还有另一些东西，她不知道它是什么，可是她知道它是存在着的。"② 如果说，在姐姐与弟弟的相见描写中，姐姐和"我"，以及叙述人是三位一体的，若即若离的；而在姐姐的个体"微观"体验中，那个姐姐的"我"消失了，出场的是一位披着面纱的隐身叙述人，以一个遥远的他者方式讲述着姐姐的一颗细致入微而又博大包容、幼小懵懂而又无比睿智深邃、炽热爱恋而又比悲凉沧桑的晶莹的心灵。

二、穿梭于时光隧道里的"文学琥珀"

《流年》是魏微具有自传体性质的长篇小说，是一系列前期作品所汇聚支撑起来的、具有内在凝聚力和生命力的优秀长篇小说。从某种意义上说，这是一部关于成长的、内聚焦式的心理小说，"可以看作迄今为止魏微个人写作风格的标志性集成"③。在结构上，《流年》采用了散点透视的方法，以一个孩子的眼光描绘出了她所感知的大千世界、时代气息、家族亲人与周边人物的日常生活、性格及其命运，表达了生命、情感在时间深处的存在感。在叙述方式上，《流年》延续了魏微以往的"时光穿梭术"，而呈现为更为博大的时间悲剧意识，更为深厚的万物共生的存在感和此起彼伏、众生喧哗的多声部复调式艺术结构。

---

① 魏微：《越来越遥远》，新世界出版社 2003 年版，第 15—16 页。
② 魏微：《越来越遥远》，新世界出版社 2003 年版，第 21 页。
③ 施战军：《爱与痛惜：呢喃中的清朗——感受魏微的〈流年〉》，《南方文坛》2002 年第 5 期。

　　"那些平行的、互不相干的人物，事件，场景，一些声音，某种气味，天气如何……是的，我要去描述它们，也许它们过于琐屑，没有逻辑，它们就像午夜的收音机，各自打开了，各自有不同的声音和话语体系，各自喜悦着，悲伤着，控诉着，可是未见得有多大意义。"①魏微关于"午夜的收音机"的比喻非常形象地向读者展现了《流年》小说的复调式艺术结构，里面的每一章节都是可以独立成章的，而组合起来的关于"杨婶""储小宝""走在林阴道上的青年""叔叔和他的女人们""爷爷奶奶"的众多故事，我们清晰地感觉到了时代的呼吸、生命的气息和日常生活的味道。"在写与读的感念、回访和触摸中，肃静，但颤动着心头的漪澜，埋藏着的波浪和光圈里的面影，倏忽一闪，便牵出长长的呼吸，延抵日常往事最深的湖底。"②这是魏微一个人的不可替代的、已经消逝而又永恒存在的、既疼痛又无比欣喜的心灵情感史——它曾经存在过，它消逝了，而今它又重新活过来了。"我想记述的是那些沉淀在时间深处的日常生活。它们是那样的生动活泼，它们具有某种强大的真实，它们自身不带有任何感情色彩，它们态度端凝，因而显得冷静和中性。当时间的洪流把我们一点点地推向深处，更深处，当世间的万物——生命，情感，事件——一切的一切，都在一点点地堕落，衰竭，走向终处，总还有一些东西，它们留在了时间之外。"③这就是魏微的"时光穿梭术"。在这里，时光不仅是十年、二十年的回溯穿梭，而是从现在到童年，到遥远的时空，一直到"远古洪荒"。"远古洪荒，一代又一代的生命、生活，就止于这些吧。"是啊，还有什么比生命、生活更重要的存在？还有什么比对一代又一代生命与生活的摧毁更大的悲剧吗？这就是生命的悲剧、人类的悲剧。"滚滚长江东逝水，浪花淘尽千古英雄，是非成败转头空，青山依旧在，几度夕阳红"是也。《流年》不仅传达出魏微一个人的心灵成长史，还传递出了人类悲剧性存在的深层哲理沉思。与千古圣贤不同的是，中国"70后"小说家魏微的时间悲剧的内在情感肌理是喜悦和欢欣的，尽管不可避免地流向悲

---

　　① 魏微：《流年》，花山文艺出版社 2002 年版，第 1 页。

　　② 施战军：《爱与痛惜：呢喃中的清朗——感受魏微的〈流年〉》，《南方文坛》2002 年第 5 期。

　　③ 魏微：《流年》，花山文艺出版社 2002 年版，第 1—2 页。

剧；而借助于作者的"时光穿梭术"，"它们曾经和生命共沉浮，生命消亡了，它们脱离了出来，附身于新的生命，重新开始"①，获得与时间等长的生命。对于魏微的小说，我想到了一个很久以前学过的名词——琥珀。是的，《流年》就是这样的从时间之流中"脱离了出来"、在时间之外"重新开始"的"文学琥珀"。

"杨婶"是《流年》中讲述的第一个人物。一旦从"远古洪荒"的时间边缘中穿梭回来，具体到日光下的人物，魏微又回到了她得心应手的"时光穿梭术"："回忆——现实——再回忆——再现实"的叙述方式。但是，在《流年》中，回忆占据了更大的比重，就是说，作者已经从对现实的具象描述中解放出来，加重了回忆中的抒情语和氛围的营建。"那一年她也有四十了吧？她小巧，白皙，丰腴，年轻的时候大约也是个美人"，杨婶是一个让时间在那一瞬间凝固下来的女人。"杨婶静静地坐在那儿，拿手捋了捋头发。有一瞬间，她的眼睛是看到阳光的深处去了。她微笑着。——很多年后，我还能记得她那一刻的神情，那样安笃，祥和。"②那个下午，杨婶和奶奶说着琐碎的、没见识的话，"其实囊括了人生里至关重要的一些东西，活着，以及活着的一些细节，在那短短的三两个时辰里，她们活了长长的一生"③，成了时光流年里的晶莹剔透的"文学琥珀"。在那个下午，杨婶的丈夫杨站长，正佝偻着身体擦拭着"永久牌"自行车，"把擦布用小手指顶着，够到一个极细微的地方去了"；在那个下午，杨婶家的一只"方口，短而粗，质地很厚重"的玻璃杯，落下影子；在那个下午，"阳光是厚重的，让人喘不过气的；同时也是短促的、匆忙的；同时也是缓慢的、悠长的，给人今生今世、光阴停止的感觉"④，所有这些，都是"那个下午"的"文学琥珀"的周边，构成了"琥珀"的色泽、质地、光芒。这让我想起了萧红，具有越轨笔致的萧红：情感所处，所向披靡，无不具有动人深情，无不具有"琥珀"的光彩。

杨婶之后，是储小宝、佟姑娘、小桔子、爷爷、奶奶等人物的故事，无

---

① 魏微：《流年》，花山文艺出版社 2002 年版，第 2 页。

② 魏微：《流年》，花山文艺出版社 2002 年版，第 12 页。

③ 魏微：《流年》，花山文艺出版社 2002 年版，第 13 页。

④ 魏微：《流年》，花山文艺出版社 2002 年版，第 16 页。

不鲜活生动。在散发着生命朝气的背后，则是生命无声的流逝，储小宝的青春气息没了，佟姑娘的生命活力被生活毁灭，小小年纪享受 "性" 的快乐的小桔子死了，爷爷奶奶被时间带走了，乃至 "我" 生命意识中最圣洁的杨婶竟然跟人私奔了，这些时间之内的存在，以不同的悲喜剧方式存在着、生活过。这是鲜活的生命被时间带走了，可是他们的轻轻的呼吸、安笃的眼神、清晨跑动的脚步声，脱离了时间的束缚，走向了时间之外，凝结成了 "文学琥珀" 的不可缺少的阴影与暗斑。

三、审父、去父与寻父：魏微小说父亲形象的精神分析

魏微小说世界中存在着一个较为凸显的父亲形象。父亲形象既是实指的，又是虚指的，更多的是一种文化表征意义的精神性符号。在魏微的自传性质的随笔中，我从一开始就感受到父亲形象在魏微精神世界中的巨大存在。

魏微在《通往文学之路》中提到了父亲，这是一个真实性的存在：父亲曾做过新闻，虽然也是写字的，但与魏微的写字比较，"这两种写字实在是相去太远"。言外之意，魏微说自己的写字并不是来源于父亲所代表的家族性影响。但是，这并不意味着父亲在魏微文学创作中的缺席，恰好相反，父亲从一开始就坚定地、巨大地存在于魏微的精神世界结构之中，如同众多中国 "70后" 作家一样。魏微一再提到自己的 "害羞" "害臊" "生涩" "不安"，而在这些背后隐现着一个巨大的父亲形象。"我至今也未写过一篇像样的爱情小说，我是有顾虑的。一旦涉及两性关系描写，我总是犹豫再三。不为别的，只因为我是我父母的女儿，我曾经在他们的眼睛底下，一天天清白地成长。我愿意为他们保持一个完好的女儿形象。我不想撕破了它，这出于善良。"[①] 如果说，魏微此处的父母是有所实指的话，是源于个体真实经验的思索和考量，那么，魏微所顾虑的 "可能的读者" —— "我" 的父母、弟弟、叔叔 —— 和我有血缘关系的人，就是一种文化表征意义的 "精神父亲" 形象。正是这种从个体家庭中的父亲到具有原型意味的父亲、弟弟、叔叔的 "精神父亲" 形象，导致了 "乖孩子" 式的 "70后" 作家的 "害羞" "害臊" "生涩" "不安"，

---

①　魏微：《1988 年的背景音乐》，昆仑出版社 2013 年版，第 46 页。

造成魏微等 "70 后" 作家深层精神心理结构的内在冲突。

　　1997 年，魏微在魏心宏主编的《小说界》发表《一个年龄的性意识》，这是魏微在文坛的正式亮相。在李敬泽作序的《1988 年的背景音乐》中有她自己整理的 "魏微创作年表"。在这个创作年表中，魏微把《一个年龄的性意识》置于首位，视为第一篇正式的文学创作。就在这篇文章中，魏微以讲故事的方式，呈现了她与 "精神父亲" 的审美冲突。魏微是用竹笋剥皮的方式，一步步进入了故事的核心："我" 与女友看 "下等的片子"，可是 "我" 不但喜欢 "下流小调"，笑出声来，"觉得温暖"，而且没有女友第一次看的慌乱、紧张、过敏。"我" 为此 "不安"，觉出 "在我们的身体内，有一种东西变了质。激情以另一种方式恣意地表达出来——虽病态，也有它不得已的道理"，"我们终于在文字里找到了一种解决方式。我们在自己的笔下和异性谈恋爱，窃窃私语。我们在自己的笔尖下跳摇摆舞，尖叫，做各种怪异动作，活蹦乱跳又快乐不已"①。魏微等同龄人不仅在有关这个年龄的 "性意识" 表达中出现了问题，即使在另一种表达中依然是 "顾虑" "羞涩" 和 "不安" 的。 这种所谓 "另一种文字解决方式" 仍然遭到了 "精神父亲" 的明确狙击。在父亲的推介下，"我" 找到了一个能引荐自己的老革命，但是这位老革命明确地说不喜欢儿媳妇的现代派，从不看各种文学刊物，因为 "那上面写的是妓女"。即使到了文学刊物的编辑那里，"我" 的作品依然没有被刊用，另一位女友小容遭受了同样的命运—— "精神父亲" 不仅无处不在，还时时以一种刚硬无比的方式，凸显于魏微的精神世界之中。

　　在这样一种 "精神父亲" 的审视和禁锢下，魏微与女友谈起了林白、陈染等女作家与她们的文学书写差异："她们至今仍在乐此不疲地写同性恋、手淫、自恋，带有强烈的女权主义倾向"，"她们是激情的一辈人，虽疲惫、绝望，仍在抗争。我们的文字不好，甚至也是心甘情愿地呆在那儿等死，不愿意尝试耍花招。先锋死了，我们不得不回过头来，老实地走路"，"她们是女孩子，有着少女不纯洁的心理。表现在性上，仍是激烈的、拼命的。我们反而是女人，死了，老实了"。②魏微借助对话，呈现了她对自身、对中国 "70

---

　　①　魏微：《越来越遥远》，新世界出版社 2003 年版，第 58 页。
　　②　魏微：《越来越遥远》，新世界出版社 2003 年版，第 62 页。

后"女作家，也包括"70后"男作家的批判和反思，是极为深刻的，有着刻骨的疼痛和伤痕。

　　然而，魏微毕竟是一位作家，她不但看到了自己体内的"单调，枯燥，敏感，多思，有自由主义的倾向，不能适应集体生活，且内心狂野"[①]，而且从花样年华光泽的转瞬消失中、从日常生活的庸常中，涌起了巨大的反叛力量，开启了属于自己的也是"70后"作家的文学之路。所以，魏微的文学书写中从一开始就有着一种与世俗生活绝不相容的反叛抗争，有着一种逃离的强烈渴望，从而在文本结构中凝聚为一种紧张的冲突关系和内在的生命张力。

　　《父亲·来访》是一篇直接描写父亲与小玉的精神冲突的典型小说。父亲所代表的传统文化理念一直在审视着小玉的生活。小说有意味的是，父亲形象不是直接介入小玉的生活，而是以一种持续不断的"书信往来"来构成强大的"在场感"和"精神逼视"。小说开篇第一句话就把一个极为重要的信息传达出来："父亲是来信宣告这一切的，他将来省城出差，顺便看望女儿。"[②]正是这封信让小玉整整一个下午与周围的世界完全隔离出来，沉浸在疑问、不解，引出了对于父亲及其在场方式的回忆。在电信时代，父亲等人八年来写给小玉的信，分装在三个不同的纸箱里，"这些信陪她度过大学年代、工作、恋爱……它成了一种负担"，"八年来，她躲在这些没完没了的信中受折磨，她的世界里全是信，文字，父亲和母亲。她快要发疯了"。[③]事实上，当小玉一个星期后主动给家里打电话的时候，电话接通的一瞬间，小玉"心里又是一阵狂跳，竟目瞪口呆了。只这'喂'的一声，她知道母亲什么都明白了"。此时的母亲声音"异常衰老，也非常颓废"，"慌张而凌乱，甚至于绝望了。今天早晨是毁灭性的一个早晨，母亲遭受了突如其来的、沉重的打击"。[④]当母亲问她"你交了男朋友没有"时，小玉才第一次认识到父母为什么写信，而不是打电话来的真正原因：声音是不能撒谎的，而写信则可以撒谎。"她

---

① 魏微：《1988 年的背景音乐》，昆仑出版社 2013 年版，第 45 页。
② 魏微：《越来越遥远》，新世界出版社 2003 年版，第 218 页。
③ 魏微：《越来越遥远》，新世界出版社 2003 年版，第 219 页。
④ 魏微：《越来越遥远》，新世界出版社 2003 年版，第 233 页。

这才知道，他们之所以热衷于写信，原来是因为他们都喜欢撒谎。彼时，彼地，无数的道具：信纸、信封、笔、开头称谓、那摸不着头脑的文字游戏……虽是同一封信，到了彼此手里的时候，已是另一封信了。"①这是小玉对"父亲"审视的开始。

不仅是信给予小玉如此大的精神压迫，小说中所叙述的仅有的一次父女相见，就以一种真刀真枪的语言对峙构成了一次不流血的精神内伤。那是大学毕业前夕，父亲与小玉相见时问起小玉的毕业去向，小玉说可能去北京，这对于父亲而言是不可接受的。"你想躲开我们是吗？躲得远远的，到一个我们根本看不见你，也听不见你的城市。我早知道我们的存在对你是一种压力，你甚至觉得那是一团阴影，它们就在S城的某个地方感觉你。你巴不得我们能早点死掉，好让你的生活过得快活点……"②父亲没有回避问题的精神实质所在，而是直指小玉的内心世界中最幽深的部分，逼迫小玉检视内心的精神世界。这激起了小玉的反抗："你们妨碍我什么？你们并没有妨碍我，我在南京生活得很好，我每天晚上上晚自修，十点回宿舍睡觉。我是个优等生，从不交男朋友，我的生活非常安静。"③而在父亲看来，阻止女儿离开南京的原因是："因为你是个女孩子，你离得那么远，你根本不能预料自己会干些什么……"④父亲所言的"不能预料自己会干些什么"的话语，一下子击中了小玉的内心——她开始怀疑自己，一个长大成人的、在异乡的女孩子能做些什么？在父亲的精神审视中，小玉已经从精神心理上不"纯洁"了，这不仅是"精神父亲"对自己的精神监视，还是"文明世界秩序"下小玉与自我精神世界的追问与逼视。《父亲·来访》中的小玉以对父亲妥协的方式，达成了暂时的和解。但是在结尾中，父亲又一次"缺席了"，因为"退休"没有到来；而在小玉的梦中，先是梦见自己死了，继而梦见父亲的列车出轨，"死亡的列车带着父亲去了另一个地方"。无论如何，小玉已经从心理上完成了与父亲的彻底脱离，实现了精神意义的"弑父"行为。

---

① 魏微：《越来越遥远》，新世界出版社2003年版，第234页。
② 魏微：《越来越遥远》，新世界出版社2003年版，第226页。
③ 魏微：《越来越遥远》，新世界出版社2003年版，第226页。
④ 魏微：《越来越遥远》，新世界出版社2003年版，第227页。

从某种意义上，小说《异乡》就是《父亲·来访》的现实版延续和思考。《异乡》中的许子慧就是小玉的延续，她从家乡执着出来到北京打工，时时遭受冷眼和来自家乡母亲的精神审视，但是许子慧守身如玉，三年闯荡后回家，却发现自己成了家乡的"异乡人"，邻居、亲人乃至父母心里狐疑许子慧是不纯洁的"妓女"。"天哪，这是什么世道，现在她连自己都不信任，她离家三年，本本分分，她却总疑神疑鬼，担心别人以为她是在卖淫。"①正如小玉对父亲的审视一样，在《异乡》中，魏微完成了对整个时代"父权文化"的审视和批判。黑夜来临了，许子慧从精神上终结了自己的"处女时代"，可以逃脱"父亲"魔咒的束缚。但是，"父亲"无所不在的精神审视就此结束了吗？这依然是一个疑问。

魏微的小说《寻父记》不仅延续了"父亲"这一形象的书写，还呈现了一种内在的悖论。父亲，自己优秀的父亲竟然离家出走了，更有意味的是，父亲"一天不死，我们就一天不得安宁"，"我"突然做出了一个决定——寻找父亲，"一个模糊的印象，一个概念，一个名词"的父亲。就在寻找过程中，"我"在自己的身体里发现了父亲，成为了父亲。这恰恰是魏微父亲形象叙事的悖论所在，也是"70后"作家不同于"50后""60后"作家"弑父"叙事之所在。②

四、"比写作更辽阔的人生困扰"：魏微小说的写作转向与可能性

青春期、性、弑父，这些关键词一度是魏微小说的关键词和情节结构的叙述动力源。童年经验所积累的独特情感结构，弥漫成浓得化不开的而又彼此互相伤害的亲情叙述。"姐姐""弟弟""父亲""叔叔""爷爷""妹妹"等亲人关系的语汇，成为魏微早期小说的最主要的人物形象群体，显现了魏

---

① 魏微：《异乡》，《人民文学》2004 年第 10 期。

② 何平在论述魏微小说中"父亲"的角色和作用时，认为"魏微书写的是为人之女的简朴情怀，而她无意戳破的却是我们时代的一个文化神话"。我认为魏微小说对于"父亲"形象，呈现为一种矛盾和悖论心态。

微关于时间、生命、情感、存在叙述的独特的文学才华。就在她把一篇篇"亲情叙述"凝结为一个个晶莹剔透的"文学琥珀"的时候，魏微的小说创作同样开启了新的探索。

《乔治和一本书》《十月五日之风雨大作》《薛家巷》和《校长、汗毛和蚂蚁》等作品是魏微突破"亲情叙述"的努力尝试。《乔治和一本书》是一个很有趣的故事，讲述花花公子乔治借助于《生命中不能承受之轻》中的托马斯对待女人的方式，向预想中"猎物"发出托拉斯式的命令——"脱"，而且屡试不爽。但是，这次遇到"我"的时候，乔治的英文版《生命中不能承受之轻》丢了，找不到那种感觉，而被"我"奚落："你的那本英文小说丢了，你整个人早就完了。你垮了。哈哈哈……"在"我"从精神上击垮乔治的同时，"我"突然发现，"从那个晚上开始，我爱上他了"。毫无疑问，这是一部较好的小说，呈现出魏微小说审美理念的多元性和丰富性。《十月五日之风雨大作》的故事同样是一个日常生活能够改变生命质地的故事，与以往的革命叙述不同的是，被审讯者费明关于丝绸具有气味的话语，引发了审讯者杨柯和艾伦关于上海的生命意识的复活，以至于做出了叛逃的行为，而恍惚中的费明成了"革命者"。从《十月五日之风雨大作》开始，"逃离""出走"，成为魏微小说一种重要的结构方式，也是魏微所呈现的对"更广大人生困扰"的解决方式。

《薛家巷》中的到街上闲逛的吕东升处于一种精神上的游离状态："他每天都在街上行走。不需要上班，可是比上班的人还要有规律。他五十多岁了，像一切五十岁的男人一样，走过了生命的大半个旅程，有一天突然回过头去，他几乎看不见什么。"[①]来自日常生活的困顿、忙碌与迷惑，占据了吕东升大半个人生，他还没来得及细细品味人生，人生就突然变得乏味、无聊、无意义、无价值，自己之于家庭、单位、事业变得毫不重要，爱情、理想乃至性欲都无从谈起，中年困境深深缠绕了这个曾经迟钝而今渐变敏感的心灵。"他几乎是跑了起来，在深夜的街道上，就像孩子一样，听见脚步在身底下发出'吱吱'的声音，耳边是风，是热的，也是凉的，他的不多的头发也飞起来了。他这样跑着，觉得自己是在世界的另一端，一个陌生的地方，那个地方离他

---

① 魏微：《越来越遥远》，新世界出版社2003年版，第129页。

很近，他永远也跑不进去。它是无边无际的，它不是幸福，也不是悲伤，它在他的情感之外，他没法描述它。"吕东升这个 "无所事事的人"，这个 "有大把大把时间的人"，把跑动视为 "正确地浪费" 的人，在跑动中，"他离他的日常生活远了，他的妻儿，爱和憎，苦恼，那日渐衰老的肉身，都离他远去了"，"某一瞬间，他自己也不期待的某个时刻，它来到了他的身边，他的身体突然停顿了一下，感觉到了一种无边无际的空洞和飞翔"。① 显然，《薛家巷》已经从原来浓密的 "青春期焦虑" "性欲望冲突" 和 "亲情叙述" 中走出来，在更广阔的人生困扰中书写生命的悲剧性，展现成熟的个体生命与庸常的日常生活之间的无休止的情感挣扎、痛苦的人格分裂。《薛家巷》所书写的这种人生困境可以说比比皆是，梦中自慰的吕东升女儿、过早衰老没有性欲的妻子、要死的孙老头、没有坟地的姜老太太、饱食终日突然觉察 "生活全部毁掉了" 的吴老二等构成了一部小巷锅碗瓢盆交响曲，如同午后的阳光，虽然依然温暖，但已经显现出愈来愈悲凉的阴影。

与《薛家巷》异曲同工的是《到远方去》，里面的主人公延续了吕东升的精神游离状态，人物形象同样有强烈的 "出走" 愿望，只是形象更加模糊，主人公的他不像吕东升一样，小心翼翼找一个同性老人诉说自己的心事，而是在天天重复的回家路上，发现了一个让他心动的女人，突然涌起了一种要跟踪这个女人、与这个陌生女人对话的强烈愿望，并付诸了行动。这个男人，五十多年来，"他活得那样认真，他的世界富有逻辑，有板有眼……他让他放心；可是那个自己，他不快乐。他是个陌生人，从异乡到异乡……他是个陌生人"②。这个 "平庸的、饱闷的、日复一日年复一年的幸福生活" 者，他身上的那个陌生人出现了。跟踪、突然停止、对峙、对话，在陌生女人看来，他 "根本不适合调戏女人"，"是个没有伤害力的男人，也许还很善良，也很平庸，和她一样有很多小苦恼，是个不幸的人"。对话就这样随着他们一前一后的同行开始了。小说从单一视角发展为平行双视角，呈现两个陌生男女对各自心理世界的判断和自我心理世界的变化。结尾又转向了那个男人，或许那个男人身上的陌生人离开了他，又一次回到熟悉的生活里；或许 "跟着风

① 魏微：《越来越遥远》，新世界出版社 2003 年版，第 130 页。
② 魏微：《越来越遥远》，新世界出版社 2003 年版，第 242 页。

声，和他的身体一起去了远方"。自我生命的陌生人、变为异乡的故乡、日常生活的窒息性和到远方世界的不可遏制的生命冲动，这就是魏微所向我们展示"比写作还要辽阔的人性困扰"①——来自生命内部与庸常生活相对抗的灵魂挣扎，或许那是永远无法完成的也永不终止的对生命自由的向往与追寻。②

生命对于任何人而言，都是一段线性存在，都有着青春期的焦虑、中年困境的缠绕和性本能的欲望冲突。魏微小说早期有很强烈的青春期焦虑叙事，其中夹杂着性意识的萌生、觉醒与冲突。但在魏微近年来的小说创作中，成人性本能、性欲望的呈现与人性复杂性的书写交织在一起，呈现为另一种形态的普遍性的人性困扰，开拓了文学创作的领域和题材。《大老郑的女人》和《姊妹》是这方面的代表。

"算起来，这是十几年前的事了。"这种回忆性笔法，是魏微的拿手好戏。在淡淡细细的叙述口吻下，《大老郑的女人》故事开始了。小说第二句就点出了故事主角——大老郑。魏微是很讲究叙事技巧的，在时间上是"时光穿梭术"，在空间上，《大老郑的女人》不时变换着叙述背景，时而拉近到"家"的小天地，时而又放置到"街道邻房"，进一步是到"小城"："城又小。一条河流，几座小桥。前街，后街，东关，西关……我们就在这里生活着，出生，长大，慢慢地衰老。"③这近乎是沈从文的叙述笔法及其湘西小城了，无论是语言、口吻、语调，还是内容。时代变化了，小城空间内部发生了变化，出现了时尚的小城女子，出现了"广州发廊"，出现了妓女。大老郑和他的两个弟弟就是在这个富有活力的新时代背景下，来到小城，来到"我"家的。

---

① 魏微：《1988年的背景音乐》，昆仑出版社2013年版，第82页。

② 张新颖在《知道我是谁——漫谈魏微的小说》一文中，提出："他们激烈地不认同他们其实真正置身其中的人群、生活、文化、文学，他们反抗，挣扎，惊世骇俗。你还以为他们要成为他们自己，要成为他们个人，其实他们只是要成为另一类人而已。他们决不想成为他们自己，决不想成为他们个人，他们极力抹去和掩饰自己的历史和现实特征而以一个全新的面貌出现。"即张新颖认为魏微小说中对"日常生活"的逃离，是人物形象在努力追求成为"另类"，而这种"另类"是可疑的，其是否能成为"自己"都是问题。张新颖提出"成为自己"的主张是没问题的，但对魏微小说的解读不是确切的。我认为，魏微小说中的人物奋力挣脱"饱闷的、重复的"日常生活，恰恰就是回归那个被"父亲""文明秩序"所束缚的真正自我、自由的"自己"。

③ 魏微：《1988年的背景音乐》，昆仑出版社2013年版，第88页。

老实持重的大老郑、唱"姑娘啊姑娘／你水桶腰，水桶腰"的活泼二弟、吹一手好笛子的文弱书生三弟，"我们两家人，坐在那四方的天底下，关起院门来其实是一个完整的小世界。不管谈的是什么，这世界还是那样的单纯、洁净、古老……使我后来相信，我们其实是生活在一场遥远的梦里，而这梦，竟是那样的美好。"① 这真是"边城"中桃花源般的美好世界了。

"有一天，大老郑带了一个女人回来。"类似于《边城》，小说出现了情节和叙述语调的内在冲突。好在时代变了，母亲开明，那个女人也本分，四合院渐渐恢复了平静，多了些生活的灵动和明丽。但是，有一天，那个女人的男人找来了，事情败露，大老郑一家人被母亲撵走了。小说结尾还带着某种淡淡的忧伤，不知道大老郑和他的女人过得还好吗，与小说开篇的口吻较为一致。但是，最后父母的议论破坏了这一种叙述逻辑的一致性。父亲认为卖笑，搭进去感情，好歹是小城特色，古风未泯吧；而在母亲看来，卖身就是卖身，到最后把感情也卖了，可见比娼妓还不如。作为一个完整的故事，叙述到此，已经是画蛇添足了，不仅多余，还与小城温文尔雅、宽厚待人的内在逻辑是不符的。沈从文的《边城》结尾是开放性的，是未完成的，从而形成一种耐人寻味的艺术品质。与《大老郑的女人》故事类似的《丈夫》，沈从文的处理也是宅心仁厚的，呈现出一种大悲悯情怀。这许是魏微作为一个年轻作家对世道人心、人情事理所需要进一步体味、思考和理解的吧。《姊妹》就是一个对人事物理体味很有深度的作品。三爷作为男人的性意识沉睡与觉醒，三娘与温姑娘对三爷的争夺战，以及二人在三爷死后成为"姊妹"的独特感情，魏微把握得很准确。性欲望是一种复杂性的存在，任何单一的判断都是肤浅的。无论是沈从文的小说，还是汪曾祺晚年的小说，还是魏微的小说，都呈现出对性欲望冲突的复杂性、人性的丰富性乃至是生命悲剧性的深度思考。这正是人性的普遍性困扰，正是人与人自身的内在冲突所在，也是人本身生命力和自由意志的悲剧性所在。

与以上作品相比较，《拐弯的夏天》和《沿河村纪事》向我们展现了魏微今后文学创作之路的新审美趋向和新的可能性。《拐弯的夏天》不仅是魏微另一部成熟的长篇，它还呈现了新的文学书写思维和更广大的文学领域，即

---

① 魏微：《1988 年的背景音乐》，昆仑出版社 2013 年版，第 93 页。

对历史的探寻和思考。《拐弯的夏天》吸引我的不是"我"与阿姐的恋爱史，而是小说到了一半才开始的关于阿姐夏明雪的"拐弯的夏天"的描写，出生于50年代的阿姐青春期正遇上"文革"，她的贵族家庭及本人命运"拐了个弯"。但在阿姐看来，这是必然的。"这一切也是缘于对庸常生活的恐惧，怎不恐惧呢？这潜藏在她的血液里，从她姥姥辈起，到她母亲。她哥哥，一路相承了下来。他们都曾采用不同的方式逃离过，末了殊途同归。"① 这是宿命的故事，阿姐是"反抗规律，反抗一切按部就班的东西……她不在日常生活里"②。《拐弯的夏天》就以这样一种方式，向我们讲述了历史、命运和悲剧，把历史和现实、物质和精神、革命和庸常、宿命和抗争连接在一起，呈现历史的宏阔和人性的深度。这无疑是中国"70后"作家从现实进入历史的一种新途径。2013年，乔叶在《人民文学》发表的《认罪书》以一个"80后"女孩成为"文革"时期另一个女子的精神替身方式介入历史，同样呈现出"70后"作家对历史深度叙述的新追求。

　　不同于历史叙述的是，《沿河村纪事》表现了魏微对当下现实问题的重视和新思考。魏微的这部中篇小说已经完全跳出了以往的亲情、青春期、性、内心冲突等张力模式，而把冲突转移到人与外部生存环境、物质制度的冲突之中，把外部现实描写和内在人物心理描写有机结合起来，立体描绘我们时代的精神图景。这是不是魏微新的文学野心、新的文学审美表达方式？

---

① 魏微：《拐弯的夏天》，中国工人出版社2010年版，第191页。
② 魏微：《拐弯的夏天》，中国工人出版社2010年版，第160页。

"这个杀手不太冷"

——金仁顺小说论

　　作为 "70 后" 作家的代表人物，金仁顺创作时间较早，除去大学期间发表的小说习作，1996 年在《作家》杂志上刊出的《爱情试纸》算是其第一篇正式发表的作品，从此开启了自己的文学之路。20 世纪 90 年代末，金仁顺与卫慧、棉棉等人一起作为 "美女作家" 被推上文坛，具有炒作意味的出场以及具有浓厚商业气息的写作，让这批 "70 后" 作家的身份颇显暧昧。当 "美女作家" 喧哗落幕之后，她们中的很多人如昙花一现，失去了写作的持续力，逐渐沉寂并退出文坛。相反，金仁顺却以独具特色的少数民族题材以及更加坚韧有力的写作，走出群体称谓的遮蔽，并持久而坚定地走到今天。"写作十年，我的生活如今可以用 '沉静' 来形容。我的写作始终不能——也不想——把 '超越' '理想' '崇高' 之类的词具象化。对我而言，写作更像是一个可以独处的房间，能让我看看树，看看天，无所事事。"①金仁顺以纯粹、非功利的写作态度，排除外界诱惑与干扰，缓慢而有序地书写着自己的文学王国。虽然金仁顺的 "小说产量比较低，但每一篇质量都很高。在浮躁、喧嚣的当代中国文坛，她的低调和沉着，尤其引人注目，尤其值得青年作家学习"②。

　　作为曾被炒作推出的 "美女作家" 之一，金仁顺显得另类，她的文字既

---

① 　金仁顺：《时光的化骨绵掌》，《作家》2008 年第 13 期。

② 　青果：《金仁顺的魔法盒》，《当代文坛》2009 年第 5 期。

没有对性的过度描写，也缺少对社会习俗、文学创作的极端反叛，反而以冷静克制的语言、化骨绵柔的叙事探析两性关系，揭露社会真实，寻找对历史的重新书写。她的题材广泛，涉及都市爱情、青春成长、底层现实与历史典故；她的语言如一把把冰冷的尖刀无情地插入人的内心深处，拨开社会的隐秘，却在拔出时又沾上了鲜血的温度。金仁顺常在都市热闹中见孤独，暖意中写冷漠，又善于在绝望后给予希望，心如死灰时撒下火星，她冷静克制的叙事与叙事背后那无法掩藏的现实关怀相悖而生，让她的创作呈现出冷漠与温情、绝望与希望并存的现象，造就了金仁顺小说"冷"与"暖"的冲突与交融，构成"这个杀手不太冷"的独特叙述艺术格调。

一、都市爱情中的夏日"冷气流"

爱情是文学的永恒主题，从《诗经》开始，直到当下青春小说，爱情一直被津津乐道。进入当代文学以来，对爱情的书写方式也在不断发生变化："十七年"小说中，爱情隐藏在革命的宏大叙事之中，地位低微；新时期小说中，爱情充满浪漫主义情调，过度渲染理想主义色彩；在新写实小说中，爱情回归日常生活，消解了光环，展现出本真面目，却又淹没在物质生活的蝇营狗苟中，爱情变成生活的配角。而在"70后"作家笔下，爱情不再是革命的附庸、浪漫的想象、鸡毛蒜皮生活的傀儡，而成了"男人与女人之间的情感游戏和情感互动，它并不一定是长久的，可能只是一瞬间的怦然心动"[①]。爱情的崇高和婚姻的稳定性被消解，都市男女在感情方面挣脱了传统小说中的外在束缚，淡化了用爱情做交易资本的书写模式，增加了肉体欲望因素，更多地遵从内心指向。两性关系被置于都市背景下，用绚烂浮华的都市环境、恣意蔓延的肉体欲望，反衬爱情的失落，展现人性的异化。

"70后"作家被称为"改革开放下的蛋"，经历了中国社会的转型、城市化的狂飙突进，大部分作家随着城市化进程而逐渐走进城市，完成了自身的城市化，并依托于现代都市的消费语境，从都市现实生活中寻求创作资源。同时，当下都市人面对复杂的社会关系、赤裸裸的物质诱惑，极端压抑的个

---

① 张莉：《社会性别意识的彰显》，《文艺争鸣》2010 年第 8 期。

人欲望被释放，致使中国社会陷入巨大的精神危机与深度焦虑之中。这焦虑不仅包括新旧观念的冲突，更包括爱情的沦落、人性的异化。每一代人都有自己独特的生活背景、思想源头和精神气质，并会在以后的创作中显示出相似的审美取向。金仁顺作为 "70 后" 作家的一员，也在文字中体现出同样的爱情观念。

"金仁顺是新世纪十年中最为注目的以书写爱情见长的小说家，她擅长捕捉男人与女人之间最刹那最灵光的那部分情感。"① 擅长书写都市男女隐秘内心被感情激起的细小波纹，用极细的勾线笔一圈一圈地勾勒出爱情的流动，勾勒出缠绕在男女之间的数不尽的情丝，稠密且有序，就像一条黑色柔软的丝绸。但爱情本应是温暖的，即使文学里的爱情多以悲剧收场，但造成爱情悲剧的多是外部原因，如家庭的反对、社会现实的压力。同样也正是外部因素的 "冷" 反衬了爱情的温暖，即使爱情最后是悲剧，也能让人在昙花一现中感受到暖意。可是，金仁顺笔下的都市爱情极其脆弱，充斥着质疑与否定，与传统爱情小说中的 "外冷内热" 不同，她笔下的都市男女有着莫名的孤独与焦虑感，又被巨大的不安全感所笼罩，从内心消解了爱情的崇高与永恒性，让 "冷" 由内而外逐步传导。而金仁顺既不被爱情感动，也不因爱情而歇斯底里，偏偏冷眼旁观，做阳台上的观景者，看都市男女在爱情的火焰里瑟瑟发抖。

自 1996 年发表第一篇小说《爱情试纸》开始，金仁顺就对爱情抱着质疑的态度。《爱情试纸》写的是一次有预谋无坏心的爱情测试，朋友圈里纷纷传言丈夫方城是好朋友刘菲的情人，为此李宇没有与任何人沟通，亦未向任何人求证就轻信传言，怀疑方城不忠并要求离婚，服用安眠药险些弄假成真丢掉性命。而被传为情人的刘菲却对 "被情人" 一事持无所谓的态度，不做辩解，认为只是开玩笑，任其自生自灭，反而较真地争辩 "我听说的和你听说的可有点不大一样，我听说的不是我是你的情人而是你是我的情人"，因为 "这里面有个谁主动的问题"。② 一方面是简单的误会造成人命关天的大事，展现出都市爱情的脆弱，以及人与人之间信任的缺失，爱情好似易碎的水晶

---

① 　张莉：《社会性别意识的彰显》，《文艺争鸣》2010 年第 8 期。
② 　金仁顺：《爱情试纸》，见《爱情冷气流》，珠海出版社 1999 年版，第 125 页。

球，只能爱护，经不起一点动荡；另一方面对不存在的出轨爱情的无力辩解，以及关注重点的偏差，消解了爱情的崇高性，体现出爱情主体地位的缺失、人心的异化。"刘菲告诉费清方城是她的情人。费清告诉邹美兰方城是刘菲的情人。邹美兰告诉李宇，刘菲是方城的情人。李宇是方城的老婆。"① 小说的开头用绕口的"情人关系"牵扯出五个人，都市感情的复杂性、不确定性由此可见一斑。"李宇是方城的老婆"，这一句话像是在无力地宣告一件物品的所有权，语气小心且谨慎，而"情人"一词却喊得光明正大、趾高气扬。作为早期作品，《爱情试纸》即体现出金仁顺爱情题材小说里由内而外的冷意。李宇看似在维护爱情的忠贞，追求完美的爱情，实则早就从心底泛起怀疑与失望，为了爱情不惜放弃生命的爱情火焰里，包裹的是一堆冷寂已久的灰烬。在快节奏的社会中，都市男女如一块块乐高积木，拼成爱情就暂时在一起，打碎了就立刻各奔东西，重新组合。人与人之间沟通的缺乏，造成现代人的心灵隔膜和爱情的脆弱，婚姻、爱情被质疑、游戏所代替，缺少了精神信仰与心理依托，都市男女走进了多疑、敏感与孤独的怪圈，爱情从内部开始坍塌。

社会生活节奏与人口流动速度加快，能把控的稳定关系却越来越少，不稳定的人际关系导致都市人的安全感降低、信任缺失。他们害怕独处，渴望温暖，但更害怕被伤害，于是虚张声势地选择一种"cool"的生活方式，不愿被爱情束缚，然而若即若离的爱情关系只是掩盖自己虚弱内心的一种手段——以为最先转身就可以不被伤害。《啊朋友，再见》中，"我和白芷同居的第一天，就开始设计分手时的情景"②，爱情从一开始就不被信任，临时结合的只是因为彼此太过孤独。"有一天早晨，从梦中醒来，你会发现我不在了"，文中的白芷总是这样提醒同居的"我"。这种不稳定性、易变性携带着阵阵寒意，温暖的爱情从内部开始沦陷。这种关系下，爱情只是用来排遣孤独的方式。"在和我的关系上，白芷坚决地保持着一个寄宿者的身份，她不肯拿我给她的房门钥匙。"这种"寄宿者"的身份正是都市男女的一种自我

---

① 金仁顺：《爱情试纸》，见《爱情冷气流》，珠海出版社1999年版，第120页。
② 金仁顺：《啊朋友，再见》，见《玻璃咖啡馆》，春风文艺出版社2010年版，第219页。

防卫的方式，倔强又可笑。他们固执地交流，想要探讨彼此的内心，可是 "一方面，我们推心置腹，无话不谈，另一方面，我们从来没有把一次谈话真正地进行到底过"①。终于，黄昏的时候，"我" 发现 "客厅里的一只大皮箱不见了。没有留言，也没有录音，白芷像对待别的事情一样，懒得对自己的离去做明确的交代"②。彼此的关系到此终结，没有开始当然也没有正式的结束，就像旅途中的一场艳遇，谁对谁都不必负责。当 "我" 意识到白芷离开后，并没有四处寻找，而是陷入了巨大的虚空之中，当 "我" 最终将要从被白芷 "污染" 过的生活细节中走出来时，白芷回来了。她像从来没有离开过一样，坐在门口，睡得安稳，嘴角抿着，带着难以捉摸的笑。保持疏离关系是白芷对待爱情的方式，拒绝积极的主体能动性，反而以消极逃避的方式对待爱情，这种不安全感源于对爱情的不信任。在金仁顺的小说中，两性关系往往被描述成一缕香烟，温柔缱绻，却似有似无，爱情超脱了外界是一种诗意的表达，微凉如初春的水，但 "在诗意的背后都埋藏着一个悲剧性的、近乎残酷的宿命苦果"③。都市男女被内心的孤独胁迫，又对异变的爱情毫不信任，只能采取退守的方式，将自己封闭在无情、冷漠的空间中，从内心开始慢慢将自己冻住。

孟繁华说："越是常见的事物就越难以表达，在常见的事物中发现别人没有发现的，这就是作家的过人之处。"④ 而金仁顺就从都市男女的两性关系方面找到了现代人精神境遇的切入点。"她冷静地讲述着一个个关乎爱情但实为 '无情' 的故事，因爱而生的困惑、懊恼、不忍甚至宿命的轮回，让人不由得心生悲怆。"⑤《彼此》中的黎亚非新婚之日得知丈夫前一天一直与前女友缠绵，于是变得心如死灰，最终离婚。然而戏剧性的是在黎亚非再婚前夕，

① 金仁顺：《啊朋友，再见》，见《玻璃咖啡馆》，春风文艺出版社 2010 年版，第 222 页。

② 金仁顺：《啊朋友，再见》，见《玻璃咖啡馆》，春风文艺出版社 2010 年版，第 223 页。

③ 张学昕、梁海：《"彼此" 世界里的化骨绵掌 —— 论金仁顺的短篇小说》，《当代作家评论》2010 年第 4 期。

④ 孟繁华：《隐约的历史与迷茫的现实 —— 70 后作家长篇小说创作的一个方面》，《西部》2013 年第 6 期。

⑤ 白杨：《金仁顺小说中的婚恋书写》，《小说评论》2012 年第 6 期。

与前夫郑昊相见，却忍不住重温旧梦，又被新郎撞见，毁了唾手可得的幸福。不幸的婚姻似乎就是都市爱情的宿命，人类个体的孤独与软弱是轮回的起点。《人说海边好风光》中的罗晶在得知丈夫有了外遇后竟不动声色，转而通过背叛来报复，同时为情敌设计了圈套，几乎动了杀念。最终，每个人都以为别人不知道自己的秘密，彼此戴着面具交谈，让欺骗成为一种惯性。爱情本是暖的，金仁顺小说中的人物本意也都是在寻找温暖的爱情，只是在繁华都市中暗自滋生的孤独与焦虑让他们不断质疑与否定爱情，于是爱情大厦由内心开始塌陷。金仁顺于"暖"中见"冷"，吹起了一股爱情的"冷气流"。

二、古典女性内心的冰中之火

在传统的中国文学中，严父慈母是常见的状态。"在儿童心目中，父亲是威严的象征，他和理性、责任、能力、纪律、遵从、功利、刻苦、奋斗、冒险、秩序、权威等字眼连在一起。"[①]父亲通常是家庭里被仰视的对象，成为子女的主宰，对他们的成长具有极大影响。但进入 21 世纪以来，尤其是在"70后"女作家反传统叙事、反男权经验叙事的写作中，父亲形象被极大地颠覆和解构，在一定程度上为女性话语的凸显保留了巨大空间。

金仁顺的古典题材小说中，父亲角色也经常缺席。这种缺席，既指在场的缺席，也指"精神父亲"的缺席。"'父亲'形象既是实指的，又是虚指的，更多的是一种文化表征意义的精神性符号。"[②]在以父亲为代表的男性权威下，朝鲜女性性格温顺，地位低微，金仁顺在《高丽和我》中谈到了朝鲜族的女性，她说："朝鲜族女人是经常要被人用同情的口吻提起的，家里的一针一线，外面的一草一木全都是由她们来操持的。……她们认为男人生来伟大，如果让他们染指日常琐事，庸俗的事情就会像磨刀石一样，打磨掉他们身上固有的一些优秀品质，从而使得他们在大到国家命运，小到个人前途之

---

① 童庆炳：《作家的童年经验及其对创作的影响》，《文学评论》1993 年第 4 期。
② 张丽军：《穿梭于时光隧道里的"文学琥珀"——魏微小说论》，《新文学评论》2014 年第 1 期。

类的重要事情上，不能表现出令人敬仰的男儿气概来。"① 在固有观念的影响下，如何挖掘朝鲜族女性的主体意识，金仁顺选择了以父亲的缺席甚至 "弑父" 为故事背景来解构父权、阉割男性、凸显女性话语空间的方式。"女性的弑父是反经典精神分析学的，它来自于女性主义，来自成熟的女性对父权制的反抗……来达到对女性的再度确认。"② 金仁顺小说中弥漫着对父权的否定和鲜明的仇视，"父亲" 以及 "父亲般的男人" 被描述成粗暴、虚伪甚至下流、无耻的代表，而女性深受男权的伤害，或看透了男性的无能，体味到人生的悲凉，也造就了女性自身的苍凉心境与孤独冷僻的性格。

《盘瑟俚》中太姜的父亲是没落的贵族后裔，在一次酒醉之后任性地娶了藏香阁的歌伎，对于歌伎的贪恋与对妻子曾做过歌伎的憎恶交织成男性矛盾的心理，从而后悔 "娶了个贱人"，并采用非人的方式折磨母亲的身心，最终致使母亲自杀。而作为丈夫，他却将所有的失败归结为一个女人，叫嚣着 "我这一生的好运气全都被你这个贱人给毁掉了"③。在此，父亲的传统形象已被解构，理应被尊重的父亲成了恐惧和仇恨的对象。太姜对父亲的那种恨是沉默的、咬牙切齿的、深入骨髓的，从中看不到血缘关系的温暖。母亲死后，父亲又逼迫太姜卖身赚钱，男权之下母女都没能逃脱悲剧命运。"你就当是做了一场梦。"④ 无耻的父亲用女儿的身体换钱之后竟这样对女儿说。作为下一代女性，太姜没有选择与母亲一样的道路，而是将嗜酒如命的父亲无情地按进了酒缸，杀死了这个 "贵族"，摆脱了男权的压迫，从此走上了盘瑟俚艺人的道路。两代女人的不幸全都系在同一个男人身上，这个男人的角色是丈夫也是父亲。不同的是，母亲是传统女性的代表，为了逃脱苦难选择自杀，在男权的压迫下走向灭亡，而太姜看透了父亲的无能与卑劣，在绝望之中体味到世事的苍凉，为了逃脱苦难选择弑父。虽然结局悲壮，家破人亡，但太姜最终掌握了自己命运的走向，超越了自身的苍凉心境，成为盘瑟俚艺人，

---

① 金仁顺：《高丽和我》，见《时光的化骨绵掌》，浙江文艺出版社 2012 年版，第6–8 页。

② 王又平：《转型中的文化迷思和文学书写——20 世纪末小说创作潮流》，华中师范大学出版社 2011 年版，第 360 页。

③ 金仁顺：《盘瑟俚》，见《玻璃咖啡馆》，春风文艺出版社 2010 年版，第 2 页。

④ 金仁顺：《盘瑟俚》，见《玻璃咖啡馆》，春风文艺出版社 2010 年版，第 4 页。

不断传唱女性内心的悲苦与不公，走向了独立自由的光明未来，在悲剧之中看到温暖的走向。

在《未曾谋面的爱情》中真伊母女在父权制的大家庭中屡次被父亲的其他妻妾欺负，软弱的父亲无力保护，形同虚设，老实的母亲隐忍不语，而真伊却与其他人针锋相对。后来真伊因为做了被认为是有辱门风的事，导致母亲自杀，父亲颓废不堪。最终真伊被逐出家门，入了伎籍。她厌烦了大家庭里的勾心斗角，看透了父亲在妻妾争斗中表现出的无能，对男性彻底失望。于是，走出了门规森严的家庭，她仿佛脱离了苦海，建立了强大的内心，再见父亲，平等直视，不再畏惧。真伊以入伎籍来反抗男性设立的完美女性标准，不惜用自我放逐的方式来反抗，虽让人唏嘘但不求人可怜，苍凉是其对男性失望之后决心与之割裂的决绝心态，反抗带来的自由让这朵女性之花倔强绽放，给后来者带来温暖与希望。

父权的缺失或者解构，给女性留下了巨大的展示空间，摆脱束缚的女性在父权弱化的空间里找到了自由与主体性。金仁顺小说中的女性人物，"即使一无所有的贫穷，在面对背叛和伤害或者分离时也是有主体性的，而并非不堪一击。这种女性的主体性也是整个'70后'写作的一个特质，在爱情中，她们的女主角绝不扮演或承担那个受伤者，而这种受伤者和控诉者形象在她们的前辈那一代作家那里却时有出现"[①]。这种独立性在古典题材长篇小说《春香》中体现得尤为明显。《春香》中的药师与翰林按察副使的出走，象征着男权的缺席，香夫人独自支撑着香榭的秩序，通过她的美丽与智慧一次次化解了香榭的危机。香夫人在失去丈夫后，变得坚强、冷静，以一种神秘的声望游走在权势、金钱之间，认为"和嫁一个酒鬼，或者在贵族人家当小妾比起来，香榭里的生活算是好的，它至少能够遮风挡雨，不用看人家的脸色，低声下气"[②]。春香在没有男权传统束缚的环境下长大，任性、自主，追求自由平等，断然拒绝李梦龙的求婚。因为父亲的缺席，香夫人和春香成为众多男性觊觎的对象，而在与世俗权衡交锋的过程中，作者又塑造了超越传统社会无力反抗的软弱的女性形象。"在这部小说里面，男人全是女人的配角。

---

① 张莉：《社会性别意识的彰显》，《文艺争鸣》2010年第8期。
② 金仁顺：《春香》，中国妇女出版社2009年版，第98页。

正好跟古代朝鲜，女人无条件成为男人的陪衬形成反差。"①金仁顺在《春香》里塑造了一个弱者的乌托邦，被抛弃的银吉、小偷的女儿小单、歌伎的儿子金洙、落魄贵族凤周先生，这些人生活在社会的底层，毫无尊严。但在香榭里，他们过上了单纯、富有、快乐的生活。父权的缺失作为故事背景，帮助金仁顺在古典题材小说中塑造了女性主体的理想世界，而这个乌托邦的主人是香夫人。"在丢失了爱情的岁月中，我们不做一个男人家里的女人，而是成为许多男人梦里的女人。"②香夫人的宣告有着洞穿世事的彻骨苍凉，却也彻底打破了以男性为中心的叙事角度，彰显了女性的主体性，在冷色调的生活里增添了精神的暖意。而在《春香》之前，金仁顺写的同类题材《伎》中，作者让春香与李梦龙走到了一起，回归到男权的怀抱。但金仁顺后来说："我始终对这个故事（《伎》）耿耿于怀，我对它不满意……春香和李梦龙如果结婚了，肯定是有问题的。"③十几年后写作《春香》时，金仁顺的女性主体意识变得更加明显且成熟，让春香拒绝了李梦龙的求婚。她说："在我的《春香》中，最后春香也没有选择与李梦龙在一起，没有嫁入豪门，而是选择了自由。"在父权缺失的情况下，春香亦拒绝了夫权的存在，让女性的失望升级为绝望，不再期望出现理想男性，而是建立了一个女性传统，高扬女性主义大旗，在绝望中找到希望之火。

金仁顺曾说："在朝鲜族题材的时候，我就是女性主义者。"④她的古典小说描写了诸多女性形象，深入探讨了女性命运的沉浮。"世俗之中所谓的成熟对于她们来说，就是意味着自我本性的缺失，或者是内心品性，抑或是生命本体的凋落。"⑤这些古典女性，在男权缺失的环境下成长成熟，有着现代的品格，拒绝世俗般的成长，保留了最原始淳朴的天性。但是在金仁顺高扬女性主义大旗的表层之下，我们可以看到，她古典主义小说中的女性主

---

① 姜广平：《身居东北的南方叙事风格——与金仁顺对话》，《文学教育》2011年第4期。

② 金仁顺：《伎》，见《玻璃咖啡馆》，春风文艺出版社2010年版，第42页。

③ 邓如冰、金仁顺：《"高丽往事"是我灵魂的故乡》，《西湖》2013年第5期。

④ 邓如冰、金仁顺：《"高丽往事"是我灵魂的故乡》，《西湖》2013年第5期。

⑤ 修磊：《精神化叙事与时空的历史记忆——由金仁顺古典题材小说引发的一点思考》，《山东社会科学》2013年第9期。

人公几乎都是深受男权迫害之后的女性，太姜被父亲逼迫卖身，真伊看到父亲的无能而失望，香夫人在男人之间斡旋，春香对李梦龙失望……正因失望，让她笔下的女性敏感自闭，独立自卫，冷若冰霜，心境苍凉。金仁顺对父亲形象的颠覆，解构了男权主义，赋予传统社会中地位卑微的女性以生存的强力，描写了女性苍凉心境中无法磨灭的自由之火，于冷中取暖，就女性如何不重蹈悲剧命运的覆辙而进行了深入的思考。

通过男权的缺席而让女性得到独立，或许这只是金仁顺的一厢情愿。但因为男权的缺席，女性有了更多的主动权、话语权，挖掘了女性的种种命运，从而让古典女性获得了现代性的主体意识，这是金仁顺书写女性主义的一条探索道路，也是少数民族题材小说的新发掘，只是这条路既长又曲折。

三、"冷""暖"交融的叙事特征

"70后"作家创作伊始，就呈现出喧嚣的状态，这与她们的成长环境相关。"70后"生人走进社会时，历史早已风平浪静，六七十年代的束缚与80年代的地下理想都已不见，个人选择随心所欲。面对没有束缚与限制的社会，"70后"也缺少了生活带来的冒险与激情。他们对自我感受的执着书写，与其说是挑战权威，不如说是寻找存在感，执着地要破坏点什么，肆无忌惮地宣泄被社会无视的情感，希望借此引起注意。这种怨或恨、厌或爱，无非都是"70后"作家与社会互动的特殊表达方式。但同样作为"70后"作家的金仁顺却与这种肆意流淌的欲望保持着适当的距离，很少进行那种"蝴蝶尖叫"式的发泄。相反，她冷静、内敛、感伤，总是用冷静克制的态度表达对这世界的爱与恨、认可与怀疑，使小说总体上呈现一种冷质地。但"金仁顺虽冷酷却不绝望，在冰冷中透出对现实的热情，属于'暖'或者是'热'的文学"①。张柠评价金仁顺的小说是"冰冷的热情"②，这使金仁顺的小说在冰层的覆盖之下保留了人性的温度，在绝望中保留希望，在虚无处找到出路，丰富了小

---

① 梅兰：《"冷"与"美"的融合——论金仁顺小说的审美追求》，暨南大学2013年硕士学位论文，第27页。

② 张柠、葛红兵、宗仁发：《金仁顺小说三人谈》，《小说评论》2000年第2期。

说的内涵，使其更具复杂性和可读性，也是一个"70后"作家逐渐走向成熟的标志。

金仁顺的小说里，冷暖意象并行存在。如《爱情冷气流》《月光啊月光》《冬天》《霰雪》等作品，直接以冷的质地的词语命名，同时在作品内容中充斥着刀、蛇、毒等意象，这群冷色调的意象将小说的"冷"进行到极致。《月光啊月光》里清冷的月光、《爱情冷气流》中的冷气流、《引子》中的彩练蛇、《谜语》中的板斧，以及散见于其他作品中的刀、冬天、秋千、雪等，这些意象不仅是故事的背景，也是小说氛围的奠基，给人冰冷的感觉。在众多冷意象中，"刀"是一种很好的比喻，既代表勇敢又代表软弱。刀既泛着冷光，又拥有着利刃，持刀表明希望寻求一种安全感，但刀的存在又与安全感形成矛盾，容易造成伤害。金仁顺作品中涉及各种各样的刀，《五月六日》中的杀猪刀砍入人体，只留一个刀把；《冷气流》中的准备用来复仇的水果刀，徘徊许久无力抽出；《谜语》中的板斧砍开胸口，刀刀见血；《桃花》中的尖刀深没于腹部，无情弑母；《三岔河》中的尖刀从胸口刺入。这些刀在作者手中把玩，一刀刀慢慢剥开内心，用暴力宣示软弱的灵魂。金仁顺的笔下刀被描述成"一件又薄又凉的东西"①，甚至月亮也被描述成"瘦得像一把小弯刀"②。这些刀的存在，连同各种冷色调的意象让金仁顺的小说呈现出"冷"和"死"的战栗感。金仁顺在描写冷意象的同时，也有对鲜花、味道、母亲的酱汤、温柔的月光的描述，使冰冷的叙事流露出温情的一面。《谜语》中，满树的红梨花是新寡红莩爱情再生的预兆；《爱情走过夏日的街》中，母亲手工做的酱汤是百合在困难日子里用来温暖自己的回味，温暖的意象给人以希望。《令人惊艳的"半开之美"——70后作家金仁顺小说研讨》中写道："这两组关键词都有不同的意象，一组是非常冷酷的、硬的，如死亡、刀，另一组就是柔和的东西，如月光、鲜花、香气。这两组截然不同的组合在一个作家的心灵世界和写作生活中，我觉得很有意思。"③这两组意象"冷""暖"对立，

① 金仁顺：《冬天》，见《爱情冷气流》，珠海出版社 1999 年版，第 132 页。

② 金仁顺：《未曾谋面的爱情》，见《玻璃咖啡馆》，春风文艺出版社 2010 年版，第 83 页。

③ 张丽军、刘青：《令人惊艳的"半开之美"——70后作家金仁顺小说研讨》，《绥化学院学报》2010 年第 6 期。

却又相互补充，"冷"是对现实的揭露与思考，"暖"是指向未来与希望，"冷"与"暖"意象交融，哀而不伤。

金仁顺一方面在叙事过程中冷静克制，极少表现出自我情绪的波动，习惯对故事情节采取冷处理，做冷眼旁观者；另一方面她又没能将这种冷酷进行到底，而在叙述过程中时常流露出不忍心，常常给故事增添一抹温暖的颜色。在长篇小说《春香》中，作者采用第一人称"我"的视角来讲述。"我"是故事的主角，同时又是讲故事的人。故事开始就说"在南原府，人们提到我时，总是说'香夫人家里的春香小姐'"①。这样的表述让叙述者跳出了故事，以旁观者的身份讲述与自己有关的事情，语气冷漠，情感节制。即使是在面对心爱的人李梦龙离开时，春香"仍旧在睡觉。他在身后拉上拉门时，留下了一条缝，我从缝里看着外面的天空，天空阴沉沉的，乌云从门缝里挤进来，像一床被子朝我的身上压过来"②。作者笔下，春香几乎一直冷淡地看着香榭里各色人物乃至自己的命运转变，没有呼天抢地，也没有大悲大喜。等到李梦龙归来，为与春香重归旧好而吟诵她写的情诗时，春香却冷冷地说："我对诗词时调这类东西一向没什么鉴赏力……真有趣，我连听都没听过。"③这正是春香看透了世俗伦理、男权秩序，知道李梦龙不可能重回香榭与她笃定终生，从而选择冷漠无情的撤退。"我们很少能在金仁顺的短篇小说中体验到那种沧桑感，但她小说的字里行间却发散出一种强烈的充满诗性的苍凉、残酷的气息，这正是容易被我们所忽略的。"④而作者的这种冷叙述，让叙述者与故事之间始终保持着一定的距离，情感的流露像一条似有似无的脉搏，主人公从故事中抽离出来，造成了一种别样的客观化效果。但金仁顺没能将这种悲剧意识坚持到底。《春香》中，香夫人面对卞学道的威逼，为了拯救女儿春香，义无反顾地与卞学道一同喝下"五色药"，牺牲自己保全了女儿，挖掘了以高贵冷艳示人的香夫人身上的母性光辉，流露出女性内心特有的温柔，在叙述悲剧故事的同时为之增添了温暖的颜色。《梧桐》中，守寡多年

①　金仁顺：《春香》，中国妇女出版社 2009 年版，第 3 页。
②　金仁顺：《春香》，中国妇女出版社 2009 年版，第 155 页。
③　金仁顺：《春香》，中国妇女出版社 2009 年版，第 220 页。
④　张学昕、梁海：《"彼此"世界里的化骨绵掌——论金仁顺的短篇小说》，《当代作家评论》2010 年第 4 期。

的母亲陷入了黄昏恋，女儿因为对父亲的感情和对母亲未来的担忧而极力阻止这份感情的发展，女儿撒娇、生气、劝说都不管用，母亲装病、私奔、恳求也无济于事，两人陷入了拉锯战。亲情、爱情在彼此内心角逐，最终当女儿理解了亲情不能代替爱情安慰母亲孤独的内心而有所动摇时，母亲却决定回归亲情，放弃爱情。小说叙事松散琐碎，看似冷静克制，漫不经心，实则起伏跌宕，紧抓人物精神走向，在对人物内心进行深入挖掘的同时，流露出亲情的温暖。母女之间血肉相连、唇齿相依的亲情，读来让人潸然泪下。《仿佛依稀》中，父亲苏启智因出轨而离婚，给女儿新荣造成极大的打击，但随着时间的流逝，亲情最终战胜了怨恨，面对满头白发、身体衰弱的父亲，女儿新荣露出了难得的心疼。当父亲病逝，新荣还是喊出了一声 "爸"，亲情之暖顷刻尽显。

　　金仁顺小说的 "冷" 与 "暖" 同样表现在其面对现实问题的叙述态度上。有评论说："在欲望放诞的门槛前，金仁顺停住了脚步，但在另一扇门前，她却和七十年代出生的作家一样走了进去，那就是冷漠的游戏人生的态度。"① 这种冷漠的态度表现在其成长题材和底层题材的小说中，在此类小说里，金仁顺总是冷静地描述一场场人生悲剧，零度的叙事让人怀疑金仁顺的感情。如在《五月六日》《松树镇》《恰同学少年》都写到了矿难事故，而学校里的孩子热烈讨论着矿难，仿佛过节一般。金仁顺冷静地呈现故事原貌，不做个人色彩的评判。金仁顺 "出生和生长在煤矿，见惯深不可测的煤洞和每天不期而遇的死亡"②，她也曾谈到自己的少年经历，说面对无法预知的矿难，普通人那种习惯恐惧之后的冷漠让人心寒。于是，在小说中她也无情地揭露了这种冷漠，同样使用了冷漠的叙事手法，只不过冷漠的叙事正是她对抗人性冷漠的途径，以毒攻毒，让读者不断地陷入反思，陷入对自我灵魂的拷问。正如她自己所说："我们面对烂苹果时用不着沮丧，我们可以拿苹果来酿酒，而这酒一不小心，没准儿就变成解毒的灵丹妙药呢。"③ 这一剂灵丹妙药，便

　　① 周立民：《被囚禁的欲望——谈金仁顺及七十年代出生作家的创作》，《当代作家评论》2004 年第 5 期。

　　② 青果：《金仁顺的魔法盒》，《当代文坛》2009 年第 5 期。

　　③ 金仁顺：《时光的化骨绵掌》，浙江文艺出版社 2012 年版，61 页。

是金仁顺面对现实所做出的回答，用冷的语言表达丑陋人性，形成反讽的效果，"冷"的背面却是对现实热切的关怀，希冀唤来温暖的世界，让"冷"与"暖"在对立中达到统一。

"花看半开，酒喝微醺"，金仁顺的小说感情充沛却不放诞，节奏有度而不急躁。冷暖意象交互存在，悲剧故事也有温情一面，表面冷酷，内心温暖，看似因对世界绝望而拒绝交流，拒绝温暖，退守在自我的天地中，实则不断挣扎，不断突围，希冀改变社会现状。这种"冷"与"暖"的交融丰富了金仁顺的小说内涵，增强了小说的可读性。

四、结语

"70后"作家走到今天，已经成为文坛的重要力量。但是70后作家的创作面貌，很难从整体上作出评价"①，他们各有特色，不同的成长阅历、多元化的审美态度也造就了个体的差异。在文学日益多元化、叙事个性化的今天，他们在自己的道路上创作出独具风格的优秀作品，而金仁顺的重要意义在于她作品中表现出的"冷""暖"交融的叙述特质。她的作品对都市爱情充满了怀疑，集中折射了都市男女的精神困惑、现代人的孤独与焦虑；用父权缺失来赋予朝鲜族古典女性更多的自由，塑造了一批外表柔弱、内心强大的自尊独立的古典女性形象，体现出对女性自身命运的思考，给单调的文坛带来异域情调的朝鲜族古典题材小说。其叙事中展现出的"冷"与"暖"体现出金仁顺小说中复杂的情感变化，在批判社会的同时，也给读者留下了爱与希望。

金仁顺自20世纪90年代中期登上文坛，她的创作实绩有目共睹，一直以缓慢的速度认真前行，得到了文坛的一致认可。米兰·昆德拉说："如果说，小说有某种功能，那就是让人发现事物的模糊性。……小说应该毁掉确定性……小说家应该描绘世界的本来面目，即谜和悖论。"②从金仁顺的现有作

---

① 孟繁华：《隐约的历史与迷茫的现实——70后作家长篇小说创作的一个方面》，《西部》2013年第6期。

② ［英］乔·艾略：《小说的艺术》，社会科学文献出版社1999版，第76页。

品来看，"这个不太冷"的"杀手"具备足够的才气、沉稳强大的内心以及正确的创作意识，必定能够描写出这世界的复杂性。同时我们也应该看到，金仁顺小说中还存在不可忽视的问题，比如题材的单一、重复，尤其是古典题材方面选材区域太过狭小，重复率高；长篇小说创作掌控力稍弱，无法游刃有余地把握复杂的故事线索与人物关系。但金仁顺的创作道路还很宽，她的短篇小说已经技艺纯熟，长篇小说方面也仅有一部《春香》问世。我们有理由相信金仁顺有能力奉献出更多、更优秀的文学作品。

切入生命咽喉的剃须刀

——评徐则臣的长篇小说《王城如海》

"剃须刀走到喉结处，第二块玻璃的破碎声响起，余松坡手一抖，刀片尖进了皮肉。"[①] 这就是徐则臣的长篇小说《王城如海》的开头。《耶路撒冷》之后，徐则臣没有停顿，继续创作出了"小长篇"——《王城如海》。与《耶路撒冷》"到世界去——回故乡来"的精神脉络不同，《王城如海》将精神寄托放在"此地"，将目光转向了更加"辽阔、结实和有力"的现实。《王城如海》回到了徐则臣以往的"京漂"主题，讲述了海归先锋派导演、保姆、快递员、大学生等社会各个阶层的现实生活和精神隐痛。小说的开头极具隐喻性。主人公一出场，作者就让他在一个非常日常化的活动——剃须中，被剃须刀割破了喉咙。咽喉是人身体一个非常要害的部位，一把剃须刀切进咽喉里去，这不仅意味着主人公余松坡的生活可能处于某种危机之中，也隐喻着我们这个时代的要害部位可能也处于某种危机之中。在急速的现代化、城市化进程中，我们每个人的头上可能都悬着一把达摩克利斯之剑。小说开头"剃须刀切入咽喉"这一场景写得很抓人，读完之后我们会发现，《王城如海》中的每个人物都有一把切入他们生命咽喉的"剃须刀"，都有他们内心的疼痛。

在《王城如海》中，我们看到了形形色色的人物形象，看到了不同阶层人物的成长、奋斗史，也看到了当代中国内在的"断裂"。小说的男主人公余松坡是一个有着乡村背景又受过高等教育的先锋戏剧导演，在美国待了二十

年后回到国内创作了《城市启示录》这一戏剧。然而，余松坡的生活依然有
各种焦虑和危机。一方面是他因没能处理好《城市启示录》中教授对 "蚁族"
发表的评论而被舆论推至风口浪尖，另一方面余松坡因多年前举报了自己的
堂哥余佳山，导致堂哥被关进监狱十五年最终陷入癫狂而始终无法原谅自己。
这种愧疚和负罪感没有随着光阴的流转而渐渐淡漠，它 "越发清晰、深入"，
切出的伤口反而在时间的冲刷下愈来愈深，就像一把切入咽喉的剃须刀一样，
始终在用像线一样细微却又清晰的疼痛感提醒他这段往事。生命的创伤面始
终没有愈合，尽管表面上的余松坡是一个非常体面的、成功的先锋戏剧导演，
但是他内心有一个巨大的空洞始终没有被填补。这种内心的疼痛是他无法抹
平的，它时不时地就会发作让他处于崩溃的边缘，只有在《二泉映月》的乐
声里，他才能沉静下来，获得暂时的解脱。

　　小说中还有另一个阶层的存在。余松坡家的保姆罗冬雨来自苏北农村，
她为了弟弟罗龙河毕业后能在北京扎下根而来到这里打拼。因为出色的护理
能力和对职业道德的坚守，罗冬雨成为余家的保姆，在余丛坡的家中成为一
个谁也无法替代的重要角色。罗冬雨对这个家的稳定和正常运转起到了重要
的作用，这是女主人祁好也无法做到的，罗冬雨的存在使这个有些 "分裂"
的家可以以一种 "完整" "美好" 的面目示人。罗冬雨尽管是个保姆，但对孩
子余果来说，罗冬雨就是他的妈妈，她在余果的成长中扮演了一个十分重要
的角色。罗冬雨对余松坡来说也是一个不可缺少的存在。罗冬雨的谨慎和缄
默使得余松坡可以保护自己的 "秘密"，维持体面，也使得他的伤口不再被更
多好奇的目光刺探。在小说中，我们处处都可以看到罗冬雨这种出色的处理
工作、情感之间关系的能力。在某种意义上，罗冬雨在余家也处于一个 "要
害" 的地位。

　　余家的这种生活对罗冬雨来说也是 "必要的"。尽管罗冬雨来自底层，但
她向往并且也习惯了余松坡家的这种生活模式，她喜欢帮余松坡整理文稿，
也喜欢让家里变得整洁有序的感觉，更重要的是对余果的感情让她不忍离开。
这就让罗冬雨处于某种 "分裂" 之中，她的生活是，她的情感也是。罗冬雨
自己的家庭是不完整的，弟弟罗龙河与她同在北京 "漂" 着，为了能让弟弟
在北京扎下根，她不得不加倍打拼，暂时搁置与男朋友韩山回家安定下来的
计划。这种 "分裂" 在罗冬雨与韩山之间的关系中体现得更为明显。罗冬雨

与韩山有同一个故乡，他们有着共同的成长背景和青春记忆，那时候在苏北小镇上骑着摩托车的韩山很是耀眼。小说中一写到他们的高中时期，笔调便变得轻快活泼起来，又回到了徐则臣以前的那种写法。这是徐则臣很擅长的部分。但这同一个"来处"也是现在罗冬雨与韩山为数不多的共同之处，罗冬雨越适应余家的生活，她与韩山之间的差距就越大。罗冬雨的"体面"与快递员韩山的"不体面"形成了某种反差，这两个原本来自同一地方的人在这里产生了分裂。在韩山因同事彭卡卡的突然事故而陷入一种巨大的空虚，亟须"结结实实抱住个人"来缓解这种"凶猛的饥饿"时，他与罗冬雨之间的差距以一种极端的方式显现出来。已经适应了城市生活的罗冬雨让韩山换了拖鞋再进入家中，但这个被"庞大固埃"似的城市伤害了的人执意不换拖鞋进入了家中，在干净的地板上留下了"一串潮湿的脚印"。这是韩山对城市文明和规则的抗议。当他看到罗冬雨将那一墙艺术品般的面具擦拭得一尘不染，"比他的脚干净，比他的袜子干净，比他的每一件衣服都干净，比他的脸干净、手干净、头发干净，比他的整个人都干净"[①]时，那种巨大的压抑和差距让他愤怒无比。本能压倒了他的理智：他粗暴地在余家的地板上强行与罗冬雨发生了关系，丝毫不顾罗冬雨的意愿，即便是在她因为要接余果而离开后，他仍然固执地跪在余家的地板上旁若无人地手淫，"满脸都是眼泪，泪水穿过雾霾留下的灰色尘迹，整张脸都花了"[②]。罗冬雨实际上处于一种巨大的断裂之中，一方面她已经与现在这种城市生活融为一体，但另一方面她又有无法抹去的乡村记忆，无论是在生活习惯还是在精神文化上，她都无法彻底将自己划分到哪一边。这"断裂"既是罗冬雨、韩山的，也是当下中国千千万万人的。《耶路撒冷》中"尽管有故乡，但故乡再也回不去了"的主题在这里再次出现。

　　小说对这种"断裂"和创伤的呈现，是随着故事情节一步步深入的。这也是徐则臣非常擅长的一种模式，就像剥冬笋一样，一层层地剥开，一步步地进入最隐秘的核心。小说刚开头余松坡与《二泉映月》的关系，他与天桥上那个卖空气的流浪汉的关系都是一个谜。这个谜因人物之间错综复杂的矛

①　徐则臣：《王城如海》，人民文学出版社2017年版，第90页。
②　徐则臣：《王城如海》，人民文学出版社2017年版，第94页。

盾和各种巧合而被逐渐揭开：大学生罗龙河的女朋友鹿茜因迫切成功的渴望不惜想通过"潜规则"的方式来争取余松坡戏剧中的一个次要角色，这一幕恰好被韩山看见，而韩山对余松坡的报复、嫉妒心理又使得他故意把这一消息透露给罗龙河。明亮耀眼的太阳也有阴翳，原本将余松坡视若神明的罗龙河因此产生了窥视和报复余松坡的念头。在帮助姐姐罗冬雨整理杂物时，罗龙河看到余松坡的"遗书"，发现了余松坡不为人知的"秘密"。在罗龙河的安排下，余佳山被带到余家，余松坡的命运也因此改变。小说处处有"戏"，最后一幕四人在家中发生惨剧，正像一场戏的高潮部分，最后要由主人公余松坡来面对这一切。多年来，余松坡始终无法面对余佳山，因为余佳山时刻提醒着他的卑劣和犯下的过错，无论他怎样忏悔都无法弥补余佳山付出的巨大代价。在天桥上的偶遇是余松坡无法回避的，尽管余松坡可能在内心已经无数次地与余佳山相遇了，他的噩梦正是一次次与堂哥余佳山相遇的"演练"，甚至会"按年月给他添上皱纹、白发、愁苦和冤屈，给他添上伤残的右腿和佝偻的驼背，给他添上干燥的皮肤和浑浊的眼神，给他添上我们永远都摆脱不掉的兰水乡余家庄的口音"①。他必须面对自己犯下的罪，只有赎清了自己的罪，他的灵魂才能被清洗，才能"重新做回一个心无挂碍的善良人"。

在这最后一幕"戏"中，罗冬雨也经受了一次痛苦的撕裂。一边是无法割舍的弟弟，另一边是情如姐妹的祁好，她既不能不顾弟弟的前途，也放不下对余家人的感情。这种选择对罗冬雨来说是特别艰难的。事故一发生，罗冬雨的本能是保护自己的弟弟，但慌乱过后对余家人，特别是孩子余果的牵挂让她选择留下来，承担责任。这是罗冬雨对弟弟也是对自己的救赎。《王城如海》接续《耶路撒冷》的"救赎"主题，它关注的仍然是人的内心，是每个人如何面对自己的疼痛的问题。"王城堪隐，万人如海，在这个城市，你的孤独无人响应；但你以为你只是你时，所有人出现在你的生活里：所有人都是你，你也是所有人。"②《王城如海》写出了我们这个时代的孤独症候。

《王城如海》的故事结构别具匠心，作者采用了双线结构，戏剧《城市

---

① 徐则臣：《王城如海》，人民文学出版社 2017 年版，第 200 页。
② 徐则臣：《王城如海》，人民文学出版社 2017 年版，第 259 页。

启示录》出现在小说每一章的开头，而故事中的人物与主题也不断交叉构成一种对话关系。《城市启示录》中一个满肚子城市知识的教授从伦敦回来，带着儿子和猴子小汤姆来到北京，既看到了北京作为国际大都市难以想象的活力和无限可能性，也看到了这个"庞大固埃"的混乱、喧嚣和浊躁，"一个崭新的、现代的超级大都市包裹着一个古老的帝都"①。北京也是余松坡生活和创作的地方，它既联结着他过去的隐痛，也与他现在的艺术"危机"有关。在戏剧与小说不断地交叉、互动中，中国现代都市发展过程中的种种问题和危机都被凸显出来。"北京"成为一个象征的符号，活跃在其中的"蚁族"大学生、出租车司机、地铁乘客的生活正是我们现实生活的艺术折射。那些带着各自的过往来到北京逐梦的人们，可能想象过自己会经历无数种生活，"每一种都比现在更动人更美好，但事实是，我只有这一种生活"②。现代人不得不承受着城市给他们的压抑和伤害。"生活的确是尘雾弥漫、十面霾伏。"③"雾霾"作为一个背景始终与故事相伴，它不仅是中国现代化进程中出现的一个环境问题，也是剧烈变动中现代中国城市生活给人心蒙上的阴翳。"在人对环境的所有袭击中，最令人震惊的是空气、土地、河流和海洋受到了危险甚至致命物质的污染。这种污染在很大程度上是难以恢复的，它不仅进入了生命赖以生存的世界，而且也进入了生物组织内部。"④雾霾不仅仅是一个外部的环境问题，它也在人心里，给人造成了难以挽回的悲伤。

《王城如海》写得非常"接地气"，它不仅将对我们生活产生了极大影响的"雾霾"带到小说中来，还提到了"蚁族"的问题，提出了如何处理我们这个时代的阶层对峙、阶层裂痕的问题。小说没有像以往的底层文学一样，把苦难大肆渲染，徐则臣非常俭省、克制，他只让这些痛苦在小说中露出了冰山一角，而冰面下的部分是要靠我们每个读者联系自身的生命体验来补全的。人们会在这里看到自己。徐则臣用这样一种方式将我们时代的"割裂"

---

① 徐则臣：《王城如海》，人民文学出版社 2017 年版，第 33 页。
② 徐则臣：《王城如海》，人民文学出版社 2017 年版，第 176 页。
③ 徐则臣：《王城如海》，人民文学出版社 2017 年版，第 267 页。
④ ［美］蕾切尔·卡森：《寂静的春天》，吕瑞兰、李长生译，上海译文出版社 2008 年版，第 5—6 页。

和"对立"展示出来。这种"割裂"和"对立"也是余松坡本身精神创伤的一个根源。余松坡也曾是那个时代"蚁族"的一员，他艰难地走了出来，获得了"成功"，但他也付出了极大的代价，直到最后他也没有原谅自己，他和他父亲终身都背负了一个沉重的十字架。《王城如海》呈现了一种中国式的思维方式，它体现了一个人对自我内心之恶的不容忍，希望获得"清洗"、得到救赎的愿望。这种救赎既是余丛坡、罗冬雨的，也是每一个人的，它就像一把切入生命咽喉的"剃须刀"一样，唯有真正获得救赎，灵魂才能重新变得轻盈。

寻找日常微物"精神光芒"的新美学原则

——刘玉栋小说论

　　在中国"70后"作家中，刘玉栋是一个有影响力的、比较特别的存在。这个从鲁北平原走出来的文学青年，一开始就带有一种沉静内敛的思想者气质。"刘玉栋本人给人的现实感觉一点也不新，一点也不锐，平实无华，本分。腼腆倒也不腼腆，大方也说不上多么大方。一如刚下了学的中学生，安静、耐心、仔细。"① "厚实、稳重、沉静是刘玉栋个性的体现"。② 这种安静又有些内敛的性格让他更多时候充当的是一个观察者、沉思者的角色，使他时常能够沉入人的心底，触及人心中那块最柔软、最疼痛的地方，生活中那些处于弱势地位的人似乎更能吸引他的目光。

　　不论是写乡村还是写城市，刘玉栋始终坚定而执着地讲述一个个弱势者的故事，为那些处于黑暗中却无法为自己发声的柔弱者点燃一簇温暖的炉火，给他们以温暖，安抚他们心灵的战栗与恐惧，也让我们借着这一点光亮看到柔弱者美好的品质与尊严。"他的表达，他的人物，都非常的温和，就像他写的'齐周雾村'一样，雾蒙蒙的，显出一种温柔之美。"③ 小人物平凡生活中世俗的安慰、脉脉的温情和真实的疼痛，都在刘玉栋的文字中得以呈现。

① 逄金一：《双倍的生活》，东南大学出版社 2003 年版，第 272 页。
② 吴义勤：《"道德化"的乡土世界——刘玉栋小说论》，《小说评论》2005 年第 4 期。
③ 张丽军、马兵、赵月斌等：《"走向内心的写作"及其突围之路——"70后"作家刘玉栋的创作研讨》，《绥化学院学报》2010 年第 2 期。

"刘玉栋的小说充满了某种温暖的情感之力……在刘玉栋的笔下总是流淌着款款的温情和隐隐的愁绪，映射着浓郁的体恤之情和悲悯之态，既有生存的艰辛和凝重，又有生命的怀想和暖意，从而使他的小说呈现出一种别样的审美情趣"①，散发出某种神性的 "精神光芒"，较好呈现出中国 "70 后" 作家独特的审美叙述风格与艺术追求。

一、从乡入城的生命体验及其审美书写

刘玉栋的写作与他个人的生命体验有着密切的联系，具有鲜明的乡土中国城市化的时代精神气息与个人化的生命体验精神特征。十七岁由乡入城的经历，让这个天性敏感的青年深切地体会到，在中国城市化进程中进城的那一部分人心灵的痛苦与挣扎。"十几年前，我从外地来到济南，住在东郊的一个地质队的野外基地里，等待命运的重新安排……那座楼里常住的就我一个人。因此在那里住了两个多月，常常连个说话的人都没有，因无所事事，我感到孤独和无聊。"②孤独之中遇到的几个文友成了刘玉栋灰暗城市生活中的一抹亮色。"说真的，我一下子就爱上了小说这个东西，因为它最有意思，可以编个故事来安慰自己。"③小说就成了安慰这个刚刚经历高考失败、对城市生活处处不适应的青年的心灵。刘玉栋初入城市时的这种心态，在他之后创作的很多小说中都有所体现。小说主人公刚刚来到城市时的孤独、彷徨和无助，可以说是刘玉栋刚进城时内心的真实写照："他整天皱着眉头……肩头不自信地耷拉着，看上去就是一个小老头。"④城市并不如想象中那么美好，和乡村世界截然不同。20 世纪初，当古老的中国在西方的炮火下惊醒，痛苦地开始由传统农业社会向现代工业社会转变时，中国人对代表文明与现代的城市的想象就开始了。城市在乡村世界的憧憬与想象中已经成为 "现代文明" 的象征。然而，"城市既是一个巨大的事实，又是现代性的公认象征。它既构

---

① 　洪治纲：《苦难背后的温暖——刘玉栋小说论》，《济南大学学报（社会科学版）》2005 年第 3 期。

② 　刘玉栋：《公鸡的寓言·创作自述》，山东文艺出版社 2005 年版，第 19 页。

③ 　刘玉栋：《公鸡的寓言·创作自述》，山东文艺出版社 2005 年版，第 20 页。

④ 　刘玉栋：《年日如草》，作家出版社 2010 年版，第 98 页。

成了现代的困境，又象征着这一困境：置身于人群之中的人，既无名，又无根，切断了过去，切断了他曾拥有的人际关系纽带"①。在城市生存，是漂浮的，维系人际关系的传统纽带已经断裂。

这个带有沉思者气质的文学青年从城市的日常生活中深刻地体会到了城市情感地基的薄弱。人在城市里的生活就像水中的浮萍一样，无依无傍。刘玉栋于1993年发表的《浮萍时代》对城市冷漠疏离的人际关系进行的思考，在今天看来仍然具有意义。一个叫红羊的女人带来了朋友鬼子死亡的消息，在大脑一片空白后，"我"陷入有关鬼子的遥远的回忆，但"过去总会被岁月的沙砾冲击得七零八散。我们回忆过去没有任何价值，但我们往往会被这无价值的东西搞得惆怅满怀"②。"我"为埋葬鬼子的灵魂和落实他的遗嘱而在城市奔走，但无论是在鬼子的父母、旧时恋人还是朋友红羊那里，鬼子的存在或消失都是那么没有意义。当人与人之间充满温情的往昔被归于"无价值""无意义"，友情、爱情、亲情这些人类所珍视的情感在纯粹线性向前的城市人记忆面前轰然瓦解。城市人无根的生存状态，不禁让人发出"浮萍"之叹。这篇小说传达出的声音实际上一直回响在刘玉栋日后所创作的城市题材小说中。

城市人际关系的疏离是刘玉栋早期城市题材小说表现的主题之一。《生活无痕迹》中"我"在一个天气爽朗的下午，想起了曾经的朋友——一个在三年前离奇失踪的带有理想主义色彩的青年冯雷。对冯雷的失踪，人们说法不一，是死是活也不能确定，然而"这一切似乎都与我没什么关系了。……人们都很忙，一些事，很快就会被忘掉的"③。一个生命究竟是消失还是消逝竟不能让"我"关心，只让"我"觉得"他就像满街的灰尘一样令人心烦"。《傍晚》中与妻子离异又失去爱女的编辑牟同，因想自费出版一本诗集作为亡女的礼物而求助于曾经最要好的同学，但是当他在出站口看到接自己的牌子和后面那辆奥迪轿车时，他逃离了。"他明白，即便跟自己的同学坐到一块

---

①　斯皮尔斯：《狄俄尼索斯与城市》，转引自张英进：《中国现代文学与电影中的城市：空间、时间与性别构形》，江苏人民出版社2007年版，第127页。

②　刘玉栋：《浮萍时代》，济南出版社2012年版，第6页。

③　刘玉栋：《浮萍时代》，济南出版社2012年版，第19页。

儿，他面对着的也只能是一个市长，不会再有什么同学，更不会再有什么纯真的友情。"①《肉体与时光》中，高楼竟不记得自己的老师，当得知老师的死讯后，高楼的心情并未受到丝毫影响，他"揉揉眼睛，伸伸懒腰，打个哈欠，去刷牙洗脸蹲马桶"②。人们的记忆似乎被施了魔法，那些温情脉脉的过往全都消散如烟，留下的只是日常的琐屑与平庸。那个布丁街最有出息的古一先生给别人送了一辈子花圈，"到头来，别人却没给他送来一个"③。《傻女苏锦》中，苏锦唯一愿意主动说话的人就是主人公的儿子，但苏锦从他三岁时就同他说话，他却从来没有理过她。多年后，当听到苏锦死去的消息时，儿子却十分平淡地说："我终于摆脱了那支手枪。"④《玫瑰街角的两个老人》中修车的老齐和卖烤地瓜的女人在寂寞清贫的日子里结成了一段友谊，子女们并不理解老人为儿孙的付出，只埋怨他自找罪受。女人老伴留下的房子不少，但她现在却只能蜗居在厨房里，偌大一个家竟没有她的容身之处。城市老人的晚年并不幸福。

　　"在文学表现的所有感情中，爱情最引人注意……从一个时代对爱情的观念中我们可以得到一把尺子，可以用它来极其精确地量出该时代整个情感生活的强度、性质和温度。"⑤如果用爱情这把尺子来衡量刘玉栋笔下的城市世界，那它一定是脆弱、虚伪、冰冷的。刘玉栋笔下的都市爱情多淹没于物质的苟且与琐屑，围城内外的男女或为肉欲的狂欢、或为现实的利益而肆意放纵。爱情的永恒性被消解，婚姻的神圣性被颠覆，都市里的男女关系更加混乱与随意。城市里这种冰冷的男女关系可能对刘玉栋造成了很大的冲击，因此在他的城市题材或者有关城市的小说中，我们常常可以看到有关离婚、偷情和婚外恋的情节。

　　《向北》像是对婚姻所做的一个终极寓言。"我"与刘苹准备在今天早上去登记结婚。二人结婚的决定是在一家名叫"随意"的小饭店里定下的。没

① 刘玉栋：《浮萍时代》，济南出版社2012年版，第30页。
② 刘玉栋：《浮萍时代》，济南出版社2012年版，第33页。
③ 刘玉栋：《浮萍时代》，济南出版社2012年版，第38页。
④ 刘玉栋：《浮萍时代》，济南出版社2012年版，第56页。
⑤ ［丹麦］勃兰兑斯：《十九世纪文学主流》（第3册），张道真等译，人民文学出版社1986年版，第221页。

有鲜花与掌声，也没有月光与誓言，二人决定结婚只是因为他们的年纪都不小了，不能再这么鬼混下去，需要办个"营业执照"。去登记的那天早上，"我"百无聊赖地等着磨磨蹭蹭的刘苹。这个本该有意义的日子与昨天和前天没有任何不同。看着精心打扮的刘苹，"我"却发现她笑起来其实难看极了，"在阳光下，我还发现刘苹的眼角上皱纹很深，尤其是今天"①。接下来作者有意对他们一路的言行及琐事进行了描写，婚姻的神圣消解于无形。到了区政府，二人却被告知结婚登记要向北走，几经周折，在路的尽头却是一条漂浮着白色泡沫、散发着刺鼻气味的污水沟。期待与现实其实差别很大，婚姻的尽头也许并不那么美好。这条肮脏的污水河正隐喻着都市婚姻未来的面孔。《后来》中郭明的妻子因结识了有钱的玩具商而与他离婚，后来郭明遇到同样离异的唐棣，二人决定在一起。但当郭明看到唐棣因在火车上推销首饰而疲惫地把头靠在一个男人的肩头睡着时，他突然觉得这和上一次婚姻一样，是无意义的重复，"那仍是一张皱纹和疲惫的脸"②。"后来"并没能拯救郭明。《黢黑锃亮》中"我"在一个雨天乘车去看"我"曾经最好的同学，当在他家里见到他的妻子时，"我"觉得她似曾相识。雨天氤氲的天气、旅途的劳顿以及随之而来的感冒让"我"很快陷入了一种晕眩。通过"我"乱七八糟的回忆中，人们才明白原来这是"我"曾经的女友。遗忘似乎已经是都市现代人的通病，对待爱情也不例外。《淹没》中崔莺莺以为的"艳遇"其实只是丈夫精心设计的圈套。《危楼听歌》中的姜鹏和《打野鸡》中的小孟都遭到了妻子的背叛。不同的是姜鹏选择了决绝的方式，在婚姻、辞职、求职中茫然、失望；而小孟却始终被蒙在鼓里，依旧过着"快乐"的日子。究竟哪种方式更好，作者并没有给出答案。

从这一时期的小说中，我们可以看出刘玉栋关注的是"怎么写"而不是"写什么"的问题。他还处在一个四处探索的阶段。此时的刘玉栋就像一个刚刚进入城市、进入小说的青年，更多的是持一种观望态度，但是这种被"隔"在外面的旁观正符合城市生活淡漠疏离的本质。刘玉栋早期的创作对小说"外在"的关注可能也就成了他始终没能走到"里面"去的原因，早期的城市题

① 刘玉栋：《浮萍时代》，济南出版社 2012 年版，第 135 页。
② 刘玉栋：《浮萍时代》，济南出版社 2012 年版，第 94 页。

材小说读起来有一种 "先锋" 的感觉。但是，这些小说写作上的尝试与艺术试验提升了他的写作能力和技巧，为后来视野转向农村后的勃发打下了坚实的基础。

二、由城返乡的生命回溯及其审美资源的探寻

经过初期城市题材写作的锻炼与积累，刘玉栋的小说写作日渐成熟。1999 年后，他把目光又拉回到了农村。这种转向不仅仅是他个人情感的需要，更是创作的需要。因为在城市题材的小说中，刘玉栋的写作总让人感觉他游离在生命情态之外，而在审美返乡的创作历程中，他探寻到属于自己独有的精神根源与生命内核，获得了 "生命触底" 的感觉。

"1998 年冬天，我心里特别迷茫和困惑，我对自己的创作特别不满意，我觉得我的小说缺少一种深入人心的力量……也就是说，我的情感还没有真正回到内心……我决定，写离自己内心最近的东西。于是，我自然而然地想到了童年和故乡……"[①]《我们分到了土地》《平原六章》《葬马头》《火化》《给马兰姑姑押车》等都是这一时期的成功之作。回归故乡、童年、内心之后，刘玉栋看到了乡村日常生活中那些 "微物" 宏阔而诗性的光。

这些小说中采用的童年视角和乡村醇和温静的氛围，让刘玉栋笔下的齐周雾村充满诗性和温情。然而，齐周雾村并不全是美好，我们的乡村不是 "桃花源"。底层生活的窘迫让许多农民日复一日地辛苦劳作；传统文化中闭塞、愚昧、野蛮、落后的一面催生出许多震慑人心的悲剧；乡村不只有美好，也有痛苦甚至是罪恶。作者饱含痛苦地指出乡村道德日益败落，温柔敦厚的传统氛围正在消逝的现实……在这美与丑交织的乡村中，刘玉栋触摸到了人性背后的某种坚实而有韧性的真实。

在乡土中国，劳动是农民获得物质生活资料的方式，也是他们证明自我价值并从中体验到快乐与满足的方式。农耕文明中决定土地产出的除了 "老天爷" 就是农民自己。农民付出的劳动和心血越多，脚下的这片土地给予的回报也就越多。劳作既带给农民劳绩，又给农民精神上至高无上的抚慰。勤

---

① 刘玉栋：《公鸡的寓言·创作自述》，山东文艺出版社 2005 年版，第 17 页。

劳能干的人在乡村世界总是受到更多的赞誉和表扬，一句"这个人多能干呀"，在乡村就是最高的褒扬，它能让一个农民鼓着劲干上好一阵儿。刘玉栋从小接触的就是这些乡村世界中再平凡不过的小人物。这些小人物勤劳本分，朴实无华，但粗糙的外表下仍有一颗柔软的心。他们对生活的愿望非常简单，只是希望踏踏实实地过好日子，牢牢攥住手心里这一点儿安稳，但命运有时连这样简单的要求也不愿意满足他们。他们像是土地上细弱又无名的野草，随便一阵风就能将他们刮得东倒西歪，原本平静的生活也因此发生翻天覆地的变化。农民苦作惜时的天性也成为他们悲剧命运的原因之一。对土地的热爱以及困苦生活的催逼往往让他们没日没夜地劳作，他们往往在有生之年都不舍得轻易"放纵"一天，不舍得过一天他们向往的生活。

《幸福的一天》讲述了菜贩马全的故事。一天早晨，菜贩马全从不安的睡梦中醒来。一个古怪而苍凉的梦，让他睡意全无。他身着铠甲孤身一人站在四周满是白雪的荒野里，陪伴他的只有一声声凄厉的呜咽。那呜咽千丝万缕地将他紧紧缠住，把他的心压得透不过气来。开篇的梦境似乎就是一个不祥的预兆。窗外黑洞洞的，他心里有说不出的难受，但他却不得不在夜最深沉的时候从暖烘烘的被窝里爬出来。菜贩必须在每天凌晨四点起床火急火燎地过上喧闹的一天。"只有到晚上，他回到家以后，才能看到老婆晃动的身影。可是两杯酒下肚，一天的疲倦和困意就像潮水般涌上来……他已经想不起上一次跟老婆亲热的时间了。但马全没别的办法，他只能这样拼死拼活一天到晚地卖菜。"[1]"四点钟"这符咒一般的存在，让菜贩马全不得不在一天中最冷的时候，开始他"新"的一天。棉衣棉帽在冬日刺骨的寒风中宛如虚置，他觉得全身绷着的皮肉都快被这寒风给戳透了。精神上的压抑和肉体上的"苦行"让马全不由得想起父亲临死前从牙缝里蹦出那几个字："人活着，真他娘的苦啊。"这样神思恍惚的驾驶让马全不幸出了事故，他的车翻到了路边的水沟里。死亡让他从生活的重压中解脱，但作者却采取了"灵魂出窍"的方式让这分明悲惨的一天变成"幸福的一天"。醒来的马全从肉体的沉重中解脱，他的精神也从日常生活的庸碌中挣脱开来，那些在他心中压抑已久的委屈和渴望爆发了。"多少年了，天天披星戴月，一天到晚忙忙碌碌吵吵闹

---

[1] 刘玉栋：《公鸡的寓言》，山东文艺出版社2005年版，第54页。

闹，为了一分钱，也能争个脸红脖子粗。从一大早，把满满的一车菜推进那个黑洞洞的菜市场，到傍晚时，再推着空车从里面走出来。这么多年，说句夸张的话，连太阳都看不见了，当然，更感受不到那暖烘烘的阳光了。"① 这么多年谈论最多的是城里人的"幸福生活"，马全今天也体验了一把。他想舒舒服服地泡个澡，"当暖暖的水像无数的樱桃小口似的亲吻马全的肉体时，马全幸福得几乎掉下泪来。"虽然花了很多钱，但马全觉得他这一天没白活。"人不能光受苦受累，也得体验一下幸福生活。"灵魂出窍后的马全做了那些他渴望已久的事情：不挤公交车而坐出租车、去凤都楼吃早点、买新衣新鞋、去天河池泡澡堂子、去滴雨美发厅"享受"。然而，天池搓澡的小伙子满身的疤痕和滴雨美发厅小姐脖子上那圈疤痕都向我们展示了生活冰冷、严酷的另一面。这些创伤也让小人物马全所谓的"幸福"大打折扣。当"幸福的"马全回到家中看到门板上自己的尸身时，"他一头栽倒在门板上。接着，他觉得身体就有了重量"。"生前生活之重和死后生活之轻，虚幻中自身生命之欢愉与他者生命之隐痛，亡灵不能承受之轻与尸身依旧承担生命之重，既互相接续，又能对比映照，显现出了作者的高超的审美技巧和生命哲学理念。"②

　　平原土地的广博和乡村的温情让刘玉栋养成了宽厚、温暖的天性，生活中那些处于弱势地位的人似乎更能吸引他的目光，生活中这些不那么完美甚至是有某些缺陷的人也能得到他的宽宥和谅解。《笑不出来的喜剧》中连根爷爷因为"相面的侉子"随口一句"预言"，原本硬朗的身体一夜之间就垮掉了。在"最后的日子"里，连根爷爷最大的心愿就是能够入土为安，但生活偏偏跟他开了个不大不小的玩笑——必须火葬的决定下来了，他将成为村子里第一个死后还要被火烧的人。对火化的恐惧让连根爷爷寝食难安。可是，他的这种恐惧根本不被人理解，村子里的人都把连根爷爷这种忧虑当成笑话。唯一没有把连根爷爷的痛苦和恐惧当成笑话，并且真切给予同情的，可能只有刘玉栋自己。他太了解农村老一辈人了，他知道他们的情感需要与伦理观念，知道他们在突然面对"火化"时内心的不安与恐惧。所以刘玉栋没有把

---

①　刘玉栋：《公鸡的寓言》，山东文艺出版社 2005 年版，第 57 页。

②　张丽军：《新世纪农民对城市的审美想象与情感律动——以刘玉栋《幸福的一天》和《跟你说说话》为例》，《绥化学院学报》2010 年第 2 期。

连根爷爷当成一个笑话，他真诚地给这个小人物送去了安慰，让他最终没有成为第一个被火化的人，而是继续平静地生活下去。生活中弱势者表现出的美好品质可能更加可贵。《葬马头》中瘸子父亲刘长贵在村子里处处受到人的嘲讽和捉弄，甚至在他的妻子那里也不被尊重，但就是这个毫不起眼的瘸子却在全村人都陷入对马肉的疯狂中时，仍然在自责与痛苦中保持着清醒。他坚守住了对滚蹄子马的情谊，那个在夜色中独自一人去村外埋葬马头的身影，让我们感受到了处于弱势地位的人的尊严与高贵。《七色玻璃球》中铁锤用七色玻璃球打死了姐夫二奔，但作者也给了铁锤以道德上的宽宥，因为他是为了保护姐姐。

刘玉栋安静内敛的气质决定了他笔下的冲突也不是强烈的，他的作品中鲜少激烈对抗的矛盾，这种冲突往往被他内化了。冲突所激起的浪涛往往涌动在人的内心。这也使他的小说总是在不知不觉间流露出一种"暖伤"的情调，即他所写的故事是悲的，却仍让人感到来自人性深处的某种温暖。那些黑暗中的点点光斑，最终汇成一片宏阔的光。

《我们分到了土地》是将个人经验与民族历史联系起来的成功之作，它涉及了乡土世界中最核心的东西——土地。农民对土地的热爱是从根上就决定了的。斯宾格勒在《西方的没落》中指出了农民与土地的深刻联系："人自己变成了植物——即变成了农民。他生根在他所照料的土地上……敌对的自然变成了朋友；土地变成了家乡。在播种与生育、收获与死亡、孩子与谷粒间产生了一种深刻的因缘。对于那和人类同时生长起来的丰饶的土地发生了一种表现在冥府祀拜中的新的虔信。"[①]用"庄稼人"来对应"农民"是十分贴切的。农民自己就像植物，对土地潜意识里的热爱与依恋让老一辈农民将土地看作自己的生命。《我们分到了土地》中，作者真切地表现了农民对土地的这种热爱。爷爷在生产队分地的那一天心情一定是十分激动的，他早早地就蹲在院子里看分到自家的枣红马，还告诉孙子刘长江今天可以不去上学，因为刘长江今天要代替他去生产队抓阄。"他手干净，脑子也干净，没有私心杂念"，而自己的手则"糙得跟锅底似的"，爷爷还特地让刘长江换上了一身新衣服。抓阄

---

① ［德］奥斯瓦尔德·斯宾格勒：《西方的没落》（上册），齐世荣等译，商务印书馆1991年版，第198页。

前的准备活动非常郑重，充满了仪式感，可是刘长江偏偏抓了个 "1" 号——那是最差的五块 "地头子"。原本对分地期待那么大的爷爷，此时的心情是怎样的？作者偏偏没有写，他留下了一块空白。家人直到晚上才发现爷爷一直没有回来，母亲最终在家里分到的那五块 "地头子" 上找到了已经奄奄一息的爷爷。一个原本健康的老人，一夕之间就萎缩了。这是土地带给他的巨大情感冲击，爷爷那干巴瘦小的身躯无法承受这个打击，他在床上躺了一个多月后就死了。小说最激烈的应该就是分到土地后爷爷的心理活动，可是刘玉栋偏偏没有正面处理这段冲突，而是留下了一段空白，文本也因此显示出巨大的张力。这种将冲突内化的艺术表现手法也许正是刘玉栋作品独特的魅力。

在农民那里，表达自己的爱意与温情似乎是件格外困难的事。他们羞于表达出与粗粝外表不相符的细腻情感。于是，亲人之间爱意的表达往往用责骂甚至是暴力代替。《火色马》为我们展现了乡村中美好的夫妻爱、母子情。丈夫的突然去世打破了女人原本平凡的幸福生活，孩子们也懂事了，他们怕母亲一个人侍弄不了这二亩菜地，因此都想帮她分担。而做母亲的却因为疼爱孩子，认为他们的骨头还没长好，叫骂着把孩子从土地上赶走。她不能让孩子再像丈夫一样受累。女人因爱而激发的打骂和孩子因爱而生的执拗产生了激烈的碰撞。母子之间淳朴的深情在女人爱的责打中达到高潮。《高兴吧，弟弟》中弟弟刘长河为了减轻哥哥的负担，隐瞒了自己收到县一中的录取通知书的事实，哥哥刘长江在得知弟弟优异的成绩却说不想上学了后，急切的心情让他打了弟弟一个耳光。这对农家兄弟之间的深情没有用言语表达，而是用了农村那种独特的表达爱意的方式。《早春图》中冯宝才对家人的感情也没有表达出来。他已经不在乎妻子不能说话的缺陷，而是从心底里感激 "哑巴" 这么多年来为家庭的付出；他记挂着小时候对母亲的承诺，想让儿子二厚去天津时给母亲带一斤 "狗不理包子" 解解馋；他牵挂着即将搬进城里的儿媳和孙子，明知他们是进城 "享福" 却依然为他们感到担忧。最让冯宝才操心的可能是儿子二厚。二厚年年进城打工，难得在家，可临走之前自己还跟他怄气。小说中处处可见冯宝才对家人的爱和歉疚，但他就是没有表达出来。爱要怎么说出口？在那些可爱的乡村人那里，表达爱真的成为了一个无解的难题。

童年和故乡是最贴近刘玉栋内心的东西。当他写到那个乡村世界，写到齐周雾村时，文字一下子就清新鲜活起来。故乡的花草树木、土地河流全都在诗意的文字中复活。乡土在刘玉栋笔下不仅仅是个与城市相对的文化符号，它更是一个饱含生命、充满情感与爱意的世界。他不讲惊心动魄的故事，只说平常人家的悲喜。《我的名字叫丫头》讲述了一个被称作"丫头"的少年慢慢成长的故事。丫头对自己的名字由拒绝到接受，表现了他的成长与变化。他开始理解亲人，年轻的心感受到了这原本以为"羞耻"的称呼背后深沉的爱，他打心底里不排斥"丫头"这个名字了。《给马兰姑姑押车》讲述了因过度兴奋而在给姑姑马兰押车时睡着了的孩子——红兵的懊恼与成长。虽然最后该得的东西一点都没少，但"我隐隐地感觉到，这些令人向往的事情，结果并不是那么令人高兴"。《公鸡的寓言》中哥哥陈大宝以独特的方式对父母即将分崩离析的婚姻做了挽留。

然而，刘玉栋建构他的乡土王国时也没有回避其中的苦难与丑陋。《雾似的村庄》中人们在瞎子乃木赖以谋生的饭缸中侮辱性地放进大便，摧毁了善良的乃木的生存意志，击碎了他对人的信任，最终造成他的死亡。乃林因性格柔弱内向而常被村里人欺负，年纪轻轻就在一个关于他媳妇儿的梦中死去了。乃森则在对这一切失望后彻底离开了乡村。小说集中展现的是乡村丑陋、罪恶的一面，恶之花在这里遍地开放。汝东不明白的是为什么他的家庭、他的村庄、他的家乡不像这乡村的景色一样美丽可爱，"为什么人就不能多一些同情，多一些温暖？战争似乎也没有这样残忍"①。《通往天堂的路》中高芦花十六岁的大女儿孙美秀在镇上电器厂中被厂长孔胖子欺辱，最终带着身孕喝药自杀。《跟你说说话》中叔叔对婶婶的抛弃导致了她的自杀，而姐姐进城以后也堕落了。《怪胎》中已经生了三个女儿的高庆祝因刚生下的"怪胎"女儿死去而难掩喜色。刘玉栋没有刻意回避乡村的愚昧、落后和丑恶，他恰恰是看到了乡村中不好的一面。这善与恶、美与丑交织的乡村，也许才是真实的乡村。

对于乡村，作家既不需要用理想的模式去刻意美化，也不需要将它的苦难过分夸大。农民有苦难，但也不等于农民就没有童年、没有欢乐。刘玉栋用他自己的创作表明，他想要建构的并不是一个至纯至美的诗意乌托邦，而是一种温暖的乡愁与诗性的审美。温情的乡愁不是不写恶，而是在展示的生活冷酷、苦难、罪恶的同时，寻找能够抵御这严酷和寒冷的一簇炉火，让人

---

① 刘玉栋：《我们分到了土地》，山东文艺出版社2001年版，第25页。

永不丧失信念，在暗夜里也不惮前行。

三、城乡的伦理碰撞与最低处的"精神光芒"

中国特殊的户籍制度在 20 世纪形成了一种独特的现象："出生和出生地决定了一个人的地位，除了极少的状况，这种城乡区别长期固定着，甚至沿袭后代，形成具有世袭等级色彩的身份制度。"① 城市与乡村这种巨大的差异和阻隔就使得城市在乡村青年的心中"圣化"，"进城"就成了几代农民心中的梦想。然而当他们真正走进城市以后，他们才发现自己对城市是多么的不适应。作为由乡入城大军中的一员，刘玉栋也被这股时代洪流卷入其中。面对城市，他没有表现出身份转变后的狂喜，反而感到了困惑和迷茫。他深切地感受到由城市文化和乡土文化两种不同文化的碰撞而造成的一部分农民灵魂的痛苦与战栗。这些进城的农民，有的随时可以退回去，而有的却是毫无退路的。20 世纪后期中国特有的"农转非"现象让一部分农民进城扎根，寻找他们的"城市梦"。他们的内心经历了怎样的痛苦与挣扎？在经历了进城初期的"城市书写"和由城返乡的审美回望之后，刘玉栋重新把审美目光聚集于当下正在发生的、活生生的当代中国人的日常生活史及其精神魂魄的书写。刘玉栋在 21 世纪之后创作的长篇小说《年日如草》表现的正是乡土中国城市化大时代背景下的一部当代进城农民的"寻找之苦""融入之难"与"精神救赎"的心灵苦难史。

事实上，农民对土地的依恋越深，对城市的融入就越难。他们像在广袤的野地里扎根的草，被风意外地吹进城来，城里的钢筋水泥根本让他们无法扎根。依恋土地与摆脱土地成了新旧农民之间无法弥合的缝隙，这就在特定时空里上演了一部分进城农民的悲喜剧。《年日如草》中的奶奶是一个传统的农民形象，她在进城之前死去，以生命拒绝了城市。其实这一情节在刘玉栋的其他小说中也出现过。可以说，奶奶象征的正是传统农民对土地的依恋与热爱，她对乡村土地的情感十分深厚，一辈子就想扎根在这个村庄里，不愿意踏进城市一步。她愿意在乡村的泥土里长成一棵大树，而不愿成为钢筋

---

① ［美］范芝芬:《流动中国：迁移、国家和家庭》，社会科学文献出版社 2013 年版，第 57 页。

水泥地上一株无法扎根的小草。奶奶拒绝的是城市的摇摆与漂泊。曹大屯的母亲吴翠芬虽然有了城市户口，但她的心还是农村人的心，她的城市融入之旅更加痛苦。来到城市后，她总觉得"迷迷糊糊、提心吊胆"，眼前总像是蒙着一层阴翳，城市狭小的天空和拥挤的人群让她觉得憋闷。尽管她不用再披星戴月地在土里刨食，但她觉得心里空落落的。农民是不能离开土地、离开劳动的。在城里做一点小生意让她又看到了自己的价值，她卖烤地瓜、卖包子、卖煎饼果子……多年来风吹日晒，直到老年她这个新市民才算变得越来越像样子，但命运偏偏没有给她享福的机会。曹大屯的父亲曹有祥是进城的第一代，他靠读书从农村来到城市，毕业后分配到了地质队工作。但是，曹有祥的家庭和孩子却都在农村，家庭是"农村一伙，城里一伙"。几十年来老曹在城里并没有家，他的工作让他总在野外乱窜，"跟流浪汉似的"，被紫外线晒得黝黑的皮肤让人难以将他和知识分子挂上钩。他更像一个生活在乡下的城市人。他几乎感受不到家庭的温暖和亲人的温情，家庭中这种城乡分隔的状况让妻子和孩子与他甚是隔膜。他也对这种居无定所、漂泊无依的生活觉得厌倦，觉得这大半生根本不是为自己过的。随着小说的描写，我们对曹有祥的这种"失败"感受也越来越深。

　　曹大屯是作者浓墨重彩推出的一个二代农民形象，作者塑造出了一个以往表现农民与城市关系的作品中所没有表现的一个新形象。他在与城市的碰撞中渐渐褪掉乡村伦理的底色，逐步适应城市的生存法则，不失狡黠但又没有完全丧失善良本性。他不再黑白分明，而是退到了一个模糊的灰色地带，让人不能一下子把他分辨出来。曹大屯十八岁的时候因父亲单位的政策，由"农"转"非"，成了城市人。但真正来到这个梦寐以求的城市，他才发现一切并不那么美好，他像是被父亲老曹丢在了这个完全陌生的地方。可以称为他人生"导师"的伟哥告诉他，"漂亮的城市虽说就在眼前，但实际上离我们远着呢"。刚来到城市里的曹大屯真切地感受到了这一点，他一肚子的烦恼无人诉说，"他整天皱着眉头……肩头不自信地耷拉着，看上去就是一个小老头"。曹大屯觉得非常孤独，他觉得自己这几年的城市生活浑浑噩噩，十分糟糕。这几年，"他就如同一个醒踉卑下的小丑似的，整天贴着墙根走，时时在偷窥别人的正常生活。他孤独，连个说话的朋友都没有，面对车间里庞大的机器设备和城市错综复杂的街道，他恐惧、迷茫、提心吊胆，莫名其妙地出虚汗，还要处处迎合别人的生活方式和观念"①。几年前他满怀豪情地想在这座城市里扎根，但几年过去了，他"还是如同一根摇摇晃晃的草，可怜的根须又细又短。这里依然不属于他"②。与师傅一家的相处让他感受到了家庭的温暖和城市市民生活的"派头"，但一场意外的责任事故却又将他推入了深渊。曹大屯对城市的寻找与融入似乎格外艰难。

与袁婷婷意外的婚姻让曹大屯渐渐融入了这座城市。他成了别人眼中整天乐呵呵的曹老板，"迈着四方步，叼着香烟，或者端一杯茶"，他也觉得自己成了这城市的主人之一。但是，当婷婷的前男友棒子重新出现后，曹大屯觉得"面前这种平静的城市生活立刻变得虚幻起来。这几年他自己以为充实的一切，竟在顷刻间变化成一种幻象，如此脆弱"③。他依然生活在城市的影子里。与袁婷婷离婚时，他按照自己的道义和原则，没要任何财产，净身出户，甘愿让多年的打拼归零。他依然自卑，只有在农村姑娘王小改那里，他才重新找到了自信。二十多年，曹大屯在城市漂泊的状态并没有改变，他成了苍老的浮萍，想在城市安定下来的渴望越来越迫切。生活中那些非常现实、沉重的问题逼着他一点点地对外界妥协，他开始认同并且遵循城市的游戏规则了。储小青的"买凶杀人"为曹大屯提供了一个转变的契机。见到储小青时，曹大屯发现当年那个穿着火红的羽绒服走在白雪里的青春女孩已经不见了，她"那双清澈的如同挂着露珠的黑葡萄似的大眼睛"变得"浑浊暗淡"。当她"咬牙切齿，眼露凶光"地咒骂丈夫的小三时，曹大屯对青春美好的记忆也被埋葬了。人人都变了，"我"为什么不能变呢？储小青递来的崭新三万块钱钞票也让曹大屯变了。钱的"香气令人陶醉"，解决现实问题的迫切需要让曹大屯再一次妥协了。当然，这种"变"并不意味着曹大屯彻底丧失了本性的善良，只能说他是在不违背本心的情况下来适应城市。因为杀人是犯法的，曹大屯如果真的帮储小青办了这件事，那就是把两个人都推上了不归路。从某种程度上来说，收下她的钱但不帮她办事也是保护储小青的一种办法。曹大屯已经适应了城市的生存法则，开始以城市人的方式来处理人情。因此，

---

① 刘玉栋：《年日如草》，作家出版社2010年版，第98页。
② 刘玉栋：《年日如草》，作家出版社2010年版，第66页。
③ 刘玉栋：《年日如草》，作家出版社2010年版，第181页。

从这个意义上说，曹大屯真正适应了城市。就像小说的结尾处袁婷婷说的："你个狗日的，算是开窍了。"

曹大屯是乡土中国社会转型与文化重构大背景下的小人物，其真正的城市生活看似就要开始了，已经避免了现代文学中的祥子的悲剧命运。当然，这种生活依然是不牢固的，曹大屯购买的小产权房，就预示着未来的某种风险的存在。尽管有着某种程度的精神堕落，但曹大屯的内心依然闪烁着来自卑微者最低处的"精神光芒"，而这一"精神光芒"正是21世纪乡土中国社会转型与文化重构中弥足珍贵的属于民间大地的星星点点而又可以"燎原"的精神火种。

四、结语

从创作初期城市题材的左冲右突到转型后对乡村土地的深情凝视，再到对21世纪卑微生存者微弱"精神光芒"的执着追寻，刘玉栋的文学创作经过了一个意味深长的审美转向。这种审美转向既体现了刘玉栋的个人成长，也为我们提供了作家风格转向背后丰富的文学史和时代的信息。在刘玉栋早期城市题材的作品中，我们看到的是以一种扭曲化的处理方式重塑过的日常生活。这里的日常生活是充分陌生化了的，充满了怪诞、悖论和疑团，这正是当时烜赫一时的先锋文学给中国文坛造成的影响。但是，这种形式上的试验注定不能走得太远，特别是对于刘玉栋这样一个由乡入城的作家来说。于是，现实主义与个人经验结合的写作手法使得刘玉栋的作品在新的时代语境下重新获得了生命力。他的乡村创作至今仍让我们觉得惊喜。那些平凡无奇的小人物的生命故事，柔弱、卑微者在困境中人格尊严的凸显，使刘玉栋的乡村书写散发出一种奇异的人性光泽，一种温暖的诗性乡愁意味。

"文学史，就其最深刻的意义来说，是一种心理学，研究人的灵魂，是灵魂的历史"[1]，而"日常生活是一个时代真正的'肉身'"[2]，抓住日常生活

---

[1]　[丹麦] 勃兰兑斯：《十九世纪文学主流》（第1册），张道真等译，人民文学出版社1986年版，第2页。

[2]　谢有顺：《中国小说叙事伦理的现代转向》，复旦大学2010年博士学位论文，第159页。

才能使得 "时代的肉身" 与 "人的灵魂" 沟通起来。"日常生活世界是与人类历史相始终的一个具体而复杂的领域，它具有比任何特定历史形态更为长久的生命力，也是推动历史前行的巨大潜流。"① "70 后" 作家对日常斑痕的关注已经 "汇聚成一片耀眼夺目的光斑"，这是 "70 后" 作家审美叙述的新美学原则。当然，这一新美学原则在展现 "70 后" 作家审美想象独特性的同时，也蕴含着他们需要克服的精神局限。

如何将个人的、琐碎的情感，上升为普遍的情感，让作家的创作既包含现在，又能延伸至过去、拓展至未来，使其创作既有暂时性，又包含永久性，是摆在 "70 后" 作家面前的一道难题。正如朗松所说："个人才华最美好最伟大之处，并不在于把它孤立起来的那个独特性，而是在这个独特性中凝聚着一个时代或一个群体集体的生命，是它的象征，是它的代表。"② 作为 "70 后" 作家之一，刘玉栋的可贵之处就在于他在关注日常的同时，也摆脱了那种对细微的执着，他发现了日常生活背后的意义，并将之上升为一种对于人类共同审美体验的追寻。于是，我们在刘玉栋笔下的平凡的人物和琐碎的日常中就看到了某种神性的精神光芒。在这条追寻 "精神光芒" 的文学道路上，刘玉栋继续走着，我们有理由相信他会越走越远，呈现出他独特的审美诗性之光。

---

① 乔焕江：《日常的力量：后新时期文学与文化反思》，广西师范大学出版社 2011 年版，第 63 页。
② ［美］昂利·拜尔编：《方法、批评及文学史》，中国社会科学出版社 1992 年版，第 7 页。

"豪华落尽见真淳"

——李师江小说论

李师江出道早，是"70后"作家中一直进行创作的代表人物。他早年写年少猖狂，中途转型探索，最终归于精淳的写作路程，更是代表了大多数"70后"作家们的创作探索过程。

李师江早期创作的长篇小说《比爱情更假》《肉》《她们都挺棒的》和《逍遥游》都写成于2002年之前，前三部在台湾出版，只有《逍遥游》于2005年由远方出版社出版。此书一出便引起了文学界的广泛关注，并获得了"华语文学传媒盛典·2005年度最具潜力新人奖"。从此李师江的创作走上了正途，以后他几乎每两年都要出两三部书，2007年出版《福寿春》《像曹操一样活着》，2010年出版《中文系》《福州传奇》《儿女培养手册》，2013年出版《哥仨》。卡尔维诺早在20世纪提出过现代小说的意义："现代小说是一种百科全书，一种求知方法，尤其是世界上各种事体、人物和事物之间的一种关系网。"[①]李师江也在用一系列的创作寻找世界上各种错综复杂的关系，也在用这种求知的方式探索着属于李师江自己的创作故乡。正如莫言有高密东北乡，贾平凹有商州，张炜有洼狸镇，李师江也在不断的创作探索中找到了属于自我的创作原动力——躁动的京城。

---

① ［意］卡尔维诺：《未来千年文学备忘录》，辽宁教育出版社1997年版，第73—74页。

一、青春咆哮与愤怒的审美宣泄

李师江的早期小说,《比爱情更假》《肉》《她们都挺棒的》以及《逍遥游》都无一例外地向我们展示着一个鲜明的符号:咆哮与愤怒。李师江将毕业后在京城无业游民般的生活化成文字,化成咆哮与愤怒向我们展现。《比爱情更假》讲述 "我"、"我" 的网友小米、"我" 的初恋女友马恬静在繁华与浮躁共存的北京城中漂泊的故事。初恋女友与 "我" 分手后嫁给了自己并不喜欢的男人,最后因沉闷的生活患不治之症而死。网友小米除了脸蛋与身体无一所长,却在我的举荐下靠着自己的肉体成了城市里最红的女主播。这个城市在李师江眼里已经死了,爱情在这里是假的,马恬静并不爱自己的丈夫却要和他结婚,小米与 "我" 曾经真心相爱,然而这份爱却在巨大的物质面前烟消云散。在这个城市里,比爱情更假的是生活,到处充满着煞有介事的无聊。"这可以证明市民是多么的无聊。其实整个中国乃至世界还有很多重要的事情值得议论,……市民们愣是觉得小米比这些东西更重要。城市为何如此厚爱能说会道的美眉?"[①] 在李师江如火山喷发般的叙述中,我们时时都在感受着他对人生、对城市情绪化的愤怒。"如果一定要说我是干什么的,我就很惭愧地告诉你我是个作家。这年头有谁称自己是个作家,那肯定是个懒惰的家伙,什么事不干,坐在家里生产垃圾。有些垃圾与社会风气臭气相投,能卖些钱。当然了,业余时间还在一家半死不活的杂志任编辑,这样可以显得我不像个无业游民。我所有泡妞的手段,都是在写作时冥思苦想而得。""城市就是这样藏污纳垢的地方,是一切漏网的强奸犯、诈骗犯大显身手的阵地……我认为城市是很多悲剧的肇事者。" 李师江更是借小米之口说出了城市中无可奈何的生存处境:"我有一种漂泊的感觉,不知道要停在哪里?"情绪的无休止倾泻压制了小说的叙事,阅读之后留在记忆深处的更多的是李师江语言的才气而非叙事掌控能力的恰到好处。《肉》《她们都挺棒的》也都无一例外地属于青春年少时的李师江用激情与才情向众人宣泄的语言狂欢。这种青春式的激情可谓饱受诟病,"'70 后'作家以都市为背景的作品确

---

①   李师江:《比爱情更假》,《花城》2000 年第 6 期。

实不少，但是要想通过这些作品复原完整的当代都市形象，又颇觉茫然，原因何在？我看来，最致命的缺陷在于大部分作品拥挤在青年男女的狭窄领域里舒展不开……这样狭窄的表现空间阻碍了作家把视野投向无限丰富的都市生活，因此难以传达出深广的当代都市经验"①。

在用最初几部小说表达自我愤怒与咆哮后，李师江的《逍遥游》中，虽然依旧是关于青春的漂泊与无奈，却多了几分沉隐与深情。在开篇时，他写道："咆哮是没用的……从前我也爱咆哮，我还冲着整个世界咆哮，冲着悠悠历史咆哮，现在不了。不管你是愤青还是艺术家，咆哮是幼稚的，可耻的。……那是因为咆哮的结果就是不咆哮，愤怒的结果就是不愤怒。"②这是李师江借男主角之口说出的对咆哮与愤怒的体会，与此同时也可以看出，此时的李师江对于书写绝望与愤怒已经厌倦了。"一部文学作品的'材料'，在一个层次上是语言，在另一个层次上是人类的行为经验，在又一个层次上是人类的思想和态度。"③读者要的不是语言的狂欢而是生活真谛的指点。故事讲述的是刚毕业的李师江混迹于京城的地下出版事业，本以为可以凭此施展自我才华，却受到毫无才气又倚老卖老的经理的压制，心灰意懒，整日混在女人堆里寻花问柳，在毫无理想可言的日子里感受着人生的无聊与命运的无常。在这一部小说中，李师江的才气更多地被隐藏在故事的叙述之中，故事的完整与李师江的精心安排有关。可见，此时的李师江已经改变了创作的态度。李师江早期的创作更像是他日后在书中极力批判的"情绪化的小说"，它们"就跟放屁一样，它释放的是气体，你不能像一块石头或者一块木头一样研究它的密度、质感、生成年龄、经历环境。你只能评论，嗯，味道还不错。……它表明传统饮食不能满足年轻人的胃口了，年轻人的屁正在有力地冲击文化的气氛，等等。总之，一个屁，夸得再精彩，毕竟只是气体。"④这是李师江在他的长篇小说《哥仁》里，借其中一位主角千日之口所说的，这是一种态度的改变。李师江在和青春的奔放与恣意决裂，但这种决裂并非一

---

① 翟文铖：《"70后"作家的都市想象》，《文艺报》2013年3月27日。
② 李师江：《逍遥游》，远方出版社2005年版，第56页。
③ ［美］韦勒克、沃伦：《文学理论》，文化艺术出版社2010年版，第279页。
④ 李师江：《哥仁》，花城出版社2013年版，第76页。

蹴而就，它经历了一个过程。

二、寻归故乡和历史的书写转向

在 2007 年出版的《福寿春》代序中，李师江写道："洞察力可依赖，灵感最不可靠；执着最要紧，而才气很容易把自己骗倒。"[①] 此时的李师江已不再是意气风发、挥斥方遒的二八青年，他已经成熟，也期望用诗人般的眼光注视生活，并从生活的本质中打磨出一个不被时间所遗忘的故事。《福寿春》也正是李师江所付出的努力，在这个发生在福建水乡的故事中，不见了城市"蚁族"的生活，不见了城市底层人的插科打诨、戏谑自嘲。这完全是另一个李师江的作品，遥远的福建水乡，一个老实的农民与他娇惯子女的妻子尽其所能养育着儿女，只可惜在城市与乡村的诱惑与矛盾中，两个儿子不曾"断奶"，另外两个儿子虽孝顺，却一个早亡一个逃离。"它以虚构的方式表现了一个村庄人们生活的苦难，目的在于展现社会现实的病相，表达出对现实乡村世界的强烈批判。作品所写的表面上看似乎是天灾，实质上则是人祸——一种物质利益欲刺激下人性私欲的膨胀，一种社会病态的毁灭性发展。"[②] 李师江在故事中也在尽力地压制自己语言的才情，没有了奇话连篇，也没有了段子横出，语言技巧都被李师江融化在叙事技巧之中。李师江诚心诚意地讲述了一个饱蘸岁月光华的水乡故事，而非用语言旋涡搅动本就躁动不安的思想。李师江在叙事方法上刻意地模仿古典叙述方式以掩盖自己的情绪化冲动，开篇便以"光阴如箭，岁月如梭"引出叙事，福建水乡李福仁家的故事就以这样一种平淡而清浅的方式进行下去。李福仁木讷老实，妻子常氏掌管家中财务却溺爱儿子们。大儿子安春念过几年书便不思劳作，娶了妻子清河生育儿女后更加不务农事，终日赖在常氏家中讨饭；二儿子能吃苦，娶了山上妻子雷荷花，工作更加勤勉，却因一场车祸早早离去；三儿子不思进取，学艺多年，一无所成，只知道借着各种不切实际的幻想到常氏这里要钱出去吃喝

---

① 李师江：《福寿春·代序》，人民文学出版社 2007 年版，第 2 页。

② 贺仲明：《怀旧·成长·发展——关于"70 后作家"的乡土小说》，《暨南学报》2013 年第 1 期。

玩乐；眼见两个儿子一事无成，李福仁带着四儿子细春务农，严加管教，四儿子也终于努力上进，去闯自己的天地，却因为想要二胎而四处逃窜。常氏养育四个儿子吃尽苦头，最终却竹篮打水一场空，李福仁也因为大儿子和三儿子的不孝被逼出家。在叙事之中夹杂着大量的民俗风情、乡村典故，李师江用细腻的笔触勾勒出了一幅美妙的水乡风情图，也用一支真诚之笔回味着水乡的苦涩与欣喜。

但李师江就是李师江，他无法忍住自己喷薄而出的对"文化沙漠"的愤懑与不平，他会在平淡的叙事中突然跳出来，向读者诉说自己的愤怒。在写李福仁去听村中老艺人说书时，李师江突然跳出来，以第一人称的叙述方式和读者展开了讨论。"你看，这农村的艺人虽是野路子出身，没什么正规理论，却因经年累月的磨炼，自有心得。岂知那些有文化的搞文字的人，有的究其一生，走唬人的路子，也摸不透这朴素道理呢！"①在平静的讲述中，我们已经渐渐淡忘了李师江的情绪化写作，但此时从前的李师江又跳了出来，尽管作者极力地压制自我情绪以免影响小说的叙事节奏，但作者的思想与情绪依旧会在作品中的角落闪着幽光。二儿媳雷荷花与小儿子细春产生矛盾闹分家之前，李师江又硬生生加入了一段议论："何为值得一听的事？这一年密密麻麻的鸡毛蒜皮，往里写便成为洋洋流水账，你一头扎进去，偏偏无趣得很，骂如今写书的人这般无聊，无大起大落，无励志人生，无奇闻怪谈，无底层关系，无良知拷问，无哲理妙趣，无梦想青春，无时代脉搏。谁愿掏钱来看？三无产品，政府便可销毁，而你如此多'无'，岂有存乎世上之道理？然若往大里写，让读者有趣惊奇，却是望洋兴叹，无一处可着笔。"②此处如话本说书人般，于说话前先撂下许多无关痛痒的话，也正如代序中所说古人多用诗词歌赋作闲笔，"使叙事舒缓有致，且保持文人的游戏风度"③。李师江也想在小说中仿效古人将小说写得有滋有味，但带有古典诗情韵味又时刻散发现代知识分子愤世嫉俗之情的"闲笔"，在一部散发着乡村泥土气息与庄稼汉汗味的小说中显得如此突兀而碍眼。李师江无法放下自己无时无刻不在

---

① 李师江：《福寿春》，人民文学出版社2007年版，第114页。
② 李师江：《福寿春》，人民文学出版社2007年版，第141页。
③ 李师江：《福寿春·代序》，人民文学出版社2007年版，第2页。

产生的苦闷与愤怒，作者对社会的愤怒可以表现可以抒发，古往今来伟大的作家无一不是直面人生悲苦的，也无一不对生活充满愤怒与不平。但表现愤怒与不平的方式往往决定了作品的成败，也分出了作家的高下。"毫无经验的读者较为天真地把文学作品当作是生活的翻版而不是把文学作品当作生活的诠释，那些接触文学作品有限的读者，比起广大职业读者来，在看待那些文学作品时将会更严肃。"①作品是写给"毫无经验的读者"的而非专业的研究者，面对一群如此严肃的读者，作家又怎可忍心只倾诉自我的得失与一时的不平。读者选择作品正如信教徒虔诚地寻找人生的向导，读者希望看到的是一个真诚的作家写着一个真诚的故事，在这一故事中找到另一种人生的可能，见证另一种生存的方式。一旦作家失去了对待读者的严肃性，也就在无意中失去了读者对作家的尊重，因此任何不负责任的倾诉都是对读者真诚之心的亵渎。

李师江写这部小说是有野心的。在作品中，他以第一人称这样写道："明知那'有用'的即无用，'无用'的即有用，却还是扛不过世俗标准的有用和无用。既修炼不够，那就只能写修炼不够的书，从无用中拣些至少还能哗众的东西来说。那真正的无用之书，就等我真正有一颗无用之心的时候再说吧。现如今再怎么装，怎么学，怎么向往，那举家食粥，批阅十载，增删五次的古人境界依然是海市蜃楼，可望不可即也。"②李师江本想写《红楼梦》般的不朽之书，在小说的后记中，李师江写道："写这部小说，做了很多功课的。不但跑回乡村两趟，而且中间跟我父母通了无数次电话，搜集了很多资料。与其说这是我写的小说，不如说是他们口述我执笔的小说。"③字里行间，李师江表现出的自豪溢于言表，但这样的调查就可以支撑起一部小说吗？柳青写《创业史》时举家搬往农村，在农村一住就是十几年；老舍写《骆驼祥子》辞去大学职务，在家专攻一部小说历时一年方出定稿；更不用说《红楼梦》批阅十载之功了。《福寿春》于 2007 年 4 月 6 日初稿，4 月 26 日改稿，5 月 15 日便出定稿。既然想写不朽之书，便不应急于求成，电脑输入的便捷不可

---

① ［美］韦勒克、沃伦：《文学理论》，文化艺术出版社 2010 年版，第 103 页。
② 李师江：《福寿春》，人民文学出版社 2007 年版，第 226 页。
③ 李师江：《福寿春·后记》，人民文学出版社 2007 年版，第 323 页。

掩盖修改的诚心。如此时间相近的改稿、定稿，能够修改的也许只有错字和漏句了。书中虽有大量对于水乡风土民情的描写，却多直白描写而少真情涌动，我想这与李师江搜集资料的方式有很大关系。只回乡两趟、通话几次所收集的资料，其力量还是单薄了一点。在书的最后，李师江表示很满意这样一部作品，但他真的满意吗？我想只有问他自己的内心了。"作家对长篇艺术结构、逻辑理念和历史容量的重新认知和自我拷问，全面厘清自我与世界、历史和现实的复杂关联，是作家化蛹为蝶的艺术质变。"① 李师江想实现自我超越却并没能厘清这种关联。

李师江于 2010 年出版了一部令人惊奇的作品《福州传奇》，这部小说用传奇般的手法，讲述了福州这块人杰地灵的热土于甲午中日战争时期涌现出的历史传奇人物。阙抱宽白手起家建立阙家大业之后，阙家三个儿子一个女婿一个书童都成了中国历史上影响深远的人物。大儿子阙支仁虽惧内保守却是一代茶商；二儿子阙支山沉迷戏子落魄潦倒，最终成为林纾与严复的结合体，翻译外国名著；三儿子阙支水虽叛逆却是福州船政局的总设计师；女婿林奇涵更是邓世昌的化身；书童则是台湾自卫队的头领。一部书想写尽清末福州的光辉人物，一部书想展现一曲民族耻辱懦弱的历史，谈何容易！这样一组都具有深度也都具有鲜明形象的人物一同出现在同一部书中，这部书要么是一部奇书，要么是一部平庸之书，而李师江并没有修成能够成就一部千古史书的气魄。书中尽力表现的就是阙家一门豪杰的风云故事，人物都有真实的历史原型，但李师江只是找到了一个带有传奇色彩的故事，将各个人物套在其中。这样的人物是没有灵魂的符号，这样的故事也只能是一种炫技逞能的堆砌之作。我们不禁要问：在书写这样一部壮阔的历史画卷之前，李师江有没有做深入人物骨髓的调查研究？有没有对浩如烟海的历史资料进行核对与解读？作家在书写自己并不熟悉的生命经验时，要付出的努力比书写自我经验要多得多。这种努力不仅仅指资料的搜集与整理，更包括情感的投入与付出。但在李师江的《福州传奇》中，我们并没有体会到作家对历史的认真。在讲述福州人有以贩卖粪便起家的富甲时，李师江如此讲来："说了这么

---

① 张丽军：《未完成的审美断裂：中国 70 后作家群研究》，《中国现代文学研究丛刊》2013 年第 2 期。

长的粪事，想必有文字洁癖的读者已经恶心、头晕、想呕吐，出现类似怀孕的征兆了。那且打住。不过，也有不想呕吐但四体不勤、五谷不分的细心读者会有疑问：为何粪便还能卖钱，还这么紧俏？"①如果说《福州传奇》是一部彻头彻尾的先锋作品，作家可以无限制地从小说中跳出来告诉读者："你所读的作品只是小说，是专门讲出来给你解闷的故事。"那么我们可以说李师江是成功的，他成功地打破了阅读的连贯性与严肃性。但这部作品并没有从头至尾的先锋姿态，时而严肃认真，时而调侃戏谑，让一道美味佳肴变成了大杂烩。李师江在作品中又时不时运用一些对当代人来说熟悉而又充满调侃意味的词：二儿子阙支山宣扬《天择论》的论坛叫"百家讲坛"；与三儿子阙支水舌战的走狗叫郭德纲……也许这是李师江所独有的符号标记，但对于一部内涵依旧严肃的历史小说来说，这样的戏谑是否合适？正如黄发有所说："心浮气躁的作家启动了规模制作的机器，马不停蹄地进行长篇创作。没有了经验的积累和沉淀，没有了体验的深化和沉潜，没有了构思的推敲和完善，长篇小说显得越来越臃肿、轻飘和拖沓。"②李师江写《福州传奇》是一次创作的新尝试，但这样平淡随意的缺少最基本诚心的尝试只能说是一种失败，是对严肃文学开的一次玩笑。

三、重归经验的口语化、素朴书写

在李师江的小说《哥仨》中，李师江又重新回归到自我经验的书写上，但这次书写是真诚的，正如几年前在《福寿春》的代序中，李师江将"耐心、笨拙、诚实、细心"作为写好一部长篇的素质，此时的李师江真正拿出了这样的素质。《哥仨》中的千日、申博天、付绝响，用庞大的自信心混迹于八卦娱乐业、出版业与国有没落企业中。他们之间的爱与恨，早已远离的青春义气，更多时候是在现实利益与生存竞争之间的挣扎与徘徊。道德在这样一个社会里已经没有了重量，在生存面前，卑鄙是卑鄙者的通行证，高尚是高尚者的墓志铭！

---

① 李师江：《福州传奇》，文化艺术出版社 2010 年版，第 66 页。
② 黄发有：《媒体制造》，山东文艺出版社 2005 年版，第 146 页。

千日因为当狗仔时偷拍过许多艺人不为人知的一面而在娱乐圈知名，各大娱乐报刊都对他青睐有加。他幻想自己也能有一夜情，却因没权没钱只能钟情于清纯的大学生金燕。申博天在自己的地下出版事业上摸爬滚打，捧美女作家，极尽炒作之能事；给知名艺人的地下情人出书，专挖无耻之事；用下流的方式抢同行的网络小说出版权。付绝响是已婚人士却在出差京城期间以单身者自居，时刻提醒着身边的朋友给自己介绍女朋友。主动找人出书的二奶，投怀送抱的女明星，终日炫耀金钱的暴发户……似乎每个人都无法把持道德的底线。诗人在这个时代已经死亡，留下的就只有形如鬼魅的人肉。三位主角经常以诗人聚会的名义，聚集全国诗人，探讨诗歌理论，可诗人们的猥琐与自负将诗歌推向了死亡。老诗人田汉在各种诗歌研讨会上，赚取着各种恭维，把早就过时的荣耀存入银行吃利息；年轻的诗人在找机会以推翻老诗人的名义赚着媒体的眼球；中年诗人们以中立而自信的态度平衡局面以得到必要的肯定。生存才是这个社会上唯一的法则，为了这样一个法则，每个人在城市的脚下只能疲于奔命，爱情似乎是这城市中最奢侈的东西。诗歌的死亡、道德的沦丧、生存的艰难，这些主题都是李师江早期小说的主题，在此处出现时，少了年少时的愤怒与咆哮，多了几分悲痛与辛酸。咆哮是没有用的，有用的是思想。"时间流逝的目的只有一个：让感觉和思想稳定下来，成熟起来，摆脱一切急躁或者须臾的偶然变化。"[①]李师江用十年的时间沉浸自己的浮躁气息，用十年的时间磨砺自己的青春气焰。青春有它的美好与真诚，但成熟更能指引生命的方向。在《哥仨》的开篇，李师江这样写道：

> 此刻才悟到前半生往高处走的折腾竟是徒劳，才知道"吃得苦中苦，方成人上人"竟也是幻念。因此才能收回心来，苦在粪中，视粪土为万物，视万物为粪土，既不艳羡别人的风光，也不鄙视自己的处境，既不沾沾自喜，也能视三教九流皆一般庄严，我为众生，众生为我，我乃众生，众生为我，不管世间如何轰轰烈烈，皆是众生常态生死寂灭，不足大惊小怪瞠目结舌。
>
> 此刻，你得道了。

---

① ［意］卡尔维诺：《未来千年文学备忘录》，辽宁教育出版社1997年版，第38页。

那壮年的跋涉当是一场修炼。

这话听起来容易，嘴上没毛的小儿也能略懂一二，但若没在那滚滚红尘跌打一番，哪能打得心里自悟呢？①

"一语天然万古新，豪华落尽见真淳"，这些真心话道尽了李师江近十年的创作之路。从咆哮愤怒走向沉着冷静，自我经验的书写并非易事，让自我经验写得深刻、诚实、冷静，李师江用了近十年。这十年李师江时刻在体会生存的艰难与社会的腐坏，面对"世风日下，人心不古"的社会，李师江曾在《福州传奇》中借不得志的潘秀才之口说道："这个世界上有太多的人，呼朋唤友，攀交权贵，往脸上贴金，有福同享，趋利避害，一有事就做缩头乌龟的，都属于跑江湖的角色，不算得真朋友。只有有难同担，敢于担当那才是真朋友，真男儿。这种人生活中可能只会有一两个，要懂得珍惜。"② 要经历多少世态炎凉才得出如此绝望之感慨，这样的悲世之感在李师江早期的作品中更是可见一斑。而于《哥仨》中，主角千日在离开北京之前也说道："不要谈什么朋友，不要谈什么爱情，我们已经过了这个阶段了，懦弱的人才成天嘴上挂着这些名词——我们在诗里写过一些虚幻的渴望，这已经够了——在人肉丛林，你需要做的是跟人家拼猥琐。"③ 这才是真正的李师江，李师江对生命的领悟与感受都化在这里。而能够全面附着这种感慨的叙述题材，并不存在于淳朴的乡村之中，也不存在于风云际会的历史当中，这种对都市的悲凉之感在这群混迹京城底层世界的外来者之中更显得真实、真诚、真切。

在这部小说中，李师江依旧展现着他语言的才情，口语化的写作并没有将作品的意味冲淡，体裁的特殊也成就了这种口语化写作的真实性。"70 后作家群必须找到不同于以往现代文学、十七年文学和 50 后、60 后作家的，属于自己的时代语言和表现主题，必须从这一代人的思想背景、精神气质和情感心理出发，实现一种真正彻底的审美断裂。"④ 而在这部作品中，李师江

---

① 李师江：《哥仨》，花城出版社 2013 年版，第 3 页。

② 李师江：《福州传奇》，文化艺术出版社 2010 年版，第 81 页。

③ 李师江：《哥仨》，花城出版社 2013 年版，第 391 页。

④ 张丽军：《未完成的审美断裂：中国 70 后作家群研究》，《中国现代文学研究丛刊》2013 年第 2 期。

成功地找到了属于这一代独有的语言。这本就是一群混迹京城底层的伪诗人真流氓，语言正是他们对付现实社会的武器，也是他们内心伤痛的真实表现。相比之下，叙事的语言更加朴素也更加真诚，化繁为简的口语化表达，让一部三十七万字的小说读来更加畅快淋漓。李师江有着对语言的天赋，这本就是他的特色与符号，如何运用自如则是他将来创作的努力方向。正如李师江自己所说："上乘的叙事，如春雨入夜，润物无声，不知不觉，草已长，花已开，春天浑然已成——从不须突兀笔力去用力表现的。"①

在小说的最后，千日决定带着生病的金燕回到故乡，他已厌倦了京城的声色犬马，看透了人与人之间的欺骗隐瞒。在与付绝响诀别之时，千日说道："现在是我的颓废时期，并无勇气设想未来，也无意拥有你那样成功人士的目标，但明白生存法则的人是不惧未来的——我现在只有一颗懦弱而勇敢的心。"②千日所面对的正是一个浮华成为潮流、浅薄成为权威的时代。艺术的光晕已经暗淡无光，被复制的艺术品成为大众生活的需求。这个时代不需要珍宝，只需要快餐式的潮流文化。在不断翻新、不断变化的时代潮流面前，所有人都在努力向一个潮流靠拢，千人一面，千篇一律。"大众文化已经凝结成为了一套'知识'，成为一种生龙活虎的意识形态和话语霸权。它挑战了一切，却再也没有任何力量能够挑战它。它已经以日常生活的意识形态和商业主义的透明逻辑创造了前所未有的没有丝毫阴影的幸福白昼。"③李师江在《逍遥游》中倾吐的是愤怒，而除了愤怒就是语言的狂轰滥炸，此时的《哥仨》同样有愤怒，但在愤怒之外，我们可以清楚地感知到李师江对文化的反思，对人生之路的探求与摸索。真诚的态度、虔诚的倾诉都能直达人心。李师江在创作的沉淀与反思中，将青春的激情化作成熟而深刻的生命思索。

四、结语

李师江从最初《逍遥游》《比爱情更假》中的咆哮与愤怒变成《哥仨》中

---

① 李师江：《福寿春·代序》，人民文学出版社 2007 年版，第 4 页。
② 李师江：《哥仨》，花城出版社 2013 年版，第 391 页。
③ 旷新年：《现代文学与现代性》，上海远东出版社 1998 年版，第 36 页。

的反思与深邃，完成了一个华丽的成长过程。作品的主角也由从前的 “李师江” 变成了如今的 “千日”，足见李师江改头换面的决心。在飞速发展的社会中，生活似乎缺乏一种内涵。古时人们吟风弄月尚且传载千古诗篇，著书立言更是动辄天下大道！当代社会几乎全民都在投入努力的工作，却不知道这认真与努力背后所能承载的意义。当代社会似乎正处于内涵匮乏的 “孤独” 生活之中。①

　　如何唤醒沉睡的心灵，如何为人生找寻意义，卡尔维诺早就提到过文学思想在这样一种探寻中的意义： “这种缺乏内涵的情况不仅仅见于形象或者语言，而且也见于世界本身。这种瘟疫也时时侵入我们的民族和历史。这使全部的历史漫无定形、散乱、混杂、既无头、又无尾。因为我察觉到生活缺乏形式而痛感不快，就想使用我能想到的唯一武器反抗，这就是文学的思想。”② 文学不能取代心理学、社会学，它的存在与影响都不是闪电式的，思想占领心灵的方式是累积式的，每一代人都承继着前辈人的思想。文学要用思想动人，而非语言的天赋与才情。李师江用近十年的创作之路探寻出一条直达人心之路——耐心、笨拙、诚实、细心。昆德拉说： “小说家有三种基本的可能性：他讲一个故事；他描写一个故事；他沉思一个故事。”③ 李师江是否走到了沉思一个故事的境界？这需要他下几部作品的检验，但他的确已经走过了讲一个故事的阶段。李师江用近十年的创作时间来探索、成长，这十年里 “70 后” 作家们都和李师江一样在进行着艰苦的自我历练。寻找属于自己的叙事方式与创作主题，这不仅仅是哪一代作家的事，这是每一代作家都要经历的创作历程。1970 年代出生的作家们，有着与 “创伤” 一代和 “新世纪” 一代截然不同的人生境遇和道德立场，创作的题材带着独特背景和心灵震撼，他们完全能够撑起对一个时代的记录和反思。在其登上中国当代文坛之始就被赋予了一定的期待， “对于年轻的七十年代生作家，我们有理由期待某种坚实的东西，希望一种脚踏大地的，让我们看到地平线的写作，一种可以让我们

---

① 参见田录梅等：《父母支持、友谊支持对早中期青少年孤独感和抑郁的影响》，《心理学报》2012 年第 7 期。

② ［意］卡尔维诺：《未来千年文学备忘录》，辽宁教育出版社 1997 年版，第 42 页。

③ ［捷］米兰·昆德拉：《小说的艺术》，作家出版社 1992 年版，第 141 页。

看到早晨冉冉升起的太阳在天空布满霞光，巨大的完整的天空将我们照耀的写作，一种和理性相通的写作"①。带着这样的期待，"70后"作家的创作已经走到今天，最终沉潜下来的是对纯文学的坚守。"70后"作家鲁敏在一次访谈中说："70年代的作家，表面上看，好像很不幸，既不如五六十年代一辈，享受过80年代文学大热的荣光，也不如80后一辈，刚一露面即赢得市场的头彩。……但我坚信，我们这一辈里的佼佼者们，他们一旦生存并成长起来，就一定会是健壮和有力的，越是石头缝里的小草，越会珍重它的空间与生命。"②因为沉潜方能执着，少了世间浮华的荣耀才能更加接近深沉的灵魂。"70后"作家们正在用沉静的心灵与深邃的目光关注这个光怪陆离的世界，品味这千滋百味的生活。"文学在任何时候都是为了某种特殊的目的从生活中选择出来的东西。"③"70后"作家们所选取出来的"东西"都是时代所具有的独特符号，这代表着一代人的脚步与心路历程。"中间代"作家们在崛起、在呐喊，却很少彷徨，时代赋予他们特殊的经验，他们必以诚心记录之。

---

① 葛红兵：《命名的尴尬——也谈"七十年代生作家"》，《南方文坛》1998年第6期。

② 鲁敏：《回忆的深渊》，昆仑出版社2013年版，第73页。

③ ［美］韦勒克、沃伦：《文学理论》，文化艺术出版社2010年版，第239页。

女性精神世界的自我救赎

——论计文君笔下的新女性形象

　　中国 "70 后" 女作家计文君的小说集《剐红》收录了《白头吟》《西街》《剐红》《开片》《你我》《此岸芦苇》六部小说，作家站在女性独有的视角观望在纷繁世界中苦苦挣扎的众多女性，重点描写了 21 世纪知识新女性的情感历程，展现出了她们先天所具有的女性意识与自我关注。通过精细的心理描写，在华丽典雅的语言里，在悲凉苦涩焦灼的情调中，探寻了这些女性在情感生活中的内心纠缠与精神世界深处的孤独，在复杂的内心世界与多变的情感瞬间中实现了女性精神世界的自我救赎历程，通过女主人公的个体经验与生存状态，作家传达出了当下社会人们所共通的生命情感体验。

一、细致入微的心理描写

　　计文君充分发挥了女性作家细腻敏感的优势，将笔触深入每位女主人公的神经末梢，抽丝剥茧般地将人物的心理一层层剥离，向我们全方位地展现了她们在面临婚姻危机、情感纠葛时真实的内心世界，实现了对于人类精神情感世界探索的 "有效性写作"。她认为 "有效的写作，是有贡献的写作，无论是对世界的发现，对人类的精神情感的探索，还是对小说艺术本身的探索，只要有微末的贡献，哪怕是谈不上成功的尝试，都是有贡献有意义的写作，是有效的写作"①。正是作家心理描写的细致入微，才让我们获得了一种满足性的有效性阅读。

作家始终站在很远的地方，怀着冷静、节制且略带同情之心观望着她笔下的女主人公。这里的女主人公几乎都有敏感的神经，她们能敏感地嗅到两性关系里出现的丝丝裂痕，随之而来的是"神经战"给女主人公带来的毫无缘由的烦恼与纠结。《白头吟》中拥有文艺女青年底子的谈芳与丈夫结婚三年后，早已没了当初你唱我和般的诗情画意，两人在生活中面对问题时采取的是一种不肯轻慢的姿态，在这个姿态里，"有几分是吃力和紧张的不敢，也有几分是体贴和疼惜的不忍"②。当骨子中浸透着感伤情绪的谈芳遇到丈夫一半无奈一半嘲弄的嗤笑时，"又羞又恨的谈芳，一件委屈事儿接着一件委屈事儿地想，勾三扯四牵五绊六，心底的哀怨竟成了一江春水"③。幽怨的波纹荡起了圈圈涟漪，令她心中难以平静。这种敏感带来的心虚让这位多思的女主人竟然不敢跟丈夫脸对着脸，她惊奇地反问为什么羞惭的竟是自己。家中突然出现的泪眼蒙眬的女学生再一次让她敏感的神经绷紧，看到丈夫尴尬和慌张的神情，谈芳努力克制自己的情绪，不让自己多想，她心烦意乱，却忍不住为自己的心烦意乱生气。小说《剔红》更是连续了作家一贯的心理描写，将女主人公秋染细密如丝的情感心绪淋漓尽致地展现在读者面前。对于驰骋在出版界、创造神话的黄金单身汉、情场宠儿江天，心高气傲的秋染看似与他除工作关系之外别无特殊关系，但女儿心性的她对江天仍抱有一份幻想。正是由这份不知应不应有的幻想，使得秋染产生了没来由的坏情绪。她固然明白这场复杂困难的感情最好的结局不过是像寻常人那样进入庸常的婚姻生活。但即使再冷静理性，当感知到江天的呼应时，"秋染心里那点幻想的野草"，"要是不下狠心时时剪除，它能一夜长满人心"④。在小说中，女主人公面临的是剪不断理还乱的情绪，作家用独具风格的巧妙语言对人物进行了入木三分的心理探寻，使读者真切地感受到了女人瞬变的情绪与内心的苦恼。

---

① 计文君：《创作谈：无边无际的现实》，《北京文学（中篇小说月报）》2013 年 10 期。

② 计文君：《剔红》，上海文艺出版社 2013 年版，第 4 页。

③ 计文君：《剔红》，上海文艺出版社 2013 年版，第 16 页。

④ 计文君：《剔红》，上海文艺出版社 2013 年版，第 96 页。

　　小说中男性的心理描写较为稀少，作家更多的是站在女性的立场上道出两性交流中出现的冷暴力。这种冷暴力表现为沉默，一种是男女双方彼此间近乎默契的沉默，一种是两性沟通交流中得不到回应的沉默。小说写了不同的沉默，如《白头吟》中谈芳与丈夫之间的沉默，两人心照不宣地减少了在一起的时间，这种沉默是一种在没有更好的沟通方式下的相互逃避的默契，一人一个房间，相互守着满屋子里的寂静；《你我》中支瑾与丈夫周志伟的沉默，这种沉默源于夫妻之间两地分居导致的情感疏离，在短短的相处期间，他们甚至期望用电视播放的声音来填充寂静的空气，化解尴尬；《此岸芦苇》中盛易龄对于妻子邹伟的沉默则属于后一种，夫妻两人性格不合，面对妻子邹伟的泪眼，盛易龄能做的只有逃避，对于妻子发出的任何交流信号，他都采取屏蔽的方式。

　　在这里，所有沉默的背后都蕴藏着巨大的心理能量，波涛暗涌，"波澜不惊的平静下，自有一份无法遮掩的尴尬与紧张"①。这种由冷与热强烈对峙构成的冷暴力使小说产生了无穷的张力，更加耐人寻味。所有的沉默背后都连接着一根根敏感的神经，一碰即疼，逃避似乎成了最好的解决冲突的方式。好在，作者并没有完全将人物置于绝望之中，《白头吟》中，当各有心事的谈芳与丈夫将最软弱的一面展现给对方时，原来因沉默造成的内心的隔膜瞬间变成了相互依赖与信任，当内心的万语千言欲说还休，无言相对的四目相视转化成温存时，夫妻间所有的坚冰瞬间融化。《剔红》中江天更是在消失了许久后，适时地出现在秋染面前，给了秋染一个安慰的拥抱，打破了两人的僵局。小说之所以能让读者产生共鸣，是因为人们从小说的不同层面看到了自身的精神困惑与情感经验，契合了作家所认为的"当下的中国经验是最值得文学去表达的人类经验"②。

二、内心深处的孤独与悲凉焦虑的情调

　　计文君小说中的女主人公多愁善感，内心充满不安全感，在情感生活中

---

①　计文君：《剔红》，上海文艺出版社 2013 年版，第 18 页。
②　计文君：《题材意识与个人经验》，《文艺报》2013 年 1 月 4 日。

她们纷纷陷入了精神的"围城",期望解脱又无法自拔。她们渴望真挚的情感，但内心深处却深藏着难以排遣的孤独，给女主人公带来的创伤性体验的母爱的离场又为小说增添了一丝悲凉焦虑的情调。弗洛伊德曾经说过："焦虑存在着双重起源：它一方面是创伤性因素的直接后果，另一方面是预示将要重演创伤性因素的信号。"①

计文君笔下的女性似乎对感情、婚姻有着一种大彻大悟的超然与冷静，实际上她们渴望真挚的爱情，渴望被呵护，渴望被关注，但是她们又深知在感情的世界中不能抱有太多的幻想，因为她们害怕这份爱情、这片呵护、这丝关注不得长久，她们害怕当她们习惯了这一切之后，它们会突然不辞而别。在《剔红》中，江天的莫名消失使心高气傲、多愁善感的秋染产生了莫名的不安，江天对于其他女性的关注又使秋染不得不时时告诫自己要镇定自己敏感的神经——他们彼此仅仅是朋友而已，但自己又克制不了心中的那份幻想。即使江天适时地化解了他与秋染之间的紧张关系，但是秋染"心里依然悲欣莫辨前途未卜"②。同样，进入婚姻生活的女主人公依然面临着这份纠结。在《白头吟》中，谈芳在家庭生活与工作间来回游离，她那颗特别容易看到别人苦处的心使她在工作中获得了情感上的回馈，她沉浸在由彼此间的真诚换来的相互信任中，但是回到家中的谈芳却无法用同样的方式处理好与丈夫的关系，心理的落差与无助使谈芳内心纠结不已。在《你我》中，支瑾与丈夫周志伟同样面临着情感危机，与《白头吟》中的谈芳夫妇相比，这对夫妻更显示出了婚姻情感生活中的无望与纠结，夫妻二人将在一起的沟通交流当成了一种任务。无论日常生活多么丰富多彩，这种由沉默带来的内心孤独使女主人公无法摆脱对未来的忧虑与恐惧。

小说集中充斥着萦绕不绝的母爱离场，作家在多篇小说提到了女主人公在梦中梦见离世的母亲。在《白头吟》中，谈芳在梦见母亲之后，醒来内心满是悲凉，泪流满面的谈芳得到了丈夫的安慰，两人的感情危机随即得以缓和；而在《剔红》中，作家写道"秋染不知道该如何面对、理解和接受死

---

① ［奥］弗洛伊德：《文明与缺憾》，安徽文艺出版社1996年版，第214—215页。

② 计文君：《剔红》，上海文艺出版社2013年版，第154页。

亡——母亲的死亡，还有死亡本身"①；在《你我》中，支瑾也最终面临了母亲的猝然离世；在《开片》中，女主人公所应得到的母爱在童年经验中先天性缺失。母爱的离场是现实生活中作家母亲的离世在小说中的体现，母亲的离世对于作家是一个不敢触及的永远的痛，是作家生命中无法掩饰的挥之不去的忧愁情绪。计文君曾在博客中写道："母亲的离开，在我生命中留下了一个黑洞，冰冷沉重，触手是空，那是一种让我思维完全失效的存在。黑洞的吞噬力量如此强大，使逃避都成为不可能。""从来没写过关于母亲的文字，现在也不会写。"当作家把这份情绪带到作品中时，因为情真意切，便也给作品擦上了一层悲凉的情思。这一悲凉的情思意绪与女主人公生活中的情感纠葛缠绕交织在一起时，更增添了一份苍凉无助感。实质上，母亲在女主人公梦境中频繁出现更多地显示出女主人公在现实生活中的无助，以及面对生活中的各种纠结找不到答案时，在潜意识中向母亲寻求帮助的焦虑心理。没有母亲的孩子是可怜的，正因为有母亲的存在，我们才能在心里获得一种安全感。失去至亲带来的安全感缺失加之女主人公内心深处的孤独，共同造成了小说悲凉焦灼的苦味。

三、注重自我精神救赎的知识新女性

不同于"五四"时期以及 21 世纪小说初期的女性对于自我主体的认识经历了一个觉醒、失落与寻找的过程，计文君小说中的女主人公没有因袭的传统思想的负累，对于女性意识似乎具有跨越性的先天认知。这种女性意识"既不是传统女性自我的羞答答，也不是叛逆女性那样的张牙舞爪，它既不是羞耻的也不是炫耀的，它——性别的身体从真实和渴望的空间中升腾起来，带着神秘也带着果敢。它带着无尽的对于男权统治的黑暗的挣扎，也带着对于未来的不可期的命运的无名的担忧"②，她们与异性打的是一场性别之战，在这场隐形的战争中，她们实现了女性自我认同的有效性。

借用《剔红》中的话，计文君笔下的女主人公都是"思想、经济、社会

---

① 计文君：《剔红》，上海文艺出版社 2013 年版，152 页。
② 王艳芳：《在通向自我认同的途中》，南京大学 2003 年博士学位论文，第 35 页。

地位各方面都获得充分解放的二十一世纪初"①高学历、高智商与高情商的都市新女性。"新女性这一词汇诞生于20世纪初，是针对于因袭封建传统，遵循旧思想、旧伦理观念、旧道德的传统妇女而言的，代表着追求个性解放、追求自由和幸福的一批女性新的精神风貌和人生态度。"②小说集中所有的女主人公都敢于追求与放弃，她们大胆追求性解放的同时又体现出了女性该有的矜持，她们收放自如，不会因为爱而失了心性，乱了分寸。更为重要的是，她们具有强烈的自我意识，自觉地从男性话语中摆脱出来，她们努力在情感纠葛、孤独寂寞中进行自我救赎与自我反省，不断地叩问自己的灵魂，实现着精神的成长。

这群知识新女性是完全的经济、思想独立者，她们情感丰富，有文化，有见地，追求自己所想所爱。小说中几乎所有的女主人公都有一份体面的工作，《白头吟》中的谈芳是给生活杂志写故事的"作家"，《剔红》中的秋染是畅销小说写作者，《开片》中的殷彤就职于一家杂志社，《此岸芦苇》中的尹眉则是文教系统里最年轻的正处级干部。不同于相夫教子的传统女性，她们对于性的开放态度更是会让保守的传统女性瞠目结舌。秋染与江天既是合作伙伴又是红颜知己，秋染对于江天采取的是不腻不缠、超然清冷的态度。在两性相处中，秋染十分明白不说与不问的默契，因为她懂得不关心是另一种境界的体恤；殷彤更是在第一次婚姻失败后彻底放纵了自己，明知结局的她依然与可以当自己父亲的苏戈保持着情人关系；支瑾与丈夫在貌合神离中各自经营着自己的婚外情。计文君小说有一个很显著的特点，就是采取了一种以两性情感表达为重点，对家庭日常琐事以及作为家庭生活中不可或缺的子女的叙述进行弱化的方法，"两性关系中主体地位的抢夺成为深层的人性之战。为了彻底地呈现男女人性的优长、善恶，以及强弱，外部世界被有意淡化，只有他和她活跃在没有看客的两性战场中"③。这也许是计文君小说的特点所在——关注女性的情感经验。

在物质生活的极大满足下，这群新女性们在放弃与追求中虽然无法摆脱

---

① 计文君：《剔红》，上海文艺出版社2013年版，第95页。
② 胡澎：《从"贤妻良母"到"新女性"》，《日本学刊》2002年第6期。
③ 王艳芳：《在通向自我认同的途中》，南京大学2003年博士学位论文，第37页。

内心的空虚、寂寞与无助，但依然进行着自我灵魂的追问，实现自我认同。像《白头吟》中的谈芳，她最终也意识到她与丈夫到底还是庸常夫妇，他们企图通过对方来救赎自己但得来的是失望，只是生活还要继续，即使无望还要努力。"也正因为自我认同成为女性写作的内在动力，女性写作中的自我无论处于什么样的生存和精神境遇中，也无论其命运发展怎样跌宕和宿命，更不用说她生命中那些偶然和必然的冲突使她受到怎样的存在的威胁，都不能阻止她对于'我是谁？''我将成为谁？''我为什么存在？'的本质的追问。"① 在一次次的自我反省、寻找自我身份的过程中，她们实现了心灵的成长，她们或许明白事物的破碎并不代表意义的不完整，或许在纷繁事物中找到了属于自己内心的那份宁静，或许美好事物的铸就需要经过撕心裂肺般的淬炼。她们最终将情感的困惑转向了对于存在与人生价值的思考，即使找不到答案，她们仍然艰辛地进行着自我精神世界的救赎。

小说集《剔红》体现了计文君深厚的文学素养与组织故事的能力，她的小说如同一条河流，源头是涓涓细流，等到顺流而下继续品读时，我们能感受到其中强大的包容力。小说没有宏大的叙事，没有磅礴的家族史，有的只是生命个体最真的生命体验，有的是让读者随主人公不断反思生命的感悟，是对人类精神世界的探索。期待计文君的新作，期待分享她的生命旅程与生命感悟。

---

① 王艳芳：《在通向自我认同的途中》，南京大学 2003 年博士学位论文，第 17 页。

与影子博弈的"隐身国王"
——论范玮及其魔幻性审美叙事

一、艺术初创期的写意性描绘

在《刺青》小说集中,《黄瓜园》和《鸡毛》都创作于 1993 年,可以称之为范玮最早的文学作品。特别是《黄瓜园》,比较能够显现出范玮在艺术初创期的审美思维方式及其对世界的认知方式和言说方式。

> 黄瓜园的西边是学校。
>
> 学校原本是庙。庙是小庙,韦陀菩萨握杵拄地,云游僧人恕不接待。有两个和尚,一老一少,香火也不旺。偶尔也有白事的人家去做功课,每回都吃醉了酒,成为丧局上的谈资。
>
> 日子散淡如天上的白云,和尚便种了片黄瓜园,瓜们渐渐起色,荒了的只是那和尚的日课。①

《黄瓜园》开篇这一段疏疏朗朗、云淡风轻、洁净雅致的文学语言,描写出了一个与世无争的、有着闲云野鹤般的独特乡间和尚生活,"也算很入画的一道风景"。这一下子就让我想起了沈从文和汪曾祺的小说,尤其是有着《受戒》中小和尚生活叙述描写的影子。《黄瓜园》故事情节的发展,印证了我

---

① 范玮:《刺青》,黄河出版社 2010 年版,第 205 页。

的阅读感觉。小和尚看上了老地主的女儿金叶，并且成了家，过着神仙般的日子。可好景不常在，来到乡村进行思想改造的大学生吹的笛声进入了金叶的心里，两人一唱一和，俱是神采飞扬。小和尚没有说什么，悄悄走了，金叶跟大学生好上了。从开篇的叙述，到最终的结局，整部小说有着一种内在的自然和谐的情感基调和叙述节奏，显现出作者对从现代文学发展而来的现代乡土抒情小说内在情感逻辑的娴熟和运用的自然。当然，《黄瓜园》的模仿痕迹还是很重的，对人物内心世界的挖掘也是轻轻浅浅的，缺乏更深层的情感心理描写和独到的细节呈现能力，从而使小说陷入了一般化、概念化、大众化的审美困境之中。当然，这毕竟是作家初创期的尝试之作，已经呈现出了作家对世界、社会、人生的独特思考和认知，如小和尚和大学生的二元对立叙述架构等。《鸡毛》和写于 1994 年的《老元和老田》同样涉及了乡村外来者与乡村本地人或乡村本地人之间的对立冲突这一审美思维和叙述格局。2005 年创作的《向往之往》和 2008 年创作的《住在树上的人》同样是这一审美思维下的作品。但是，《住在树上的人》则显现出了一种审美思维的重大变化，叙述空间从可能实在性地点转向了"乌山""虚城"的虚拟性空间，故事情节从写意性叙述变换为魔幻性虚构。

二、艺术探索期的魔幻性书写

　　比较于很多作家的职业性，乃至是机械性的文学写作，范玮的文学创作显得散淡、随意、自然，21 世纪之前发表的作品不是很多，但是其对文学审美的探索并没有停止，开始了新的具有独创性、探索性的文学书写。写于 2005 年的《像鱼一样飞》，显示出范玮在审美思维方式上的转型。

　　"那年的天气一开始就表现出一些不寻常的征兆，一场南风刮下来，赵牛河里的冰就突然融化得没了踪迹。"① 《像鱼一样飞》小说开篇就展现出一些"不寻常的"叙事内容：天气变化无常的痕迹、一直守在赵牛桥上的黑孩，以及黑孩所期待的"会飞的鱼"。虽然此前南方放排的说看见过"会飞的鱼"，打鱼的瘸子老蔡也网过一条胸鳍很长的鱼，但是黑孩一直没有等来"会飞的

---

　　① 范玮：《刺青》，黄河出版社 2010 年版，第 37 页。

鱼"。直到美丽而年轻的女苏联专家伊莲娜的出现，黑孩对飞鱼的体验发生了转变。伊莲娜注意到了这位整天伫立在桥头的"忧郁的中国少年"。黑孩动情地展开双臂在桥上奔跑，像"会飞的鱼儿一样在桥上飞翔"，他向她讲述了"会飞的鱼"的故事。第二天傍晚，黑孩收到了伊莲娜的画。"在波光粼粼的赵牛河上，有一条鱼儿长着翅膀，在水面上飞翔。鱼儿的头是英俊少年黑孩的头像。……赵牛河上有两条飞翔的鱼儿，一条是黑孩，一条是伊莲娜。黑孩展开双臂在前头飞，伊莲娜展开双臂在后边跟。美丽的伊莲娜飞翔得那么好看，像一条真正的会飞的鱼。"[①]黑孩和伊莲娜的交往，是一种较高层次的精神互动，依莲娜不仅理解中国黑孩的内心祈求、愿望，还以绘画的方式为黑孩描绘出了黑孩与伊莲娜信中所体验到的"会飞的鱼"。这条伊莲娜绘画出来的鱼，显然带有着浓重的黑孩的影子。"会飞的鱼"已经从黑孩单一的精神幻想，走向了具体可以目视的绘画中的"会飞的鱼"；不仅如此，小说又进一步从艺术描绘的审美想象变为现实中可以体验、感知、交流并一起飞翔的"会飞的鱼"——黑孩和伊莲娜。

　　伊莲娜拥抱了黑孩，"黑孩立即被温暖和奇香包围了，黑孩滚烫的脸上又流下两行晶亮的泪水"。黑孩从与伊莲娜的互动中，寻获了一种心灵的慰藉，终于有人能够知晓、理解他的感受、体验和期待，他从孤独、焦虑的紧张心理情感中解脱出来，产生了另一种被理解、同情之后的感动与兴奋。"黑孩的脸总是红红的，干活干得毫不吝啬力气，……走起路来身边刮风，简直就像一匹懵懂发情的小马驹儿。"[②]然而，黑孩母亲的阴影依然笼罩着他，他母亲同样是受到南方放排的捕鱼人的蛊惑而陷入了失魂落魄的境地，以至于披着渔网走进了赵牛河。瘸子老蔡透过渔网看桥上的黑孩，"黑孩就像一条收在渔网里的鱼"，"一丝惶恐就爬上了老蔡的脸"。果然，当伊莲娜的苏联男朋友来到赵牛河，在河岸上亲密散步的时候，一个意料不到的事情发生了：黑孩站在高高的桥头堡，不断地展开双臂，这是大家都熟悉的动作。突然，黑孩纵身一跃，张动双臂，"像一只鸟儿一样从高高的桥头堡落下。苏联专家

---

①　范玮：《刺青》，黄河出版社 2010 年版，第 43 页。

②　范玮：《刺青》，黄河出版社 2010 年版，第 43—44 页。

伊莲娜高叫一声，飞鱼，会飞的鱼"①。就在这一瞬间，依莲娜看到她所画的
"飞鱼"飞了起来，黑孩体验到了飞翔感觉，那是与死亡同在的生命高峰体验。
而此后，瘸子老蔡拉网上来，觉得那些鱼都是长着长鳍的鱼，他不打鱼了。《像
鱼一样飞》以一种虚构的魔幻性描写，呈现了作家范玮一种极为尖锐、疼痛
的极端生命体验，展现了作家与生活的紧张关系，以及对生命的高度、理想
的可能性的审美思考。

　　从艺术初创期的二元对立性审美思维和故事逻辑架构，到《像鱼一样
飞》，范玮已经成功实现了一种审美范式的转型，即"突破了经验性写作的限
制，找到了属于自己的言说方式"（赵月斌语）。小说原先的明显的对立世界
变得模糊了，不具体了，更加丰富和多元了。谁是黑孩的对立面、"敌人"？
没有一个是，但黑孩的对立面又无处不在。至此黑孩的对立面已经不清晰了，
而是更多体现为从黑孩的内心世界中生发的"另一种自我""另一种存在"，
作者以个体心灵世界中的"他者世界"来进行的审美建构，与这个不够丰富、
多样、自由的现存世界进行抗衡、博弈、斗争。虽然黑孩死亡了，但是一条
"会飞的鱼"从一个人的幻想世界中走出来，成为赵牛河人心中难以磨灭的精
神记忆，即黑孩以自己的死亡建构了一条"会飞的精神之鱼"，长久地留在了
赵牛河人的精神世界之中。

三、 "乌山""桃镇"里的"隐身王国"

　　如果说《像鱼一样飞》是范玮从抒情写意创作向魔幻性审美书写的转型
之作，那么《刺青》就是范玮审美转型之后较为成熟的艺术作品。《像鱼一
样飞》中现实层面与魔幻层面交织在一起，而以现实层面的审美书写为主；
《刺青》的空间是虚拟的、魔幻的乌山，其人物形象的语言、行为、思维状态
都已经超出了日常生活的领域，而进入了幻想、幻觉、虚构的层面，即从整
体上构成了一种魔幻性审美书写。

　　"被那个腰身看起来像苏小耳的漂亮女人一路牵引，蔡小筐迷迷糊糊地跟
进了咖啡店，喧嚣的市声被厚厚的玻璃门悄然隔断。……那些光心满意足地

---

　　①　范玮：《刺青》，黄河出版社 2010 年版，第 45 页。

躲在薄薄的羊皮里面，柔和地亮着，音乐和光线让咖啡店弥漫出一些辽远和神秘的气息。"① 与《像鱼一样飞》中的赵牛河的写实性背景不同，《刺青》小说中的主人公蔡小筐一出场就"迷迷糊糊"，咖啡店的音乐和光线所弥漫出的是"辽远和神秘的气息"，进入了"一个完全陌生的世界"。就像"喧嚣的市声被厚厚的玻璃门悄然隔断"一样，作家就把人物所处的现实的空间、声音与多样存在，同样隔断在小说的叙述空间之外，进入了一个乌山的魔幻世界之中。

在乌山世界中，每个人物形象都有一个属于自己的"谜"，甚至终生都活在一个"谜"之中。蔡大囤、蔡小筐、苏小耳等人迷于苏医生所一遍遍讲述而编织的美丽谎言。这种"谜"还有很多，不仅乌山有神汉、虚病、刺青，就连咖啡店的女仆也有"谜"：她失血而成为透明人，具有一种特殊的能力，即鼻子异常灵敏，能嗅出各种气味，并从中判断出物品的类型和客人的职业。其中苏医生所编织的"谜"是最大的谜团，不仅使蔡小筐父子等乌山人深信不疑，就连自己的女儿也迷于其中。苏医生一遍遍向女儿苏小耳讲述乌山大英雄雷大鼓的事迹，雷大鼓便在自幼目睹母亲死亡而无助的苏小耳的心灵中扎了根："一股热辣辣的力量突然注入了自己的身体里，她顿时觉得自己的骨骼变硬，内心充满力量。英雄雷大鼓就像种子一样迈进了内心，不知道从什么时候开始，那种新的力量转化成了向往和爱慕，苏小耳的内心全是雷大鼓，没有留一点地方给其他任何男人。"就这样，在雷大鼓去乌山的时候，苏小耳追随雷大鼓而去。然而，雷大鼓是一个胆小如鼠的小偷的事实，无情撕碎了她心中的英雄形象。苏医生也自食其果，得了一种头疼的怪病，经常撞核桃树，核桃树秃了，苏医生也就死了。

蔡小筐是小说《刺青》的核心线索人物。在蔡小筐那里，连接起了两个重要人物——苏小耳和雷大鼓。雷大鼓同样是蔡小筐心目中的大英雄，而且至死深信不疑，有趣的是他刺杀黑道大汉被捉的时候，自称是雷大鼓，然而真正的雷大鼓却是胆小如鼠。更有意味的是，蔡小筐所钟情的"城市版"苏小耳，在貌似温柔体贴、拥抱蔡小筐，劝说他"别冲动"的时候，却顺利敏捷偷走了蔡小筐的钱包。事实上，蔡小筐无意与黑道大汉决一死战，而是想

---

① 范玮：《刺青》，黄河出版社 2010 年版，第 49 页。

迅速逃离现场，因为起身速度太快而不慎制造出一阵响声，引起了"城市版"苏小耳和黑道大汉的误解，导致了杀人事件的完成。这也意味着，苏医生所编织的美丽谎言，传说中的英雄雷大鼓最终得以完成：蔡小筐成了雷大鼓，一个真的顶天立地的"雷大鼓"。生活就这样充满了种种不可思议的人与人之间的"谜"，每个人内心深处的"谜"，让我们目睹了"乌山王国"里人性的弱点与存在的荒诞、虚无与可笑。

《刺青》的"乌山王国"里依然有一个看似实存的人物形象，就是管理市场的警察老毛。老毛有着较为清晰的存在感，如蔡小筐撞在他身上的感觉，如他在猫捉老鼠游戏中的自我优越感，等等。小说正是通过老毛来揭开"乌山王国"的"谜"与秘密，显然，老毛是一个极为重要的、贯彻始终的他者性叙事视角。《乡村催眠师》则完全脱离了这种现实性叙述视角，以"小林医生会使用一种神奇的催眠术"直接进入一个神奇魔幻的审美世界之中，建构起一个完全奇异化的、渐渐走向成熟的魔幻叙事。

《乡村催眠师》中的小林医生以对渔民妻子、蓖麻贩子牛三腿、中学校长谷子斋等人的成功催眠而在桃镇名声大振，引来了桃镇人排队来催眠的奇观。在经过这样的叙述铺垫之后，小说的中心人物渐渐浮现："桃花坞的四甲是那年秋天要结束的时候来找小林医生的，就是那一次，小林医生第一次听四甲说起了六奶奶的故事。"[1] 显然，六奶奶的故事才是小说叙述的中心事件。在四甲看来，"小林医生对六奶奶很重要，六奶奶对小林医生也很重要"。如同小林医生会催眠术一样，六奶奶会仙术，"我母亲也说，她嫁到桃花坞到现在，六奶奶的模样就一直是固定的。六奶奶虽然一百零三岁，还是满头银发，腰也不弯，桃花坞的人都说，六奶奶保持这副模样是在等六爷爷，见不了六爷爷，六奶奶不会变老"[2]。六奶奶不仅有驻留容颜的法术，还有一块能够进行对话、映现人影的青砖。在青砖里不仅能够看见六爷爷身着戎装的身影，还可以看到"我爹的形象"，听到"我爹的声音"，从而治好了四甲娘的病。小林医生和六奶奶在听到对方的信息之后，都对对方产生了一种极为强烈的见面愿望：小林医生在一个大雪纷飞的日子里赶往六奶奶住的桃花坞，与此同

---

① 范玮：《刺青》，黄河出版社 2010 年版，第 101 页。
② 范玮：《刺青》，黄河出版社 2010 年版，第 102 页。

时，桃花坞的六奶奶也同时开启了到小林医生这里的路程，两人在路上相遇却不相识。看到小林医生冻得狼狈的样子，六奶奶说："小伙子走雪路的时候，你的心里最好揣着个念想，揣着念想走，你就不冷，也不累。"小林医生注意到了女人清澈、坚定、湿润的眼神，如同非洲草原的麋鹿。小林的朋友，另一位医生为六奶奶做了催眠术，得出了一个让六奶奶无比诧异的结论："当年那个军官恋人告诉她的地址不是桃镇的桃花坞，而是一百里外的桃花坞。"①六奶奶是在一个错误的地方等待了一生，这个事实显然让六奶奶无法接受。所以，一夜之间，这位一直保持着美丽容颜的、保有念想的六奶奶变得无比苍老，死在了回桃花坞的路上。而得知消息的小林医生又一次选择了"逃离"，从桃镇失踪了。

《乡村催眠师》文本中的医生郑定海从小说世界中走出来，去人物实存的世界中找到了小说的作者，"一些神秘的恐惧爬过了我的心头，……我小说里虚构的人物，见鬼了，他怎么会来找我？"②作为姊妹篇的《桃镇之行》同样以一种荒诞、魔幻的写作手法，把我们又一次拉回虚无的桃镇，去给桃镇一个交代。"我"到了桃镇之后，又听到了一些关于六奶奶的新故事：营长为了摆脱六奶奶的纠缠，而把刚刚死亡的士兵老六的家乡地址告诉了那个女人，让六奶奶一辈子都在等一个根本没有见过的、早已经死去的人。而当"我"遇到村长的时候，村长交给"我"一张纸条。凭着纸条，"我"找到了六奶奶的女儿，听到了关于六奶奶故事的又一个版本：六爷爷移防打仗，要六奶奶回老家桃花坞避战，六奶奶病了无法回。六奶奶身边视同亲生姐妹、说好一生不分开的二嫂，因为六奶奶结婚后忽视了她，而只身一人回到了桃花坞。六爷爷因为当过俘虏，而一生不愿回桃花坞，就和六奶奶一辈子生活在南方，到死时才想葬在家乡。就这样，在"六奶奶"的坟头上，又出现了另两个坟头，六爷爷、六奶奶和二嫂合葬在了一起。《乡村催眠师》和《桃镇之行》对六奶奶这样一位传奇性的人物命运的多样化书写，呈现了鲜明的魔幻主义和新历史主义的色彩。六奶奶的人生命运在不断的解构中呈现出人世间个体生存的多样化形态和多种可能性，以及种种不可知、偶然性因素。然而，就

---

① 范玮：《刺青》，黄河出版社2010年版，第111页。
② 范玮：《刺青》，黄河出版社2010年版，第117页。

在种种的不可知、偶然性命运面前，小说中的六奶奶却表现出了一种可知的、既定的、几十年如一日的期望和等待，一如她美丽的容颜。小林医生也正是从六奶奶的"清澈、坚定、湿润"的眼神中读出了一种灵魂里的诗意与安宁，这正是六奶奶对小林医生的"重要性"之所在。

至此，范玮已经在"乌山""桃镇"之中巧妙安排了苏小耳、蔡小筐、小林医生、六奶奶等各色神秘人物，他们一个个都是不依赖于他者的鲜活的人物形象。小说文本从两个人的对立博弈已经转化为一个人和他的各个"影子"的精神博弈，原先的二元对立的审美思维和形象架构体系已经发生了深刻、彻底的转变。可见，范玮已经悄然建立起了一个自成体系的、具有鲜明魔幻色彩和独特个体生命体验的"隐身王国"，欣欣然当起了这一王国的"国王"。

四、结语

范玮的魔幻叙述究竟有多少种可能性？范玮的魔幻叙述究竟能走向哪里？究竟能够走多远？这是读者和研究者共同关心的问题，也是范玮所需要进一步思考的问题。中华民族是一个极富有浪漫想象力的民族，涌现了众多远古神话，如《山海经》中的种种奇思妙想，简直是不可思议，在今天看来依然是一部"天书"。范玮的魔幻叙事不仅要从人类远古时代的神话传说中汲取超越性、本土性的魔幻性叙述因子，也要从蒲松龄等名家的浪漫性审美想象中汲取那种穿越现象性描述、直抵时代精神文化的本质所在。作者不仅要叙述人性的复杂性和丰富性，还要从人性的迷宫中走出来，深入这个民族的历史、文化、社会和精神深层，从而建构起一个既属于范玮个人的，也是民族的、时代的"魔幻文学王国"。这才是"70后"作家范玮的魔幻文学叙事的意义和价值所在，即在继承以往文学的魔幻叙事审美经验的基础上，探索开拓属于21世纪、属于中国本土经验的魔幻主义文学。后来创作的《桃城上空的月亮》已经呈现出范玮的一种新魔幻性审美叙事特征，一种描述城市底层农民工生存状态的、现实与魔幻杂糅的新底层魔幻叙事。这无疑是对时代的有力回应。

正如没有人能够预料到范玮小说中的魔幻叙事究竟有什么样的走向和结

局一样，我们对范玮的魔幻性审美叙事的走向和结局同样难以预料。而这正是范玮及其小说的审美魅力所在。也许此刻，这位"隐身王国"的"国王"正在发出秘密的嗤嗤笑声。

也就在此刻，研究者已经从《乡村催眠师》中的六奶奶"清澈、坚定、湿润"的眼神里读出了关于范玮的所有秘密：六奶奶、小林医生就是"我"，那个会仙术、催眠术的"我"就是范玮。因此，我的心中升起了一种"念想"：那个六奶奶，那个小林医生，那个范玮啊！

谁来拯救"小生则个"

——评艾玛的《四季录》

　　小说家只有拥有了相当程度的审美力和创造力，才能让小说虚构的现实世界中蕴含着广阔精深的人、事、物、景，情、理、法等复杂关系网也能合理地、应然地发生、发展。中国"70后"作家艾玛利用自己独特巧妙的艺术把控能力书写、建构现实生活，结合自己深厚广博的文学涵养提炼、虚拟和再造现实世界，这在当今文坛的"70后"青年作家群里是难能可贵的，值得引起对此有兴趣的当代文学研究者的注意。

一

　　《四季录》二十万字，算不上鸿篇巨制，但是其内容却包罗万象、博大精深，风格万千、栩栩如生的人物，纷繁复杂、多姿多彩的事物，变化万千、精彩万千的主题，这剧烈的反差中彰显的是以小见大、以少写多的艺术手法的精妙，让纷繁众多的内容不但能在小说中有相应的一席之地，而且是符合艺术规律地存在着。《四季录》小说在纷繁万象中游刃有余地娓娓道来，并不拘泥于一种或者两种叙事方式，其中占主体地位的当然是全知全能视角的讲述，其次不乏限定视角的讲述，它们并不是平行地展开，而是交叉呈现。这种方式展现了当代文学小说叙事更加本土化，不盲目效仿，不会水土不服，像对于"一九九六夏""二〇〇二年春""二〇〇三年夏""二〇一四年秋"的故事的讲述，除此之外，例如木莲、木菌、罗浩的故事借着小星的出现被糅合到了一起，同样地，老钟、章云、周秀美、袁宝的姐夫等次要人物并非没有作用，宛如一堆散砖堆砌成长城，就像一群散兵游勇整合成精锐之师，如此小说便成为一个不可分割的整体。除此之外，也有通过人物来讲故事的方式，简洁明了，它并不以人物为主要的叙述事项，它更像是在讲故事，由一个故事到另一个故事，例如王小金凶杀案的状况，还有在楔子中罗大为向丽兹讲述有关袁宝的命运历程等中国的原汁原味的本土故事，也有在小说结尾处丽兹向罗大为讲述西方的，准确地说，是别国的故事，像文中出现的本杰明、史蒂夫、艾丽卡等。

小说将人、事、物、景等在同一时间、同一空间内集中地表现出来，袁宝、章云、王小金、木莲、木菡等他们各自的故事朝着外围辐射。在人物关系网中牵引出袁宝身边人的故事、章云的婚姻恋爱故事、王小金的成长故事、老钟的不为人知的神奇奥妙的故事，等等。其他的如小星、罗浩父亲、周秀美、林树林的故事，还有日记中被采访者的故事。小说中的现实世界既来源于生活又能高于生活，既遵循现实规律，又能符合艺术规律。

小说离不开情节。所谓情节，即是对一系列动作的模仿，故事与故事之间连贯而成，遵循规则按照序列，呈现事物本身的原本模样和事物发展的过程。从近些年的创作来看，传统的白描、情景交融、动静结合几乎不见，写人状物的传统方法——外貌描写、动作描写、心理描写、情态描写也难以见到，描写、议论、抒情已很难见到，叙述成为一枝独秀。这使得行文语调平淡无奇，节奏呆板趋一，进而大大影响了小说反映和改造现实世界从而建构绘声绘色的艺术真实世界的能力。这无疑是愚蠢至极的，因而改变成为必要，正如刘恪所说："今天看来，几乎是叙事让世界走向平庸、无意义、肤浅，因为当代小说自新小说以后，叙事都是一味地对行为模仿，或者采用自我叙说便是我行为的方法，所有的人都像上了发条的永动机，一刻不停地追求行为的过程，无法停下来思考。行为，情节不断地重复，一个接一个地游戏。传统游戏哄别人，今天游戏哄自己，在一个平面光滑的界面溜走，那是一种自慰的叙述。"① 从古典小说到现代小说，中国的小说家们极尽描写之能事，当代小说家应该继承这一优秀传统，推陈出新，古为今用，巧妙处理关于描写

① 刘恪：《现代语言的叙述与描写》，《中州大学学报》2014 年第 5 期。

和叙述的关系。显然，艾玛注意到了这一点，付诸了实践，而且发人深省。《四季录》主要以传统的细节和对话为主要的描写方式，塑造了一个又一个栩栩如生的人物形象，例如小说中的很多人，像王小金、木莲、罗浩，他们之所以给读者留下鲜活生动的印象，与小说家对他们的刻画密切相关。艾玛从细节入手，不断向人物形象深处蔓延，进而打通了一条关于人物与读者的桥梁。而《四季录》中的叙述语言与描述语言并不是哪一方面一枝独秀，也不是单纯地敌对、互相压制，二者互有着力点和侧重部分，相得益彰，其中叙述语言主要集中在一些时代背景的交代中，在故事的发生发展中起到讲述分明的作用，自然有其他方式无法替代之处。

艾玛这种叙述和描写相结合的方式，对于展现小说既根植于现实生活的真实丰厚的土壤，又以符合艺术规律的方式呈现出小说里重新建构的现实世界，二者并不矛盾，而是相互贯通，共同助益。

二

小说家对现实经验的独特巧妙的艺术表达，足可见其深厚扎实的文学功底和精深独到的艺术素养，从而对读者的文学鉴赏能力、文学感受力、文学素养，甚至文学创造力产生潜移默化的影响。《四季录》中对当下人、事、物及其关系的描写，不生搬硬套，不矫揉造作，不刻意求异，在现实的世界和经验里建构出一栋引人炫目的、审美展现现实生活的艺术大厦。这是文学表现的重要方面，同时也是衡量小说价值的重要维度。

人物、情节、环境是小说的三要素。人物在小说中的重要性自然不言而喻，人物是检测小说文学价值的试金石，小说创作不能离开人物形象的塑造与刻画，作家的经历遭际不同，作家的性格气质不同，作家的观察视角不同，着力点不同，其小说中的人物自然千差万别。《四季录》人物众多，主要人物和次要人物都塑造得得体、巧妙、栩栩如生。艾玛在表现人物时首先注意到了人物形象的自身价值的积极作用，在推动情节发展的同时注意细致塑造人物自身的形象特点，这一实践是有示范价值的。

人物并不是单纯地为了故事而讲故事，故事并不是第一位的，人物也并不仅仅是为了故事而存在，它是以展现人物为中心，从一个人物到另一个人物，故事的主要任务是讲述人物，由一个故事到另一个故事并列着呈现出来，如此，小说在一个个人物的出场中实现由一个故事到另一个故事的跳转。

艾玛在产生写出一部长篇小说的念头，在确定了长篇的题目之后，她首先思考的是关于人物的内容。艾玛不吝时间地去让自己首先熟悉这些主要的人物，从现实生活中的人、事、物取材，安排他们大致的家庭背景、性格气质、外在形象等，然后给他们起名字，让自己越来越熟悉他们，他们是在作家熟悉的地方工作、生活，他们身上发生的是作家熟悉的当下生活和时代热闻，他们甚至和自己生活中的一些人相像，她花费了很长时间、很多精力去完成这一个个人物的大致素描像。比如袁宝，他的年龄、他的性格、他的家庭背景、他的成长经历，以及他对异性的羞涩和向往，都是作家在创作之初就思考的问题。比如木莲，她不信仰宗教，不信仰任何政治党派，是一个纯粹的人道主义者。比如范小鲤、罗浩，他们的职业生涯、他们的工作环境、他们的教育背景，作家也已经熟谙于心。尽管如此，人物身上发生着哪些具体的事情，人物由此而展露的具体内心世界、情感世界、价值观念，她依然没有确定，在后面具体的创作过程中依然在不断地调试。

关于人物形象的描绘，从来都不是一朝一夕的事情，不是一蹴而就的事情，更像是在爬山，可能会有瓶颈，但有的人会达到“会当凌绝顶，一览众山小”的境界，这自然是与作家个人的文学创作功底和艺术处理能力以及文化底蕴息息相关的。一个个鲜活生动、富于示范性和现实意义的人物，自然不能脱离一个时代的社会实践，他首先要有一种与读者，也就是与人们的亲近感，也就是不能疏离人们的生活实际，这样他才能在经过艺术处理和文学加工后保留他的一份生活气息，从而既食得人间烟火，又能摆脱过分拘泥于现实讲述、平淡如水的呆板单调。作家在生活中、工作中、旅行中，甚至从别人那里听来的故事，都会被她捕捉然后提取精华，经过分析处理应用到小说的人物身上。在对自己亲友的一个肾移植手术的探访过程中，袁宝的肾在被移植到木莲身体后，木莲近乎神经质般的惴惴不安，木莲与罗浩之间绝不会进行的关于肾移植的堂而皇之的讨论，都受到了启迪。

艾玛笔下的人物形象绝不是单薄无力的，他们有着很丰富的个性，即使同一个人在处理不同事情的时候，有时也会做出那种相差甚远甚至背道而驰的行为。也正因如此，他们才是活生生的人，不是扁平式的，他们才更像这大千世界里的芸芸众生。杀人犯王小金从他的性格演变以及他的行为举止中就可窥见端倪，由此可以推断出他的成长经历，进而深入了解这一人物形象。他可以杀人，残忍暴力，从一个人的身心成长的规律和影响因素来分析，似乎也不算是匪夷所思，对他的言行举止细细揣摩，虽然不能接受但是可以理解。作家将他塑造得有血有肉，鲜活生动。接受了肾脏移植手术后的木莲，身体和精神状态都发生了变化，无论是在单位工作还是在家庭生活，她都无法回到从前。袁宝，一个心地善良、腼腆羞涩，甚至为一头被鞭打的驴哭泣的少年，竟会被阴差阳错地卷入杀人案中，并因此送掉了性命。《四季录》中，就连日记里提到的采访对象，也都被艾玛赋予了真实性和生命力。

作为一名法学博士，艾玛的笔下无处不见她的法学知识素养。她在写人物、讲故事的时候，亦写下了当下最前端、最新异的与法学有关的故事、事件，从而塑造了一批批与违法犯罪有关的人物形象，例如王小金、袁宝。艾玛笔下的那些故意杀人、伤人事件，有冤有屈的平民上访事件，官员贪污腐败事件，在校学生考试作弊事件等，不仅全面而且富有时代气息，不过作者不是为写故事而写故事，更不是一味地满足读者的猎奇心理，相反地，作者的直接写作对象还是那些人物，为了更好地表现他们的形象特点、他们的命运演进、他们之间的复杂关系、他们内心深处被隐藏又被激发的人情与人性，而这些事件只是作为支撑人物形象的参照。袁宝杀人案牵扯出了一系列相关的人、事、物的广阔世界，人物形象的复杂、扭曲的人性和难以捉摸的命运都被深刻呈现出来。

三

作家的法律知识功底和法律工作经验使得她见过太多人性的黑暗面，七情六欲支配下的贪心不足、无知、浅薄、鄙陋、粗俗、虚伪、暴力、变态、残酷、不可思议，以及人世间的不公平、不公开、不公正，表面一片和谐美好，实则暗流汹涌，污秽不堪。见多了非法买卖、杀人越货、贪污腐败、虚伪世故、人心凉薄，人的心就变了，不再轻易柔软，会越来越硬，会冷酷麻木。但是艾玛显然没有麻木，她依然有一颗悲悯之心，依然向往着越来越完善的法律和越来越成熟的体制机制。

"绝望"并非作家的着力之处,"反抗绝望"才是作家的着力之处。这使小说的质地既坚硬又柔软。是啊,要么凤凰涅槃,要么烟消云散,只有了解了最黑暗的人性,只有看多了绝望的人与事,人才能向着绝望反抗,在沉默中爆发。在这些人物形象的身上,在他们深藏在灵魂深处的人性里,在他们跌宕起伏的命运演进中,他们的婚恋情感生活也让我们深有所思,无论是城市还是农村,无论是男性还是女性,无论是体验情感还是表达情感,无论是恋爱还是婚姻,作者对当下大众的婚恋情感问题的关注,对两性关系的审视都像是在说你我,人物的不幸遭际、沉浮命运在作者平淡冷静的叙述中,像竹筒倒豆子一样声色不惊地讲出来,却像子弹一样击中读者内心,让人揪心,就像悲伤的时候听情歌渴求被治愈,但后面却愈听愈加伤感,最终悲伤到最浓处反而升腾起一丝无所畏惧、无所羁绊的情绪,艾玛的《四季录》给我的感觉就是如此,她于绝望最浓烈处反抗绝望,有一股死士般的壮烈雄壮。

章云的不幸是显而易见的,她是一个生活在社会底层的小人物,她忙于生存赚钱,疲于为生活奔波,最初懵懂无知,被卡车司机骗财骗色,在摆脱了卡车司机之后却又陷入杀人犯王小金的泥潭,还被他像丢垃圾一样说抛弃就抛弃,她的辛酸和无助于此时更浓郁。范小鲤的情感生活丰富,看似风光却苦涩无比,如人饮水冷暖自知,弃之可惜却又食之无味,她与罗浩在网上偶然相识,他们开始见面,他们因为空虚结合,结合之后却空虚更甚;她与林树林结合,没有半分真爱,有的只是经济的考量和世俗功利的利用,情感婚姻非人性化,令人不敢苟同,却又像照妖镜一样照得现实中的男男女女原形毕露、无处遁形。木菡与老钟夫妻俩同床异梦,貌合神离。木莲和罗浩最初恩爱甜蜜,却终究抵不过平淡如水的岁月,抵不过柴米油盐的单一,抵不过一堆家庭琐事的纷吵……这个时代里的人都患孤寡。

人物自身的命运演变、人物经历的变化、人物关系的错综复杂,展现了人性深处的黑暗与扭曲,冷静的审视背后是热切的拷问,情义之间、恩义之间、自我与他人之间、自我之间,不外如是,人物的内涵如那十里桃花香弥漫开来,随处皆是。木莲与罗浩彼此都渴望拥有美满幸福的婚姻,他们也都付诸努力,奈何无果,谁也挽回不了这场破碎的婚姻,从婚姻的"围城"挣扎着走了出去,面临的却不是天高任鸟飞的自由,而是更大、更痛苦的精神困顿。木菡与老钟彼此并不了解,而且谁也不想被对方了解,互相隐瞒,互相遮羞，维持着这若有似无的婚姻，同床异梦，最亲密又最疏离，最熟悉又最陌生。罗大为和丽兹之间，二人表面如胶似漆，但没有真情实意，罗大为始终无法突破内心的桎梏，始终认为自己漂泊无依，始终孤独。桔梗对王小金有恩，王小金却恩将仇报，用残忍的手段杀了桔梗，救命恩人却成为被害人，震惊惋惜之余结合人物自身原因又感觉在情理之中，读来可惜。袁宝从小到大都受制于人，无法冲破自己命运的牢笼，无可奈何、无路可走，他像一只牵线木偶被控制、被摆布、被玩弄，最终丢了自己的性命。那颗袁宝的肾引来另一个人的不安与寻找，木莲体内移植的那颗肾，让她惴惴不安，她希望找到那个人，她总觉得自己和捐肾者冥冥之中有着某种关联，她始终在寻找，可是她已不可能找到。

艾玛的《四季录》关注现实世界和现实情感，批判人性黑暗，作为一位 "70 后" 作家，她愿意观照、关怀现实，愿意思考现实问题，处理现实场景，愿意将自己的所见所闻、所思所想用小说的形式展现出来，愿意用现实主义的笔法付诸实践。艾玛的《四季录》揭露了当今时代的污浊和人心的黑暗面，戳穿虚伪的外衣，赤裸裸地表露出绝望并起身反抗绝望，力图用文学照亮黑暗、虚无和绝望的深渊。但是，谁来拯救 "小生则个"？这依然是无底的人性暗洞、激流汹涌的欲望暗洞。

艾玛的《四季录》让人看到小说这一文体在当今消费时代大背景下，在反映现实生活并且构建作家虚构的审美艺术世界方面的积极效用。小说带给读者对当下生活现状的感悟和思考、关于真善美价值观念的当代深思，以及关于小说这一文体带给人们的语言美、形式美、思想美的享受。

我们为什么要返乡，以及如何返乡
——读乔叶的长篇小说《宝水》

  乔叶的《宝水》是一部反映新时代"美丽乡村"建设的长篇小说，更是一部复魅中国乡村活力、重建中国乡村精神的新时代乡村文化小说。新时代乡村还有何价值？乡村是否会像传统农民耕作方式一样被取代而消失殆尽？乡村存在的必要性在哪里？仅仅是因为我们要返乡吗？人工智能、大数据的网络文化时代，我们如何返乡？而所返的乡是不是我们心中的乡？这些都是21世纪文化语境下新时代中国人所深深追问的事关中国乡村未来的根本性问题。乔叶的小说《宝水》不但对这个当代中国乡村发展、乡村振兴的根本性、内核问题进行了思考，而且以其独特的个人生命体验的审美书写给我们很多深刻启发。

  小说《宝水》以细腻、温软的笔调描写了主人公地青萍的返乡经历，幼时的乡土经验和父亲的意外死亡让地青萍一度厌恶农村、痛恨老家，加之丧偶之痛，她落下了严重的心理疾病和失眠焦虑。于是，因病提前退休的她来到宝水村——这个作为故乡福田村的镜像所在。农村旖旎秀美的自然风光和温馨亲切的人情伦理深深打动了地青萍，成功疗愈了她的城市病症，抚慰了她的心灵创伤。在宝水村，地青萍见证了村民们是如何如火如荼地开展"美丽乡村"建设的：开发风景区，设立乡史馆，经营民宿，打造农家乐，制作纪念品，借助新媒体宣传推广……小说透过这个离乡多年的外来人的眼光，将时代巨变下的乡村建设、农村振兴娓娓道来，把传统乡村如何转变为以文旅为特色的新型乡村徐徐展现在读者面前。小说也正是在时代的宏大叙事和情感的细腻表达中获得一大一小、一张一弛的美学张力，重建了基于中国文化传统的中国式乡村伦理文化以及人与人之间的生命亲和感。

小说语言朴实自然，平易生动，不事雕琢，平白如水，却有强烈的"土气息、泥滋味"。正如书中对农村泥土气息的生动描述："就是这种气息。有酸涩，有味苦，有汗咸，有细辣，还有果的甜，草的香，叶的腐，木的朽，肉的腻，酒的淳……如此混杂，如粪如土，同时却又是干干净净清清爽爽如初春的大地，是让人放心的厚实和令人踏实的沉香。"小说的语言也正是在这犹如大地般包容的混杂气息中，给人难得的平稳、踏实。最让人感到生动活泼的，是小说里散落杂陈的方言土语。诸如，一瘸一拐叫作"一高一平"；喜欢、宠爱叫作"景"，"又景着你大侄女呢"；夸什么可爱，叫作"漆"，"他比你孙子还漆巴巴呢"；话多叫作"稠"；用开水快速烫菜不叫"焯一焯"，而是叫"澡一澡"；和乡亲们漫无边际地聊天叫作"扯云话"……如此生动活泼的语言让整部小说洋溢着一股热气腾腾、生机勃勃的感觉，犹如春天的大地上兀自生长的无名小花，野性自由，让人眼前一亮、耳目一新。除了生动活泼的方言，让人感到别开生面的还有各色人物的对话，或泼辣如村支书大英，"说我诡诈，我诡诈比你十万八千里地差！谁不知道你，养个猫比老虎大，卖只鸡顶个马价，戴颗珍珠赛过西瓜！整天你日磔弄棒锤，仨砖支不稳，三倒油葫芦，耍蛤蟆挑长虫，满嘴没真言，叫人能信你哪一桩"；或幽默如乡建专家孟胡子，"那些项目，一个成功的都没有啊。都说失败是成功之母，我碰见的全是后妈"；或欢泼如秀梅，"哎呀姐，俺们仨来求你，就没有一星星面子？知道你见过的世面大，就恁瞧不起俺们？"哪个人物开口说话，他的身份、形象、品行就活灵活现，如在目前，无比亲切传情。语言是存在的家园，是回归精神故乡的必经路径。正是在乡村自然景观的映照下，乡村本土式语言让生命本体之我获得回家的精神指引和强大审美愉悦感。

从内容看，小说并没有设置一波三折、跌宕起伏的故事情节，而是深入农村的内在肌理，在四季流转、岁时节令的变化中，动情诉说乡村的日常生活，细腻真实地再现时代风貌。小到乡邻之间的寒暄问候，农村社会里的礼数习俗，大到"美丽乡村"轰轰烈烈的建设改革。小说呈现了一个真实可感、生机勃勃的农村世界。在这里，乡民们巧妙化解旅游区停车难问题，从容应对无理取闹的游客，积极开发特色农产品，努力借助新媒体宣传新农村……

这里的乡村景观不同于以往的农村书写，既不是作为凋敝落后的存在来呈现作者的批判启蒙姿态，也没有被视为诗意田园来表现作者的挽歌情调，小说将故事的发生放置在农业乡村现代化发展的时代背景下，显示出一种强烈的现代气息和历史在场感。从这一点来看，《宝水》有着紧扣时代脉搏，与乡村命运共呼吸、返璞归真的独特价值和意义。

在书写美丽乡村新图景的过程中，作家乔叶主要塑造了三类人物形象，真实呈现了新智媒时代乡村巨变下中国农民生命存在的新形态，建构出了新时代中国农民形象的新类型。第一类是诸如地青萍、老原、赵顺、马菲亚、小曹之类的返乡青年。按照徐先儿的话讲，青年返乡"要么就是挣够了钱，要么就是有了病"。"我"和老原同属于在现代都市漂泊无依、心灵无处安放的人物，而有着慢节奏生活的农村无疑充当了疗愈都市病症的角色。赵顺属于衣锦还乡型，在大城市打拼，挣够了钱，回家乡购置田产，安享晚年。马菲亚夫妇和小曹却是实实在在体会到了农村的好处。"这里的生活基本零成本，土地很慷慨，撒了种子就给你吃粮食，不撒种子还给你吃野菜。也不用美容化妆应酬社交，不再进医院买药看病。这不是享福啥是享福？""不是有句话么，一二线容不下肉身，十八线容不下灵魂。是说大地方挣钱难，小地方没意思。以前我觉得这话特别有道理，现在却觉得矫情。作为平凡的人类，咱的肉身没那么难伺候，灵魂这事也很有弹性，只要找到适合的地方就能灵肉兼容。"如果说，梁鸿的"梁庄三部曲"书写了农村的凋敝落后，展现了一批批进城农民工的痛苦挣扎，那么《宝水》里面的人物则是逆向而行的，他们真切实在地感受到了乡村的美好召唤，从城市奔向农村。从这点看，《宝水》彰显了乡土对于所有农民的向心引力，农村的日新月异、快速发展，必然吸引着越来越多的人投身到家乡的美丽建设中。

第二类人物形象是土生土长的村民，诸如老安两口子、豆哥和豆嫂、七成和香梅、鹏程和雪梅，还有德高望重的九奶。乔叶以热情饱满的笔触书写了这类人物身上的勤劳朴实、善良热情，他们恭敬友爱，互帮互助。尤其是对待赡养孤寡老人九奶这一件事上，村民们自发捐款，商量筹办养老事宜，家家户户抢着侍奉这位耄耋老人，显示出极大的善意和温情。与此同时，小说最为生动的地方还在于，乔叶描写了这类"旧人"在新时代的"山乡巨变"中所面临的纠结、矛盾。大学生周宁、肖睿进村"镀土"，宣传捐头发做公益，提出遗体捐赠，主张生命教育、性教育，村民满是不解、困惑。乡民们与城里游客热情寒暄，却被城里人以 "边界感" 为由冷漠拒绝。还有豆嫂与人签完协议后又反悔，转身将闷坛肉卖给更为亲近的朋友亲戚。小说真实地再现了旧传统与新生活的矛盾冲突。然而，在处理这些矛盾时，乔叶并没有站在城乡二元对立的视角，对其做出孰优孰劣的道德评判。相反，作者完全以农民的眼光看待城乡差异。恰如作家乔叶本人所言，"好多东西需要有大时间的概念，而不要去急着做出判断"，这种平等的观照，让我们得以深切体会农民的生存智慧和为人处世的生活哲学，而这恰恰也是属于文化传统的重要组成部分。

　　第三类是农村新人形象，其中的代表是乡建专家孟胡子。他不是基层驻村干部，却能从容地游走于杨镇长、闵县长之间；他也不是地方乡绅，但在乡民当中却有着较大的威望和话语权。他具备较好的理论知识，对美丽乡村建设有着高瞻远瞩的战略眼光，"三年带建，三年帮建，还有三年观察"；同时他又深谙人性，通晓人情，能与农民群众打成一片，为村民宣传环保思想、法律意识，为美丽乡村发展出谋划策，将政治蓝图真正付诸实践。他能一针见血地指出农村发展过程中的诸多问题，又能对农村的人情事理做出透彻理解。面对城里人指责农村人没有诚信意识，缺乏契约精神，孟胡子这样解释道："契约精神的本质是啥？是利益保护。当他们觉得这契约精神没有保护自家利益时，哪还能指望他们遵守……农村就是熟人社会。他们多少代都是在这里过日子，看重的是长远的契约精神。亲戚之间可不就是一辈子两辈子几辈子的大契约？比跟外人一两件事的小契约，他们当然会选择亲戚。"这样一位扎根乡土，对地方发展热情投入，为农村建设殚精竭虑的新人形象在当代文学中实属罕见。正是这些无比鲜活的乡村人物形象，让小说具有内在的生命力和独特的精神景致，构成了新时代乡村魅力的内在精神根源，回到了21 世纪中国人为何返乡以及如何返乡的根本性问题。

　　纵观全书，小说以 "冬 —— 春""春 —— 夏""夏 —— 秋""秋 —— 冬"四个章节为时间轴展开，开篇写正月十五落灯，尾篇又以大年三十点灯结束，首尾呼应，形成一个巧妙的闭环。四季流转，年复一年，日复一日，一切看似什么都没有变，但走进乡村内部，这里却又发生着翻天覆地的变化。正如历经千年的中国乡村文化，兜兜转转，起起伏伏，依然倔强而顽强地生长着。

而《宝水》所复魅的正是这基于千年乡村根性文化的审美之根和文化之魂，《宝水》主人公执意"返乡"所返的是中国传统文化的生命原乡，是与自然、大地、乡民相契合的精神故乡。

乔叶为小说取名为《宝水》，不仅仅展现了宝水村的"山乡巨变"，同时也是借"宝水"之名表达了对中国乡村、中国历史、中国文化传统和中国农民的深切敬意。恰如乔叶本人所言："我觉得水象征着特别宝贵的民间力量，就像宝水村民为了自己的幸福生活，可以爆发出很多智慧和努力，很像山间的泉水，可能特别细小，但是汇聚起来就能成江成河。"水能载舟，亦能覆舟，"宝水"形象呈现了中国民间的宝贵力量和中国乡村大地生生不息的勃勃生机。但愿"宝水"成为中国千年乡村文化复兴、复魅的新生命之水。

当代藏族生活的原生态书写者

——次仁罗布论

　　西藏给人们留下的印象，历来都是一个充满未知的神秘的地方。次仁罗布作为一个土生土长的藏族人民，以藏族人的心境和藏族人的视角，运用新颖的叙事方式，结合西藏的神奇的传说，通过描绘西藏普通人的普通生活来展现西藏文化背后的意蕴以及自己对于人性、命运、人生价值的思考。次仁罗布这种对西藏的充满原生态的刻画具有极强的吸引力，在他的笔下，神秘的西藏虽然依旧充满着神奇，但是已经变得非常"接地气"。

　　次仁罗布用充满灵魂的语言来描绘着神秘的西藏，在这里他颂扬藏族人民敢于追爱、坚定信仰、勇于担当、对爱执着坚守的优秀品质；他无时无刻不在表达自己对于藏族文化营造的多彩世界的热爱，当然，我们也可以看到次仁罗布在社会快速发展的大环境下对于藏族文化发展的担忧与思考。次仁罗布通过简单的小故事来描绘人生所必须经历的爱、苦难、生死等，不断思考着人性、命运和人生存在的价值与意义。

一、叙事形式的新探索

　　藏族文学的发展历程和中国当代文学发展的历程是相似的。西藏和平解放之后，以降边嘉措为代表的文学创作者的叙事方式多为一种带有革命性的叙述，讲述西藏人民以前遭受的苦难和解放翻身之后对于新生活的渴望与期许。到 20 世纪 80 年代中期，以扎西达娃为代表的文学创作者受拉美魔幻现实主义思潮的影响，结合藏族独特的民族传说，叙事方式渐渐地开始变得多元化。次仁罗布也是在不断探索着关于西藏文学的创作与叙事方式。

次仁罗布的叙事手法是非常新颖独特的，是多个视角、多个角度的讲述。他的小说中经常穿插着第一人称和第三人称的叙述，以笔录加访谈加回忆的形式，插叙、倒叙灵活运用。在《阿米日嘎》中，次仁罗布以警察的询问做笔录的形式来介绍故事，讲述了"我"作为一名警察去调查一件种牛被害的案件。整篇文章主要是由原告、被告、证人的讯问笔录组成的，层层推进，悬念迭生，就像是在解密一样，带给人一种神秘感，吸引读者去探寻结局。文章最后说"我"断完案子之后出于善心也买了贡布家的牛头，在车上似乎和牛的灵魂进行了交流，带有魔幻的色彩，"少数民族对动物的温存、宽厚与怜爱源于对所有生命样态的理解和尊重，源于生存生活上与他们的密不可分，也源于动物本身所具有的通透灵气"①，体现出作者对于动物的悲悯之情以及对藏族人民之间那种宽容心态的敬意。在《言述之惑》中，"我"以记者的身份去采访记录中的英雄加布，从不同的人的嘴里得到关于英雄加布的不同说法，原来的英雄形象变得让人疑惑。次仁罗布打破了英雄的叙述模式，还原了一个英雄形象在普通人眼里的面目。作者在这里展现了关于英雄的看法和对于英雄真实的疑惑。英雄并不总是像人们说的那么高大，人们对英雄的看法也是不一样的。在《兽医罗布》中，他更是直接用魔幻的手法将"我"与兽医罗布的灵魂交织在一起，"我"经常梦到罗布，甚至有时候和罗布的妻子同时梦到罗布。通过罗布的城镇和牧区的两个妻子来讲述罗布的一生，两个妻子都给予罗布很高的评价，表现了罗布的善良。"我"与罗布最后的相遇是在幽暗的巷子里，更是充满了神秘的气息。"化腐朽为神奇，变现实为幻想而又不失其真是拉美魔幻现实主义的艺术原则，除了打破时空界限的结构主义叙事策略和象征隐喻的艺术技巧外，还存在许多。而将梦境与现实混同，以预示及征兆相互铺垫、相互映照、相互阐释，便是其中重要而常用的一种。"② 他的

---

① 吕豪爽：《中国新时期少数民族小说研究》，河南大学出版社 2010 年版，第 97 页。

② 吕豪爽：《中国新时期少数民族小说研究》，河南大学出版社 2010 年版，第 132 页。

这种多视角、多角度的叙事，与魔幻的手段巧妙地结合在一起，将故事的起因、经过、结果更加全面地展现出来，可以给人更加全面的认知。

次仁罗布的小说标题也充满着象征意味。《尘网》中的跛子郑堆一直活在一种由 "被爱" 和 "求爱" 所交织的 "尘网" 之中，从被求爱的岳母达嘎灌醉以致失身，到遇到漂泊异乡的泽拉，再到最后娶酒馆的女人为妻，跛子郑堆一生没有走出这个用 "爱" 编织的网。虽然郑堆最后突然死去，但是他什么都不惧怕了，也并不后悔来到这世界上走一遭。作者在这里用 "尘网" 做标题可谓是匠心独运，尘网象征着尘世间的羁绊。只有有了这种羁绊，人来世上走一遭的意义才会更加独特。就像是钱锺书以 "围城" 做标题一样，次仁罗布在这里用 "尘网" 来形容人与人之间爱的纠葛。这种纠葛没有人能够逃脱，那就正视它，拥抱它。《放生羊》中的 "羊" 已经不再是生物意义上的羊，而是 "我" 的妻子桑姆的化身。死后一直不得转世的妻子托梦给 "我"，让 "我" 多祈祷，好让她及早转世。放生羊也就是让妻子的灵魂得以转世，文中 "我" 为放生羊所有的付出也表现着对妻子的爱。作者也非常善于用比喻的修辞，"雪山融化后从山上流泻下来的溪水，犹如一颗颗碎裂的玻璃珠子，明亮又晶莹"，将溪水比喻成碎裂的玻璃珠子，将洁白的牙齿比喻成海螺，将道路两边的绿比喻成奔腾的江河，狂泻而去，用曲郭山上的雪来隐喻日益变化的自然环境……这些都表现出次仁罗布丰富的想象力。"意象作为兼备表象与意义的审美符合体并不是某种意义和某种意象的简单叠加，它在生成过程中经历了作家的选择和过滤，不但体现出作家本人的才学和意趣，更大程度上还与作家所处的文化环境、所属的民族文化思维方式和审美倾向存在着潜在的联系，在一定程度上它是一种社会文化的载体。"[①] 他用这些新颖的形式和生动的意象来介绍西藏的风土人情，以一种全新的面貌来展现西藏文化背景下人们对事物的认识和理解。

---

① 　吕豪爽：《中国新时期少数民族小说研究》，河南大学出版社 2010 年版，第 151 页。

二、藏文化的描绘与思索

次仁罗布在结合藏族普通人民的普通生活所构建的艺术世界里，充满了宗教色彩，极具民族性。"藏族文化是一种以苯教为基础，佛教为指导，并吸收了汉文化和一些其他民族文化的文化……藏族文化的灵魂是佛教哲学，因而种族哲学的基本命题与佛学的基本命题是一致的。"① 次仁罗布的小说中充满了对藏族文化的热爱，他的小说中也包含着佛教的哲学以及他对这种哲学的思考。

在次仁罗布笔下，绵延的雪域高原、朝圣的寺庙、平凡却不寻常的八郭街头……都在上演着一段段精彩的故事。次仁罗布把自己对藏族多彩世界的热爱与担忧融入这些景物描写中，营造出一种特定的氛围，而且往往结合着藏族独有的传说。在《神授》中拉宗部落的亚尔杰经历了"在草原——离开草原去拉萨——重回草原"的过程，在这个过程中景物描写也从"晨曦微露，远山正脱掉黑色的幕布，把碧绿一点点地透露"到"林立的高楼压迫着心头，笔直的马路，把大地切割成一块块，让我胸闷气胀"，再到"摩托车的声音响彻在草原上，这种尖锐的声音令人可怕。它把一个个牧民点甩在了后面，像格萨尔王的箭一样射向色尖草原"。在这个过程中，经"神授"而开始说唱《格萨尔王》的亚尔杰在草原上是欢乐的，他有着真神的陪伴；进入拉萨后他感觉到沉闷，因为真神大将好像离他越来越远，因此甚至想到过逃离；重回草原后一切变得亲切，一切又变得陌生。草原上已经很少有人像以前一样喜欢听他说唱《格萨尔王》了。作者通过写一个说唱艺人的说唱过程表达了自己对于藏族文化的热爱，同时也为藏族说唱艺术的逐渐衰微感到惋惜。在《曲郭山上的雪》中，作者借贡觉大爷讲述曲郭山上的雪正在逐渐消融，而经书上说"曲郭山上的积雪融尽，也就是人类的末日"。曲郭山上的"雪"隐喻日益恶化的自然环境，引起人们恐慌的不是那张美国讲述 2012 末日的 DVD，而是近在眼前的曲郭山上的雪。《曲郭山上的雪》寄予了作者对于日益恶化的生态环境的担忧。

---

① 丹珠昂奔：《佛教与藏族文学》，中央民族学院出版社 1988 年版，第 7—8 页。

次仁罗布的小说中有许多藏族的传说。一方面作者借传说来展现社会上的一些现象，揭示人性的良知与愚昧。《传说》中的金刚杵是霞帝寺活佛送给强久老头的，可以 "刀枪不入"。金刚杵的获得是因为有着虔诚宗教信仰的强久老头归还霞帝寺镇寺之宝金刚橛，金刚橛在传说中的萨迦班智达和外道者争辩中显现过它的威力，在人寿十岁与康巴人的决斗中显现过威力，但是佩戴金刚杵的小伙子却因为见义勇为被人用木棍打死了，强久老头也只好无奈地说："原来是遇到了不洁净的东西了。只可惜了我那个金刚杵。"金刚杵在传说中本是一个吉祥的物件，是正义和无畏的代表，但不是有了金刚杵就能够刀枪不入。虔诚地去坚信正义和无畏是正确的，但是金刚杵不能作为一种实实在在的保护。另一方面，作者通过将日常生活与藏族信仰的完美结合，展现出了藏族文化的风采，表达了自己对于藏族文化的热爱。在次仁罗布的小说中，人们虔诚地祈祷，在《放生羊》中 "我" 为了妻子的转生祈祷，带着供灯、哈达、白酒等去转林廓，"一路上有许多上了年纪的信徒拨动念珠，口诵经文，步履轻捷地从我身边走过。白日的喧嚣此刻消停了，除了偶尔有几辆车飞速奔驰外，只有喃喃的祈祷声在飘荡。唉，这时候人与神是最接近的，人心也会变得纯净澄澈，一切祷词涌自内心底"。藏族人民转圣山、转圣水、转寺庙，边磕长头边诵经，他们相信通过转山、转水和诵经，便可以得到神灵的祝愿，可以消灾祛病。作者在这里既描写了藏族人民对信仰的虔诚，也表达了作者对于虔诚信仰者的深深敬意。

三、对藏族人民人心、人性的思考

在新颖的叙事形式背后是次仁罗布对于人心和人性的思考。"文学是人学，它更多地注意于人的灵魂和思想感情的挖掘，它的伟大功用就在于塑造了对人民来说是重要的、有意义的人物性格和真实地再现了那个时代和那个社会。"[①] 次仁罗布通过描写藏区人民的普通生活来表现自己对于 "爱""幸福""仇恨""苦难""生死" 等的深刻思考。

次仁罗布对幸福和爱的追寻有着自己鲜明的见解。《念珠》中阿酷啦的

---

① 丹珠昂奔：《佛教与藏族文学》，中央民族学院出版社 1988 年版，第 78 页。

邻居给他介绍女人，希望他再娶个老婆。他耐着性子听人讲完，最后用这句话来回绝："扎桑一直在我心里，你就不用劳神了。"爱是需要执着去追寻的，爱一时简单，最难的是当激情退去回归平淡后一生的坚守。阿酷啦做到了对扎桑爱的坚守，也表现出作者对于爱的永恒、爱的执着的敬意。《尘网》中跛子郑堆临死前变得一点都不惧怕，因为他坚信"有了爱什么都不惧怕了"。郑堆的一生分为三个阶段，强迫下的爱、机缘巧合的爱、主动地去爱，也在表达着作者对爱的追寻的态度。《秋夜》中嘎巴对梅朵说："我这生没有过大把的钱，所以不知道。可我觉得我们很幸福，我们相互相爱。"有钱并不一定能够买来幸福，次塔虽然挣到了钱，但他有钱后经常不着家在外奔波，次塔的妻子尼玛独守空房。作者在这里表达出自己金钱观、幸福观。幸福是有心爱的人陪伴着过简单而快乐的生活，就像嘎巴和梅朵一样。虽然嘎巴家没有像次塔一样有钱，但是嘎巴与梅朵相亲相爱，嘎巴一家远比有钱的次塔要幸福得多，就像嘎巴说的"有钱难买幸福"。

人们不断地与命运作斗争，想以此来摆脱命运的安排，但到最后还是被命运所无情吞噬。虽然有种宿命的感觉，但也就是与命运的不断抗争才彰显出了生命力的坚韧。《雨季》里的旺拉经历着亲人相继死去的苦难，与余华的《活着》里的福贵不同的是：福贵是一个一直在被动接受命运的人，是一个顺应时代发展的落魄少爷，而旺拉则是一个土生土长的藏族农民，他始终在与命运作斗争。当泥石流暴发时，他从短暂的恐惧中惊醒，拼命逃生。在大儿子出生后，他感到"我觉得这个孩子会使我们家结束阴晦的日子，迎来一个充满希望的将来"，并开始为了这个目标努力。他最后还是没能救回自己的爹，但他一直是一个有着积极生活态度的人。当他把强拉老爹的遗体背回家后，更大的泥石流向这个小村庄袭来。当苦难来临，已无处躲藏时，旺拉并没有感到绝望，而是坦然地面对。"旺拉真切地看到菩萨眼里涌满的泪水，那泪水滴答滴答掉落到他的心头，他把所有的苦难都给忘记了。"福贵最终一个人活着去讲述生命的悲苦，而旺拉最终死于夺取家人生命的泥石流，更诠释着生命的坚韧。通过描写西藏贫苦农民的悲惨命运，作者展现了他们面对苦难时表现出的顽强的生命力。

在《杀手》中，终其一生寻找自己的复仇对象的康巴人，在看到自己的仇人已是垂暮之年时，便放弃了复仇行为，也放下了复仇的念想，重新踏上了人生的征途。他虽然是哭着离开的，但是他内心复仇的火焰已经熄灭了。冤冤相报何时了，放下了复仇执念的杀手得到了最终的解脱。故事的最后由一个听了杀手故事的司机，在梦中帮助康巴人复仇结束。"醒来外面阳光灿烂，白花花的太阳光让我睁不开眼睛"，作者在这里传达出了藏族人民宽容的心胸。

在《曲郭山上的雪》中，作者通过贡觉大爷之口阐明了自己对于生死恐惧的观点，那就是："没有末日哪有重生！别对死亡心存恐惧，要感谢死亡阴影的笼罩，它使我们的心远离了迷乱，看清了内心真实的需求。"就像人们在扔出硬币的那一瞬间就会知道自己想要的是什么一样，在嘈杂的人世间，人们往往被种种诱惑环绕，无法看清自己内心的真实需求，但是当人们面临死亡的笼罩时便会认清什么是诱惑，什么是自己真实的需求。当世界末日的谣言流传开来时，村民们不再去春播，贡觉大爷将自家的牛羊送给了泰雀寺，扎罗将自己的羊全部放生，朗追甚至把自己用来建造新房子的木料和石材捐了出来为村子修一座转经塔，给村民们提供一个积善的场地。村民们自发地去修建转经塔，没有任何的报酬却仍然干得很卖力。一方面写出了村民们在面对谣言时的愚昧，另一方面传达出生死恐惧的价值意义。这与藏族人民信佛也有着很大的关系。佛家有云："今生种下恶因，来世取得恶果；今世种下善因，来世收得善果。"[①] 而村民们这些看似临时抱佛脚式的种善因是不合理的，趁末日来临之前赶紧饮酒作乐去享受更是荒谬的。贡觉大爷要"人们坦荡荡地迎接死亡，对死亡的修行就是寻找解脱之路"。"站在一定的领域之上批判破坏自然平衡的行径，对待死亡，全然没有惶恐与拒斥，只有安然与知足，这是由于宗教信仰带给他们的抚慰与承诺，在民族文化的整体氛围下，形成了对死亡的特殊理解。"[②] 面对死亡，我们才能明确知道真正的需求是什么，才能够更加珍惜现在所拥有的一切。

---

①　丹珠昂奔：《佛教与藏族文学》，中央民族学院出版社1988年版，第118页。

②　吕豪爽：《中国新时期少数民族小说研究》，河南大学出版社2010年版，第99—100页。

四、个性且有生命力的表达

小说的魅力来自用精妙的语言结合有生命力的表达方式，来展现平凡普通的生活背后的深刻寓意。在当今中国社会，快餐式的文学描写味同嚼蜡，人们陷入一种集体无意识的状态，个性意识逐渐泯灭，主体意识逐渐消失。但是在思想逐渐多元化的大时代背景下，我们必须增强个性意识。次仁罗布在藏族文学的创作上不断地开拓创新，创作出了独具个性的文学作品。他的作品时而幽默，时而深沉，时而随性洒脱。

次仁罗布文章的语言非常有个性而且富有生命力。他用幽默而朴实的语言营造着西藏独有的文化背景下的语言氛围。次仁罗布让自己文章中的语言拥有了灵魂，就像在《阿米日嘎》开头，"开阔的前方是整片的沙棘林，她们等待我穿越过去，灰色的枝干远远地向我招展。要是春季我倒乐意从这里过，沙棘枝叶上细碎的黄花，在阳光下像金子一样熠熠发辉；可是初冬一片萧瑟，让人无端地提不起高兴劲来"。这些描写荆棘丛的语言就像拥有生命力一样，让人仿佛真的看到了荆棘丛。写雨，"雨点密密麻麻地从空际砸落下来，炸裂在强巴老爹褶皱的脸上，碎裂成无数个细小晶亮的水珠，它们经过交融，又汇聚在一块，顺着强巴老爹的面庞淅淅沥沥地滚落下去"。雨是从天际"砸落"下来的，然后"碎裂"成小水珠后淅淅沥沥地"滚落"下去。"砸落""碎裂""滚落"三个词将雨下落的过程分解成三部分，表现了作者语言的细致。在形容秋天的叶子时，他说叶子"不时发出脆脆的呻吟"。叶子怎么会发出呻吟，但是仔细听，秋天将要坠落的叶子在干枯的时候是会发出响声的。次仁罗布在这里将这种声音加以拟人化的处理，非常富有感情，也很有感染力。次仁罗布十分擅长运用叠音词，"眼泪簌簌掉落，干瘪的嘴唇紧紧抿着。疼痛稍稍减轻后，夏辜老太婆这才想起，那隆隆的喉骨节是她的丈夫传给顿珠的"，"片片雪花从空中轻轻飔飔地落下，冷风飕飕地扑打在行人的脸上，让人牙齿咯咯作响"。这种叠音词的巧妙运用，不仅将动作形象化，还更加具有节奏感。

次仁罗布强烈的主体意识则体现在他对于细节的精准把握和精彩描写上，像是把镜头放慢一样，甚至具体到每个动作的每个反应。在《德刹》中描写嘉央德剌被枪杀的一瞬间时，这样写道："弹头'噗'地穿破袈裟，抖落了上面的灰尘，钻进了嘉央的体内。一阵巨大的推力，在嘉央的体内绽放。"这种将动作放慢，将动作具体化、细节化的处理给人一种身临其境的感觉。还有就是巧妙利用对环境的细致刻画来烘托人物，营造出特定场景的气氛。在《界》中，查斯为了能够永远地将儿子留在自己的身边，不惜将毒药倒入酸奶中，但是在下毒的时候，她"额头上沁出汗珠。她的胳膊伸过去，焦黑的手掌撕裂了阳光，弯曲的黑指头蠕动着，解开了褡裢的结。小木桶盛满酸奶，像个乖顺的婴儿，安静地躺在褡裢里，恐惧地凝视她。突然，查斯的手抖动，急忙捂紧褡裢的口，胸口压在上面"。作者在这里通过动作描写来表达查斯内心激烈的斗争。作为母亲，查斯想要从小就被领走出家的儿子永远留在自己身边是合情合理的，但是当面对已经笃定皈依佛门的儿子时，她是那么的无助与无奈。作者在这里写出了母亲对儿子深深的爱，以及这个社会带给母亲深深的痛。

次仁罗布的作品将新颖的形式与丰富多彩的藏族文化完美地融合在一起，不但给人带来一种神秘又新鲜的感觉，而且更能够让人体会到文章背后深刻的意义，渗透着次仁罗布对于人性、人心的思考。

重新书写抗战大历史

——评李骏虎的《中国战场之共赴国难》

　　纵观整个当代中国文坛，从"十七年"文学开始至今，有关革命抗战历史题材的小说由于受到现实因素的制约，在小说的整体布局、叙事模式，英雄人物的塑造，作家的历史观，历史事件的客观性、真实性、复杂性等方面有很多不足。同时，当代作家们对于整个大时代的关注也远远不够。但是一个优秀的作家，如果不能够把握整个大时代的脉搏，不能有更大的文学观与文学视野是可悲的。山西作家李骏虎认识到了这种大的民族视野。从他的文学创作道路上来讲，李骏虎由先前的个体生命经验的书写、都市情感生活的体悟，到回归乡土的思索，再到当下的这部《中国战场之共赴国难》，这种文学创作的转向，体现出了一位当代作家对历史与文化继承性的自觉意识。

　　李骏虎的长篇小说《中国战场之共赴国难》，是一部展现 1935 年到 1936年间中央红军长征结束到达陕北后，组成中国人民红军抗日先锋军东征山西这段历史。东征结束后，形成了红军、阎锡山、张学良、杨虎城的北方抗日阵线，国共公开合作抗日随即在山西完成，也正是东征期间，共产党、张学良、杨虎城达成了"逼蒋抗日"的共识，通过其后的"西安事变"，逼迫蒋介石宣布合作抗日，完成了中国的抗日民族统一战线，成为世界反法西斯统一战线的前奏。这部长达三十多万字的小说，是作者历时三年的时间精心查找史料，进行实地考察的结晶。

一、多元语境下 "还原历史" 的历史观

　　整部小说为我们展示了作家建立在历史真实基础上的历史观。我们可以清晰地看出他在试图摆脱以往对历史的简单化叙述，并试图以一种客观公正的方式向我们还原曾经被遮蔽的历史。首先，这体现在对国共抗战史的认识上。在以往的文学历史话语下，国民党作为正面战场上的中流砥柱的功绩，常常被弱化甚至淹没。呈现在文学中的国民党的形象大多是不仅不抵抗日军的侵略，还对共产党进行残忍杀害，对老百姓也是无情践踏。时至今日，我们必须承认，这是不公正客观的，大部分国民党官兵都是持共同抗日态度的，是用生命誓死捍卫国土的。《中国战场之共赴国难》避免了这种把复杂历史简单化的描写，尤其是为我们刻画了国民党抗日名将张学良与杨虎城的雄才大略和高瞻远瞩的政治眼光。面对着蒋介石的强力逼迫，两位名将并不只是 "愚忠"，而是站在整个民族的生死存亡的角度，选择了放弃内斗，联合中共一同建立抗日民族统一战线。

　　其次，在广阔的历史场景下 "还原历史"，展现历史的多元性与复杂性。面对着国共两党的斗争，我们常常会产生疑问：为什么拥有着大量正规部队和众多高级指挥将领、物资充足又有国际社会支持的国民党最终会走向失败？而处于弱势的中国共产党却能够深得民心，建立新政权？作者在小说的最后，借用阎锡山的话向我们传达了他的认识："我于去年及今春曾数次电请中央，将晋绥军队与国家财政统归中央统一，只有解决兵力与财力问题，才能解决对日问题。可是蒋介石还想借日军消灭我，或者趁中央军入晋缴共时将我排挤出去，压根就没打算派兵帮我抗日。反倒是我一致反对的共产党，这个时候要联合咱们一致对日。东北失守后，张学良退出东三省，眼下那里坚持抗战的都是共产党，没有一个国民党。……我想共产党是世界上最富有国际精神、奋斗精神、群众精神的著名政党。"[1] 在此，作家借阎锡山之口，一方面表达了他对于整个抗日大局的分析，也从另一个侧面明确了中国共产党在面对国家民族危难之时的大局意识，以及能够从大局出发、一切为了人民的思

----

　　① 李骏虎：《中国战场之共赴国难》，北岳文艺出版社 2014 年版，第 458 页。

想境界。

最后，作家的历史观表现在对历史的公正思考。这体现了当代作家对于历史的理性反思。作者用一些事例向我们展示：每一个政党都不是神性的，在其发展的过程之中也会有一些不成熟的做法，甚至出现一些失误，中国共产党也不例外。如在第一部第三卷中，杨虎城在问到 1935 年红二十五军伏击了他的警三旅，旅长张汉民是共产党员也被杀害的原因时，共产党方面由毛泽东派去的汪峰向杨虎城承认了党内的一些失误并解释了原因：当时的部队基本上刚由地方部队和赤卫队组成，和中央失去联系太久，他们不了解张汉民是老共产党员，也不理解警三旅的尾随实际上是护送，才犯下伏击的错误。这些细节是在以往的中国抗战题材小说中不曾出现的。但是，作家李骏虎却能够直言不讳地以一种史学家的姿态向我们讲述出来，足见其思考历史的深度与广度。

二、从英雄到有意味的人的文学形象建构

一部优秀的小说离不开对人物尤其是英雄人物的塑造。人物命运的跌宕起伏构成了整个故事情节发展的主要推动力。在以往的革命历史题材小说中，英雄人物经常被简单化、夸大化，仿佛英雄人物的伟大功绩不是人为的，而是神为的。英雄人物常常成为人们狂热追捧的"偶像"，这其实是不符合文学创作规律的，当然也是对英雄人物本身的不尊重。人之为人的最大特点就是展示人性的善与恶，展现每一个人物在历史的每一个时刻的灵与肉的自我矛盾与冲突。哪个人不是一个复杂的整体？哪个人天生就是拥有崇高的道德追求？只不过是在社会的发展过程中，英雄随着社会大环境的变化以及自我生命体验的感悟，自觉追求才成为众所周知的"这一个"。

《中国战场之共赴国难》这部长篇小说最大的特点就是作者解构了传统的英雄，极力避免将英雄人物写成以往僵化固定式的英雄；在大量历史细节与作者合情合理的思索下，摆脱了这些固定的框架，让以往的英雄人物走下了神坛，成为具有普通大众情怀的独特的"这一个"。在刻画毛泽东的时候，作者一方面写出了他料事如神、高瞻远瞩的军事指挥才能，另一方面也写出了他在对待林彪态度上的宽容与大度，展现了一代伟人的胸怀。在描写蒋介石

与宋子文之间的关系上，作者更是独具匠心。宋子文曾在牯岭军事会议之后公然反对蒋介石奉行的"攘外必先安内"的方针，恼羞成怒的蒋介石动手打了宋子文两个耳光。而当蒋介石与日本谈判失败之后，他决定采取"溶共"的方式，联合共产党一致对外，于是便找到宋子文让其联系中共。宋子文虽识破了蒋介石的用心，但是为了一致对抗日本侵略军，毅然接受了这项任务。作者对这一历史细节的描写，正反映了他面对历史强大的人文关怀。

运用大量的史料，挖掘出众多英雄人物鲜为人知的另一面，是《中国战场之共赴国难》的一大特点。如在以往的小说中，我们只知道抗战名将杨虎城，但是杨虎城到底是一个怎样的人物我们并不清楚。这部小说则首次对杨虎城大将的生平事迹进行了全方位的展示，让我们对杨虎城有了一个更加直观的认识。在第一部第三卷第五、六、七节中，作者呈现了杨虎城在参加革命前的传奇经历。这是极为可贵的，也从一个侧面表明了作者对那一阶段历史资料整理的细致与全面。

从整体上看，这部长篇小说共写了近一百个人物，展现出异常壮阔的历史图景。如对毛泽东、周恩来、林彪、蒋介石、张学良、杨虎城、阎锡山等人的刻画上，作者细致入微，在展现浩瀚历史的同时，也把更多的视角转向英雄人物的内心世界。作者通过多层次的想象与建构，让人物由平面化向着立体化转变。

三、史诗化的叙事追求

"史诗性"一直是当下作家在创作过程之中所追求的。作家本人说自己是在列夫·托尔斯泰的《战争与和平》的影响与启发下创作的这部作品。在长达三年的考察与资料搜集过程中，作者一直力图使自己站在一个更广阔、更高的层面上来触摸历史、感知历史，试图能够更加准确地把握历史的规律。这便是一种史诗情结。亚里士多德在他的作品里说道："诗人的作用是描述，但并非描述已发生过的事，而是有可能发生的，亦即因为有可能性或必要性故可能发生……因此诗较历史更具哲学性与重要性，因为它陈述的本质是属于普遍性的，而历史的陈述却是特例的。"①

对于革命历史题材的小说而言，虚构是必然的，因为谁也无法亲临历史的真实场景，但是一个优秀的作家却可以通过自己的想象将历史客观真实地呈现出来。这部小说最突出的特点就是用史诗笔法，描述了中国工农红军长征到达陕北后，组成中国人民红军抗日先锋军东征山西的历史。作家在展现历史的时候，既做到了尊重文学自身的审美特点，又不失去历史的真实性。

将日常叙事与宏大叙事相结合，在叙事的过程中突出微妙复杂的历史细节从而展现人物之间的命运关系，是其史诗化追求的又一个特点。小说的第一部第五卷讲到，在东征的过程中由于黄河解冻了，过河非常危险，有人开始动摇东征的决心，于是毛泽东派彭德怀大将前去考察。在考察的过程中，彭德怀对他的两个侦察参谋开玩笑道："太阳晒到屁股了，好出发了。"②彭德怀到一位老乡家里住了一夜，其间与老乡之间朴实无华的对话，更是让人感到非常亲近。当然，彭德怀表面上很有"闲情逸致"，内心却充满了对东征的焦虑与担心。

虽然这部小说较以往相同题材的小说有了重要的突破，但在一些细小的方面上仍有欠缺。比如在展现人物的心灵尤其是灵与肉的激烈冲突还有不足。还有对抗战时期的女性、爱情描写较少。固然战场上大多数是男性，但是如果在战争中加入一些女性形象，可能会使整部作品更加丰满。但总体来讲，李骏虎的《中国战场之共赴国难》在朝着正确客观的历史轨迹上迈出了坚实的一步。

四、结语

"一切历史都是当代史。"李骏虎以其《中国战场之共赴国难》呈现了中国人的抗战大历史。事实上，真正潜心研究革命历史并写出规模宏大的小说的"70后"作家是不多见的。李骏虎的这部小说则表明当代作家敢于面对历

---

① ［古希腊］亚里士多德：《诗学》，罗念生译，人民文学出版社2002年版，第24页。

② 李骏虎：《中国战场之共赴国难》，北岳文艺出版社2010年版，第163页。

史、重新书写大历史的那种强大胸襟、胆识与情怀。它不仅体现了一个作家面对中国现代历史真实性反思的自觉，同时也是新时代作家对历史、对文化的一种自信。

在战争之外，如果我们将这部小说放置到更加广阔的历史视野与历史场景之中，会有怎样的价值呢？也许我们应该更多地思考战争的悲剧性意义。因为革命历史题材的小说在当下的流行，并不仅仅是让当今时代的人们欢欣鼓舞地回忆父辈们的战争胜利的喜悦，还有对整个民族发展的思考。我们当代知识分子在看到民族危亡之际各党各派摒弃前嫌、共赴国难的史诗壮举的同时，更应该清醒地认识到，"我们不再以胜利的欢歌替代整个民族在近代史上所承受的深重的灾难，而应该站在整个中华民族的立场上，对战争胜利的取得所付出的沉重代价做出深刻的反思。战争是人类历史最大的悲剧，它让社会凋敝残破，人民生灵涂炭，战争还给人留下了无尽的创伤"①。这也许才是这部小说最重要的价值与意义。

---

　　①　李茂丽：《从〈红日〉看当代中国军事文学史诗性写作的困境与可能》，《解放军艺术学院学报》2008 年第 4 期。

新乡土中国巨变的精神守望与艺术探索
——论叶炜的"乡土中国三部曲"《富矿》《后土》《福地》

"20世纪中国乡土文学形成了两大基本叙事传统：一是乡土写实传统，从鲁迅到韩少功，以知识分子立场、文化批判形成启蒙传统；二是乡土浪漫传统，从废名、沈从文、孙犁到汪曾祺、贾平凹，以知识分子的立场、人性审美形成诗话传统。"① 传统乡土文学描写下的乡村在一定程度上与城市文明的联系不大，是一种近乎独立于城市之外的乡土存在。当下的乡村却和以往的乡土存在差别，它已经和城市建立了密不可分的联系。这就要求文学创作者寻找新的叙事观念，既能够展现写实的乡土，又能够在当下复杂的乡土环境中保持一种浪漫的想象。叶炜的乡土书写恰恰是融合了现实与浪漫的书写。叶炜是从农村走出来的文学创作者，因此对乡村有着深切的体验，能够较为真实地刻画乡村的普通生活和鲜明的乡村人物。同时，他又是一位对乡村有着深厚感情的作家，通过描写位于苏北鲁南地区一个叫"麻庄"的小村庄，揭露着受到现代文明冲击的农村和农民的命运。

作为新乡土小说创作者，叶炜立足于自己的故乡，建构起了以麻庄为中心的文学叙事独立框架。这是一个具有着独特审美意义的地域，展现着苏北鲁南的风土人情。虽然只是描写了一个小村庄，但是这个村庄背后出现的问题却是具有普遍性的，是鲜活的。叶炜对农村的书写又是不脱离本土的，他遵循着农村发展的内在传统，在继承乡土书写精髓的基础上推陈出新，新颖

---

① 白忠德：《浅析中国乡土文学内涵及其叙事传统》，《作家》2010年第6期。

中给人一种扎实亲切的感觉，"显现为一种新世纪乡土中国现代性历史裂变、中国农民灵魂挣扎与救赎的审美镜像，即新世纪历史文化语境下中国新现代性的'中国经验、中国之心'"①。

一、回归本真的、原汁原味的文学书写

"乡土文学创作者谁也无法否认民间文化对其创作的影响。"②叶炜在他的作品中描写的是当下社会新农村农民的生活状态，展现的是乡村土地和经济发展之间的矛盾。作者不是以一种"城市看农村"的视角来描写农村，而是从农村内在的生命体验出发；不是将农村推向城市，而是在运动变化中改造农村，去适应新时代。作者希望农村不是空的，而是饱满且不落后的，那么对于农村的书写便是非常接地气的，是回归农村本真的原汁原味的文学书写。

叶炜小说里的麻庄是一块风水宝地，麻庄的人们在这片土地上过着普通琐碎的生活。叶炜在这三部作品中对于乡村民俗的描写非常精彩。《福地》中细致地描写了麻庄人过年时的规矩。过年时的吃食非常讲究，"初一吃素馅的饺子，初二吃荤馅的；初三中午净手焚香，祭神拜祖，全家团聚共饮……"③晚辈给长辈拜年需要磕头行礼，长辈则给晚辈压岁钱或者礼品食物。中国传统农村对于风水、良辰吉日是非常看重的。最直接的体现就是在婚丧嫁娶上，《后土》中对于曹东风迎娶刘小妹的描写，便是对农村婚礼的一个真实的展现：提亲——测生辰八字——"见面钱"——测日子——送"大柬"——男方下"催妆衣"——女方"回盒"——迎娶。所有的流程都要做的一件事就是"查好日子"，选一个良辰吉日。因为农村人相信在良辰吉日所做的一切事情都会顺顺利利。叶炜笔下的农民是真正带着"土气"的，在土地上生，在土地上死，故事始终围绕着土地展开。日常的生活遵循着农村特有的传统，似乎永

① 张丽军：《新世纪乡土中国现代性裂变的审美镜像——读贾平凹的〈秦腔〉与〈高兴〉》，《文艺争鸣》2009 年第 2 期。

② 韩春燕：《文字里的村庄：当代中国小说的村庄叙事》，上海人民出版社 2011 年版，第 31 页。

③ 叶炜：《福地》，青岛出版社 2015 年版，第 278 页。

远都有事情干，闲不住。只有在下雨天，村民们没法出门劳作，只能在家睡大觉或者和自己的女人纠缠在一起。这种日常化的叙述直观地展现了农村人们真实的生活习惯。另外，大量民俗、民谣、谚语的引用，让小说更加接地气。"堆呀堆，堆雪人，圆圆脸儿胖墩墩……我们一起做游戏"①，每当民谣响起，就给人一种身临其境的感觉。作者还将苏北鲁南地区的曲艺拉魂腔引入小说中，"东凫山，西凫山，天连水来水连天……"②还有地方柳琴戏，"大陆上来了我陈世铎，赶会赶了三天多……"③这种来自人们生活、深受人们喜爱的曲艺，代表着乡村人们的娱乐生活，也代表着乡村人们那种朴实无华的内心，表现出作者对于农村深深的热爱之情。

叶炜的小说中出现了许多对于乡村男女之间性关系的描写。在叶炜的小说中，长期的精神压抑得到了一定程度的释放，男女之间基本的生理欲求得到了一定程度的满足。叶炜在小说中讲述了多种性关系。《福地》中老万的四个孩子都已成人，却从窑子里领回来了才十三岁的冬菊。"冬菊理理额前的散发，笑笑：俺都十三了，不小了！"④这一"理"，这一"笑"，已经不是一个十三岁女孩的气质，是经历过大难，流转于风尘之地之后的坦然。《福地》中嫣红的丈夫万禄常年在外，生死未卜。在万禄离开后，守活寡的嫣红内心是极其痛苦的。"老万看了看有些失落的嫣红，心里想自打万禄这小子走了以后，嫣红在家里就没怎么高兴过。也不知道傻小子啥时候回来，再不回来，可苦了嫣红了。"⑤虽然嫣红在万家不愁吃穿，但是自己的男人却不在身边，因此与从小一块长大的陆小虎一直藕断丝连，她由一开始的被迫到最后交易似的默许，作者并没有掩盖她的生理欲求。《后土》中如意的丈夫王忠厚死后，她与吴计划偷腥。翠香死了男人，独自拉扯着女儿，在遇到村长刘青松后，翠香获得了生理和精神上的满足。《富矿》这部小说描写的煤矿上几乎没有女人，全是年轻力壮的劳力。百无聊赖的矿工们既有着生理上的需求，也有着精神上的空虚，于是在"那个以煤矿为中心建立起来的初具规

① 叶炜：《后土》，青岛出版社 2013 年版，第 337 页。
② 叶炜：《后土》，青岛出版社 2013 年版，第 289 页。
③ 叶炜：《后土》，青岛出版社 2013 年版，第 55 页。
④ 叶炜：《福地》，青岛出版社 2015 年版，第 135 页。
⑤ 叶炜：《福地》，青岛出版社 2015 年版，第 138 页。

模的小城镇里，每天都发生着许多男人和女人的故事"①。随着城镇化的推进，大量的青壮劳力涌入城市之中，成为农民工。他们的妻子有的留在家中照顾老小，她们有着基本的生理需求，就像是在《后土》中被抓的下乡老师高翔说的："她对我说自己男人出门了，她在家鼓躁得慌。还说不光她自己，现在麻庄的小媳妇都不老实，她们的男人出门太久，都闷得慌。现在整个村子都看不到几个壮劳力，净剩下些老人孩子妇女。"② 在叶炜笔下，还有一种性关系是把性作为交易。《后土》中王远在任村支书期间，利用手中的权力，和多名同村女人发生过性关系，包括妇女主任李玉花、会计刘建设的媳妇桂花，等等。"有最厉害的，真真是过着'天天夜里当新郎，到处都有丈母娘'的神仙日子。"③

　　叶炜的这三部小说都刻画了受人尊敬的老者形象。老者往往是时代的见证者，熟悉村庄的过去和村庄人的生活，拥有着丰富的经验。"年老智者在村庄叙事中常常充当村庄之神。时间和阅历让他们富有经验，因为了解村庄的过去，他们对村庄的现在和将来的判断就有了权威性，经验在村庄生活中具有着重大意义，同样德行也是村庄生活中一个重要的度量衡。"④ 在《后土》中，老村长虽然退居二线，但是在村里有重大决策的时候，作为村支书的曹东风都会去问一下老村长的意见。在《富矿》中，二姥爷活着的时候一直是麻庄里麻姓家族的主心骨。二姥爷去世了，村里举行了隆重的葬礼，大半个村庄的人都来帮丧，这就足以见得村民们对二姥爷的敬重。在《福地》中，老万作为麻庄的守护者，得到了村里人们的拥护，甚至成了麻庄人们共同的信仰。这些老者形象体现出作者对以老者为代表的传统文化的敬重。

二、两种文明的交锋、冲击与新希望的萌生

　　城镇化的推进和工业文明的侵入使得乡村正在发生着前所未有的变化。

---

①　叶炜：《富矿》，青岛出版社 2015 年版，第 28 页。

②　叶炜：《后土》，青岛出版社 2013 年版，第 350 页。

③　叶炜：《后土》，青岛出版社 2013 年版，第 335 页。

④　韩春燕：《文字里的村庄：当代中国小说的村庄叙事》，上海人民出版社 2011 年版，第 115 页。

"不管现代化的前景如何，现代化都已经成为中国乡村的宿命。现代化不只是物质的，还是文化上的现代化，在文化上现代化就是要'化'掉中国乡村，'化'掉中国乡村的文化传统，在这一过程中，村庄作为一个现代化进程中的传统空间，必然会发生文化上的冲突和碰撞，必然在冲突和碰撞中改变自身。"①在传统文明与现代文明的交锋中，矛盾冲突也逐渐变得十分尖锐。首先是封闭式的小农经济生产模式被打破了，农村的人口开始脱离世代依靠的土地。其次是农村在现代文明冲击下开始适应性的变革。然而几千年的农耕文明根深蒂固，现代文明与农耕文明的交锋，使生活在夹缝中的乡村人急切地适应、无奈地接受。叶炜在他的小说中，对这两种文明的交锋都做了一定程度的探索。值得注意的是，叶炜笔下的乡村发展并不是绝望的，虽然经历过磨难，也存在着各种各样的问题，但是充满着希望。

现代文明侵入农村，村庄开始适应性的变革。"现在，全镇都在搞经济，天天把招商引资、发展乡镇企业挂在嘴边。各村都争着上报村财政发展的数字，争着搞各种村办工厂。为了不落后，麻庄上马了村办砖厂。"②随着农村改革的开始，传统的村庄面临着重重挑战，农村文明正在走向衰落。耕地文明被彻底打破，一方面表现在对耕地资源过度的开采，对自然的索取变得越来越无止境。《后土》中的砖厂、《富矿》中的煤矿一步步地侵蚀着麻庄的土地，由一开始占用荒地到最后征用耕地。这些现代文明的进入所导致的灾难也日渐出现，《富矿》中开篇就向我们展示了煤矿污染的严重性，本来四季分明的麻庄几年不下雪，"麻庄女人的乳汁已经逐渐变成了黄色、褐色、黑色，吃这种乳汁长大的孩子，脸膛黑得像煤炭"③。村庄原来的生态结构被打破，耕地的减少直接影响的是农人的生存资料，环境的改变则影响着农人们的生命质量。煤矿机器的轰鸣声扰得村民们睡不好觉，男人们骂，女人们也开始焦躁不安起来。另一方面又表现在剩余耕地的荒废。农民种地的成本增加，收成又受到多种不稳定因素的影响，最后算下来，耽误了大量的时间却不能收获

---

① 韩春燕：《文字里的村庄：当代中国小说的村庄叙事》，上海人民出版社2011年版，第67页。

② 叶炜：《后土》，青岛出版社2013年版，第67页。

③ 叶炜：《富矿》，青岛出版社2015年版，第4页。

满意的结果，单纯只靠土地生活已经满足不了人们的需求。以土地为根本的农民开始对土地失望，村民们正在一步步地脱离土地。原来的粮食种植变成效益更高的瓜果蔬菜种植，村里一些有眼光的人开起了商店和发廊。这些现代文明的产物逐渐在村庄里生根，劳动力的流失使本来就不多的土地被闲置。另外，信仰文明也在濒临崩溃。农村的生态平衡被打破，生活在村庄里的人的思想也开始被外来文明逐渐异化，具体表现为原始信仰逐渐淡化，"每到礼拜天，她们都喜欢到如意家里的小教堂去祷告。如意家里越来越热闹了，与土地庙的日渐冷清形成了强烈的反差"①，村民们开始不再信奉土地爷、村约这类原始的信仰，天主教、基督教等外来宗教逐渐攻破了村庄传统文化的城堡，一步步进入村庄文化中。《富矿》中麻庄的人们羡慕的是以矿工们为代表的现代文明人手里大把的钱和他们的生活习惯，就连传统的老人也开始慢慢接受这种文明所带来的种种改变。这些传统的老人在现代文明浪潮的裹挟下显得茫然，不知所措，只能无可奈何地接受。这体现了现代文明强大的征服力量。而"在城镇化的推进过程中，面对中国乡村生态环境的破坏、自然资源被人类无节制的开发与掠夺、人与自然的关系不断恶化的现象，如何'建立一种人与自然的亲和、和谐的生态审美关系'，甚至'建立一种人与自然、社会、她人、自身的生态审美关系，走向人的诗意的栖居'成了当代中国乡土叙事中的新思考"②。叶炜的文学叙事中的生态叙事非常深刻，他的小说中也蕴含着对乡村生态、文化、文明的担忧以及思考。

农村主动走出去。"麻庄从前年开始，陆陆续续地出去了五六个，都是年轻力壮的小伙子。一开始很能挣钱，隔一个月都往家寄好几千块，村里其他年轻人看着都眼红，也都准备出去呢。"③叶炜在小说中描写的村庄只剩下女人、孩子、老人。从农村走向城市的人们，如果没有学历，只能是吃着最简单的饭菜，干着最苦最累的活儿。女人运气好的可以当个保姆或者钟点工，运气差的就只能出卖自己的身体。"有人说，麻庄女孩在城里从事的工作就

---

① 叶炜：《后土》，青岛出版社 2013 年版，第 368 页。
② 曾繁仁：《中国当代生态美学的产生与发展》，《中国图书评论》2006 年第 3 期。
③ 叶炜：《后土》，青岛出版社 2013 年版，第 103 页。

是当'鸡',她们或主动或被动地走上了用身体换钱的不归路。"① 就像是梁鸿在《出梁庄记》中提到的,这些难以融入城市的人的生活其实并不好,毕竟是生在农村、长在农村的人,无法真正适应城市的生活。城市生活对于这些来自乡村的人是包容的,也是限制的。虽然来自乡村的人在城市中缺少生活保障,但他们不想再回到自己的乡村,甚至愿意死在城市里。偶尔有回到村庄的,也是短暂的停留。这种短暂停留,有时甚至为城市的灯红酒绿的生活做出了一种宣传。于是在这批人重新回到城市的时候,又带走了村庄的一批人。"1990年代初以来,中国社会进行了步幅巨大的经济和文化改革,与传统乡土文明关系密切的生活方式和价值观念受到了根本性的冲击,现代城市文明成为了社会文化的主导"②,城市现代文明对于农民的巨大诱惑,使得一个个的村庄变空。村庄失去了生机与活力,一片萧瑟。叶炜虽然对农村人在城市中的生活描写不多,但是我们仍然可以看到作者在这方面的用心。叶炜通过对从农村走向城市的一类人的描写,以小见大,与乡村文明形成鲜明的对比,表现出作者对于乡村文明开始巨大嬗变的感叹,如在《后土》中对女孩菊花的描写:"她的身上穿着一个包臀的短裙,黑色的丝袜罩在修长的腿上……她身上哪还有以前那个土得掉渣的菊花的影子。"③ 菊花代表着农村的女孩子在城市中的一种境遇。一个"哪还有"在表现出惊讶的同时,也显现出一种强烈的冲击感。小说最后写到长得那么俊的菊花终于"出门子"(出嫁)了,嫁给了一个"二茬子"(二婚的人)。菊花算是幸运的,然而还有很多不幸的,她们没有别的出路,就只能将"生意"一直做下去。"整个中国,不论上层下层,大小规模,多少正在演着性质相似的悲剧……大有横决难收之势了——这就是我想说明的损蚀和冲洗我们乡土社会的过程。"④ 然而这种悲剧只是城乡发展中的一方面,作者在这里也没有把悲剧全面展现,依然是保持着对乡村的回归和守望的态度。

叶炜笔下的农村,虽然在现代文明的冲击下出现了各种各样的问题,但

---

① 叶炜:《后土》,青岛出版社2013年版,第179页。
② 贺仲明:《重建我们的文学信仰》,广东人民出版社2014年版,第263页。
③ 叶炜:《后土》,青岛出版社2013年版,第178页。
④ 费孝通:《乡土重建》,岳麓书社2011年版,第65页。

是并不是绝望的，仍然包含着希望。"在乡村，人如同庄稼一样，当一茬老去、消失的时候，永远会有另一茬孩子鲜活地成长起来，生命在乡村周而复始地循环着，而乡村的活力、生机与希望，永远是因为有那些成长起来的孩子们。"①在《后土》中，麻庄在上一代领导班子的组织下停了砖厂，改建鱼塘，而且眼光独到的村支书曹东风建立了麻庄新村。大学毕业回来做了村长助理的刘非平和早年外出打工衣锦还乡的王东周就是村庄的新希望。作为大学生村官，刘非平决定在麻庄建立农家乐，把村庄几十年没有开发利用的小龙河、苇塘、马鞍山、果园和鱼塘开发出来，带动乡亲们共同致富。而衣锦还乡的王东周手里有钱，希望为村庄做出贡献。俩人不谋而合，成立了麻庄旅游开发股份有限公司。有了楼房和工作，麻庄的外出打工人员开始被吸引回乡，麻庄的人们又对自己的村庄充满了希望和憧憬。在《富矿》中描写的村庄深受煤矿的影响，在小说最后由国家投资对煤矿挖煤形成的矿坑、塌陷区进行了农业综合开发，把这些地方改造成鱼塘和风景区。麻姑生产了一个胖小子，笨妮也出狱了，两家来往逐渐又稠密了起来。生活逐渐变得和谐，也充满了希望。"乡村社会在具体的生态环境中形成了相应的规则，有时候当这些规则产生了较强的负功能时，它也未必能顺理成章地自动消除，因为观念的自动流变需要较长的时间，同时也并不是每个地方、每个情势之下都能出现一批'吃螃蟹的人'。因此在适当的时机，适当的外力的介入很可能打破这个非理性的连环扣，从而成为新的观念和规则生成的契机。"②叶炜对于当下农村文明与现代文明有着清醒的认识，恰到好处地描写了这种"外力的介入"，在乡土书写中很好地调和了农村文明与现代文明的交锋，使得乡土文明能够以一种崭新的姿态和形式延续下去。

三、源自乡土大地的叙事方式

叶炜笔下的乡村总是明暗交织的。乡土文明与现代文明的交锋，乡村文

---

① 韩春燕：《文字里的村庄：当代中国小说的村庄叙事》，上海人民出版社 2011 年版，第 95 页。

② 董磊明：《村将不村——湖北尚武村调查》，《中国乡村研究》2007 年第 0 期。

明在逐渐衰落，但是明暗善恶却一直存在。作为一个站在农村内部往外看的书写者，叶炜更多的是偏向于农民不要离开土地。不管是在故事的结构还是刻画的人物上都显示着叶炜对于农村的思想偏爱。

　　叶炜小说的故事结构方式巧妙采用源自乡土大地的自然逻辑理念。在《后土》章节中，作者通过二十四节气这个时间线索串联整部作品，以"惊蛰"节气作为开始，又以"惊蛰"节气结束，中间将二十四节气打乱，每一个节气下都会发生一段符合这个节气特点的故事。用二十四个节气串联起三十年左右的历史，整个小说的结构形成了一个闭环系统，叙事完整而且有趣。"惊蛰"是蛰伏于地下冬眠的昆虫开始出土活动的日子，小说由此展开，极为贴切。"惊蛰"又暗含着开始即是希望，小说最后村支书曹东风和村长刘青松有意让位于年轻一代，把麻庄的希望寄托在了刘非平和王东周这两个年轻人身上。这既是一种寄托，又是一种期待。在《福地》的目录中，作者采用的是中国古代传统的天干地支纪年法，用来表明故事发展的时代，讲属于每个具体时间的事件。采用了一个家族连接一个村，用一个村展现近百年历史的写法。老万的四个儿女，万福、万禄、万寿、万喜的命运和麻庄深深地连在一起。老万一生守护麻庄，但到最后老万在麻庄的香火却断了，孙子辈的后代没有一个还是真正的万家人。老万守护麻庄的主线与四个儿女的命运变化的副线交织在一起，繁复却不杂乱，显示出叶炜强大的讲故事的能力。小说叙述的高明之处还在于，将琐碎的生活用灵魂的人物或事件串联起来，采用的是用人物引出事件、用事件回忆人物的叙述模式。在这种叙事模式下，叶炜似乎偏爱强调女人的重要性。叶炜的这三部小说中，乡村中的女人是家庭日常中的主要角色，通过描写女人的命运以及与男人的关系来组成整个小说的线索。《富矿》通过对麻姑和笨妮两个女人的命运的描写，便将整个故事串联起来。麻姑，一个一开始不想进矿的人最终却成了矿长的妻子，留在了矿上。笨妮，一个一心想在矿上过上好日子的人，最终回到村子里与六小过着简单的日子。"富矿"是一种隐喻，既指煤矿资源，也指女人。作者将两个女人的命运做对比描写，展现出乡村文明和现代文明冲击下人们境遇的尴尬。在《后土》中，对刘小妹、赵玉秀、如意等女性的描写，既体现出她们作为妻子对于丈夫的依赖，又体现出她们作为女人对自我的追求以及自我意识的表达，还原了乡村女人的真实面貌。

叶炜小说展现了一种本土魔幻性叙事色彩，与乡土大地的民间信仰有着内在的吻合。作者在这三部小说的开篇都是先介绍了这个村庄的由来和守护神。在《福地》中，一棵有着五百多年树龄的老槐树被当作了村庄的守护神。村庄里的人遇到大大小小的事情都会到槐树底下商议，这棵槐树给村民们一种神圣感、安全感，仿佛经过老槐树见证的决定就是最好的。"在人类的文化心理中，自然本身就是强大的、神秘的，而时间则会给自然界的一切增添更多的强大和神秘，人老成精，树老成怪，植物和动物只要存活的时间够长，就可能获得某种神奇的力量，在当代文学的村庄叙事中，老树常常成为村庄自然神崇拜物。"[1] 在叶炜的小说中，这种对原始信仰的崇拜、对土地的热爱和坚守、对神灵的敬重表现得淋漓尽致。《富矿》中描写的村庄尊官婆为守护神，《后土》中描写的是土地爷。这三部小说的神灵描写都透露着对于土地的一种信仰与坚守。另外坟场是人最终的归宿。在乡村中，人们除了拜祭神灵，就是拜祭自己的祖先。坟场是村庄一个非常重要的区域，生命的轮回，命运的回归，都在这里进行着。叶炜这三部小说中有许多关于坟场的描写，而且将活着的人物与死去的人物通过坟场连接起来，仿佛死去的人还未离去。《福地》是这样描写老万家的坟场的："坟场不小，四角长满了茅草，足有一丈高。里面大大小小的坟头好几个，老万家的几代先人都埋在这里了。"[2] 老万在重要的时间节点都会来到自家的坟地，有时是对着万家的列祖列宗祈求保佑和祝福，有时是对着自己的媳妇绣香的坟诉说心中的苦闷。坟场作为老万的精神寄托，直接关系到他在领导保护乡村时的作为。"几乎每天，麻庄人都要和果园里的坟头相对。他们去那里祭奠亲人，去那里给亡人添坟，去那里给坟头除草……所以死人和活人的区别无非在于生活的场所不同，其他什么都一样。"[3]《后土》中的村庄、坟场、果园虽然是三个空间，但连在了一条线上。坟场似乎生活着故去的亲人的灵魂，他们看着村庄的变化，提醒着自己的子孙后代。叶炜在小说中将村庄的灵魂与梦境连在一起。《福地》

---

① 韩春燕：《文字里的村庄：当代中国小说的村庄叙事》，上海人民出版社 2011 年版，第 200 页。

② 叶炜：《福地》，青岛出版社 2015 年版，第 47 页。

③ 叶炜：《后土》，青岛出版社 2013 年版，第 171 页。

中的老万在对麻庄和孩子们的守护过程中，每遇到重大的事情就会梦到自己的妻子绣香。《后土》中的刘青松作为土地爷的转世凡身，土地爷经常在梦中指导刘青松，给刘青松以解决困难的启示。《富矿》中的麻姑梦到官婆和自己的谈话以及最后梦到传说中的洪水淹没村庄，也是对这一建构的刻画。作者将神灵、坟场、梦境与日常化的农村生活结合起来，架起了生死的桥梁。以神灵和亡人的视角看待如今的现实世界，针对现实世界出现的问题提出改进的意见，更加深刻且发人深省。

在人物的刻画上，作者没有故意拔高道德人物，也没有描写绝对的恶人，不把人物做类型化处理。这既展现出乡村人们朴实的美好性格，又展现出其集体无意识的一面。以小见大，来表现乡间的明与暗、乡人的善与恶。《后土》中的村支书曹东风之所以处心积虑地想当上村里的一把手，是因为他本身是一个外乡人，想要在村里获得地位。另一方面，他确实头脑灵活，有本事，也是真的想为村子做点事情，带领村民一起致富。原村支书王远虽然做下了很多恶事，但他毫不犹豫地救治了刘青松落水的女儿，完全没有计较刘青松也是谋划扳倒他的一员。作者将他们在能力上的优势和内心的私欲结合在一起，显得更加真实。《福地》在描写恶贯满盈的刘老黑时，也对他前期的勇猛机智进行了描写。

另外值得注意的是，叶炜在小说中所用的富有张力和弹性的语言，与民间相应的场景和适合的人物一起，推动着故事情节的发展，带来丰富的思想蕴藉。叶炜的语言是有灵性的。虽然看上去显得朴实而粗犷，但细细品味，又有一种独到的细腻，在不知不觉中感染着读者。尤其是在描写细节的时候，语言与人物的动作相结合，小说里的人仿佛就站在了眼前。《后土》中描写的王忠厚带头反对征地，与刘青松、曹东风对峙时的情节，就展现了叶炜对语言运用的巧妙。"刘青松指指王忠厚：'还是让忠厚说给你吧。'王忠厚梗梗脖子：'我说就我说。'"①"指指"人，"梗梗"脖子，两个简单的动作就把人物描写得惟妙惟肖。刘青松在把王忠厚领到曹东风面前时，有些话他是不适合说的，如何使得场面不僵，那就是要显得随意。而这种在平常生活中随便用的"指指"，表现出目前的处境并非针锋相对，一下子就把气氛缓和了

---

① 叶炜：《后土》，青岛出版社2013年版，第183页。

下来。"梗梗"脖子，则直接把王忠厚内心的坚持和蛮横表现了出来。"刘青松看到曹东风额上冒出了一层细密的汗珠""刘青松看看曹东风额头上不断冒出的青筋"①，通过作者的描写，我们仿佛看到了曹东风内心的挣扎。还有就是对于苏北鲁南方言的引入，作者将方言进行艺术化的处理，使得方言没有给人一种陌生化的感觉，而是更好地和文本融为一体。羚羊挂角，无迹可寻。作者深爱苏北鲁南的文化，这种文化认同和作品融洽地结合在了一起。

四、问题、局限与未完成的审美想象

叶炜的这种回归乡土的写作为我们呈现了一个真实又复杂的苏北鲁南农村，这是一种带有乡土"原汁原味"的文学书写，表现了作者对乡村书写的新精神探索。但是，苛刻地说，与众多乡土文学经典作品对比而言，叶炜的这三部小说依然存在着一定程度的不足和局限。

首先，叶炜的这三部小说在力图描写真实的乡村生活的同时，却又被这种日常化的叙述所束缚，表现的内容存在着简单的重复。比如小说《后土》的前半部分叙述就显得有些拖沓。琐碎的事情描写得太多，就容易偏离甚至淹没故事的主线。小说虽然具有了规整的结构，但却像是记流水账一般成了简单故事的罗列，故事的发展也会缺乏激烈的矛盾冲突。虽然是写乡村，但是当下的乡村中也是暗流涌动，矛盾激烈，并非在不温不火地发展。叶炜是热爱乡村的，对当下乡村问题也有着一定的认识，但是对乡村问题的深刻性表达稍显不足，进一步探索文化价值超越性的力度也稍显不够。

其次，人物形象刻画方面存在着枝节过多，次要人物形象不够丰满、性格逻辑不够鲜明等问题，缺少核心人物形象与内在尖锐冲突。叶炜成功刻画了几个复杂的人物形象，像《后土》中的王远、曹东风、刘青松，《福地》中的老万，等等。但是对于非主要人物的刻画，却缺少鲜明的个性，仅仅是为了补充事件而出现的。比如《富矿》中的矿上医生肖秀，和笨妮一块去矿上的福妮、宝妮，在小说故事情节需要的时候出现得比较唐突，在失去作用的时候命运便会发生突然的转变，要么是出走，要么是死亡，有种类型化的倾向。

---

① 叶炜：《后土》，青岛出版社 2013 年版，第 184 页。

最后，小说的精神维度和思想高度有待进一步拓展与提升。作者虽然指出了在现代文明冲击下农村出现的问题，但只是将问题浅显地表达出来，并没有触及问题的根本。"当下文学更需要提供高于现实的高贵的诗意、真诚的大爱、诚恳的关怀、怦然心动的感觉或会心一笑的理解……感情越是高尚，思想越是崇高、清晰、广阔，人物越是杰出而又富有代表性，这个书的历史价值就越大，它也就越清楚地向我们揭示出某一特定国家在某一特定时期人们内心的真实情况。"① 在刻画处理农村出现的问题时，叶炜的处理过于简单化、理想化。比如在小说中，叶炜进行了大篇幅的农村日常化叙述，小说思想的升华力度就显得不够。作者对于传统文化中所蕴含的乡村文化是热爱的，但是面对这种文化的消亡，作者没有继续去探讨这种乡村文化的再生可能性。比如，"土地爷"作为一种文化意象，所代表的乡村文化逐渐衰落，这是不可避免的，那么"土地爷"是不是应该继续存在，他所代表的精神价值何在？这都值得去表达出来。另外小说的结尾稍显仓促，乡村生态文明受到破坏，作者采取的是一种理想化改良方式，在《后土》中，建立现代文明小楼，吸引乡村青年回村，但是这些青年真正能够心甘情愿地回到村子里吗？这不过是一种美好的想象罢了。进入了城市，受到了城市的浸染，这些青年早就已经回不去了，始终处于一种融不进城市又回不到乡村的状态。在《富矿》和《后土》中，叶炜都是将矿场造成的大坑改造成鱼塘，这种想法是浪漫的，表现出作者对于当下现实世界的一种无力感。乡村展现出的现代性，这本身是一个十分复杂的问题，不能够为了迎合阅读，而将其处理成一个通俗的大众问题。对于农村的问题处理过于理想化，就是忽略了问题本身的复杂性，容易演变成为肤浅的乐观主义，从而削弱了所要表达的内在意蕴。

"新世纪村庄社会的现实书写更加强调作家个人经验感受，更加强调个人话语言说，由于作家对村庄社会现实的审视角度不同，思考的思维方式不同，创作立场不同，所以作家笔下就有了丰富多样的村庄社会形象。"② 叶炜用本

---

① 孟繁华：《文学革命终结之后——新世界文学论稿》，现代出版社2012年版，第33页。

② 韩春燕：《文字里的村庄：当代中国小说的村庄叙事》，上海人民出版社2011年版，第79页。

土化日常化的描写，展示出一个朴实恬静又暗含着物欲横流的乡土小村。描写乡村的美好，表现出作者对于乡土本身的热爱；而对乡村和乡民们所遭受的苦难的刻画，则表现了作者对乡村未来深深的思考。虽然存在着一定程度上的不足，但是可以看出叶炜一直在探索乡村书写的路上。在现代文明的冲击下，乡间的明与暗、乡人的善与恶交织在一起，乡土文明在一步步地走向衰落。当 "面对当代中国已经发生和正在发生的历史剧变，新世纪中国作家对'中国经验'和'中国问题'做出历史的、审美的回应，可以说是责无旁贷"[1]，所以跨入新世纪并不意味着乡土书写的终结，乡土是人们的根，人们不能够脱离土地去过生活。只要还在土地上生存着，那么就与土地有着扯不断的联系，乡土叙事就是未完成的审美想象，会一直继续下去。叶炜的 "乡土中国三部曲"《福地》《富矿》《后土》，既是过去创作的有标志意义的终点，又是重新起步的坚实新起点。我期待叶炜对这一关系到人类未来文明走向的大问题进行持续思考，做出具有深刻生命体验与自己独特思考的新乡土小说。这是 21 世纪乡土中国对叶炜、对新一代作家的召唤。

---

[1]　张丽军：《"当下现实主义"的文学研究》，北京大学出版社 2014 年版，第 61 页。

21 世纪"娜拉"形象的重构
——论付秀莹的《他乡》

在先锋文学、新历史主义、新写实主义、晚生代/新生代写作中,"70后"作家以写作日常生活与人性见长。"70后"作家们在延续"五四"新文学故乡书写传统的基础上,多建构了属于自己的文学地理坐标。徐则臣的"花街"、鲁敏的"东坝"、张楚的"樱桃镇"以及曹寇的"塘村"等,都以少年往事与日益稀薄的当下人情事理进行比照,在日常的书写中建构另一种现实。2019年第 2 期的《十月》刊登了付秀莹的小说作品《他乡》,小说以第一人称视角书写了一个名为翟小梨的青年女性的成长经验和情感道路。来自芳村的翟小梨读完大学之后留在 S 市,初识生活面貌之后,她凭着一股韧劲考取了北京高校的研究生,最后在北京得以站稳脚跟。梦里不知身是客,直把他乡作故乡。在这部具有半自传色彩的作品中,付秀莹为读者们贡献了一个当下新女性形象,让很多女性可以在翟小梨身上看到自己的影子。同时,付秀莹也为21 世纪文学贡献了一个标新立异的新娜拉形象。

一、中国现当代文学中的"娜拉"形象书写

"五四"时期,妇女解放与新女性观方面一项很重要的内容便是娜拉来到中国,并被塑造成新女性的代言人。娜拉"砰"地甩门成为妇女问题引起关注的序章,影响了"五四"时期一代人的行为方式,很多"五四"时期的作家都曾著文表明自己的观点。鲁迅在小说《伤逝》中塑造出"子君"

这样一个娜拉形象且写了《娜拉走后怎样》的文章，探讨了 "娜拉走后会怎样" 这一问题，并提出了自己的观点。胡适借《贞操问题》《李超传》等作品表达了他的妇女问题观。此外，李大钊的《妇女解放与 Democracy》《现代的女权运动》、周作人的《妇女运动与常识》、吴虞的《女权平议》、叶绍钧的《女子人格问题》、罗家伦的《妇女解放》、向警予的《女子解放与改造的商榷》、邓春兰的《妇女解放中之障碍及补救方法》《我的妇女解放之计划同我个人进行之方法》等数十篇文章同样表现了对妇女问题的关注。当时的社会媒介还凭借其影响力掀起了关于妇女解放问题的大讨论。与此同时，"五四" 时期较为活跃的女作家诸如冰心、庐隐、陈衡哲、冯沅君、凌叔华、石评梅等皆各自言说自身的困境与心声。在时间维度上，这批女性作家对于该问题的关注贯穿 "五四" 新文化运动酝酿期、高潮再至落潮时期的前后十年，她们的小说、散文、诗歌、戏剧、文学评论等一系列作品在很大程度上反映了早期妇女解放进程的风貌与困境。"娜拉" 式出走成为新女性离开旧家庭的第一步，也成为 "五四" 女作家所共同面对的时代焦虑与现实难题。

除在文学作品中进行 "娜拉" 式女性形象塑造以外，一些女性作家勇敢地走出家门，成为娜拉行为的践行者，较为典型的作家便是萧红。在 20 世纪 30 年代，萧红在作品中书写自己经历的漂泊生活、写童年的回忆、写与旧生活的决裂以及她在逆境中的乐观奋发。20 世纪 40 年代，张爱玲创作了一大批深受 "五四" 启蒙话语影响的女性出走主题的小说。借助对父亲形象的书写和重构以及以母亲为代表的 "女结婚员" 形象的出走，张爱玲在作品中传达了自身对于以出走为唯一价值指向的 "娜拉" 式妇女解放之路的质疑，并 "对 '五四' 以来以主流价值观念而存在的娜拉神话进行了颠覆与终结"①。20 世纪 50 年代，杨沫《青春之歌》中的女主人公林道静则在无产阶级政党的指引下，走出家门后经历艰苦的思想改造，她最终走向的人生道路体现了当时女性解放思想的新追求。70 年代卢新华《伤痕》中的王晓华，80 年代末铁凝《玫瑰门》中的司猗纹，90 年代王安忆《长恨歌》中的王琦瑶，以及以陈染、林

---

① 颜浩：《娜拉神话的颠覆与终结——论张爱玲小说的 "女性出走" 主题》，《文艺研究》2016 年第 3 期。

白、徐小斌、徐坤、斯好、张欣、张梅等为代表的女作家都塑造了一大批自身所处时代的"新娜拉"形象。综上所述,中国现当代文学中"娜拉出走"的主题,经历了不同时期作家和文学作品的重写和重构,"娜拉"形象呈现出"恋爱至上主义、革命至上主义、生存至上主义"①等方面的发展轨迹。21 世纪以来,付秀莹的新作《他乡》以女性视角和第一人称叙事角度书写了在当下时代变迁中,女性在现实中所要面临的现实困境和精神困境。

二、当下新"娜拉"的"离去与归来"

付秀莹的《他乡》以关注社会的写作姿态、强烈的现实感以及渴望与时代和社会对话的写作方式塑造了翟小梨这一形象。乡村给了她温情的慰藉,城市令人感到陌生且充满危机和陷阱,隐身城市又使她获得还活在人间的坚硬真实。在生活的辗转腾挪之中,翟小梨经历了两个维度的"离去与归来":一方面是在故乡与他乡的维度,另一方面则是家庭维度。家庭维度方面的"归去来"在女性成长书写和伦理观重构层面体现得更为明显,故在此不再赘述。他乡让个人产生难以融入之感,由于自身所处世界价值观的审美趋向和价值判断等方面的疏离,在面对物欲世界方面同样会产生一种无可奈何之感。翟小梨的"感情秘密确实也只有在城乡之间的撕裂和缝合中,才得以诞生"②。小梨的感情生活成为展现当下社会时代和价值伦理的一个切入点,在这种日常叙事有关的美学中,平淡却又有着深刻的意义。

走出芳村的小梨是自尊和自卑的集合体,小说中她的生活经历了两次重大的城市生活转变。一次是毕业后因为丈夫而留在 S 市,一次是自己通过艰辛的努力考到北京的高校读研究生。小梨在 S 市经历过找工作时的无助、对父母的歉疚、对公婆一家冷漠的悲愤、夫妻二人生活的困窘等一系列困难和境遇。小梨"走异地寻异路,到皇皇帝都,再度求学"时则有所侧重地表现了男女关系方面的纠葛和在北京面临的更大诱惑。小梨是时代中卑微但又有

---

① 叶楠:《现当代小说中的娜拉出走主题及其嬗变》,《文学教育》2018 年第 7 期。
② 郜元宝:《回乡者·亲情·暧昧年代——魏微小说读后》,《当代文坛》2007 年第 5 期。

着自尊的不安分者，在两个城市所遇到的人和事中尽管有温暖的灯火，但她内心却是一片黑暗，充满着无可排遣的异己感和他乡感，小梨自然也就成为当下所处时代的都市里讨生活者们的画像。她的原生家庭在农村，又是最小的女孩子，青年之前的生活充满温暖和爱，这与青年后经历城市冷漠的生活形成了巨大的反差。小梨身上有着强大的欲望和力量，但在生活中却是 "负着虚空的重担，在严威和冷眼中走着所谓人生的路"。工作调动的骗局、抚育子女时的艰辛、家庭的不和谐等一系列问题让小梨觉得城市虽然充满明亮、温和、欢乐，但是 "好像并没有一张笑脸"。S城的生活在翟小梨的生命中以平静、深情的方式写下了世间的众生喧哗，也道出了生活的艰难，多有一地鸡毛的意味。在被生活琐事和丈夫的不上进逼到生活的悬崖边上时，小梨毅然决定考取北京一所高校的研究生来逃离这种惊慌不定与彷徨不决。但到北京求学之后她所面临的是另一重的烦恼与诱惑，北京成为另一个陌生的异乡，小梨置身其中 "仿佛一个孤单的岛屿，在茫茫人海中沉浮"。小梨在城市的经历成为城市外来女性生存出路狭窄的现实性投射，小说还勇敢地写出了女性用身体获得一些改变环境的机会，这个命题古往今来一直难以避免。无论是小梨还是我们日常生活中的每个人，我们生活在各种社会关系之中，生活总能提供给我们丰富的困惑以及难以察觉的情况，小梨在城市的遭遇也就成为一个时代的表征。在小梨的经历中，有最富意味的象征和生活真相的深度揭示，时代中人与人关系最本质、最势利的关系通过女性的情感际遇表达出来。即便小梨有着比自己的研究生同学更为丰富的人生经历，自称为生活的知情者，但在小说中那些怀着难以置信语气、高频率出现的反问句以及设问句，充满着一个女性对于生活未知的好奇与质疑。无论在S市还是北京，一旦离开自己出生的土地，总是会产生一种陌生感。也许这样一种异乡感，是一种永远在别处的异乡感，困扰着每一个有着平凡而千篇一律生活的人们。小说书写了小梨身体空间、精神空间、感情空间的变化，也许在这种空间变迁中，看清生活的底牌之后，每一个像小梨一样的青年女性都将情感寄放在超乎乡村与城市之间某个更加虚无的存在。因此，尽管小说书写的是个体女性的回乡际遇，却充满着隐喻色彩和普泛意义。

《他乡》中除了大量小梨在城市的书写，对于芳村的书写总是伴随着明媚的色彩，呈现出一种民间自由立场，而且在读作品时很容易就想到鲁迅的《故乡》。回乡图景的描绘和书写是中国知识分子还乡的普遍经验。1921 年，鲁迅发表《故乡》，小说中叙事人回到故乡之后，记忆中的故乡与眼前的故乡产生了深深的裂隙，给人深刻的震惊体验。《他乡》中的小梨同样也是流动的知识分子，她一直夹杂在一个不安稳的时间和空间里，因而对故乡的书写便成为渴望寻找安稳、信任以及爱情、亲情等情感的隐喻。小梨在他乡受到创伤之后通过回忆故乡进行自我疗救。故乡有爱自己的父母和姐妹，也有热情的乡里乡亲。小梨曾在走投无路时将女儿送到芳村，村庄同样以最宽广的胸襟接纳了芳村的子女以及他们的后代，并带给他们生存的美好。小梨的女儿 "吃百家饭，穿百家衣"，二姐带她见识了湿漉漉眼睛的小羊、毛茸茸的小鸡和小鸭子。爱让人完整和柔软，女儿在面对自己大姑时即便忙于升学考试，也会对姑姑表现出一种温柔与耐心。芳村与物质主义的当下现实有所区别，芳村遥远而美好。人们的欲望也不浓烈，流传着久违的美德以及对生活的独特理解和认识，芳村的人平凡但又有着某种神性。但是，正如鲁迅《故乡》的 "离去——归来——再离去" 模式一样，在某种意义上，芳村最终也成为小梨的他乡，在外飘零很久的她只能远观而无法真正抵达，此处与彼处相映照，显现出人性的清冽、洁白与一尘不染的神性。就小梨而言，走出乡村的路很漫长，通向城市的路也很漫长。

三、新女性成长书写和伦理观的重构

《他乡》是对 "小人物在变动中的忧患，与由于营养不足所产生的 '活下去' 以及 '怎样活下去' 的观念和欲望"[①] 的表述，作家以入世之心体察每一个人内心的苦难。在这种细腻的体察中，作家结合传统朴素的家庭伦理观念，对于当下新女性的成长进行了刻画和书写，同时对当下的伦理观进行了一定的关注和思索。原生家庭是小梨的底色，两个家庭的父辈分别代表了两种不同的家庭伦理观念，在这两种伦理观念以及后来与老管、郑大官人等异性交往的影响下，小梨最终选择回归家庭，实现了不忘初心的回归家庭之路。父母是孩子的第一任老师，父亲可能意味着一种传统、一种行为方式和行事风

---

① 沈从文：《沈从文全集》，北岳文艺出版社 2003 年版，第 59 页。

格。小梨生在芳村的父亲母亲尽管在小说中处于失语状态，但我们依然能感受到他们给小梨的生活以最朴素的指引，这种指引温暖且充满力量。小梨的家庭观念和对于丈夫的标准都是以自己的父亲作为标杆。在小梨的心中，"父亲，是典型的北方大男人的形象，强健的，高大的，坚韧的，大树一样，强悍地伸展着枝叶，为我们遮风挡雨"。

小梨从儿时内心深处便有着这样一种朴素的意识，这也是后来她对幼通家庭责任感缺失而愤怒的源头，就像小梨的自白："我一直以为，天下的父亲，都应该是我父亲那样。沉默寡言，却坚韧有力。为了孩子，什么苦都肯吃。"这种家庭责任感源自原生家庭最朴素的伦理。等到上大学之后，正值青春年华的翟小梨遇到了云老师，云老师曾经委婉地劝说过小梨，他与幼通并不合适。之后云老师还将小梨叫到自己的家中如母亲一般关照她，之后小梨在 S 市后云老师还和爱人去看望了小梨。云老师在小梨陷入爱情之中时，及时提醒小梨"别耽误功课"，这也为后来小梨在 S 市感受生活之艰难后毅然决定考取北京高校的研究生有着极为重要的关系。等到结婚之后，因为与丈夫的家庭产生密切的关联，丈夫的父亲母亲的家庭角色同样成为小梨对家庭伦理审视的样本。丈夫的父亲在家庭中处于绝对的权威地位，母亲则整日以丈夫为中心，这种家庭模式同样也不是翟小梨心目中理想的类型。在北京遇到的老管、郑大官人等异性并对他们的情感与家庭生活略作审视之后，翟小梨最终实现了自己伦理观的重构。与以往"娜拉"形象不同的是，翟小梨的家庭伦理观是一种自我内省后的选择。最初，恋爱和婚前的翟小梨从来都认为自己一直以来都是被丈夫的手牵引着慢慢靠近向往已久的生活。当家庭与丈夫都不能成为自己的肩膀和依靠时，小梨选择独立面对生活，充满了自立、自强、自尊和韧性。在城市面对为改变环境而需要利用女性的身体时，作家和主人公小梨都勇敢地面对了这个问题。在小梨情感经历的变迁和自我成长的历程中，我们看到了青年女性的美德，也看到"风流总被雨打风吹去"。

小梨的丈夫幼通成为小梨伦理观念形成最重要的人生导师。小说最后，小梨将丈夫幼通比作是自己的历史，也坦诚自己终生都迷恋丈夫的宽厚。幼通自身也有很多性格上的局限，也有原生家庭模式影响下所形成的性格缺陷，同样也有不思进取、不能承担家庭责任的一面。但小说中写得最多的还是他身上有着一种很可贵的传统中国文人士大夫气息，他与小梨之间充满了"古典意味的情感段落"[①]。小梨之所以将幼通比作自己的历史，是因为她曾经对自己的生活进行过这样的表述："昏暗的灯光，在隧道里显得格外惨淡。正如同，惨淡的迷茫的青涩岁月，漫长，压抑，屈辱，看不到些微的光亮和缝隙。"在生活黑暗的隧道中，她的丈夫幼通曾经也算是翟小梨生活中的光芒，给她依靠，给她指引方向。曾经无论是在芳村发大水时，还是母亲去世时，小梨第一个想到的就是他，小梨在北京求学时也是幼通带孩子，当小梨看到更大的世界，追逐权力、金钱时，幼通身上似乎总是存在一种不迷失本性的宽厚。在各种复杂社会因素的交织之下，现实世界是由无数个日常的波纹组成，作家在小梨的经历中探讨了女性内心所能承受的悲哀，以及在人生风雨中如何自持、如何自我救赎的问题。

百年前鲁迅在思考"娜拉走后会怎样"这一问题时指出"在没有消灭'养'和'被养'的界限以前，这叹息和苦痛是永远不会消灭的……所以一切女子，倘不得到和男子同等的经济权，我以为所有好名目，就都是空话"[②]，鲁迅鼓励女性争取经济权。21世纪的今天，一株芳村的小草，在波谲云诡的生活中逐渐成长为一棵从容且能为他人遮挡风雨的大树。就像小梨自己说的那样，"当经历了那么多命运的崎岖动荡，当我们亲口品尝了生活的千种滋味之后，在异乡，在北京，我们终于心平气和了"。另外，小说的叙事角度和切入点也让我们看到作家对叙事节点把握得恰到好处，小说的叙述人以向女儿讲故事的形式讲述了这个关于成长的故事。成人之后以一个具有自主意识的个体来感悟和审视自己的成长历程，是一个成年自我对懵懂无知的幼年自我的倾听和对话，也就是跟着幼年自我一次长长的旅行，这在心理学上被称为自传体记忆。在这一番自传体记忆中，小梨温婉柔韧的情感线条、满带感情而朴实的语言、复杂的人物关系、隐忍的高尚、忧伤的面貌等元素让我们一览无余。同时，这样一种向女儿讲故事的叙述呈现带有回忆姿态的距离，有

[①] 谢有顺：《短篇小说的写作可能性——以几篇小说为例》，《小说评论》2007年第3期。

[②] 鲁迅：《关于妇女解放·鲁迅全集（第4卷）》，人民文学出版社2005年版，第615页。

一丝清醒和忧伤。第一人称的叙事视角和带有自传性的题材，使整篇小说的叙述基调既具细腻性又有着深刻的内省性，显现出可贵的生活哲学与诗的品性。小梨的成长历程如一个放大镜般，向我们呈现了那些如小梨一般内心充满着渴望，有血性有温情，性格上有着宽广的尊严的人。除此之外，通过小梨，作家展现了对个体生存的思考。作家在对小梨成长的苦难和伦理观建构的叙事中，呈现出有关当下大众之于家庭、社会和人生的思考和质疑，因此在对个人的书写过程中又融入了对社会和时代的书写，这让小梨变成一种象征，小梨的经历也是一种时代症候。

四、结语

"五四" 时期的 "娜拉" 们，受时代和社会等诸多因素的局限，她们的先锋姿态更多地体现为话语先锋而并非行动上的先锋以及思想观念上的先锋。"五四" 时期文学作品中的 "娜拉" 式女性形象内心深处仍然受着封建礼教的禁锢和束缚，外部社会环境更是限制了女性走出家门寻求自立的道路。尽管当时的人们纷纷注意到女性的苦闷与困境，并将这些问题上升到一定层面予以思考，但抱持的女性观以及关于妇女解放问题的思考与态度仍然是传统的。在 "娜拉如何走出家门" "娜拉走后会怎样" 等一系列问题上的思考，始终没有冲破传统妇女家庭观念的局限，更没有提出具有建设性意义的出路方案，所以当时的 "娜拉" 们无论是否走出家门，结局多是以失败或者悲剧告终。20 世纪其他时期的书写 "娜拉" 式女性形象的文学作品，也同样受制于时代和社会的复杂因素，同样呈现出姿态各异却惊人一致的悲剧性。在文字世界中，在时代风潮影响下的新女性始终难以摆脱家庭羁绊、情智冲突等方面的相互掣肘和挤压，不得自由之路径。

21 世纪的今天，现代女性解放和实现自由全面发展仍然有很长一段路要走。《他乡》中的翟小梨，从芳村走向北京，通过施展自我的才华和能力，实现了自身事业方面的发展和自我的独立。同时，在自我成长与发展之中实现了伦理观念的重构，最终选择回归家庭。"五四" 新文学发展到现在已经有一百多年的时间，文学作品中塑造了一系列的 "娜拉" 形象，在 "娜拉" 形象长廊中，付秀莹塑造的小梨这一 "娜拉" 形象特别新鲜。以往的 "娜拉"

要么是反叛,要么是顺从,而小梨在与生活和异性的矛盾和斗争中,她是先顺从后反叛,然后自己选择回归,并且还得到了丈夫的理解和接纳,尽管曾经因为要离婚的事情与丈夫撕破脸面,但丈夫最后还是以宽厚的姿态接纳了她。小梨身上体现了当下一类新女性的特质,改革开放产生了她们,支撑了她们,也理解了她们。以往中国现当代文学史中或者不曾书写"娜拉"走后怎样,或者书写离开的"娜拉"要么死去,要么回来,是一种无奈和被迫。而当下的"娜拉"选择离开家庭再回来更多的是一种自主选择,是女性在获得经济独立后对幸福的追求,对伦理和美好的一种坚守。小梨这一类的 21 世纪新女性,她们承受了生活赋予她们的一切苦难,仔细品尝过生命的滋味之后,扎下根来,从生活的知情者成长为生活的揭秘者。她们渴望尊严,追求爱与被爱,人事的山重水复、内心的阴暗和曲折让传统的婚姻和两性矛盾在 21 世纪有着更加复杂的状况。在翟小梨的成长中,女性实现了自我体认,这是属于 21 世纪"娜拉"这一代人的精神轨迹。她们在变动的时代中摸爬滚打,在生活本身的庸常和意外中寻求与精神和道德的握手言和,在她们身上我们得以看见人的命运与时代相互成全的可能。

"优秀的作品,应该给一个黑夜中孤独的个人以精神意义上的还乡,或者让我们感到作为个人的自己与作为社会的存在之间的血肉关联。"[①] 付秀莹曾谈及自己的创作,"只是把自己的心血、泪水、汗水、血肉打碎了揉进笔下的人物,然后让他们有呼吸、有心跳"。《他乡》中小梨每一次人生的转折作家都会交代出季节,在春夏秋冬的四季变换中,我们可以体会到人生和生命的无常与宿命感,在人生重要的时间节点上,伴随着季节带给人的冷暖也算是生活给与的一种宽慰。在与生活秩序的对抗与和解中,小梨逐渐迈进生活的真相,从容地应对了生活对自我的围困。在与生活柔软绵长的牵扯中,小梨收获了自己人生的安全感,这不全是出于巨大的道德的焦虑和压力,更多的是出于对人性空间的宽广和生活的多重质感的一种理解和审视。在翟小梨身上可以看到生活的博大精深,也可以看到她对个人和时代的思索。付秀莹以青年女性的视角切入了我们当下所处的时代,敏锐地捕捉到了当下我们所处

---

① 张莉:《众声独语——"70后"一代人的文学图谱》,上海文艺出版社 2017 年版,第 20 页。

的这个时代给予贫穷者、异乡人切肤的疼痛和困扰，并以一种放大镜式描摹
的方式，让他们找到了自身命运的代言人和发声者，他们平凡普通但又有着
极为普遍的相似性。在小梨的身上，似乎也能看到了 80 年代进城青年理想的
神采和力量，而不是当下城乡书写中普遍存在的乡村人难以进入城市的幻灭
感。小梨的成长给青年人、给青年女性以希望而不是迷茫，她身上有着理想
主义的光辉感和脚踏实地的坚实感。

革命历史·民间立场·个体关怀

——读常芳的长篇小说《河图》

在中国当代文学创作中，历史小说因其与民族国家意识建构之间的密切联系受到文学界的重视，涌现出了大量涉及宏大历史题材的文学作品。新时期，作家们不再满足于单一的宏观政治视角叙事，形成了家族叙事、个体生命体验和边缘人物书写等反传统、非理性的创作倾向，开启了新历史小说的创作潮流。

中国"70后"作家常芳的小说《河图》赓续了历史叙事的传统，也实现了对以往历史小说的重新思考。在历史叙事上，《河图》没有直击历史现场，描述革命发展过程，成为革命历史的留声机，而是摆脱了宏大历史叙事的限制，结合新历史小说的审美经验，从民间的角度记录革命历史，追述革命之于民间的意义，呈现出特色鲜明的"民间历史观"。在人物形象方面，《河图》着重塑造了革命者、异域人和普通市民这三类人物形象。这三类人物性格不同、命运迥异，但统一于常芳对历史的思考之中。在叙事方式上，常芳既没有按照传统的模式来结构全文，也没有沉湎于新历史小说狂放、神秘而又魔幻的篇章结构和叙事视角，而是采用穿插跳跃的结构与灵活多变的聚焦视角，通过不同的角度扩展作品内容，展现历史的丰富内涵和广阔的可解读空间，立体全面地表现革命历史。无疑，常芳在《河图》里的这些独特的创作经验为中国历史小说的写作提供了新的审美经验与探索路径。

一、民间历史观下的革命史

1911 年，辛亥革命在武昌爆发，随后以不可阻挡之势席卷全国。武昌起义后，山东革命派响应全国革命形势，争取山东独立。《河图》正是以这一大历史事件为背景，以南家花园为中心，围绕着漯口与济南双重空间，通过众多人物形象，呈现出革命暴风雨到来前后的社会样貌。"民间在当代是一种创作的元素，一种当代知识分子的新的价值定位和价值取向。"①在《河图》中，常芳没有正面铺陈革命的详细过程，也未过多涉及独立与封建帝制，以及民主派、立宪派与保皇党的激烈斗争，而是从民间的角度表现革命历史，在历史观上呈现出鲜明的民间立场。

"历史作为人类生活的过程，从某种意义上说是无法确认和无法解释的一种非理性存在，作家愈想摆脱一些史书的观念，恢复历史的生活实景，就愈需要一种理性的判断力和理解力。"②历史是"一种非理性存在"，因此，对于作家而言，要梳理冗杂的历史材料，就必须发挥艺术内省力，以理性来选择最切合文本的叙事方式。面对历史史实，不同的叙事方式体现着作家不同的历史观念。常芳曾直言宏大叙事实际上隐含在日常叙事之中。在这种创作观念的影响下，常芳选择了以日常化的叙事来表现革命历史。因此，她没有以济南作为叙述重点，反而是将远离革命漩涡的小镇漯口作为叙述中心。这致使《河图》在历史叙事时疏离了对革命历史的直接呈现，而是通过对漯口社会的叙述，以民间视角间接表现历史。

处于革命边缘的漯口远离政治风波，社会安宁和谐。"整个漯口镇的居民，依然都在日复一日，安静地重复着他们各自过往的生活。"③漯口的沉默姿态导致生活在其中的群众过着类似于梦境般的生活。在这种看似稳固的社会情态下，革命以流言的形式慢慢渗透进社会当中。漯口人未曾目睹革命的沸腾

---

① 陈思和：《民间的还原 —— 文革后文学史某种走向的解释》，《文艺争鸣》1994年第 1 期。

② 洪治纲：《新历史小说论》，《浙江师范大学学报（社会科学版）》1991年第 4 期。

③ 常芳：《河图》，江苏凤凰文艺出版社 2023 年版，第 22—23 页。

场面，只能从周约瑟等人从济南城中带回的闲言碎语中捕捉革命的风向。这些不切实际的革命流言冲击着洙口社会，在革命降临之前，民间被笼罩在恐慌当中。《河图》以"山东独立十二天"为历史背景，但是有关独立胜利的情节只在小说中占据寥寥几章。独立如同南怀珠口袋中的"玫瑰"一样迅速凋零，随之而来的是独立失败后的漫长寒夜。独立风波平息后，民间无法恢复到独立前安稳和谐的状态，迎来的仍然是无尽的苦难。伴随着南怀珠被杀、商铺被烧毁、周约瑟横死，革命以强硬的姿态持续影响着洙口的社会。

陈思和曾言转向民间叙事立场的作家们"深深地立足于民间社会生活，并从中确认理想的存在方式和价值取向"[1]。通过对革命风云下民间生活情态的叙述，常芳试图重新确认革命的价值意义所在。"独立后，他们手上的权利，真就能一星不差地归属天下万民，让人人都过得如皇帝般滋润？"[2] 对于洙口民间社会而言，革命成功没有带来实质性的变化，也未改变整体的社会面貌使生活在其中的民众受益。独立成功带来的不过是家家户户在门口挂着的象征独立的布条，是小孩子们从南明珠那里多得的几块糖果。与此相对的是革命摧毁了民间，社会仍然停滞在原来的面貌。独立运动甚至破坏了原有的情态，醋工伍春水的家庭被摧毁，来家祥的铺子被烧，城中到处都流淌着民众的鲜血。斯蒂芬·格林布拉特呼吁："藐视社会珍视的正统观念，拥抱那些被正统文化认为是讨厌或可怕的东西。"[3] 社会正统观念在分析革命时往往会忽略它在客观上的破坏性，但这同样也是历史的一部分。因此，常芳在《河图》中重新拥抱历史的意义，展示了这一场不成功、不彻底的独立运动带给民间社会的无穷的灾难。民间社会是脆弱的，历史每一次巨大的转折都伴随着民间旧秩序的崩塌。诚然，革命给社会带来了新的发展机会，但这并不能掩盖它对于民间造成的巨大破坏。"新历史小说以民间的意识形态作为价值评判的坐标，试图以民间的、世俗的、宗法的价值来归结题旨。"[4] 常芳无意再赘述革命的伟大，而着重展现民间在革命面前的渺小和脆弱。她通过展示革命

---

① 陈思和、何清：《理想主义与民间立场》，《中山大学学报（社会科学版）》1999年第 5 期。

② 常芳：《河图》，江苏凤凰文艺出版社 2023 年版，第 147 页。

③ 张京媛主编：《新历史主义与文学批评》，北京大学出版社 1993 年版，第 157 页。

④ 舒也：《新历史小说：从突围到迷通》，《文艺研究》1997 年第 6 期。

给民间造成的混乱与动荡，重新思考革命的真正意义与价值。

　　常芳从民间的角度展现革命的面貌，表现被迫卷入革命的民间社会所面临的复杂命运。《河图》中有宏大的历史书写，譬如济南城内的独立运动，也有涉及个人史和家族史的内容。但二者均在《河图》中让位于民间视角下的历史。"新历史主义作家追寻历史也是为了消灭固定成见的历史。"① 因此，它本身便包含了否定和否定之否定的双重含义，永远处于自我发展中。常芳想讨论的不是革命历史过程、旧家族在历史中的浮沉和个人的命运史、心灵史，而是在民间整体视角下革命历史的过程和意义。张清华在谈到新历史小说时曾指出："新历史主义叙事有倾向于'民间'历史观念的一面。相对于主流政治模型的历史叙事，它常常是以民间历史叙事相近的面目出现的，体现了'边缘化'的或者'暧昧的'立场与趣味。"② 常芳在《河图》的新历史叙事中呈现出了鲜明的"民间"历史观，发掘了以往历史小说中被遮蔽的民间社会。她跳出宏大历史叙事的局限，并继承了新历史小说的审美经验，为读者呈现了在革命风暴中混乱、动荡、恐慌的"漫长黑夜"，在民间的立场下重新梳理纷乱的历史史实，发掘革命历史所遮蔽与忽视的另一面。

二、革命者、异域人、普通市民：多样态人物形象建构

　　《河图》塑造了大量鲜活的多样态人物形象，这些人物依据与革命的关系大致可以分为三种类型：第一类是与革命进程密切相关的革命者形象；第二类则是在革命中保持中立与观察态度的异域人形象；第三类则是生活在革命历史之中的普通市民形象。这三类形象统一于对革命历史的表述之中，展现出常芳对革命历史和个体命运的多维度思考。

　　在中国当代文学，特别是革命历史题材小说中，革命者是极为典型的形象类型。但是，常芳没有简单地将《河图》中的革命者设置在历史的宏大叙述当中，使他们成为历史的"傀儡"，而是着重突出他们性格和思想的复杂内

---

　　① 吴戈：《新历史主义的崛起与解读》，《广西社会科学》1995 年第 2 期。
　　② 孔范今、施战军主编：《中国新时期文学思潮研究资料》（中），山东文艺出版社 2006 年版，第 468 页。

涵进而表现革命历史的多样性和复杂性。"新历史小说描写着日常生活中的人，关注人性的平庸、世俗化，人的各种欲望、烦恼和有缺陷的性格。"① 小说中的南怀珠是一个坚定而复杂的革命者，他积极投身于济南的独立运动，不遗余力地践行着自己的理想——"把一个世界，变成另一个世界"。常芳没有热情地歌颂他是如何为了独立献出自己的一切，反而突出了他身为革命者在性格和思想上的弊病。南怀珠并未认识到革命的复杂性和艰巨性，也没有做好长期革命的准备。在宣布独立之后，他没有察觉到革命内部的裂隙，沉湎于狂欢，在南家花园的宴席上酩酊大醉；在独立被取消之后，他逃避现实，陷入与咸金枝的疯狂情爱之中。甚至在推动泺口独立时，因革命力量薄弱而不惜出卖德国在胶州湾的使用权限来换取德国人的帮助。可以说，南怀珠性格中内在的矛盾代表了彼时初步成长的革命者的普遍问题。

与南怀珠相对，谷友之是摇摆不定的革命者的典型代表，是一个具有多面性格的人物。在革命初期，他积极地推动独立进程，以自己的身份联系新军支持独立，劝说南明珠拿出募捐的一部分钱款来拉拢武装力量。但是，当他目睹了革命可能带来的风险后，他抛弃了革命，甚至亲手杀死了自己的兄弟冯一德和好友南怀珠，彻底扼杀了独立的可能性。他背叛革命不是出于政治因素的考量，而是出自"自保本能"以及对妻子和孩子深沉的爱。常芳无意通过简单的政治话语来塑造人物，而历史也绝不是简单的二元对立模式就能涵盖的，它有内在的复杂性和多样性。"历史的过程不是单纯事件的过程而是行动的过程，它有一个由思想的过程所构成的内在方面。""一切历史都是思想史。"② 置身在历史大潮中人物的复杂性格与思想面貌构成了历史的内在肌理。常芳借助革命者思想的波动与摇摆，为解读革命历史打开新的窗口，深入历史的内在方面，展现历史的丰富内涵。

在《河图》中，常芳延续了《桃花流水》中塑造的老约翰等异域人形象，继续发掘生活在济南的西方异域人形象群。常芳着重通过这些来自西方的异

---

① 刘川鄂、王贵平：《新历史主义小说的解构及其限度》，《文艺研究》2007 年第 7 期。

② ［英］柯林武德：《历史的观念》，何兆武、张文杰译，商务印书馆 1997 年版，第 302—303 页。

域人所代表的世界目光来重新审视中国的革命历史，体现出了常芳的世界性视野。小说中的马利亚、戴维等人对待历史保持着克制与冷静，他们作为济南独立风波的局外人能够更加客观理性地认识这一场革命的性质。

对于戴维和马利亚来说，发生在济南的革命与世界历史中的光荣革命、法国大革命并无不同，正如中国俗语所说，"阳光底下，从来都没有新鲜事"。小说不仅仅讨论辛亥革命，更是进一步将人类千百年来发生过的革命同时呈现给读者。从商鞅变法、王莽改制到英国光荣革命、法国大革命，从中国革命历史到世界革命历史，每一次革命的爆发都伴随着暴力和杀戮。"世界上所有的革命，都是真正自由的敌人。"[①]革命从本质上来说是暴力的，它带来的不是自由而是灾难。在戴维写给弗洛雷斯王子的信中，他看到了革命内部的弊病，"贪婪与耍阴谋诡计，那些西方革命者们身上的恶习，在中国的革命者身上一样也没有缺少"[②]。发生在他国革命中的战争、死亡都会发生在中国的革命中，人类历史的普遍规律也将在中国这片土地上施展它的"魔法"。从书写革命历史的角度来看，这些西方人物被赋予了一种全新的意义。

如果革命者形象是常芳对历史小说创作传统的继承，异域人是对自身写作经验的再度挖掘，那么《河图》中大量的普通市民形象则是她对历史背后人的命运和生存困境的关怀。小说中的周约瑟是最为典型的普通市民形象。他忠诚、老实、善良，勤勤恳恳地在南家醋园做工，他最大的理想就是能过上稳定的生活。他目睹了济南城中狂热躁动的革命现场，但是对于他而言，革命伟业尚且不如马车上被砸坏的两坛醋重要，他真正关心的是这场革命是否会影响自己的生活。周约瑟是旁观者的典型形象，是鲁迅笔下的冷漠看客，在他身上浓缩的是彼时民众的性格特点。除了以周约瑟为代表的看客，小说中还有另一类对革命抱有幻想的普通人。商铺老板来家祥是精明、市侩的小市民形象代表。在关于泺口革命成功的遐想中，他妄想了三件事：拆毁铁路桥、占有漂亮的女人、狂欢三天三夜。对于这一类具有典型意义的普通人来说，他们对革命的认识停留在数千年"农民革命"的"暴君理想"当中，他们幻想着能够在革命中为自己攫取利益。但是，常芳没有选择批判他们身上

---

① 常芳：《河图》，江苏凤凰文艺出版社 2023 年版，第 137 页。
② 常芳：《河图》，江苏凤凰文艺出版社 2023 年版，第 490 页。

根深蒂固的"劣根性",而是着重探讨他们在历史大势中的无奈和悲哀。

"新历史小说较之单纯的文化派作家,在面对'文化历史'的背后,更实在而冷峻地面对生命与生存的历史,面对人的历史,面对真正的人性苦难。"①普通市民在历史中的选择似乎并不是一句简单的"劣根性"所能完全概括的,在这一表象背后,蕴藏的是革命、启蒙对他们的疏离以及他们面对现实的无奈和妥协。在彼时的革命者眼中,民众是被"统治"的对象,他们不需要了解革命的内容和意义,只需要听从它的号召。在南怀珠与南海珠的多次对话中都鲜明地体现了他身为革命者对民众的漠视。因此,普通人实际上是被革命排斥在外的。革命不接纳普通市民,自然不能奢求他们积极地参与其中。同时,面对时代的汹涌潮流,作为个体的人,他们感到深深的无力。普通人无法驾驭时代浪潮,他们安稳的生活被革命有意无意地摧毁。群众并不理解革命携来的"自由"能给他们带来什么。面对现实生存困境,他们只能被迫选择自保。这是数千年来的压迫促使他们形成的生存智慧。只不过这种智慧在寻求"民主自由"的这场革命中显得如此悲哀。但是,常芳仍为他们保留了一线光明。在小说的结尾部分,被压迫、被忽视的他们举起了手中的武器开始反抗。尽管这种反抗带有一定的盲目性和复仇的意味,但谁又能忽视这颗已经深埋在心中反抗压迫的种子呢?

从革命者到异域人,再到普通市民,他们在常芳的笔下具有了内在的统一性。"只有写出人物精神天地的多样性、丰富性和复杂性,作品才有更大的艺术价值。"②常芳在《河图》中通过革命者复杂的内心世界以及他们在革命中的不同选择,展现了革命的复杂性和多样性。将中国革命历史放置在世界历史舞台展出,既通过世界历史来考量中国历史,又体现了两者的紧密关系。通过普通市民形象的塑造,常芳进一步思索了生活在大历史下民众的无奈和悲哀,是对人的历史、人的苦难的挖掘和再现。《河图》中的人物形象不仅贯穿了整个小说的结构,与小说的情节发展密切结合在一起,更是以其性格和命运承载着小说的内涵意蕴。这些人物不再单纯是推动情节发展的工具,更是与小说的结构、情感、意义纠缠在一起,成为小说不可分割的一部分。

---

① 王彪:《与历史对话——新历史小说论》,《文艺评论》1992年第4期。
② 郑春:《试论当代历史小说的创新努力》,《文史哲》2000年第1期。

三、非线性叙述结构与多镜头叙事视角

在叙事结构和叙事视角的选择上，《河图》呈现出一种新的探索。常芳既没有选择传统的线性结构以及全知式、"内焦点"式的叙事视角，也没有走入新历史小说叙事迷宫的"游戏"当中，而是选择了介于传统和现代之间更为灵动、多元的叙事方式，使整部作品呈现出独特的风貌。

在叙事结构之上，常芳摆脱传统的叙事模式，打破常规的时间序列。"在历史的具体场合中，时间问题牵涉到历史经验的组织系统和分期的基础"[①]，对历史时间的不同解读态度影响了小说叙事结构的选择。历史在一定程度上是线性发展的，以往的历史小说也常采用线性叙事。然而，当作家局限在这种线性的叙事模式时，也意味着他们的视野在某种程度上被锁定在单一的历史时间维度，而没有看到纵向的历史空间。"在新历史主义作品中，又有选择性地接受了先锋小说对叙述模式及结构探索的优点。"[②] 常芳在《河图》中通过一种跳跃穿插的非线性叙事结构大胆打破秩序井然的线性叙事，跳脱单一的历史时间维度，发掘纵向的历史空间，使整部小说显得参差灵动。常芳在叙述主线情节的同时，不断打断叙事节奏来讲述另外的故事。譬如在南怀珠携革命同党回南家花园这一主要情节的叙述中，掺杂南怀珠的童年故事、谷友之夜回巡警局、热乎在老书房门口奇异的梦。又如在独立失败后，在社会动荡不安的紧张情节叙述中，插入老贾和老罗的故事。同时小说中不断填充一些单独成篇的情节，如南沂蒙县的袁掌柜为了让儿子考中举人，举家搬迁到济南；绸布商人为了新娶的妻子舍弃家业来到济南城。

这些情节初读时可能会有一种割裂感，但是当真相浮现时，常芳展现了她惊人的谋篇布局的能力。南怀珠童年遇到马戏团，不仅成为他革命理想最初的起源，更是在暗示他所追求的独立如同那位杂耍艺人指尖的"鳄鱼"一样缥缈；谷友之夜回巡警局，见到冯一德，为他后面亲手葬送革命埋下伏笔；对老罗和老贾的讲述在后续引出了独立失败后伍金禄枪杀二人的情节，表现

① ［苏］巴尔格：《历史学的范畴和方法》，华夏出版社 1989 年版，第 61 页。
② 吴戈：《新历史主义的崛起与承诺》，《当代作家评论》1994 年第 6 期。

独立给民间造成的巨大混乱；绸布商人的故事为咸金枝的出场提供了背景，独立失败后南怀珠与咸金枝的狂欢，体现出了南怀珠作为革命者复杂的性格特点；袁掌柜的儿子同样参加了独立运动，袁掌柜试图与他断绝关系来逃避灾难，体现出了动荡时代下平民百姓的无奈；袁掌柜一家被杀，鲜血从大门流淌到街道之上，更是展现出历史在平民面前残酷的面容。

在叙事视角的选择之上，不同于传统的全知视角和热奈特提出的"内焦点"叙事视角，常芳在《河图》中采用了多镜头的叙事视角。美国新历史主义理论家路易·芒特罗斯曾言："我们的分析和我们的理解，必然是以我们自己特定的历史、社会和学术现状为出发点的；我们所重构的历史，都是我们这些作为历史的人的批评家所作的文本建构。"[①]历史本身包涵丰富的内容，足以满足作家从不同的视角进行解读的需要。这构成了《河图》采用多镜头叙事视角的前提。小说不断变化聚焦角度，以各个人物的视角来组成故事，用多镜头从不同的角度来组成对历史的全景式叙述，展现历史的丰富内容。宏观上，小说以"山东独立十二天"的故事为主线，围绕着这一主线，小说以不同叙事视角展开。譬如以周约瑟为代表的民间视角，以南怀珠为代表的革命视角，以戴维为代表的旁观者视角，等等。这些不同的叙事角度完成了对革命的多方位讲述。在微观上，哪怕一个细小的情节，常芳也试图通过不同的叙事视角来展开描写。例如周约瑟为南家老爷寻找的偏方这一情节就从周约瑟、南家老爷、厉月梅和南海珠这几方视角展开叙述。类似的情节在小说中比比皆是。常芳选取的历史横断面是"十二天"的故事，客观上，这一段历史的容量并不能满足一部长篇小说的叙事需要。因此，常芳就通过变化的叙事视角，对一个情节展开不同角度的讨论，既扩展了作品的内容，也展现出同一事件因不同的角度而呈现出的多种风貌，进而表现出历史的复杂性和丰富的可解读性，让整部作品呈现出一种丰盈的质感。通过叙事视角的不断变化，常芳在一部作品中浓缩了对历史和革命的多角度的观察，这无疑增加了作品的厚重感和内在意蕴。

新历史小说的叙事特征"伴随着叙述视角的变化，文本的组织与结构原则突破了以自然时序构造客观性历史的传统模式，一种以'记忆'为蓝本，

---

① 盛宁：《二十世纪美国文论》，北京大学出版社1994年版，第268页。

时序互相穿插颠倒，历史与现实，故事和话语相互纠缠和新的文本组织原则解构了历史自我起源、自我发展的自在性和客观性"①。新历史小说这一叙事特征无疑给予了常芳新的启发，但她无意通过时序穿插颠倒的叙事模式来打造"叙事迷宫"，将读者引入彀中，也不再拘囿于传统的叙事视角。跳跃的叙述结构和多镜头的叙事视角打破了线性的历史叙事，展现了丰富的历史空间。常芳以穿插跳跃的情节结构展现出历史的多种样态和被历史史实所遮蔽的现实。同时，这种叙事结构和叙事视角在客观上成为对辛亥革命历史的补充，从多个角度来展现革命历程和影响，实现了对革命历史的立体式的表述。

结语

《河图》是一部具有独特审美韵味和历史叙事风格的小说。常芳生动地再现了一百多年前发生在济南的那段波谲云诡的革命历史。在历史叙述中，仅以寥寥几笔带过革命现场，而将重心放置在革命风云下的民间百态，在历史观上呈现出了鲜明的民间立场。她塑造了三类人物形象，并使他们统一于对历史的表述之中。常芳通过人物形象，从内部的复杂性以及世界性的角度来重新审视革命历史，并且关注到历史下个体的命运遭遇。在叙事结构和叙事视角的选择上，常芳也愈发地成熟和灵动，采用非线性的跳跃穿插的叙事结构和灵活多变的叙事视角，既拓展了叙述内容，又从多种角度完成了对历史的立体式叙述。

恩格斯曾直言："我们要求把历史的内容还给历史，但我们认为历史不是神的启示，而是人的启示，并且只能是人的启示。"以文学的笔触来书写历史，将历史由"神的启示"降格为"人的启示"是作家被赋予的使命之一。在汗牛充栋的历史小说创作中，常芳凭借《河图》出色地完成了自己的使命。在民间历史观下的新历史叙事、人物与历史的关联以及文本结构和叙事视角的探索上，《河图》是珍贵独特的，它为后续历史小说的创作提供了宝贵的借鉴和参考。

---

① 孙先科：《"新历史小说"的叙事特征及其意识倾向》，《文艺争鸣》1999 年第 1 期。

但是，仅仅民间视域下的历史叙述，能否呈现革命历史的内在必然性、规律性？能否深层呈现历史当事人在重大历史事件中的那些"偶然性""个体性"影响？能否呈现历史大事件与众多事件、人物之间重重叠叠的关系？这也是《河图》所需要进一步思考的问题。或许历史的复杂意味就在这里，常芳的《河图》在一定程度上激活了辛亥革命下的山东故事，在一定程度上复原了历史被遮蔽的民间部分、异域情感部分，这本身就是常芳创作《河图》的重大文学意义和历史意义所在。而这里必须指出的是，常芳的《河图》也只是大历史中的一个视域侧面，也需要更多的视域来呈现历史的复杂面貌。而常芳的《河图》就是 21 世纪历史叙事的一个很重要的开始，一个新的开启。

21 世纪中国文学如何书写历史

—— 以张学东的《西北往事三部曲》为例

一、文学如何书写历史

文学如何书写历史？这既是古老的话题，又是新时代中国文学书写者所面临的、必须解决的新问题。中华民族有着悠久的历史，也有着悠久的文学书写，创作了具有经典意义的审美特质的历史书写。司马迁的《史记》被鲁迅称为"史家之绝唱，无韵之离骚"，为文学和历史研究者所推崇。《史记》所呈现的实录精神，为文学的历史书写提供了具有终极意义的精神向度和价值尺度。然而在新历史主义维度之下，历史成为一种被主观化编辑的叙事文本，即历史成一种叙述，历史可以被一种文字编码机制所建构。更严峻的现实情况是 21 世纪中国文学的历史书写被严重弱化、减化、狭窄化，不仅数量少，而且难有深度的、批判性的、建构意识的厚重书写。因而，在 21 世纪的今天，文学如何书写历史，如何去重建文学的历史维度，如何去建构文学历史书写的自身价值，是 21 世纪中国文学创作所必须面对的新问题。

事实上，作为一个具有悠久历史的国度，我们一直有着持续不断的、强大的史诗叙事传统。改革开放新时期，中国当代文学历史书写以"50 后""60 后"作家为主体，出现了一系列优秀的历史书写。莫言的《红高粱》、张炜的《古船》、陈忠实的《白鹿原》、古华的《芙蓉镇》、赵德发的《缱绻与决绝》、梁晓声的《人世间》、余华的《活着》、苏童的《河岸》、格非的《人面桃花》、迟子建的《额尔古纳河右岸》等一大批历史小说书写，为当代中国文学赢得了声誉。但是，作为当代文学的新生力量也是重要的中坚力量的"70后""80后"作家，这些新生代作家的历史书写却是不尽如人意的。这一方面体现为，这些作家的历史书写是整体数量较少，主要集中于个体成长叙事以及当下现实经验的书写，即集中于改革开放之后的新时期以来的历史书写，而对更早的20世纪五六十年代，乃至更早的历史，缺少深层的厚重历史想象与审美建构。作家王蒙曾对"80后"作家张悦然的创作提出"没有历史"的犀利批评。当然，我们应该看到，一些新生代作家如徐则臣、刘玉栋、路内、朱山坡、常芳、东紫、盛可以等已经较大程度触及了20世纪五六十年代的历史，达到了历史幽深之处。"80后"的张悦然也创作出了如《茧》这样颇具历史深度的小说创作。但是，对于中国这样一个具有厚重历史叙述和史诗书写传统的国家而言，目前中国当代中坚力量的历史书写显然是不够的，与以史为鉴、烛照历史、探寻未来的民族国家现代文化建构是不匹配的。

正是在这样一个当代历史小说创作背景下，宁夏作家张学东推出了他的《西北往事三部曲》这一厚重的历史小说，为21世纪中国文学的历史书写提供了极为重要的叙述文本、探索路径、审美理念，不但接续了中国文学的史传传统、史诗文化，为中国20世纪50年代到80年代这一共和国发展初期历史建构提供了来自新一代作家的审美体验与历史记忆，而且为21世纪中国文学的历史书写提供了最切近的历史思考、生命观察和审美范式，具有某种鲁迅所言的"历史中间物"的意义、价值和作用。

二、张学东历史书写的叙事路径探寻

中国"70后"作家张学东的小说《西北往事三部曲》是新时代历史书写的重大突破。在21世纪的今天，张学东的历史小说为思考文学如何书写历史、如何突破以往历史书写的困境、如何获得新时代语境下情感生命体验的共振、如何重建历史的真实与尊严，进行了新的可贵的探索，为21世纪中国文学的历史书写提供了一条可资借鉴的审美叙事路径，即从现实性家庭叙事、魔幻性村庄叙事，到外来者、家庭、村庄、动物叙事所建构的多元性叙事的小说历史叙事演变路径。

首先是历史书写的现实性家庭叙事。在《西北往事三部曲》的最早完成的卷三里，我们看到张学东写出了在特殊时期一个小镇工人家庭的苦难史，以少年"我"的视角呈现这个家庭的复杂面貌：一个吹小号的、无比自负的、酗酒暴虐的父亲，一个要求离婚、拒绝回家而又最终回来的妈妈，一个号称"狐狸"的狡猾多变、冷漠自私的哥哥，一个叫蓝丫的早早混世界的姐姐，一个失踪的"哑巴"弟弟以及工厂周边人群，构建了一部风貌独特、面目各异、悲欣交集的生活世界。"那阵子，厂里确实破败和萧条得一塌糊涂了，到处都是被焚烧和砸毁过的痕迹。"就在这个"一塌糊涂"的世界里，少年"我"的生活依然有一丝丝光亮：叮嘱"我"学好数学的、教学最认真的温老师，班里给"我"小纸条、对我友好、鼓励"我"学习的厂长女儿、学习委员罗杨，大哥式的后来发迹的姐姐蓝丫的男友四孬，以及有些智障的亲密伙伴"大头"。但是，这些光亮与美好，有时也给"我"带来了某种难言的伤害性灾难与创伤性记忆。罗杨父亲被判刑，罗杨母亲疯了，累及女儿罗杨，"我"毫不忌讳，陪同罗杨探视父亲，回来被老师和同事质问、批判与怀疑；"大头"因为遇到吊死的女尸而意外死亡，正是在一个个苦难与伤痛中，"我"成长起来，考上了中专，竟然意外让父亲重新拾起生命的尊严，而"我"收获了难得的父爱，蓝丫与父母和解了，生活回归了正常的轨道。正是基于个体的自我救赎，推动了一个家庭的爱的回归，来抗衡外在的苦难和现实的悲凉。小说呈现出这一时代的融为一体的家庭苦难和个性苦难。时代境况之下，苦难背后是极为珍惜的、难得的、温馨的友情、亲情和爱情。

家在中国文化中具有独特的、不可撼动的核心位置。家国一体同构，正是这种文化的表达和呈现形式。因此，从某种意义而言，张学东历史书写的现实性家庭叙事，就是微观化的国家叙事，是从家庭的角度来呈现和建构一个时期的民族国家叙事。

其次是历史书写的魔幻性村庄叙事。《西北往事三部曲》的卷二是在卷三之后完成的。在写完卷三之后，张学东苦苦思考如何来突破自己和以往的历史书写局限，终于找到了从家庭到村庄、从现实性到魔幻性的新书写路径。魔幻性村庄书写更深刻、更具普遍性地展现了 20 世纪 50 年代到 80 年代的中国精神镜像。

张学东毅然决然进行了新的探索。西夏出土文物人面鸟身的"妙音鸟"给予了张学东艺术的灵感。文学的历史书写可以这样虚构与想象，以一种前所未有的"虚"与"无"来展现历史的"真"与"实"，即在艺术的虚构中达到新的历史真实。卷二叙述视角从一个少年红亮的出走开始写起，以此为事端解开了西北小村羊角村复杂的成人世界纠葛、各个隐秘的家庭悲剧和魔怔般的荒诞生活景观。村小教师秀明、当煤矿工人的秀明丈夫广种、嗜血成性践踏善良的屠户三炮、保护村民而又纵欲过度的村长虎大、与村长关系暧昧而又捍卫生命尊严的寡妇牛香等各色人物纷纷登场，人性之恶和欲望在泛滥、膨胀的同时，羊角村发生了魔怔般的奇幻之事：用于纵欲狂欢的松木大床散发出"浓稠的松木香味"，"在我们羊角村迅速弥漫开来"。狗和其他牲畜大面积厌食，得了严重的嗜睡症，更为严重的是从动物到人黑白颠倒，人人白天嗜睡，最后到了夜晚开始清醒，出去干活。公社派了苟文书来蹲点，试图改变羊角村颠倒现象，却被荒诞的气息所迷惑，一方面抗拒，另一方面被深深吸引，走不出来。卷二借此讲述了独特的、疯狂的年代里面人们疯狂的行为。可贵的是，与三炮、牛香、苟文书不同的是，小说书写了另一个具有人性善良、保护弱小的女教师人物形象——秀明。这是村里唯一一个保持个性、尊严和独立精神的乡村人物。即使丈夫广种在煤炭事故中成为残疾人，但秀明依然不离不弃地照料他。三炮遗弃了女儿串串，秀明就把她接过来，将其视为自己的女儿，进行文字教育和爱的教育。寡妇牛香是一个具有"中间人物"复杂性的人物形象。一方面她有人性的欲望，有充满着诱惑力的美丽的身体，和虎大的媳妇竞争吃醋；另一方面又和秀明一样，当听说虎大被抓了之后，虎大的媳妇疯了，牛香对此产生深深的同情，她拒绝苟文书对她身体的贪婪，日夜在家搓绳子控制自己的欲望，这呈现出她对生命尊严的坚守。张学东正是以隐喻的方式来写历史的真实，把虚构达到一种极致。当然，文学的隐喻需要体验、感受和阐释。小说达到了某种精神意义的哲理生成。但在某种意义上来说，这种魔幻的隐喻又削减了历史真实的意义和向度。这是需要警惕的。

最后是借助于外来者、家庭、村庄和动物叙事的多元性叙事。《西北往事三部曲》的卷一是完成最晚的作品，也是叙述艺术最为成熟的、最流畅的、最激荡人心的一部。卷一的历史叙述，是在汲取卷三、卷二的叙事经验基础上的一次全新的整合和综合冲击，是一种新的思考和探索，从而达到了其历史书写审美叙事的新高度。

少年少女的个体叙事由个体而深入家庭，逐步扩展，在《西北往事三部曲》的卷三和卷二中都有所呈现。不同的是，卷一的少年和少女叙事，具有了新的外来叙事者形象，从而为人物形象的异质性、冲突性、交融性提供了丰厚的叙述空间和审美张力，从而带动和提升了小说历史书写的深度和厚度。"大黄蜂最先听到马蹄声和车轱辘声，便箭一般离开了家门奔向路口。……马车就这样慢慢地向镇街驶来。"小说就以一辆马车的到来作为叙述的起点，而本地狗大黄蜂和外来的军犬坦克相遇的第一场恶战，不但昭示着两条狗之间从仇视到亲密的复杂关系，而且在某种程度上是外来者与本土者之间的一场前哨战，为两条狗主人之间的复杂关系做好了铺垫和下一步发展的内在叙述线索。军犬坦克的主人少女谢亚军、弟弟与大黄蜂的主人刘火，正是在两只狗的互斗互爱中，经历了从仇恨、理解、包容到生死之交的情感嬗变，构成小说叙事的主线。事实上，在张学东《西北往事三部曲》的卷二中，出现了众多动物，如鸡、猪、蝴蝶、蜘蛛等，而写得较多的是狼和狗。狼患具有某种隐喻的意义。狗与少年的不离不弃，以及他们之间深厚的情谊，为《西北往事三部曲》卷一提供了某种相连通的叙事链条。如果说，卷二中的动物叙事是个别的、零星的、具有隐喻意义的，那卷一中的动物叙事则是连续的、具有主体性的，更是与小说主人公命运休戚相关的、具有核心情节线索的叙事主体。

正是在这个意义上，《西北往事三部曲》卷一中的动物叙事超越了一般意义的动物形象书写，而具有了与人一样的生命色彩与主体精神，人与忠诚、骁勇的狗建立了一种跨越性、生死相依的生命联合体。来自城市的少女谢亚军被一个叫驴子的造反青年玷污了。少女训练军犬坦克去报复驴子，但是当那只狗撕咬驴子的时候，善良的少女用自己身体挡住了狗的撕咬，让驴子逃走。小说写人性在生命绝望的那一刻，又呈现了人性善良的一面。少女父亲被批判、母亲怀孕流产、自身被凌辱，整个家庭被一种绝望的氛围所笼罩。当她绝望自杀的时候，两只忠诚的狗凭借熟悉的气息救下了她。"当她昏昏沉沉醒来以后，先是惊讶地看见了两条大狗就在自己眼前，那感觉恍若隔世一般，它们正暖融融地偎靠在她身旁，用狗的体温给她取暖，还争前恐后地伸出热乎乎的舌头，深情地舔吻着"。在群体荒唐的年代，狗、伙伴、森林给予了少女最大的爱与温暖。本土少年刘火、少女白小兰是写得非常成功的人物形象。尤其是女友白小兰，为捍卫与好友的纯真友情和清白声誉而跟母亲决裂，绝食身亡。动物叙事、儿童叙事、家庭叙事、外来者叙事与村庄叙事有机结合在一起，以儿童视域写出了那个时代的荒唐、荒诞、暴虐、悲哀以及与之相抗衡的动物之忠诚、友情之可贵、生命之坚韧，获得了独特的审美效果，建构了震撼人心的历史书写。

张学东在《西北往事三部曲》中，从卷三、卷二到卷一，一路写来，探寻不同建构历史、书写历史的叙述视域和表现手法，即从现实性家庭叙事、魔幻性村庄叙事而走向了融个体、家庭、村庄、动物、本土和外来者于一体的多元性主体叙事，从而为新时代中国文学的历史书写，尤其是对20世纪50年代到80年代的历史书写提供了不断深入、丰富的探索性审美路径。

三、结语

21世纪中国文学如何书写历史？如何在新历史主义维度下重构文学意义的历史书写之真实维度？如何为急剧变化的、错综复杂的中国当代史建构起属于文学的记忆大厦？这是我们这一代人义不容辞的责任，更是我们向历史负责、向未来呈现与讲述的责任与生命所在。面对消逝的历史，当代中国作家必须以文学的方式呈现所发生的历史，去寻找历史、打捞历史、建构历史。文学是建构历史不可或缺、不可替代的非常重要的方式。文学以不同于历史学的方式，去建构属于文学自身的审美表达方式，去建构一个个具有生命肉身体验的、情感的、灵魂意义的精神空间。这就是文学的历史书写的独特意义和价值。

西北作家张学东结合自己极为珍贵的、难以忘怀的历史记忆及其生命体验，不断进行审美探索并执着书写那个颠倒、混乱、苦难、悲哀的历史时代，为人们讲述西北村庄曾经有过历史，也是那个时代的人都曾经有过的生命体验，都走过的生命道路。

文学之虚构如何抵达历史之真实？作家如何捍卫生命的光芒与历史真实的尊严？张学东的《西北往事三部曲》斩钉截铁地向我们展示了审美的历史书写，尽管不可避免地带有文本编码的个体主观性，但这一点不妨碍文学对历史的真实表达，而且文学的历史书写是一种终极意义的、情感向度的灵魂性质的最高级真实。这恰恰是文学历史书写的独特价值意义所在。张学东的《西北往事三部曲》提供了21世纪中国文学展现历史真实性的一种可能性路径。这是当代中国文学历史书写所应有的价值：这是一个人的历史，是西北的历史，是当代中国的历史。

作家是生命秘密的呈现者和悲悯者

——读东紫的《秘密》有感

　　德国诗人海涅说："每个人都是一个世界，和他一起生长，跟他一起死亡。在每一座墓碑下都埋葬着一整部世界史。"在现实世界中，每个生命都是秘密的拥有者；正是一个个秘密构成了独特生命的精神密码。而一个个或微小或巨大的秘密的生长、发展、成熟与消逝就是独特个体生命灵魂被不断编码、织造和构建的精神过程。可以说，没有秘密，就没有生命的独特性、神秘性和个性，就会"泯然众人矣"。毫无疑问，优秀的作家都是人性秘密的深刻洞察者和深沉悲悯者。《红楼梦》中的对联"世事洞明皆学问，人情练达即文章"，就是表达这样一种对人性秘密的深刻理解、洞察力与同理心。中国"70后"优秀作家东紫的短篇小说直接以"秘密"命名，可谓是单刀直入，抛开曲曲折折、弯弯绕绕，直接剖析人性，拷问人心，力求以寸铁诛心，其心志可谓大矣。

　　《秘密》的开头所提到的"心里的无名火"，"开始往上蹿，嗡嗡的"，"像个无赖，两脚蹬着他的胸膛里子，几下就蹿到了后舌根，顶在那里，胀得喉咙疼"。这一描写是我喜欢的，这是东紫的语言，也是大众能够心领神会的语言，自然简洁，口语化，带着生命温度和情感热度。"无名火"起，本身就蕴含着"秘密"，生命未知的、神秘的秘密。就在这一过程中，秦三叔发现了废纸篓里的手表，并把它揣进了自己的裤兜里，这一行为"编织"了小说的核心秘密。这一"秘密"既是小说所有秘密的基点，又是所有故事情节发生发展的核心推动力，是一个秘密之核；又是小说各个人物的"秘密"交集的一面镜子，可以照见各个人物的隐秘的内心情感和行为逻辑，从而把他们扭结在一起，构成一个封闭空间的隐秘的灵魂镜像之群。在这个《秘密》所昭示的灵魂镜像群中，张局长与秦三叔无疑是作者着意凸显的两个镜像。读者正是在作家东紫的笔下得以窥见生命深处幽深、隐蔽的人性之"秘密"。

创建秘密、隐藏秘密、探寻秘密，就是人性深处的最大秘密。张局长的夫人告诉秦三叔的女儿娟儿一个秘密，就是张局长生病住院的一个很大原因就是自己戴手表被拍照传到网上去了，而来陪伴的胖子等人有意戴着手表来给张局长"喂毒药"。对于胖子的丢表事情，张局长自然有着自己的看法：一喊手表"被偷"了，即使捡着的人想给也没法给了。而我们的主人公秦三叔就处于这样一种想给而没法给的困境之中。张局长认为不必大呼小叫，"该丢的就是该丢的"，"世上的东西在谁手里都是被用。有捡着的，那是东西的造化，没捡的进了垃圾场，那也是它的造化"，可悲的是"人啊，总是被物奴役着，等想开的时候，已经晚了"。张局长看似想开了，但是通过对他的心理描写，我们依然能感受到他对名牌的迷恋。

有意味的是，不仅张局长被物奴役着，秦三叔也未能免于这种被物奴役的命运。与张局长那种对名牌手表的"美好"的迷恋不同，秦三叔对手表的迷恋是基于生存层面的现实需要，"曾经多次渴望有块手表"，以至于做出把女儿废弃的不走的手表挂在腰带上等种种古怪的行为来。而最古怪的是他经常做的梦，他经常梦到因为没有手表，无法把握时间，他不是早就是晚地到浮来山拉石头。这是《秘密》这篇小说最耐人寻味、最精彩的高潮部分，秦三叔做的梦是梦中有梦。与以往不同的是，这次梦中竟然捡到了一块手表！而且石头塘开始说话了，"那手表是奖励你勤恳苦干的，你戴上吧，归你了"。然而，梦中出现了另外一种杂音性的画面，就是黑压压的人群在他的喊声里围上来撕扯他。即使在梦中，道德与良心的警察依然不放过秦三叔。但是秦三叔没有告诉别人，就如同没有告诉别人捡到手表的事一样，这是秦三叔的又一个秘密。

秦三叔因为这块手表的到来，不仅增多了秘密，这一秘密之物还成了他的"秘密的伴儿"。由此，秦三叔有了新的人生感受。这不仅是因为保守与隐藏"秘密"的快乐，更是秦三叔对这一"秘密的伴儿"有了一个惊人的发现："人就是被钟表的一钝嘎一钝嘎给钝割老的，给钝嘎病的。把抽条时那股子干瘦的使不完的精神劲给零刀子钝割没了。等把人钝割死了，它还在一钝嘎一钝嘎地走它自己的。"人看似是有语言、有情感、有思想、有感知的灵性存在，但是在手表为存在表征的时间之神那里，人依然是无能为力的、无法主宰命运的 "凡物" 而已。秦三叔和同乡老万，都已经是 "拿不动斧头挥不得镰了。一句话把两个人的心思都拽回家，拽到田里"。犟了一辈子的秦三叔发现人强不过手表时针的 "钝嘎"。这就是人的命运，不管是秦三叔、老万、抢救过来的张局长，还是已经 "走了" 的河北老李，都被手表的 "钝嘎" 打败了。不要以为人就高于手表等所谓的 "外物"，从某种意义上来说，人依然是一个 "物"。可怕的是，人还是一个会对 "外物" 迷恋而迷失自我本性的 "可怕之物"。而大自然中的物，因为缺少所谓的 "机心" 而能够始终保持自己的本心物性。这也是无数作家、诗人、艺术家向大自然之物致敬学习的原因。

当然，人之凡物因为迷失本心而坠落成一个俗物，但是人又偏偏不甘心本心的迷失和堕落而不断挣扎、犹豫，不断地互相关心、互相喂 "毒药"，这就是东紫笔下那个烦恼的人间、欲望的人间、有情的人间。这就是东紫《秘密》的秘密。

乡土血脉
与当代
中国故事
—— 中国"70后"作家整体观

中国
"70后"
作家
经典化
的思考

经典化进程中的中国 "70 后" 文学及其当代价值

主讲人：张丽军教授

参与者：山东师范大学中国现当代文学专业研究生

录音整理：袁　雪　妥　东　刘仁杰

第一部分

张丽军： 今天我们来谈一下中国的 "70 后" 作家，从以下几个角度来谈，谈谈我们为什么要研究 "70 后" 作家？ "70 后" 作家的现状如何？他们在哪些方面取得突破，又存在哪些局限？最新的创作趋向是什么？有哪些最新的优秀作品？我们一起来探讨。

做 "70 后" 作家研究，也是我这些年来的一个选择，想要做同龄人的研究。我们上一代学者，像张清华老师、吴义勤老师、施战军老师，他们的成长是和先锋文学同步的，和余华、格非、苏童、马原、叶兆言等这批作家几乎是同步的，而且他们是他们这代人的阐释者，他们通过阐释同代人的作品确立他们的文学理念，确立他们的文坛影响力和成就，今天我们看到这批先锋作家依然是他们的研究对象。所以，我从 2009 年开始关注 "70 后" 我们这代人的成长史。陈思和老师曾在跟他的博士生谈话时说，你们为什么不去做你们同代人的研究呢？你们有相同的成长背景、相同的成长经历，面临相同的困境。这段对话给了我很大的启发。后来陈老师到山师来演讲，我在陪陈老师散步的时候谈起来，陈老师说你们做同龄人研究可以做更多的工作，比如做同龄人作家、批评家的对话，做一些交流是非常有意义的事情。所以我觉得这是一项很重要的工作，我们可以看到这种成长的方式和道路的选择。当然大作家、大师和巨匠依然是我们研究的对象和主力，这是毫无疑问的。但是，我们看到了"70后"作家是一批正在成长中的大家。时至今天，他们已经散发出大家的光芒来，已经出现这种气象，是值得我们研究的一批作家。事实上，"70后"作家已经成为中国文坛的主力军或者生力军。

　　近些年来，有一些作家、批评家和学者对代际的命名提出质疑和批判，为什么非要用代际命名呢？代际命名有很大的局限性，代际命名能把一群作家概括出来吗？每个作家有每个作家的特色，每个作家有每个作家的世界。这种批评是有合理性的。代际研究对每个作家的个性会造成某种遮蔽。但是，我想写一篇为代际研究辩护的文章，我们为什么要做代际研究？事实上包括我本人，对于代际研究的弊病或者局限是有清晰认识的，可是任何一种方法都有它的局限性，哪种方法是十全十美的呢？十全十美的方法绝对不是好的方法。所以，我个人认为，有时候我们看到很多事情好像是笑话，比如说盲人摸象，有人摸着大象的耳朵说大象是一把扇子，有人摸着大象的腿说大象是根柱子，大象是什么？谁能看到世界的真相？谁能看到世界的全景？没有人。事实上，在某种角度来说，真理都是偏激的。对于盲人而言，他摸到的大象就是他触摸到的世界，就是他最真切的生命体验。每一种研究方法都有它的局限性，恰恰是这种局限性也带来它所特有的能力。

　　代际研究的价值到底在哪里？我们为什么会有代际命名？在今天这个时代，我们面临共同的困境，我们的话语、我们的行为，甚至我们的想法都具有某种相通性的东西。因为我们受到共同的话语场域的影响和制约、规范，这是个时代背景。另外，我们生活在一个共同的空间之下，我们每个人的生命是有保质期的，这就是我们生活的时间和空间，无法逾越。就像张炜主席跟我说，有人想梦回唐朝，梦回宋朝，不可能，那不是你的时代，现在的生活才是你的时代，这就是你的黄金时代。好也罢，坏也罢，这才是你活着的时代。这就是我们说的时代空间感，无可避免的空间感。我们生活在某一统一的时间之下、区域之下，我们有共同的心理特征，这就是我们要做代际研究一个很重要的原因。

代际研究的价值、意义在哪里呢？我个人认为代际研究其实把我们个人因素之外的整体性的、框架性的因素呈现出来，去做一种思考。不仅仅是一个纯文学的学术研究、纯文学的文本分析，还要分析文本的问题之外的整体性的框架。这就是代际研究的意义和价值，把这个时代里我们内心的痛苦呈现出来。有一天我女儿跟我聊，我很受启发。我说，你看你现在生活多好啊，不像我们那时候生活那么艰难，我们上大学的时候还要考虑吃饱饭的问题，现在你们肯定都不考虑这些了。我女儿说，爸爸，你不理解我们的痛苦。后来我想，是呀，一代人有一代人的痛苦，一代人有一代人的苦恼，代际研究要呈现一代人的疼和痛，而不是一个人的，而且要探讨疼和痛背后的整体性根源，进行思索和批判、改进和优化。一个学者要有这样的人文关怀在里面，这是我个人认为的代际研究所具有的独特价值和意义。

从今天的文学创作来看，中国的 "70 后" 作家已经成为文坛的主力军，中国文学几大奖的获得者很多都是 "70 后" 作家。在中国各大文学期刊发表作品的也多是 "70 后" 作家。我记得我在鲁院学习的时候，跟作家们交流，一个作家的话让我听得很难过，他说我们 "70 后" 作家，都五六十岁了，还没有走出来。今天的文学世界还在那一批人的手中，我们依然不是被关注的中心。是呀，这批人依然还没有走出来。我们看今天的文坛，"40 后""50 后" 作家还在发力，一部分 "60 后" 作家走出来了，如余华、苏童、格非等，但大部分的 "60 后" 作家被遮蔽了。中国当代文坛是一个超稳定的结构，几代作家共在一堂，从来没有过如此之拥挤的文坛，这是今天的文学现状。那么 "80 后" 作家怎么办？"80 后" 作家走的是和市场经济一体的道路。他们拒绝在期刊杂志上发表作品，或者不以期刊杂志为中心。以往的文学发展方式是什么？作家写文章给杂志社投稿，投稿、退稿、改稿、发表，这是一个不断磨炼作品的过程。像苏童、刘玉栋这样的作家，都收到过退稿。但是我们 "80 后" 作家直接走向市场。这些作家里，韩寒、郭敬明后续乏力，张悦然是一个例外，张悦然一开始跟他们就不一样，她作品的语言非常好。我个人认为 "70 后" 作家处于历史的夹缝，前有 "50 后""60 后" 作家，后有 "80 后" 作家市场的夹击，他们走得无比艰难，这是这一代人的处境。其实这也是年轻人共同的处境。我记得有一年在海南师范大学开会时，陈晓明老师说我们今天的博士走不出来，1980 年代一个人一篇文章就成名于天下，像余华的《十八岁出门远行》被《北京文学》刊发，一个电话从北京打到海盐县城，人人都知道县城出了一个作家，而且这个作家要上北京去。这就是那个时代，一篇文章成名于天下，一首诗歌让无数人爱慕。但是今天的时代，成名已不再容易，一个人写再多的文章，可能只有圈内的人知道，圈外的人不以为然。这是一个把诗歌、爱情、哲学纷纷踩在脚下，视为一钱不值的时代，这是一个视鼻子底下的利益为最大利益的时代。我们电视一再地播放，作为成功人士的生活标本，开着豪车，住着豪房，打着高尔夫球。这是这个时代所存在的精神问题。所以陈晓明老师说，我们培养的博士都走不出来，包括北大培养的博士。这不是博士质量的问题，也不是学校的问题，而是时代的问题。

　　无论是学者还是作家，我们面临一个共同的精神困境，那么怎么办？我们看到一些作家，比如我身边的作家，像刘玉栋他们内心很安然，当然他们也面临很多诱惑，他说曾经有人来找他做影视改编，改编一集可以挣到5万到10万。我们有些作家是拒绝被市场化的，他们心中依然保留着纯文学的梦想，他们依然虔诚地、执着地行走在纯文学的道路上，他们成为"70后"作家的主力军。

　　这是我们提到的"70后"作家的现状，他们处于历史的夹缝之中，所以我个人把"70后"作家分为几批。最早的一批是"美女作家"的出场，这也是一个被市场包装的出场。我们看到卫慧、棉棉等，以"美女作家"的身份被推向市场。但是我们看到像卫慧和棉棉她们的创作是短暂性的，她们的作品出来之后受到很多人的抨击，特别是文笔的粗劣，里面伴随着大量的性描写，不过今天回过头来看，我们可能会用不同的眼光来看待这些作品。这是第一批城市女作家的出场。第二批是中国乡村男性作家的出场，像刘玉栋、徐则臣、李浩等。这一批作家写的是什么？一种乡野的新鲜的生命体验和新鲜的气息扑面而来，比如刘玉栋的早期作品《我的名字叫丫头》，丫头其实是一个小男孩，因为家人担心体弱多病的他会被阎王爷带走，据说阎王爷不喜欢女孩子，所以就给他取了"丫头"这个名字。这其实也是一部成长小说，丫头的大哥经常不在家，母亲就让丫头去陪他的嫂子，他觉得自己是个少年了，陪嫂子一块睡觉很不舒服，但他又很想去，这种心理很微妙。后来写他跟着大哥一块去贩虾酱，要走几十里的路，骑着自行车带着个大桶，路上又遇上下大雪，最后终于回到了家。这非常像余华的《十八岁出门远行》，但我觉得余华的作品其实写得很冷酷，但是刘玉栋恰好相反，他把人性中最美的、最暖的、最善的东西呈现出来。当然还有第三批的作家，他们在 2000 年之后出场，比如我们山东的作家常芳、东紫、艾玛等。

他们的中短篇小说创作已经取得了很高的成就，但是从整个创作历程来看，"70后"作家为什么还处于被遮蔽的状态？就是因为他们在长篇小说创作方面不足，长篇小说对于"70后"作家来说依然是一个瓶颈。我个人认为，中国文坛的话语权和闪光灯的聚焦点依然是"50后"和"60后"作家中的一部分。这当然有它的原因，我们会发现"50后"作家作品中有那种强大的生命力，这种生命力是和他的生命经历有关系的。关于这一点施战军老师有个很好的分析，他说这一代人所经历的酷烈和残酷的东西，可能是我们想象不到的。我们看到像莫言、贾平凹、张炜、王安忆等人的作品中，都有无比强大的生命力，而且小说的水准都很高。"60后"的部分作家也写得很好，我个人曾经非常喜欢余华，认为余华的小说是一个奇迹。他的小说中期发生了转向，从《活着》开始，他依然秉持着冷酷，但是冷酷中有浓浓的温情，有家庭的爱。虽然福贵的亲人一个个离他而去，但结尾写福贵和一头老态龙钟的老牛一块耕地，福贵一边耕地一边喊着几个死去亲人的名字，对一个老人来说，所有死去的人都活在他的心中，和他一起同生共死，都在他的心中有无比重的分量，这是非常温暖的事情。余华的《许三观卖血记》同样写得非常精彩。他后来写的《兄弟》和《第七天》，我个人觉得还是差很多。其实余华是一位非常有才华的作家，他的随笔写得特别好，甚至超过很多散文作家的作品。

格非是"60后"作家中的另一杰出代表，他能够从先锋作家中走出来，在一个新的时期重新续写辉煌。他的"江南三部曲"《人面桃花》《山河入梦》《春尽江南》，已经达到一个很高的高度。像吕新最近的状态也很好，他的《白杨木的春天》，我看了特别震撼，这其实是一个被我们忽视的先锋作家，他的作品有些是可以传世的。很多作家看着也很辉煌，但经不起时间的考验，时间实际上是一把无形的烈火，锻炼着作品的质地。这就是今天的文坛现状。

在这个语境下，我们看到"70后"作家的长篇小说其实写得并不让人满意，像卫慧的《上海宝贝》应该说是最早时期的"70后"作家的长篇小说。但我们今天看来，有些作品也写得不错，像徐则臣的《耶路撒冷》，徐则臣之前也写过几个长篇，像《水边书》《午夜之门》。徐则臣的"花街系列"写得特别精彩，"花街系列"写到了妓女与码头文化。这些故事中有很多逃荒的人、流浪的人、寻生活的人，他也写到少年的成长。刚才提到的《水边书》也写出了一个少年的忧伤。我个人认为徐则臣的《耶路撒冷》是一部写得非常优秀的、散发着精神光芒的长篇。《耶路撒冷》写一个少年从北京回到故乡，文字里有一种湿淋淋的运河的气息，这说明徐则臣的艺术功力还是很高的。小说的一个核心故事是主人公和他的小伙伴曾经见证了一个人的死亡，童年伙伴的死亡给每个人心里留下深深的阴影，他们以后的人生都在救赎，这是它的核心线索。他之前创作的《王城如海》的核心情节跟《耶路撒冷》非常接近，也是一个救赎的故事。

　　刘玉栋的长篇小说《年日如草》也是一个很重要的拓展。刘玉栋的中短篇小说写得特别精彩，我个人非常欣赏。虽然说这几年玉栋的小说数量不是很多，但是他的小说每一篇都是精品。像他的《给马兰姑姑押车》《我们分到了土地》《葬马头》《早春图》《我们说说话》等，我觉得这是山东这些年来"70后"作家中一位非常优秀的作家，我对他有很高的期待。从《年日如草》这个故事里，我们可以读到《平凡的世界》的影子，这也是主人公曹大屯一个人的成长史。曹大屯的父亲是一个野外地质勘探者，曹大屯随着父亲落实政策，以"农转非"的方式进入了城市。曹大屯的师傅死于非命，留下一个女儿袁婷婷。袁婷婷本来看不上曹大屯，但她未婚先孕，她的男友进了监狱，于是她就嫁给了曹大屯。后来，当袁婷婷的男友从监狱里出来的时候，他让袁婷婷跟曹大屯离婚，曹大屯把所有的东西都给了妻子。后来小说就写曹大屯在城市里又娶了一个农村媳妇，还买了一处小产权房。这里，有一段描写很精彩。小说写他从前的暗恋对象储小青来找他，她对曹大屯说，她丈夫出轨了，她要雇凶杀人。曹大屯把钱收下了，但并没有帮她办事，因为他知道这是违法的行为。后来这笔钱就成为他的第一笔资金，开始了他的新生活。小说精彩的地方就是一个乡下人来到城市如何生活的问题。我们看到，祥子的悲剧没有在曹大屯身上重演。曹大屯在开启他的新生活后，依然有自己的底线。但是，新生活对他来说依然存在着危机，比如说，他的房子是小产权房，这都为以后出现的危机埋下了伏笔。如果我们把孙少平和曹大屯做一个比较的话，我们会发现，同样都是从农村来到城市的青年，孙少平依然坚持自己的理想，与生活做不屈不挠的斗争。但是我们看到，曹大屯对城市生活时时刻刻做着妥协让步，他和城市的关系不是抗争，而是顺从忍受，是一步一步向下滑行的。所以，我们在这里会看到不同时代的精神风貌，这恰恰是曹大屯这个人物给我们的新启示。刘玉栋写出了这个时代的细致入微的精神风貌，曹大屯所代表的就是这个时代的精神风貌，一个苟活者的形象。但是，即便如此，他依然保持着善的光芒，依然有自己的底线，这是这个人物微妙的闪光之处。我后来打电话跟刘玉栋交流的时候，我说这个小说还可以写得再丰富、扩展一些，因为他父亲那一条线索写得不是很精彩。他父亲也遇到了婚外恋，但是他父亲没有走出来。我认为那一代人的疼和痛没有形成一种交织而只是写了一部分，所以小说线索还是略显单一，人物的抗争性也稍显不足。所以，我就想，我们这个时代的理想哪里去了？英雄哪里去了？我们这个时代没有理想没有英雄，这就是我们时代的精神困境。作家一方面呈现出时代生活的烦琐和卑微，但是从另一方面讲，这依然是一种遗憾。

　　魏微也是 "70 后" 作家中的代表人物。魏微的小说写得很精密。她的《大老郑的女人》有点像汪曾祺后期的小说，很微妙，她没有对人物做道德评判，而是着重写出一个新的现象。《大老郑的女人》里写到大老郑兄弟们在外打拼，几个男人一起生活，租了 "我" 家的房子。后来来了一个女人帮大老郑做家务，大家都觉得这个女人很正经，直到有一天她的丈夫过来找她，大家才知道原来她在乡下有家庭。这个乡下女人来到城市打工，她给大老郑做家务，跟大老郑生活在一起，因为这个女人的到来，大老郑的家里变得井井有条，有了家的温馨气息。但最后这个女人还是要回到乡下去的。

　　魏微的《一个人的微湖闸》写的是一个人的童年经历，是一个关于光阴的故事，特别精彩。比如小说里有一个人物老杨，他是一个干部，生活非常优越，杨婶也特别好，可是有一天杨婶跟着别人私奔了。魏微小说写人的情感的波澜，一个人的内心像澎湃的大海一样波涛涌动。魏微的另一篇小说《拐弯的夏天》也写得很精彩。夏天突然拐弯了，因为 "我" 遇到了一个女贼，这个女贼很像 "我" 的阿姐。故事从这个时间开始也转了一个弯。魏微写的东西很精彩，特别细腻绵密。她还有一个小说叫《化妆》，小说写一个女大学生来到单位实习，对单位的科长有好感，两人发生了关系，后来女大学生实习结束后就离开了。过了十年，已经小有成就的她想再去看看这个原先的相好过得怎么样。但是她产生了纠结，她该怎么去见他呢？最后她还是决定以十年前那个很穷酸的、状态不好的样貌去见他。这个过程就像一个人生的测验一样，结果是可想而知的。还有一篇小说叫《异乡》，写一个女子到城市打工，后来回到家乡。但是她回家之后，父母对她都很客气。趁她出去一会儿的工夫，她发现父母在翻她的箱子，她很生气，她不仅被周围的邻居怀疑，连她父母也怀疑她在外卖淫。魏微的很多小说都写到让人悲哀的事情。

东北的金仁顺也是一位优秀的作家。她出道很早，是第一波"美女作家"之一。其实金仁顺早期的作品非常冷酷，后来写得越来越温暖。她从她的朝鲜族身份回到朝鲜族的历史中。她的《春香》写的是朝鲜族历史上一个叫春香的女子的故事。我记得有一篇金仁顺的评论叫《金仁顺的魔法盒》，写得很好。里面说金仁顺像一个魔法师一样，她的作品中充满着魔法的气息。这几年，金仁顺的作品不是很多。

我们还要提到另一位"70后"女作家叫鲁敏。鲁敏是近几年来我非常看好的一位作家。鲁敏近几年的作品受到很多人的肯定，她的小说里有很多文化、民俗的东西，以及当代知识分子的文化困境。在她的几个作品像《博情书》《此情无法投递》里，我们会发现小说里依然有"美女作家"的影子，写深深的、无法抑制的欲望。鲁敏的长篇小说《六人晚餐》围绕着两个单亲家庭的六个人物展开。小说中的苏琴是化工厂的会计，丈夫去世后，她与工人丁伯刚发展出一段特殊关系。她每周都到他家里去，跟他生活在一起。之后，两个家庭要一起吃饭，苏琴与丁伯刚各带着一儿一女，六个人组成了"六人晚餐"。儿女们想方设法要破坏他们的生活，但是最后发生了另一件"可怕"的事情，丁伯刚的儿子丁成功与苏琴的女儿晓蓝产生了恋情。鲁敏的作品值得我们去剖析，她作品的心灵的深度、语言的功力都达到了很高的水准。

我还想介绍一位男作家就是上海的路内。这几年，路内写了很多长篇，他也曾是工人。我们发现，上大学和文学之间的关系很微妙。文学需要的是生活，是感觉，没有这些写不出好作品来。一个人的感觉很重要，路内也是这样，我读了他的《慈悲》之后深受震撼。他写的是我们当代中国工人的故事。他说我们是有底气的，我们的底气就是我们在工厂里吸了很多毒，我们的身体可以抗拒很多问题。生活再贫困，可是我们有这份"底气"支撑，我们就要靠它来谋生。这个小说写了很多让人悲哀的事情。

　　除此之外，还有很多优秀的作家，像我们山东的艾玛，她的作品也非常优秀。曾被《新华文摘》转载，也获得过很多大奖，如鄂尔多斯文学奖、蒲松龄短篇小说奖等。她作为一名法学博士，很多作品都在道德、情欲、法律之间做出一种边界的拷问。她的长篇小说《四季录》也有一个很大的突破，小说涉及了对人体器官移植问题的思考。

　　中国的"70后"作家，尽管在强大的拥挤的文学现场处于被遮蔽的状态，但是他们终究会成长起来。我个人认为他们是大器晚成的一代，为什么有这个判断？有好几个原因，第一点，我在我的文章《未完成的审美断裂：中国"70后"作家群研究》中也提到过，"70后"是完整经历过从新中国成立到市场经济这种巨大变迁的一代，历史提供了丰富的土壤，就像有人说，中国用三十年的时间实现了西方三百年的转变。这是一个巨变的时代，所以在今天无论生活怎样荒诞，我们都不会觉得惊奇。这就为这代人的创作提供了无比丰富的文学土壤。第二点，"70后"作家具有很高的文学技法，他们依然在经历着"投稿——退稿——投稿"这样一个文学磨砺的过程。他们的语言水平很好，也有很好的文学感觉和表达能力。他们在中篇小说创作上已经完全可以和"50后""60后"作家相媲美，没有任何问题。第三点，虽然他们处于被遮蔽的状态，但是他们依然不忘文学创作的初心，依然坚持纯文学的创作。他们用自己的文学实践证明了他们可以成为优秀的小说创作者。就像我刚才提到的徐则臣的《耶路撒冷》、刘玉栋的《年日如草》、鲁敏的《六人晚餐》、魏微的《一个人的微湖闸》、金仁顺的《春香》等。

　　所以，我个人认为"70后"是值得期待的一代。最后，我想引用王安忆的话。王安忆说，我们生活在母亲的阴影之下，可是，突然有一天，我们已经成长为一个成熟的人。大家都问王安忆是什么时候成长起来的，其实她一直都在那里，只是从来都没有被关注过。为什么我们在谈论张炜、贾平凹、王安忆的时候不会以"50后""60后"这样的代际关系来称呼，因为他们已经从代际的命名中走出来了，已经成为参天大树。今天的徐则臣、刘玉栋、鲁敏等，他们依然在冲，他们会冲出来，"70后"会成为一个过去的概念。下面我们来交流。

第二部分

涂文萍：我在课后看了一些"70后"作家的作品。在没有接触之前，我个人对"70后"作家的认识并不深入。如果从代际的角度来讲，我们所接触的作家，仍然是"50后""60后"作家，"70后"作家现在进入文学史的很少。

张丽军："70后"是当下的，还没进入文学史。

涂文萍：对。当然，我们也会接触一些像韩寒、郭敬明这样的作家，像"90后"作家正在慢慢地萌出新芽，我们暂不纳入讨论的范畴。"50后""60后"作家的文学作品，一直是他们创作生命力的一种显示，也是他们文学地位的一种显示。那么，到"70后"作家这里，他们的作品能够真正留存下来的几乎很少。包括我们这些研究文学的人，接触他们的作品也不是很多，那么其他人能关注的只会更少。为什么会产生这种现象，我在课下也和同学们讨论过。我所思考的是，所谓的"70后"作家突围，究竟是一个时间的问题，还是一个可能性的问题。很多学者对此做出了不同的探讨，我看到孟繁华老师和张清华老师联名写的一篇文章当中就谈到这样一个问题。"70后"作家实际上是处在一个历史的夹缝当中，如果说"60后"作家是一个历史的共同体，他们经历了复杂的历史变迁之后，留存在记忆中的是一种关于历史的复杂思考，那"80后"作家实际上是一种青春的共同体，我们在高中时代经常会将韩寒、郭敬明分成两派进行争论，他们就像是两座山峰一样，进入文学的角度也不尽相同。他们的创作相对容易，也更加趋向商品化。每一个时代都有自己的话语和发言人，如果说"80后"作家的代表是韩寒和郭敬明，那"70后"作家则以一种坚持的姿态成为他们的代表。"70后"作家的创作和研究都是一件有意义的事情，你用双手拭去华服上的尘土，让它重现光泽，这是一件非常有价值的事情。如果没有人去做，这是非常可惜的。我觉得我作为一个研二的学生，也越来越有这种责任感和使命感。也许我们能做的并不多，但是只要做了就有意义。我原来想过一个问题，为什么"50后""60后"作家的作品中历史感那么强，但是到了"80后"作家的作品里好像就变淡了很多。我前段时间看冯唐的作品，他写过一句话，他说他要记录他看过的东西，他要他的快感能够爆发出来，他所关注的都是自我本身，这是他的一个转变。我想，文学还是应该与现实保持密切的关系，文学要反映当下，触摸现实。

我就说这么多吧。

张丽军： 上节课我鼓励大家踊跃发言，涂文萍第一个做到了，值得表扬。为了节省时间，下面有请其他同学发言。

蔡昊韦： 我谈一下自己的看法。首先我有一个问题，就是"50后""60后"作家的读者群是一个什么范围？因为我觉得"70后"作家的受众比较窄。他们至少会读"50后""60后"作家的作品，但是我不是很清楚"50后""60后"作家会不会关注"70后""80后"作家的作品。"70后"作家是纯文学的传承者，但是后面的"80后""90后"作家的作品是面对市场的，所以，我觉得"70后"作家的受众实在有些少，以至于他们的作品只在很狭小的圈子里，而并没有走进更多普通人的生活中。还有我觉得"70后"作家有这样一个共性，就像徐则臣，我看了他的《耶路撒冷》和他早期的很多作品，他的故事是很相似的，他之前的小说可以说是《耶路撒冷》的一个铺垫，包括付秀莹的小说。

张丽军： 对，我们还没有谈到付秀莹，她的小说也很优秀。

蔡昊韦： 对，她小说中的风景描写很精彩，非常美，语言也很精彩。但是她的小说比如《陌上》等都是对前面小说的一个总结，像苏童的小说就不会给人这样的感觉。所以我就觉得，"70后"作家不应该只局限于自己的经验，也应该突破一下自己。这是我的感想。

张丽军： 谈得很好，讲到"70后"作家的受众问题，这一点非常好。付秀莹刚刚没有提到，她也是一位非常优秀的作家，《陌上》是她很重要的一部代表作，它写出了当代中国农村人心灵的裂变。她作品中的风景与人物内心的隐秘有很深的关联。蔡昊韦谈得非常好，谁来继续谈？

妥东： 就"70后"作家能否突围的问题，从我个人有限的阅读来说，我觉得还有待时间的考量和检验。我个人认为，"70后"作家整体缺乏先锋性（当然也有个别），他们最大的一个特点是他们对于语言的锤炼，这是他们比较好的传统，一方面，我觉得这是他们早期面向先锋，是先锋文学留给他们的资源；另一方面，他们对于现实和内心欲望的表达，都需要对语言的精致性做一定的努力。当然，除了技巧层面的追求之外，像徐则臣这样的作家他们对生活的反思和挖掘以及对小说形式的探索也很突出。另外，像刚才蔡昊韦提到的，我也有同感，就是"70后"作家的小说写作是在总结他们前面的创作，没有对他们之前的创作进行一个颠覆。这是一点。

张丽军：是对短篇小说的延续、扩展。

妥东：对，他们之前的创作好像就是为这一部长篇小说在积累情绪、材料和思考角度，写出的东西依然还是那些，像是一种总结，而非一种超越。我觉得这可能是"70后"作家整体缺乏先锋探索精神的一种表现。当然，从当下的创作来说，"70后"作家的创作更多指向的是一种小团体的创作，既不包括那些网络小说作家的创作，也不包括海外成长的"70后"作家的作品，只包括国内在主流期刊上发表作品的作家。老师刚才提到的我也很认同，就是说"70后"作家所经历的是整个当代社会的变迁史，是完整的状态。我觉得他们所面对的文学资源，或者说他们的经历本应该是非常丰富的，但是在他们的创作中怎样处理这些东西，他们明显做得还不够。当然，我觉得"70后"作家是没法用一个"70后"的概念简单概括的，因为他们的创作是非常丰富的，如果硬要总结出"70后"作家的一个特点的话，那就是他们创作的多样性，这是他们唯一的共同点。单以同代人来看的话，他们的创作也呈现出不同代的差异。当然，同代人这个概念本身并不仅仅指生活的共时性，同时它也意味着在共时性的生活中有着思想上的不同代性。就像鲁迅之于"五四"一样，即便是同代人，但也要做那个勇于超越的同代人，我觉得这是"70后"作家需要思考的问题。

张丽军：谈得很好。现实为作家提供了丰厚的艺术土壤，如何把这种艺术土壤转化为创作的资源、审美实践是他们面临的一个巨大考验。刚才蔡昊韦和妥东都提到要向历史进军，这是突破个人的重要方式。好，我们继续来听各位的思考。

黄加秀：我觉得"70后"作家是经历了整个改革开放以来的完整的一代，这本来是他们的优势，但是可能是作家个人表现这个巨变的时代的能力有限，这不光是"70后"作家的问题，也是这个时代每个人的问题，"50后""60后"作家也难于表现当下的生活。身处于这个时代是难以表现的，所以就只能回到历史中去。"70后"作家中，我阅读较多的是刘玉栋和赵月斌的小说，我觉得他们写的东西还是比较缺少历史的因素，也缺乏先锋的探索。像余华、苏童等人的作品中都有自己的特色和烙印，但是"70后"作家目前可能还没有这么明显。他们的个性也不太足，要实现突围的话，还有很长的路要走。

在经济的裹挟下，在这样的时代中，"70后"作家突围的任务依然很艰巨。

张丽军：好，接着你和妥东刚才所说的，我也想谈一点先锋文学。先锋文学是那个时代氛围所促就的。但是"70后"作家对于后先锋的书写也是很突出的，像刘玉栋的早期小说是带着很强的先锋气质的，但后来他们可能选择了另一种服从他们自己内心的写作。当然也有对先锋性传统坚持很好的，像河北作家李浩的《镜子里的父亲》等，还是写得很犀利的，山东作家范玮的作品也写得很魔幻，还有烟台的瓦当，他的作品还是有很粗粝的先锋性的，包括鲁敏的作品。我们说先锋的本意就是多样性的、异质性的。先锋是一种异质，它对应的是常态，先锋是求变的，追求对语言的锤炼，等等。刚才黄加秀提到的一个很重要的问题是如何表现我们的时代，一方面，这个时代是我们共处的，我们就生活在其中，感受着生活每一刻的变化，但是恰恰是身处其中，我们失去了把握它的重要视角。就像诗人西川说，我们这个时代的人缺乏对这个时代中心经验的把握。如何掌握、处理时代精神，这是对每一位作家的考验，也是对批评家的考验。好，我们继续。

袁雪：我觉得李云雷是"70后"作家中比较特殊的一个，他早期的小说也有一些先锋性的探索，但是后来就有了一些比如《舅舅的花园》等这类的作品，这些作品有很强的代入感，他曾经说过，有个人经验才有故事，他的小说中的个人记忆是他的叙事动机，而且小说中通常以第一人称"我"来讲述他小时候发生在村庄里的故事。比如《少年行》《花儿与少年》等，故事中充斥着"我"与小伙伴之间纯真的友情，包括他写他和女同学之间懵懂又美好的爱情，也会涉及很多亲戚之间互帮互助的温情。但是随着主人公从村庄中走出去，到县城读书，他就渐渐地与自己的乡村产生了一种隔膜，他开始拒绝和母亲聊天，开始沉浸在书本的世界里。我觉得李云雷作为一名批评家，对于生活有着强烈的批判精神。包括在《假面告白》这篇小说中，他有很多自己的想法，提出了很多问题，比如读书的问题，比如读书与农村的问题，读书难道就是要离自己的乡村越来越远？这些问题都充斥在他的作品中。他强调知识分子应该走出书斋，写出贴近现实的故事，写出中国故事，不能仅仅坐在书斋里，凭自己的想象去虚构。我觉得这也是目前那么多人对文学失去兴趣的一个重要原因。

张丽军：袁雪有自己独特的个人经验，说得非常好。她提到了像李云雷一样既是批评家又是作家的另一种写作。我最近写了一篇关于李云雷的评论，李云雷的文学创作非常有特色，袁雪刚才也提到了，比如他写情感记忆、家族等与他个人相关的东西。他的语言没有先锋的特色，也没有很大的悬念，无技巧，但是饱含着深情，这是李云雷的创作特点，另外既是学者、批评家又是作家的还有梁鸿和房伟，这也是"70后"作家展现和表达自己思考的一种独特方式。好，谁来继续谈？

苗立群：刚才同学们提到"70后"作家突围的问题，我就在想，这个突围是从哪个意义上的突围呢？是涂文萍所说的文学史意义上的突围，还是从蔡昊韦提到的从接受的角度呢？是从作品的价值，还是作品对这个时代的中心经验的把握上突围呢？它所承受的问题在哪里？当然这个问题比较多，所以我就选择了从阅读受众的角度来思考。刚才蔡昊韦提到"70后"作家的受众面比较狭窄，我觉得它不是"70后"作家的问题，这也是纯文学作家共同的问题，纯文学"叫好不叫座"，网络文学"叫座不叫好"。我最近接触的作家叶炜，他创作了"乡土中国三部曲"《富矿》《后土》《福地》，但是他早期的创作是在网络上进行的，后来有一个向纯文学转型的过程。他早期的作品偏向网络，可以明显看到套路性的东西，他在有意模仿，但是又没有网络文学中的那种草根的精髓，反而显得很尴尬。《富矿》中一开始就有一种神秘的东西在里面，但是在《山西煤老板》里，这种纯文学性质的东西急剧萎缩。其实作品背后的内涵是丰富的，但是由于体量的原因，很多东西都没法呈现出来，又因为网络文学要求通俗易懂，很多东西又难以表达得深入彻底。所以我觉得"70后"作家在面临突围转变的时候，立足于自身特色，扎根大地，抓住自己优势的东西，这是他们应该坚持的。

张丽军：嗯，很好。我觉得这个思考很有特色。其实叶炜也是属于学院派的作家。我想一个作家要给他足够的空间，对于成长中的作家，我们要雪中送炭；对于成名的作家，我们要严格、苛刻，而不是锦上添花。对于像余华这样的作家需要的是批评，批评更珍贵。当然，作家也应当具有一种使命感，要不流俗，不为市场所裹挟，要有使命感和文化的自觉之心，去做文化的传承和创新，这是一种更高的要求。好，谁来接着谈？

许豪：我想谈两个方面，一方面是代际研究，另一方面是付秀莹的作品。我们为什么要生硬地把作家分为一代一代的人，这样的命名是否有意义呢？

老师您也是 "70 后"，可能您与他们不认识，但是您看他们的作品还是有亲切感。但是我们是 "90 后"，我们看 "70 后" "60 后" 的作品觉得他们写的东西离我们很遥远，与看 "50 后" "40 后" 等人的作品没有什么差别。"70 后" 作家的作品我读得不是太多，在读付秀莹的《陌上》之前，我读过她的一些中短篇小说，当时也没有把她归类于 "70 后" 作家，只是觉得她写的小说很吸引我。她是我读过的作家之中比较有自己创作风格的一位。我喜欢读一些故事性比较强的作品，但是付秀莹的作品给我的感觉就像是中国传统的水墨画，她不是很强调故事性，而是更偏向意蕴。她的文字如同温水一般，不像冰水那样凉，也不像热水那样烫。她写的那篇小说《旧院》特别能引起我的共鸣，我感觉我们两家的院子是一样的，都是那种方方正正的。我就想为什么我作为一个 "90 后"，对网络文学不感兴趣，偏偏 "70 后" 作家付秀莹写的东西能深得我心，所以我就想知道代际研究是否有意义。付秀莹给我的感觉，就是她真正在讲中国故事，她的作品中融入了非常多的中国传统美学因素。从这个角度来讲，她写的东西也是一种先锋。

张丽军： 许豪同学说得非常好，其实代际研究有它的局限性，也有它独特的价值。但是我想说的是付秀莹的《旧院》与《陌上》是不一样的，你说的感觉是《旧院》的感觉，我不知道你读《陌上》是否还是这种感觉。

许豪：《陌上》给我的感觉就是一个村子里有各种不同的人物，他们有着不同的性格与人生轨迹。别人眼中的她可能与她自己写出来的人物有所差距。

张丽军： 其实刚才提到的《旧院》，我个人认为它不是先锋，它依然是一种常态的书写，语言、故事是传统化的，但是它依然能打动我们。它讲述的是中国千百年来我们都熟悉的农村、家庭与个人的故事。我们都能找到共同的东西，这是一种风格，但是《陌上》是另一种风格，它讲述了中国当下正在发生的现实，写出了在这个大时代之下人们的情感迷茫和痛苦，这个现实不同于《旧院》。我觉得付秀莹的这部作品是非常优秀的，呈现出 "70 后" 作家的风格，这是 "50 后" "60 后" 作家很难写出来的。孟繁华老师认为 "50 后" 作家已经过去了，他们写不出当下活生生的东西。这段话是有道理的。虽然像贾平凹《带灯》这样的作品，也在写当下活生生的现状，但贾平凹的活生生与付秀莹的活生生是不一样的。贾平凹是远观的，依然是站在高处来俯视这种现实，而付秀莹是在其中生活，是其中的一个主人公，他们的迷茫、困惑与挣扎是一样的。我觉得付秀莹的作品写得非常好。我们继续来谈。

成志雄：我看了一点关于徐则臣的访谈，看到了这样一个问题，涉及两个方面。第一个方面是作家形式技巧方面不够成熟，没有长篇意识。他们的长篇只是不小心把中短篇写长了。

张丽军：他们是真的没有长篇意识，还是长篇意识不够？

成志雄：这只是他的意思，不是我的看法。第二个方面就是批评家们没有跟上，没有出色地将他们介绍到读者群中去。如果我们非要划分"70后"作家群的话，这里边就有一个时间概念。我感觉"70后"作家在一个非常尴尬的位置，他们前边的人经历了"文革"，还没有把故事写完，而且他们的作品更加厚重。当"70后"作家要写一些新东西的时候，他们又没有下一代那么活泼，他们正好处于一个错节的年代。像我在初中的时候读到的大多是冯唐这样的作家的作品，像我们现在的初中生，他们应该没有人不知道韩寒、郭敬明。

张丽军：根据成志雄讲到的，我想说潮流总是会过去的，但真正好的作品是抗拒潮流、打破潮流的。我想"70后"作家能否写出更深刻的好作品，就是最大的问题，也是最大的挑战。任何人都要以作品挑战自我、挑战时代。挑战已有的经典，不在乎年龄，而在乎这个年代是否还能够写出真正好的作品来。谁来继续谈？

王博：我觉得"70后"作家并不尴尬，他们是有精神内核的。以徐则臣的《耶路撒冷》为例，书中讲他们对大和堂的保护、对耶路撒冷的追求，以个人的追求探索精神的寻根。你不能够说它的内容是碎片化的，因为它确实真实复制了"70后"作家当时的生存境遇。以小说为例，我们并不是要强调它与历史的关系，因为书写的本身就会带有一些历史。张莉老师曾说"50后""60后"作家多喜欢向下的文学，尖锐而又咄咄逼人，这可能是他们对人性的一种拷问。而"70后"作家是富有宽容性和弹性的，在小说中没有表现出过多的历史因素。当下的写作展示了"70后"的生存困境，真实地表达了他们的生存现状。刚开始大家都说"70后"作家如何突围，但是我觉得这个不能算是他们的写作困境，这只是他们的写作现状。

张丽军：王博同学谈得非常好啊，是对徐则臣《耶路撒冷》的一种厚重的思考与认定。刚才王博同学提到了我们 "70 后" 批评家张莉，我觉得张莉是一位非常优秀的批评家，她的《在逃脱处落网：论 70 后出生小说家的创作》写得非常好，我也曾推荐给我的学生阅读。大家可以一起阅读交流。我们继续来谈。

王珊珊： 我想谈一下 "70 后" 作家写作中呈现出的丰富性。他们的作品中写到了很多人，但是同一个人的笔触，也可以伸向多个层面。他们的写作具有个人经验，是相对真实的，也是具有说服力的。另外他们文字表达方面也具有丰富性，他们的语言细腻，有颗粒感。总体来看，"70 后" 作家的风格不同，着力点不同，表达方式也不同。但是我觉得这都是他们对多样化的生活的反映，只是每个人对生活的反映面不同。可能过一段时间我们会发现，他们对生活的反映更真实。他们的丰富和多样，就是时代的丰富和多样。

张丽军： 王珊珊同学的表述是非常具有质感的，对我们的 "70 后" 作家做了充分的肯定。结合她自己的阅读感受，谈到了 "70 后" 作家创作的丰富性，以及他们语言的颗粒感，这些都可以好好思考。好，谁来继续谈？

徐晓倩： 我觉得 "70 后" 作家之所以被称为遮蔽的一代，我认为其中一个原因就是他们只是处于转变的时代，他们没有一个立足点，比如反思小说可以立足对 "文革" 的反思，寻根小说可以立足于民间，而 "70 后" 作家在这方面较为欠缺。之前我在看张清华老师的评论文章时，看他说 "70 后" 作家表现的是日常的琐事，他们对变革中凤凰涅槃都无法进行触及灵魂的表达。我觉得这也是他们处于困境的一个原因。他们个人的经历无法与时代的经历进行很好的接洽。我们不否认个体，但是要成为一个时代记录者，就要把个人经历与时代经历很好地结合起来。王安忆说过一段话，她说你们不要说是看我的书长大的，因为再过几十年我们就是一代人了。我感觉这是一个作家在否定代际，但作为研究者而言，以代际研究的方式找出他们之中比较优秀的作家与作品，这是我们可以努力的一个方向。

张丽军： 徐晓倩同学说得很辩证，非常好，谁来继续谈？

刘仁杰： 我想就 "70 后" 作家谈一个问题。张莉老师的作品《持微火者》出版以后，陈思和老师曾经做过一个访谈，他提出了一个问题，他说 "70 后" 作家是我们这几年刚刚关注的一个群体，但是没有一部作品像《废都》那样能够掏心掏肺地把自己的感受写出来。这是否是陈老师对 "70 后" 作家的一种偏见？如果是一种偏见的话，"70后"作家应该怎样看待这种偏见？

张丽军：你怎么样看待这个问题？

刘仁杰：我觉得陈老师的观点还是有偏见的。"70后"作家处于历史的夹缝之中，缺乏一些先锋性的探索精神，再加上审美观念的转变、时代精神对作者的压迫，就成了这个作家群体的一种特点。

张丽军：有压迫就萎靡不振了吗？你觉得"70后"作家的哪部作品是掏心掏肺的呢？

刘仁杰：我读过阿乙的一些作品，他的《鸟，看见我了》是对生活的展现，对心灵的展现。

张丽军：仁杰为我们提供了一些新的线索。像阿乙、阿丁这些作家还是非常优秀的。我读过阿丁的一部作品叫《我要在你坟前唱歌跳舞》，我觉得写得非常精彩。至于陈老师提出的这个问题，"70后"作家能否突破自我，写出掏心掏肺的、敢于直面生活的、大胆勇敢的东西，这也是一种期待。好，谁来继续谈？

王含：我想谈一下鲁敏，我读了她的《伴宴》，说实话，我不太认可她的这种写作方式，因为我觉得她的叙事方式特别单一。后来我又读了她另一部作品《墙上的父亲》就非常有感触。对我个人而言，我比较喜欢鲁敏对于家庭和乡土的书写，但是她对城市的表现力度不够。鲁敏对人性深处的绝望特别感兴趣，特别想写这方面的内容，她善于对人性深处细微的波动进行把握，并用一种特别尖锐的方式将其表达出来。我觉得鲁敏是在这个浮躁的时代对于个人创作不懈坚持的作家。

张丽军：好，谈得非常好。像鲁敏、魏微等"70后"女性作家，她们的心理描写达到了很高的高度。

吴加艳：我在想为什么我们对"70后"作家不够了解，主要是因为我们对作家的了解大多来自于课本，但是现在课本之中很少有"70后"作家的作品。"70后"作家成长起来还是一个非常漫长的过程。我看了三位"70后"作家的作品，一位是徐则臣，一位是刘玉栋，我感觉他们两个可以归为一类，他们的小说都体现出一种饥饿感。人物整体上是顺从的，偶尔会有一点小反抗。所以他们在内容和形式上没有大的突破性。另外一位我非常喜欢的作家是葛亮。我认为他的风格与其他作家是非常不同的，他的小说历史感特别强，这种历史感源于他的家族和经历，而且他写得非常细腻。我感觉葛亮是一位未来可期的作家。

张丽军：说得非常好，这几位男作家都选得非常好。徐则臣、刘玉栋、葛亮都是未来可期的作家，尤其是葛亮，这是一位非常优秀的 "70 后" 作家，他的短篇小说也写得非常精彩，像《阿霞》。他的长篇小说《朱雀》写得非常有历史感，人物的情感相互缠绕，一层又一层，一重又一重，南京六朝古都的气息都写到里边去了。但是我觉得，他非要把人物写得特别细，有一种不自然的感觉，有时候留白显得更好。好，谁来继续谈？

孙悦如：我想谈一下 "70 后" 作家的困境。他们写的一些题材大都是怀旧题材，但是我们在读怀旧题材作品的时候都期望读到一些新的东西，像余华写的那种血腥，像莫言写的那种粗粝。"70 后" 作家写得中规中矩，不能让人深入进去。他们面对集体记忆，可能比五六十年代的人更薄弱一点，他们本身的历史视野狭隘，加上他们自身话语的处理也不够。其实我在阅读的时候并不在乎他们是哪个年代的作家，但是 "70 后" 是被遮蔽的一代，可能与他们对自身话语与集体意识关系处理不够有关。

张丽军：我在文章中也提到 "70 后" 作家是太听话的一代，而文学需要叛逆，叛逆是一种断裂，与传承是相对而言的。好，谁来继续谈？

于露：我比较喜欢读一些厚重宏大的作品，例如陈忠实的《白鹿原》。我读过李云雷的一些作品，感觉不够宏大，他写的是常态的故事，我觉得读他的作品能够勾起我小时候的回忆。我觉得 "70 后" 作家要想取得关注，就必须迎合市场，但是他们又不愿意去迎合，他们坚持用他们的体验去书写我们这个时代。可能很多年以后他们又会重新进入我们的视野，这是时代赋予他们的。

张丽军：于露同学说得非常好，为什么要去写那些宏大的、那些尖锐的、那些暴力的，不去写不可以吗？写温情的就不可以吗？完全可以。但是我们这个时代需要史诗，仅仅书写个人是不够的。要从小我走向大我，将个人记忆与时代记忆、民族记忆，以至于人类的记忆结合起来。我们需要伟大作家，小作家同样需要。好，谁来继续谈？

杨雪：我想谈一下对付秀莹的小说《爱情到处流传》的看法。这个小说讲了一个非常普遍的婚外恋的故事。这种婚外恋放在今天一般会引起人们的唾骂，但是读完这篇小说以后，我虽然感到一种悲伤，但是它也有一种诗意的美好。乡村对于男女之事是非常开通的，又是非常保守的。我感觉这像《红高粱》中的爷爷和奶奶的故事。无论是《红高粱》还是《爱情到处流传》，都很难用我们现在的道德进行评判。我觉得在这个物质丰富、爱情贫乏的年代，付秀莹对以往的乡村爱情表现出一种精神眷恋。

张丽军：说得非常好，我借用陈思和老师的一段话，人类思想的边际远比人类物质的边界广阔。

袁盼盼：我觉得"70后"作家的作品需要影视化，让更多的人关注他们的作品。他们不应只局限在自己的思想里面，虽然小众化是一件好事，但我觉得"70后"作家应该先走出来实现大众化，产生更大的影响。

宋欣：每个时代都有自己的作家，但是每个作家的表现方式又是不一样的。我觉得每位作家在进行创作的时候都有自己精神上的信仰，就像徐则臣的《如果大雪封门》和《耶路撒冷》这两部作品，它们都在追寻一个精神上的核心。

张丽军：我们谈得非常好，非常精彩，有很多观点也给了我很多启发。我们需要不同的声音，老师的声音是其中之一，我们也在不断发展、不断思考。我想说的是，一代人有一代人的生活、一代人的思想和一代人的情感，它不能是空白的，我们要把它呈现出来，给历史一个交代，这是我们的责任。当然更大的责任还应该是作家的责任，不要埋怨没有提供文学的黄金时代。我想可能对任何作家来说，都会面临这种困境，可能"70后"作家面临的是多重的，是更艰难的，但是他们依然需要用作品说话，去确立自己的时代，确立自己的地理坐标，确立自己的面目和风格，这是对他们的最大挑战。就像刚才同学提到的，我们都是一代人。像我们今天在谈论徐则臣、刘玉栋等人，可能再过几十年、上百年，后来的读者谈论今天文坛上的作家时，他们可能就都是一代人了，就像我们今天谈论唐代的李白、杜甫一样，再过几百年，我们都是一代人，但是我们为什么依然在谈论"70后"？因为我们生活在这个时代，我们在关注我们的境遇、我们的痛苦、我们的生活、我们的情感、我们的疼和痛，我们就生活在这个时代，所以我们用代际研究呈现对于时代的思考、对于时代的批判和对未来的关注。这就是它的意义和价值。我们今天就到这儿，感谢同学们的陪伴，每次与同学们交流，我的感触都很大，非常感谢！

后记

2006 年 7 月，我从东北师范大学毕业后到山东师范大学文学院工作，得到了吴义勤老师、施战军老师等当代文学批评大家的指导。吴义勤老师对新潮小说（先锋小说）的关注，以及与同代学人对苏童等同时代作家的关注、研究，乃至心心相通，给我很多启示。当时在山东大学文学院工作的施战军老师经常到山师参加中国现当代文学的研究生答辩，做答辩秘书的我就有幸聆听他的教诲。施老师编"新活力作家文丛"时对青年作家的大力支持和帮助给我留下很深的印象。

2009 年，陈思和老师到山东师范大学做学术交流。讲座结束后，我陪他在山师运动场散步，把自己计划对同代"70后"作家作品进行研究的想法汇报给了陈老师。这一想法得到了陈老师的积极肯定和支持。陈老师建议我不仅要研究"70后"文学，也要研究"70后"作家；不仅要与"70后"研究者进行讨论，也要把"70后"作家也邀请进来，让他们与研究者一起进行交流和讨论，这样才更深入、更有意义。我深受鼓舞。

从 2010 年开始，我在当时担任《绥化学院学报》主编的林超然老师的大力支持下，在《绥化学院学报》开设研究专栏，与马兵、房伟、赵月斌、丛新强、张艳梅等人一起持续开展关于"70后"作家作品的讨论，获得很多启发。刘照如、王方晨、刘玉栋、东紫、常芳、宗利华、范玮、艾玛、王秀梅等作家，还有我的研究生以及当时很多山师研究生、本科生和外校老师、同学都参加了讨论，至今记忆深刻。在泉城济南，因为"70后"作家研究，我与诸多师友结下了深厚友谊。感谢各位师友的大力支持和帮助！山东师范大学的研究生常思佳、李君君、孙亚儒、田振华、王大鹏、刘兰慧，本科生翟佩佩，以及暨南大学研究生胡跃、宋英超等同学参与了部分研究，提供了支持，在此表示感谢！

2011 年，我的"70 后作家群创作研究"入选中国作家协会重点扶持项目。书稿在完成之后，又几经打磨，终于在 2025 年出版，也算是对这个项目资助的一个交代。感谢中国作协的支持和帮助！

书中一些论文曾在《文学评论》《中国现代文学研究丛刊》《小说评论》《中国当代文学研究》《山东社会科学》《东岳论丛》《百家评论》《山东文学》《时代文学》《文艺报》等刊发过，在此对这些刊物和相关编辑表示深深的感谢！

在济南工作期间，曾数次到山东文艺出版社拜访学习交流，获赠关于孔孚等大量文艺作品，每次都收获满满。到广州暨南大学工作之后，我的两本怀念在山东师范大学从事中国现当代文学教学、研究的书就是在山东文艺出版社出版的。有缘的是，书的责任编辑就是从暨南大学文学院毕业的研究生。本书是我与她的第二次合作，感谢她的精心编辑！《万松浦》杂志的创刊，让我和山东文艺出版社、张炜主席有了新的交往学习的渠道，在此也感谢山东文艺出版社的大力支持！

本书得到了暨南大学文学院、广东省高水平大学建设经费的出版资助，特别致谢！

2025 年 1 月 20 日
暨南园周转楼